DAS BUCH
Nur noch wenige Verbliebene leben in Bad Regina, einem einst glamourösen Kurort in den Bergen, starren auf die Ruinen ihres Ortes und schauen sich selbst tatenlos beim Verschwinden zu. Denn ein mysteriöser Chinese namens Chen kauft seit Jahren für horrende Summen ihre Häuser auf – nur um sie anschließend verfallen zu lassen. Als er auch noch das Schloss des uralten örtlichen Adelsgeschlechts erwerben will, entschließt sich Othmar, der von Gicht geplagte ehemalige Betreiber des berühmtesten Partyklubs der Alpen, herauszufinden, was es mit diesem Chen auf sich hat und was dieser mit Bad Regina vorhat. Dabei erleben Othmar und die verbliebenen Einwohner eine böse Überraschung …
In »Bad Regina« entwirft David Schalko eine faszinierende Geisterwelt, in der nicht nur die Bauwerke, sondern auch die wenigen verbliebenen Bewohner wankende Ruinen der Vergangenheit sind. Ein bitterböser und gleichzeitig urkomischer Roman über ein Europa, das immer und immer wieder moralisch versagt – und über dessen Zukunft nun andere entscheiden.

»Ein tiefgründiger Roman, reich an Skurrilitäten und schwarzem Humor«   *3sat Kulturzeit*

DER AUTOR
David Schalko, geboren 1973 in Wien, lebt als Autor und Regisseur in Wien. Bekannt wurde er mit revolutionären Fernsehformaten wie der »Sendung ohne Namen«. Seine Filme wie »Aufschneider« mit Josef Hader und die Serien »Braunschlag« und »Altes Geld« wurden mit zahlreichen internationalen Preisen ausgezeichnet. Im Frühjahr 2019 wurde seine Miniserie »M – Eine Stadt sucht einen Mörder« erstausgestrahlt. Sein Roman »Schwere Knochen« ist 2018 bei Kiepenheuer & Witsch erschienen.

David Schalko

BAD REGINA

Roman

Kiepenheuer & Witsch

Aus Verantwortung für die Umwelt hat sich der
Verlag Kiepenheuer & Witsch zu einer nachhaltigen
Buchproduktion verpflichtet. Der bewusste Umgang mit unseren
Ressourcen, der Schutz unseres Klimas und der Natur gehören
zu unseren obersten Unternehmenszielen.

Gemeinsam mit unseren Partnern und Lieferanten setzen wir uns
für eine klimaneutrale Buchproduktion ein, die den Erwerb von
Klimazertifikaten zur Kompensation des CO_2-Ausstoßes einschließt.

Weitere Informationen finden Sie unter:
www.klimaneutralerverlag.de

Wir weisen darauf hin, dass einige Figuren des
Romans rassistische Sprache verwenden.

1. Auflage 2022

© 2020, 2022 Verlag Kiepenheuer & Witsch, Köln
Alle Rechte vorbehalten
Covergestaltung Barbara Thoben, Köln
Covermotiv © Chloe Cushman
Gesetzt aus der Adobe Caslon Pro
Satz Buch-Werkstatt GmbH, Bad Aibling
Druck und Bindung GGP Media GmbH, Pößneck
ISBN 978-3-462-00361-1

ERSTER TEIL

Ich wünschte mir oft eine Operation –
natürlich keine schmerzhafte oder
gefährliche – nur, um noch eine Weile
danach schonungsbedürftig zu sein.

– Eric Ambler, Topkapi

1

Othmar starrte auf das schwarze Display, in dem sich sein aufgedunsenes Gesicht spiegelte. Das Ding hatte einfach seinen Geist aufgegeben. Ohne Vorwarnung. Während er Selma eine Nachricht geschrieben hatte.
Ich sitze auf der Terrasse und beobachte dich. Ich halte meinen Schwanz in der ...
Weiter war er nicht gekommen. Statt seines Schwanzes hielt er das tote Ding in der Hand. Er hatte das Gefühl, ausschließlich von toten Dingen umgeben zu sein. Der Kühlschrank, der Fernseher, der Geschirrspüler, die Kaffeemaschine, die Waschmaschine, die Mikrowelle, der Wasserkocher – die Liste ließe sich endlos fortsetzen. Wann hatte er aufgehört, Dinge zu kaufen? Es musste kurz vor der Jahrtausendwende gewesen sein. Damals war der Kühlschrank eingegangen. Seither gab es nur noch im Winter kaltes Bier.
Selma hatte gesagt, dass es ungesund sei, von so vielen toten Gegenständen umgeben zu sein. Das übertrage sich auf das Gemüt. Worauf Othmar entgegnete, dass die Dinge doch keinen Geist hätten. Dass man sich das nur einbilde. Und dass er sich weder Reparatur noch Neuanschaffung leisten könne. Eine leere Wohnung käme ihm allerdings noch ungesünder vor. Weshalb er beschlossen habe, nichts wegzuwerfen. Er hätte sonst das Gefühl, überhaupt nicht zu existieren. Schließlich gehörten all diese Dinge zu seinem Charakter. Was wiederum Selma als Einbildung bezeichnete.
Abgesehen davon wüsste er auch gar nicht, wer in Bad Regina noch irgendetwas reparieren sollte. Bei nur 46 Ver-

bliebenen. So etwas ließ sich ja kaum noch Demografie nennen. Wenn etwas kaputt war, dann war es kaputt. Man hatte gelernt, damit zu leben. Auch die meisten verlassenen Häuser waren inzwischen von der Natur übernommen worden. Wenn der Wasserfall nicht so laut gewesen wäre, hätte man den Wildwuchs regelrecht wuchern gehört.
Othmar hatte sich oft gefragt, wie lange ein Haus ein Haus blieb und ab wann man es wieder Natur nennen müsste. War das alte Helenenbad noch ein Bad? Othmar hatte nie das Bedürfnis gehabt, dort schwimmen zu gehen. Zu viel Marmor. Zu viel Kurort. Erst als es zusperrte, spürte er das Verlangen danach. Ähnliches galt für das Grand Hotel, das Casino, das Sanatorium Kleeberg, die Radon-Bäder, das Kraftwerk – selbst das brutalistische Kongresszentrum, das sie in den Siebzigern in die Mitte des Ortes gestellt hatten, nahm Othmar erst richtig wahr, als es dem Verfall überlassen wurde. Als ob nur ein abgestürztes Flugzeug ein Flugzeug wäre. Oder eine gepflückte Blume eine Blume.

Othmar saß auf dem eiskalten Balkon und steckte das kaputte Telefon in die Tasche. Er öffnete sich trotz Gichtschubs das fünfte Bier. Sein Spitzbauch stand unter der Lederjacke hervor, als hielte er Ausschau. Das orangefarbene Licht in Selmas Haus. Sie würde sich bestimmt wundern, warum er nicht antwortete. Vielleicht sollte er hinuntergehen, auch wenn es gegen ihre Abmachung verstieße. Aber schließlich musste es auch Ausnahmen geben. Was, wenn ein Notfall eintrat? Othmar dachte nach. Es fiel ihm keiner ein, den ihm Selma glauben würde. Eine schriftliche Nachricht an ihrer Tür hinterlassen? Aber auch das würde Verdacht erregen. Charlotte, ihre Tochter, war alles andere als dumm. Im Gegenteil. Sie hatte es faustdick hinter den Ohren.

Er könnte einen Weg ins *Luziwuzi* vortäuschen. Die bleichen Sparlampen und der gelbe Schriftzug schimmerten am Ende des Tals. Um diese Zeit trank der Wirt Tschermak meistens mit seiner Gattin Karin allein. Höchstens, dass ihm Zesch, der Bürgermeister, noch Gesellschaft leistete. Oder doch hinauf ins Hotel Waldhaus? Bei Moschinger würde er wenigstens Zesch nicht über den Weg laufen. Er hatte seine wehleidigen Parolen satt.

Ein Glück, dass zumindest der Plattenspieler noch funktionierte. Aus dem Zimmer dröhnte Joy Division. Eigentlich sollte er nach Alpha sehen. Er kam ihm heute besonders trübsinnig vor. Was genauso absurd war, wie in die Dinge einen Geist hineinzuprojizieren.

Alpha saß wie jeden Abend vor dem sich drehenden Plattenteller und starrte unbewohnt vor sich hin. Trotz der vollen Ladung Manchester. Othmar war davon überzeugt, dass die heimatlichen Klänge in seinem Inneren ankamen. Irgendein verlorenes Delay würde bestimmt durchdringen. Auch wenn es keine nachweislichen Ausschläge gab. Sein Blick wie eine ausgefädelte Tonbandkassette. Nur das wasserstoffblonde Haar zappelte über die schwarzhäutige Stirn.

Der eisige Wind, der von draußen hereindrang.

Die stehende Finsternis, die auf Einlass wartete.

Die unbewohnten Fenster – wie die Augen von Blinden.

Othmars Blick glitt von Alphas Rollstuhl zum Hospiz. Es war zu spät, seinen Vater zu besuchen. Abgesehen davon würde Schwester Berta merken, dass er getrunken hatte. Den Blick auf den Karlsstein vermied er. Zu schmerzlich der Gedanke, dass der *Krake* keinen Laut mehr von sich gab. Sein Krake! Der berühmteste Klub der Alpen.

Im Berginneren schlägt das Partyherz Europas, hatte der Guardian einst geschrieben. Selbst die zwölf Meter Granit hatten es nicht vermocht, die Beats daran zu hindern, ins Freie zu dringen.

Heute war es still. Hätte man eine Bombe auf Bad Regina geworfen, es hätte nichts geändert. Was war bloß passiert? War es der Hochmut, der ihnen zum Verhängnis wurde? War es die Arroganz, die man schon den Häusern ansah? Wie Messer steckten sie in den steilen Bergwänden. Je unmöglicher, desto spöttischer standen sie da. Wer war auf die Idee gekommen, unter so widrigen Umständen zu bauen? Das Tal wie eine tiefe Schnittwunde. Der rauschende Wasserfall ein Aderlass, der die letzten Lebensenergien ausleitete. Tatenlos sahen sich alle beim eigenen Verschwinden zu.

Es lag ein Fluch über Bad Regina. Und dieser Fluch hieß Chen. Niemand von den Verbliebenen kannte ihn. Niemand wusste, was er vorhatte. Aber alle nahmen sein Angebot an. Irgendwann stand er bei jedem vor der Tür. Othmar hatte sich darauf vorbereitet. Hatte sich jeden Tag einen anderen Satz zurechtgelegt, mit dem er den Verkauf seiner Wohnung ablehnen würde. Aber Chen kam nicht.

Er blies einen Rauchschwall durch die offene Balkontür. Die Schwaden umschlangen den reglos im Rollstuhl sitzenden DJ wie zu seinen besten Zeiten. Eine Rotzglocke löste sich geräuschlos und rann über die Lippen seines starren Gesichts. Kein Leben auf Alpha X.

Alpha X is not a DJ.
Alpha X is a planet.
Please welcome from Manchester.
Utz-Utz-Utz.

Othmar hatte ihm trotz seines würdelosen Zustands die Würde bewahrt. Alle zwei Wochen kam Selma und restaurierte ihn. Auftrittsreif, wie sie sagte. Othmar kannte niemanden, der zärtlicher mit Alpha umging als Selma. Ja, er wünschte sich oft, er wäre an seiner Stelle gewesen. Die Zärtlichkeit einer Pflege war für ihn allerhöchste Zärtlichkeitsstufe. Aber wenn Selma zu ihm kam, dann suchte sie etwas anderes. Dann war die Restaurierung von Alpha nur Teil ihres Vorspiels. Liebevoll schnitt sie ihm die Haare. Gemeinsam zogen sie ihn um. Selma rügte ihn dann dafür, dass Alpha schon wieder ranzig roch. Was Othmar reflexartig mit seinem schlechten Geruchssinn entschuldigte. Dass es der Faulheit geschuldet war, brauchte keiner zu erwähnen. Abgesehen davon nahm es Othmar bei sich selbst mit der Pflege auch nicht genau. Aber Selma störte das nicht. Sie hatte es gern, wenn ein Mann ein gewisses Aroma versprühte, und gab zu, sich selbst oft tagelang nicht zu waschen, um Othmar beim Masturbieren noch zu spüren.
— Aber warum können wir uns dann nicht öfter sehen? Das ist doch …
Othmar fiel das Wort nicht ein. Und Selma lächelte, wie nur Selma lächelte, wenn sie auf etwas nicht antworten wollte.
— Das haben wir doch schon zur Genüge besprochen.
Was insofern stimmte, als die Unterhaltung immer gleich vonstattenging, aber nichts daran änderte, dass sie nie zu Ende geführt wurde.

Das mit Othmar und Selma lief seit zwei Jahren. Es störte sie nicht, dass sein körperlicher Verfall inzwischen weiter gediehen war als der von Bad Regina. Umgekehrt hatte er aufgehört zu fragen, wann sie sich wieder die Haare

wachsen lassen würde. Inzwischen fand er Gefallen daran. Der süßliche Geruch eines glatt rasierten Schädels war besonders intensiv. Er vergrub sich darin, wie andere an Klebstoff schnüffelten.
— Warum, hatte er so oft gefragt.
— Weil ich zu schön bin, hatte sie genauso oft geantwortet. Das Weibliche habe den Blick auf ihr eigentliches Wesen verstellt. Die Männer, die immer nur ihre bezaubernde Fassade sehen wollten. Immer nur das Mädchen. Immer nur schön, schön, schön. Aber Selma war nicht schön. Sie war sogar ziemlich hässlich. Das hatte er ihr natürlich nie gesagt. Weil es keine Rolle spielte. Die Mankos spielten längst keine Rolle mehr. Vermutlich, weil es keine Alternativen gab. Man nahm, was man kriegen konnte. Man liebte, was vorhanden war. Vielleicht war das die Definition von Glück. Dass man sich exakt nach dem sehnte, was bereits vorhanden war.
Inzwischen störte es ihn auch nicht mehr, wenn Alpha dabei zusah. Wenn er ins Leere starrte, während sich Othmar sexuell abrackerte. Als ob es keinen Unterschied machte. Trotzdem hoffte er, wenigstens eine kleine Regung ins Gesicht seines Freundes zu zaubern. Denn sie waren Freunde. Mehr als vor dem Unfall. Da waren sie nur Geschäftspartner gewesen. Da war Othmar ein größenwahnsinniger Klubbetreiber gewesen, der sich seinen Traum erfüllte, indem er für eine horrende Summe den Star-DJ Alpha X aus Manchester einfliegen ließ. Da hatte sein Chef, der alte Schandor, ordentlich mit den Ohren geschlackert. Für das Geld könne man dutzendweise Lokalgrößen engagieren. Und den Melkkühen, so nannte er die Touristen, würde es scheißegal sein, zu welchem *Utz-Utz-Utz* sie ihre Hufe stampften. Er gab trotzdem seinen Segen. Weil er wusste, was er an Othmar hatte.

Was für ein Abend! Der Krake zum Bersten voll. Von überall kamen sie her, um auf dem Soundteppich von Alpha X bis an die Decke zu fliegen. Da war Othmar eine Nacht lang so, wie er sich sah. Und so wie ihn sein Vater nie haben wollte.

Was wohl aus dem alten Schandor geworden war? Warum hatte er alles verkauft? Und wohin war er verschwunden? Othmar mochte die Gerüchte nicht glauben. Wegen einer Frau schmiss man doch nicht alles hin. Noch dazu im Alter von neunzig. Aber das war zwanzig Jahre her. Vermutlich lag der alte Bastard längst unter der Erde. Und niemand würde je erfahren, warum ausgerechnet Schandor, dem neben dem Kraken diverse Hotels, das Casino, das Helenenbad und alle Skilifte gehörten, den Niedergang von Bad Regina einleitete.

Am Ende dieser glorreichen Nacht – Sommer 1998, das letzte gute Jahr in Othmars Leben und auch das letzte Jahr vor Chen – waren der große Alpha X und er auf dem Karlsstein gestanden und hatten ein Gerät geraucht, dass man unten im Ort hätte glauben können, sie hätten ebendort einen Fabrikschlot aufgestellt. In diesem Moment waren sie Freunde geworden. Stockdunkel war es gewesen. Wankend hatte er den dunkelhäutigen DJ immer wieder aus den Augen verloren. Ein solcher hatte ja kein Gespür für die Berge. Pechschwarze Luft. Vierhundert Meter Abgrund. Messerscharfer Rand. Und ein Wind, der selbst einem Hiesigen zu schaffen machte.

— Du bist nicht schuld, sagte Selma.

Othmar nickte.

— Wir hätten nicht so viel kiffen sollen.

— Ihr hättet nicht Ski fahren gehen sollen.

— Es war seine Idee.

— Eben.

— Eine Scheißidee.
— Aber seine Idee.
Othmar hatte gelernt, mit dieser Lüge zu leben. Denn natürlich war es nicht die Idee von Alpha gewesen. Um den Star-DJ an einer voreiligen Abreise zu hindern, hatte Othmar den unsportlichen Briten noch zu einer Skitour überredet. Schließlich gab es in England keine Berge. Und wer Wasserski fahren könne ...
— Ski is Ski!
Und Schnee sei nichts anderes als gefrorenes Wasser. Und dann die fatale Idee. Der Monoski komme dem Wasserski am nächsten! Das mache quasi keinen Unterschied. Schon erstaunlich, wie konsequent das Marihuana die Gedanken an der Endfertigung hinderte. Denn der Monoski war selbst für routinierte Beine ein fahrendes Gefängnis.
Wobei Alpha durchaus elegant die Pisten hinunterglitt. Der rote Overall. Der weiße Schnee. Der blaue Himmel. Die schwarze Haut. Und die wasserstoffblonden Haare, die fröhlich im Fahrtwind zappelten. Der Star-DJ hatte es nicht bereut, einen Tag dranzuhängen. Und bis zu dem Moment, als die holländische Melkkuh über ihre Verhältnisse den Hang hinunterraste, hatte auch keiner damit gerechnet, dass es nicht sein letzter Tag in Bad Regina sein würde.
— Es war Schicksal.
— Er hat ihn im Windschatten kommen sehen.
— Er hat seinem Schicksal ins Auge gesehen.
— Mit einem normalen Ski hätte er ausweichen können.
— Es ist die Schuld von dem Holländer gewesen.
Aber ausgebadet hatte es Othmar. Die Querschnittslähmung und die chronischen Schmerzen aufgrund der vielen Brüche hätten Alpha X nicht daran gehindert, seinen Beruf weiter auszuüben. Die irreparablen Gehirnschäden

schon. Daran änderten auch die monatlichen Schadenersatzüberweisungen des Holländers nichts, mit denen Othmar bis heute sein Auslangen fand. Kaum zu glauben, dass ein so berühmter DJ niemanden hatte, der ihn pflegen wollte. Als Vollwaise in Manchester aufgewachsen, hatte er sich in den 90ern in die Oberliga des DJ-Hypes hochgearbeitet. Nicht schlecht für einen, der weder Fußball spielen noch singen konnte. Leider hatte er sein ganzes Geld für Drogen ausgegeben und die langjährigen Weggefährten entpuppten sich als unzuverlässige Freunde. Um ehrlich zu sein, hatte keiner auf die verzweifelten Briefe von Othmar reagiert.
— Du hättest ihn in ein Pflegeheim geben können.
— Das brachte ich nicht übers Herz.
— Übers Herz, sah ihn Selma stirnrunzelnd an.
Im gleichen Jahr ging das Licht im Kraken aus. Othmar stand ganz plötzlich vor dem Nichts. Da fand er in der Pflege von Alpha ein sinnstiftendes Dasein. Und die Überweisungen des Holländers reichten bei maßvollem Lebenswandel kurzfristig auch für zwei. Kurzfristig dauerte jetzt schon über zwanzig Jahre. Mit keiner Frau hatte es Othmar so lange ausgehalten wie mit seinem schweigsamen Freund.
— Stimmt. Er beschwert sich nie, du hast stets das letzte Wort und immer eine Ausrede, das Haus nicht zu verlassen.
— Wo hätte ich hinsollen? Bald wirst du auch gehen.
— Aha. Und wohin?
— Keine Ahnung. Aber Charlotte ist bald siebzehn. Spätestens in einem Jahr ist sie weg.
— Dann bleibe ich doch erst recht hier. Oder glaubst du, ich reise meiner Tochter hinterher?
— Sie wird ihren Vater suchen gehen.

— Wird sie nicht.
Im Prinzip wusste er genauso wenig über Selma wie Charlotte über ihren Vater. In den zwei Jahren hatte sie Othmar kein einziges Mal zu sich nach Hause eingeladen. Es blieb bei den Dienstagabenden bei ihm. Weil sie da offiziell bei einem wöchentlichen Workshop in Salzburg war.
— Ich will nicht, dass Charlotte von uns weiß.
— Treibt sie es eigentlich noch immer mit dem jungen Zesch?
— Ein Wort zu irgendwem und ich komme nie wieder.
Dann wanderte ihre Hand seinen Spitzbauch hinunter und schaffte es, ihn mit einem Kunstgriff zum Schweigen zu bringen.
Wenn der Bürgermeister wüsste, dass es sein Sohn mit der Tochter der linkslinken Glatzköpfigen trieb, dann wären bei ihm alle rechtsrechten Sicherungen durchgebrannt. Wobei Othmar nichts gegen Zesch hatte. Schließlich kannte er den Herrn Bürgermeister auch anders. Da hatte er in Polizeiuniform auf der Bühne gestanden und sein Gesicht war mit Krätze, Schnitten und Fieberblasen übersät gewesen. Wenn die Zecke Zesch seine E-Gitarre bediente, dann war das, als ob er mit einer Motorsäge kopulierte. Aber Othmar hatte schon damals den Verdacht, dass er vor allem wegen der Uniform und nicht wegen der Zombieschminke dabei war. Zesch war kein Punk. Er war auch dagegen, die Band *Sisters in Blisters* zu nennen. Ihm schwebten eher Messerschmitt oder Black Sun vor.
Die Zeschs waren von jeher eine Nazibrut gewesen. Das war bei denen wie Herpes. Jeder von ihnen hatte es im Blut, aber nicht bei jedem brach es aus. Und bei seinem Schulkameraden Heimo, da kam es und ging es eben. Je nach Umständen.

Aber bei jedem blieb der Familienstaub hängen. Auch bei Othmar. Andererseits wusste er auch, dass man sich nur eines noch weniger aussuchen konnte als seine Verwandtschaft. Nämlich sich selbst. Von wegen freier Wille. Wenn es nach Othmar ginge, dann hätte er vieles anders entschieden. Im Nachhinein. Und in Zeiten wie diesen musste man über jeden froh sein, der dablieb.
— Warum bist du nie weggegangen, Othmar?
— Sie kommen alle zurück. Du wirst sehen.
— Du bist ein hoffnungsloser Romantiker.
— Warum hast du Charlotte nie gesagt, wer ihr Vater ist?
— Weil ich es nicht weiß.
Aber Selma hätte es wissen können. Sie hatte damals, als es gefährlich wurde, präventiv gleich mit fünf Männern geschlafen.
— Charlotte ist meine Tochter. Ich brauche keinen Mann. Außerdem war das in Weikersdorf üblich. Da hat man es mit dem Sex nicht so wichtig genommen.
Othmar hatte das mit dem Sex auch nie so wichtig genommen. Und hatte deshalb insgesamt mit nur neun Frauen geschlafen. Obwohl er im Kraken jede Nacht eine abbekommen hätte. Aber irgendwie wusste er nie, wann Schluss war. Hatte es schon immer mit Alkohol und Gras übertrieben.
Als Selma vor drei Jahren in Bad Regina aufschlug, hatte sich das schnell herumgesprochen. Damals waren sie noch 374 Verbliebene gewesen. Eine Verrückte habe das Haus der alten Baumgartner besetzt. Die Verrückte war die Tochter der alten Baumgartner, die schon im Jugendalter Zuflucht in einer Kommune gesucht hatte. Warum sie nach fünfzehn Jahren aus Weikersdorf wegwollte? Selma beantwortete auch das mit einem Lächeln und ihrem Kunstgriff.

— Das geht dich nichts an.
Und wenn er trotz der Kopfhaut, die sich an seinem Genital rieb, nachhakte, sagte sie nur:
— Wir sind das, was hier stattfindet. Und sonst nichts. That's the deal. Okay?
Wie gesagt: Man nahm, was man kriegen konnte. Und die sieben Tage zwischen Selmas Besuchen verbrachte Othmar entweder auf seiner Terrasse, in der Luziwuzi-Bar oder im Hotel Waldhaus, um darüber nachzudenken, wie man diesem Chen das Handwerk legen könnte.

Müde gähnte er einen warmen Bierhauch in die kalte Luft von Bad Regina. Wie ein Häuptling, der über seinen Stamm wachte, saß er da. Von seinem Balkon aus hatte man den ganzen Ort im Auge. Die Straßen waren leer. Außer dem DHL-Lastwagen, der den sechsundvierzig Verbliebenen ihre wöchentlichen Rationen Lebensmittel brachte, war heute noch keine einzige Regung zu verbuchen. Weder in Bad Regina noch auf dem Planeten Alpha X.
Und dann blitzte eine weiße Bewegung in der Schneelandschaft auf. Man konnte den gleichfarbigen Toyota kaum erkennen. Aber niemand betrat das Reservoir unbemerkt von Häuptling Othmar. Unter dem Schwall des Wasserfalls vermochte er sein eigenes Flüstern kaum zu hören.
— Chen.

2

Es hatte noch die ganze A-Seite von Joy Division gedauert, bis Othmar den Entschluss gefasst hatte, den Weg hinunter zum Schloss auf sich zu nehmen. Genau genommen hatte es noch länger gedauert. Er hatte sich noch einen Joint gebaut, um den Gedanken zu erlauben, den richtigen Aggregatzustand anzunehmen. Ein solcher musste sich erst formieren. Die Gedanken ergriffen allesamt gleichzeitig die Flucht in unterschiedliche Richtungen. Geduldig wie ein Hirte sammelte er sie wieder ein, um sie schlussendlich auf den einen, gemeinsamen einzuschwören:
— Othmar. Du gehst jetzt hinunter zu Wegenstein und stellst diesen Chen.
Stolz auf die Armada seiner Gedanken, die entschlossener wirkten als sein humpelnder Gang, der einerseits der Gicht, andererseits dem letzten Bier geschuldet war, begab er sich hinaus. Alpha hatte er noch die Augenlider geschlossen. Nicht dass es für ihn einen Unterschied gemacht hätte, aber Othmar fühlte sich wohler damit, wenn er ihn allein ließ.
Die Kälte tat seinem angeschwollenen Fußgelenk gut. Das Gehen weniger. Er wankte über die vereiste Brücke an der heiligen Regina vorbei, die ihm lädiert hinterhersah. Es fehlten ihr das linke Ohr und Teile der Nase. Er hatte sich ausgerechnet, dass es 500.000 Jahre dauern würde, bis man kein Gesicht mehr erkennen würde.
Othmar ignorierte den ohrenbetäubenden Wasserfall, der sich durch die Häuserschluchten am Kongresszentrum vorbei in die Tiefen des stillgelegten Kraftwerks fallen ließ. Er ging bei Rot über die Ampel, die seit Jahren

keiner mehr beachtete, und passierte die Schule. Mitten im Turnsaal stand noch immer der braune Lederbock, den nach der Schließung keiner weggeräumt hatte. Er hielt sich trotz des Schimmels unbeschadet, während die Holzstücke des Parketts vom Eis zersprengt herumlagen. Er spürte eine Sehnsucht nach Frühling, wenn das Grün durch die Asphaltrisse sprießte. Vor dem Helenenbad riss er im Gehen die Vermisstenanzeige für den beschissenen Kater vom Laternenmast. VERMISST WIRD UNSER EIN UND ALLES – ANGELO. Seit einem Jahr lief Doktor Schandor im Auftrag seiner Frau durch den Ort, um das Drecksvieh zu suchen. Kein Wunder, dass sich der Zahnarzt täglich in seiner leeren Ordination verschanzte. Es war sein einziger Zufluchtsort. Er hatte so gar nichts mit seinem Onkel gemein.

Vor Selmas Haus blieb Othmar kurz stehen. Der kalte Wind blies ihm in den Nacken. Er stellte den Kragen seiner Übergangslederjacke auf. Das orangefarbene Licht fiel durch den Vorhang auf den Schnee. Othmar verschränkte die Arme und zog sie fest zueinander. War es Liebe oder die Vorstellung von einem geheizten Zimmer? Sein Blick schwenkte zum Panoramafenster des Grand Hotels. Es war dunkel. Also war Charlotte zu Hause. Und Selma nicht allein. Seufzend humpelte er weiter und erreichte nach zehn Minuten Gehzeit das geschlossene Tor des Schlosses. Von dem weißen Toyota fehlte jede Spur. Betrunken kniff er seine Augen zusammen.

— Es wäre nicht Chen, wenn es nicht Chen wäre.

Er versuchte sich selbst eine Strategie vorzugaukeln. Hatte aber keine. Also schlug er mit aller Wucht gegen das Tor. Es ging auf. Auch ohne Hilfe des Grafen. Seufzend wankte Othmar in den Hof. Auch hier kein weißer Toyota. Warum hätte Wegenstein den Chinesen auch in

den Hof lassen sollen? Schließlich hatte sein Geschlecht schon Napoleon daran gehindert. Seit fünfhundert Jahren waren die Wegensteins in Bad Regina ansässig. Da ließ man sich doch nicht von einem Chinesen ins Bockshorn jagen. Andererseits brauchte der Graf Geld. Seit ihn seine Frau verlassen hatte, bewohnte er nur noch ein Zimmer im Schloss.
— Weil ich nicht mehr brauche!
Weil er bankrott war. Wie es sich für einen Adeligen gehörte, hatte er sich nie in die Niederungen eines Berufslebens herabgelassen. Man war, was man war. Auch ohne Beruf. Da glichen sich Othmar und der Graf. Othmar hatte sich da gleichsam selbst geadelt. Ganz wie Napoleon.
— Wegenstein! Machen Sie auf!
Othmar wusste genau, welches Zimmer der Graf bewohnte. Er stand vor dem Fenster und konnte ihn sehen. Auch wenn er es abgedunkelt hatte. Vermutlich hatte er Othmar kommen gehört und schleunigst alle Lichter ausgeschaltet.
— Wegenstein! Ich kann Sie sehen. Es hat keinen Sinn!
Der alte Quadratschädel saß steinern in seinem Zimmer und mimte eine Statue. Er glaubte wohl ernsthaft, dass ihn Othmar zwischen dem ganzen Gerümpel nicht ausfindig machte. Wegenstein hatte das halbe Schloss in seinem Wohnzimmer untergebracht.
— Wegenstein! Seien Sie nicht so stur! Es ist kalt!
Aus der Pfeife des Grafen stiegen kurzatmige Rauchschwaden hoch. Dieser Kretin hatte sich doch nicht von Chen kaufen lassen? Othmar schlug so fest gegen das Fenster, dass Wegenstein schließlich hochfuhr, selbiges aufriss und brüllte:
— Was wollen Sie? Ich schlafe schon!
— Im Sitzen?

Othmar stieg ohne Einladung durch das Fenster. Sein Fußgelenk pochte. Aber der Schmerz drang alkoholbedingt nicht mehr durch.

— Sind Sie wahnsinnig? Wenn das Fenster kaputt ist, dann erfriere ich in der Nacht.

Der Graf setzte sich wieder in seinen Ohrensessel und zog trotzig an seiner Pfeife. Othmar suchte betrunken nach dem Lichtschalter.

— Dahinten. Neben dem Elefantenfuß.

Sein Spitzbauch rempelte einen ausgestopften Vogel Strauß, der quietschend umfiel. Dann spürte er unter seiner Fußsohle etwas Weiches. Othmar war sich nicht sicher, ob es bis dahin nicht noch gelebt hatte. Vermutlich eine Maus. Er tastete sich die Wand entlang. Und schnitt sich an einem mittelalterlichen Schwert.

— Verdammte Scheiße!

— Links. Nein. Ihr links.

Endlich Licht. Othmar kniff erneut die Augen zusammen. Dieses Mal, um zu fokussieren. Die gesamte Geschichte des Familiengeschlechts Wegenstein war in dieses Zimmer gepfercht. Neben dem Bett, das von alten Büchern gestützt wurde, stand eine Ritterrüstung. Über dem Schreibtisch, der als Hutablage diente, ein großer Löwenkopf, der stumm brüllte. Man wurde von allen Seiten angestarrt. Die meisten ausgestopften Tiere sahen aus, als wären sie einem Schlaganfall erlegen. An den Wänden hingen schief die Ölporträts von Wegensteins Ahnen. Frantz, der Heilige, der 1778 trotz eingängiger Warnungen das Wasser des Jordan trank und daran elendig zugrunde ging. Ferdinand, der Wütende, der 1809 die Franzosen vertrieb, dann aber von einer gekränkten Bauernliebschaft erschlagen wurde. Heidrun, die Stille, die in ihrem Leben angeblich nur einen Satz gesagt hatte:

— Sie haben vergessen, den Sarg zu schließen.
Dieser war im Rahmen der Beerdigung ihres Mannes gefallen, der gleich daneben hing. Karl, der Fröhliche, von dem man sagte, er sei vom Inzest besonders hart gestreift worden. Sein infantiles Gemüt soll die ganze Familie in den Wahnsinn getrieben haben. Wegensteins Vater, Günter, der Großzügige, hing direkt über dem Bett. Sein Name rührte daher, dass er diverse Ländereien verspielt hatte. Othmar bemerkte, dass sein Gesicht von Hunderten kleinen Löchern gestanzt war. Zuerst dachte er an Motten. Aber dann sah er die Dartpfeile neben dem Nachttisch liegen.
Nur Roland Wegenstein selbst hing nicht an der Wand. Er hatte sich noch keinen Beinamen verdient. Roland, der Pfeifen rauchende Quadratschädel, eignete sich schlecht. Genauso wenig wie Roland, der Gehörnte, oder Roland, der Verstoßene. Wegenstein war, nachdem er eine Bürgerliche geheiratet hatte, vom Rest des Geschlechts zur Persona non grata erklärt worden. Rosa, die Tochter des Hausbesorgers, hatte dem Grafen schon als Kind schöne Augen gemacht. Als sie ihm dann mitteilte, dass sie schwanger sei, heiratete er sie zwar, zwang sie aber trotzdem, traditionsgemäß an seiner linken Seite zu gehen. Für seine rechte Seite hatte er ohnehin niemanden gefunden, weil er den meisten adeligen Damen entweder zu arm oder zu langweilig war.
Rosa verlor das Kind in der elften Woche. Böse Zungen behaupteten, sie sei überhaupt nie schwanger gewesen, sondern habe den gutgläubigen Wegenstein damit zur Blitzheirat gezwungen. Roland, der Naive. Auch das kein Attribut, für das man an der Wand hängen mochte.
Die morganatische Ehe hielt länger, als viele dachten. Obwohl Rosa nicht mehr schwanger wurde. Die fünfzehn

Jahre vergingen keineswegs wie im Flug. Vielmehr musste die Hausbesorgertochter zusehen, wie von Jahr zu Jahr weniger Zimmer bewohnt wurden. Es wunderte also niemanden, außer Wegenstein selbst, dass sie mit dem Elektriker durchbrannte, nachdem dieser sein Haus an Chen verkauft hatte. Bürgermeister Zesch scherzte einmal, dass er offenbar den Wackelkontakt ihrer Beziehung erkannt habe.
— Was wollen Sie?
Wegensteins Rauchschwaden vergrößerten sich zu dichten Wolken, die über seinem Quadratschädel zu stehen kamen. Othmar fiel auf, dass sogar die Frauen auf den Porträts mit der gleichen Kopfform gestraft waren.
— Wo ist er?
Othmar versuchte sich kurz zu fassen, damit Wegenstein seinen Zungenschlag nicht bemerkte.
— Sie sind betrunken.
— Wo er ist, habe ich gefragt.
— Wer?
— Stellen Sie sich nicht blöd!
— Sind Sie neuerdings bei der Polizei?
Wegenstein musterte den im Stehen wankenden Othmar. Bot ihm aber keine Sitzgelegenheit an.
— Werfen Sie bloß nichts um.
Othmar nickte, als würde es in seiner Macht stehen. Er hielt seinen Körper in Bewegung, um das Gleichgewicht nicht zu verlieren. Und sah dabei aus wie eine zu groß geratene Ente, die fror.
— Ich habe den weißen Toyota gesehen.
— *Den* weißen Toyota? Handelt es sich peut-être um ein Einzelstück?
— Wie viel hat er Ihnen geboten?
Aus Wegensteins Pfeife stiegen die Gedankenbläschen

hoch. Othmar konnte sie aber nicht deuten. Erst jetzt fiel ihm auf, dass der Graf einen Pelzmantel trug. Und fragte sich, wie viele Biber dafür ihr Leben lassen mussten. Früher hatte man in Bad Regina zur Fastenzeit massenweise von ihnen gegessen. Weil sie die Kirche für Fische erklärt hatte. Fische durfte man auch zur Fastenzeit verspeisen. Wegensteins Vater war nicht nur *großzügig*, sondern auch ein passionierter Jäger gewesen. Er sorgte dafür, dass der Biber in allen Gourmettempeln serviert wurde, und beförderte damit dessen Aussterben – Othmars Gedanken schweiften ab. Er holte sie mit einem betrunkenen Seufzen zurück.
— Wohin gehen Sie?
Wegenstein sah ihn fragend an.
— Wohin soll ich gehen? Ein Wegenstein bleibt, wo er ist. Wir sind keine Nomaden. Contrairement à tous les traîtres.
Othmar ignorierte seinen Standesdünkel und deutete mit dem angeschwollenen Zeigefinger auf den Grafen.
— Weil Sie den Mantel anhaben.
— Den trage ich immer, wenn ich nicht will, dass jemand zu lange bleibt. Une vieille habitude.
Othmar verstand zwar nicht, warum so ein Gehabe ungebetene Gäste vom Bleiben abhalten sollte, wertete es aber als zusätzlichen Beweis für die Ankunft Chens.
— Sie konnten nicht wissen, dass ich komme. Also: Was wollte der Chinese?
Othmar kniff die Augen zusammen, weil ein Detektiv immer die Augen zusammenkniff, wenn er jemanden überführte.
— Er ist kein Chinese.
— Und woher kommen dann die Schlitzaugen?
— Aus Hallstatt.

— Aus Hallstatt?
— Aus Hallstatt.
Wegenstein lächelte überheblich. Und blies ihm den Rauch entgegen, als könne er ihn damit wegzaubern. Othmar wedelte die Schwaden zurück.
— Auch in Hallstatt gibt es Chinesen, konstatierte Othmar. Schließlich war er kein Hinterwäldler. Die ganze Welt hatte in seinem Klub gastiert. Während Wegenstein in seinem inzestuösen Gengehege gefangen war.
— Er ist aber ein Hiesiger, antwortete Wegenstein trocken.
— Ein hiesiger Chinese, lallte Othmar.
— Er hat den gleichen Pass wie Sie.
— Wollen Sie ihn jetzt verteidigen?
— Ich will nur korrekt bleiben.
— Diese Scheißchinesen glauben, sie können die ganze Welt kaufen.
Othmar schmiss den Satz in die Richtung von Wegensteins Ahnen, in der Hoffnung, Verbündete zu rekrutieren. Wenn diese noch gelebt hätten, dann wäre jetzt aufgebrachtes Gemurmel zu hören gewesen. Ein Chinese sei nicht mehr als Chinese erkennbar. Ein Schwuler nicht mehr als Schwuler. Und ein Nazi nicht mehr als Nazi. Selbst dieser nichtsnutzige Nachkomme sehe nicht mehr wie ein Adeliger aus. In was für einer Welt leben wir eigentlich!
Es blieb aber still. Und Wegenstein machte keine Anstalten, ein Geständnis abzulegen.
— Ich habe alles, was ich brauche.
— Nichts haben Sie.
— Alles habe ich.
Wenn Othmar diesen Chinesen wenigstens beschreiben könnte. Er würde ihn ausschließlich am weißen Toyota erkennen. Der reiche Chen im weißen Dreckskübel. Stil-

los. Erniedrigend. Widerlich. Aber sparen lernte man von den Reichen. Wie würde er schon aussehen? Wie alle gottverdammten Chinesen. Othmar überlegte, ob er sich jemals das Gesicht eines Chinesen gemerkt hatte. Selbst die Visage des Restaurantbesitzers, wo er wöchentlich seinen Glutamatspiegel aufgefrischt hatte, war ihm in Vergessenheit geraten. Auch der Chinese hatte am Ende an den Chinesen verkauft. Ratlos sah er Wegenstein an. Dann flüsterte er:
— Ich will Ihnen doch nur helfen.
— Ich brauche Ihre Hilfe nicht.
— Wir müssen jetzt zusammenhalten.
— Wir kennen uns kaum, knurrte Wegenstein.
— Wenn Sie gehen, ist es aus.
— Es ist schon längst aus.
Auch wenn Wegenstein nicht wusste, was er mit *es* genau meinte. Für ihn hatte *es* nie begonnen. Sein Leben lang war er in einer Schachmattposition gewesen. Er war in dieses Geschlecht hineingeboren worden, um am Ende zu den anderen, die unten in der Schlossgruft lagen, dazuzusterben. So war es vorgesehen. Und die warnenden Blicke der Ahnengalerie sorgten dafür, dass er sich daran hielt.
— Keinen Deut wirst du dich rühren.
— Ein Wegenstein hat seine heilige Pflicht.
— Roland, der Wankelmütige.
— Roland, der Verräter.
— Dieser Chen wird unsere Gebeine auf den Müllplatz werfen.
In seinem Kopf murmelten sie ständig. Sie hatten mit ihrem Gezeter schon seine Frau vertrieben. Konnte er es ihr übel nehmen? Wie oft hatte Rosa ihn zum Weggehen bewegen wollen? Wie oft hatte sie gesagt, dass ihr an alldem nichts liege? Dass sie woanders glücklicher sein wür-

den. Dass sie die gaffenden Blicke der Toten nicht mehr ertrage.

Wäre alles anders gekommen, wenn Chen ein paar Jahre früher aufgetaucht wäre? Könnte er sie zurückholen, wenn er das Angebot jetzt annehmen würde? Roland, der Eroberer. Die anderen Wegensteins hatten stets nur ihre Stellung gehalten. Aber Roland würde aufbrechen, um Neuland zu erobern. Das hätte seit Jahrhunderten keiner von ihnen zuwege gebracht.

Die Rauchschwaden waberten in alle Richtungen. Zwei Millionen! Davon ließe sich in seinem Alter ein lebenslanges Auskommen finden. An einem Ort, wo man mit sechzig kein alter Sack wäre. Sondern ein Sack mit Geld. Abgesehen davon müsste er dann nicht mehr solchen Ruinen wie Othmar ins Antlitz blicken. Er war keiner von ihnen. Es war seine letzte Chance.

Aber was war dieses *Es?* Wäre es für einen wie ihn überhaupt möglich, kein Wegenstein mehr zu sein? Und was sollte er mit dieser neuen Freiheit anfangen? Rosa hatte er unwiederbringlich verloren. Als sanierte Elektrikergattin ließe sie sich von zwei Millionen nicht mehr beeindrucken. Vor allem dann nicht, wenn sie ihn insgeheim Roland, den Langweiligen, oder Roland, den Geschlechtsarmen, nannte. Er hatte doch niemanden. Außer den anderen Quadratschädeln an der Wand. Mit wem sollte er sprechen? Stirnrunzelnd musste er zur Kenntnis nehmen, dass die Pfeife ausgegangen war.

— War's das?

Er klopfte sie aus. Und stopfte sie neu.

— Fürs Erste ja, nickte Othmar lallend.

— Dann gute Nacht, sagte Wegenstein und schloss die Augen, um wieder an seiner Pfeife zu ziehen. Die Rauschschwaden deuteten Othmar den Weg zum Ausgang.

3

Die Sterne leuchteten, als wäre der Nachthimmel ein löchriger Fetzen. Als ob dahinter ein Fest stattfände, zu dem Othmar nicht eingeladen war. Betrunken stolperte er über die eisige Straße. Er musste es die anderen wissen lassen. Diese Sache konnte er unmöglich allein regeln. Wie ein maroder Leuchtturm schimmerte das Luziwuzi am Ende des Ortes. Die anderen Lebensgeister flackerten vereinzelt wie niederbrennende Kerzen über die Schlucht verteilt. Nur eine Frage der Zeit, bis man alle ausgeblasen haben würde.

Den meisten konnte man nicht trauen. Die meisten warteten nur darauf, von Chen ein Angebot zu erhalten. Aber wenn der Graf sein Schloss verkaufte, dann war es aus! Dann bliebe außer dem Hotel Waldhaus, der Kirche, der Luziwuzi-Bar und ein paar Häusern nichts übrig. Die dann nichts mehr wert wären. Was so einer wie Chen natürlich wusste. Was war sein Plan? Es gab einen. Das war offensichtlich. Einen, der erst aufgehen würde, wenn …

Vor dem Haus von Rebekka blieb Othmar kurz stehen.

— Ach, Rebekka.

Er musste an einen Satz seiner Großmutter denken:

— Das einzige Haus, in dem noch nie jemand gestorben ist.

Was vermutlich daran lag, dass es der einzige Neubau war. Und als solcher der Natur noch weniger standhielt. In der ehemaligen Gärtnerei wucherte der Wildwuchs besonders ungestüm. Eine riesige Birke ragte aus dem Treibhaus. Sie hatte schon vor langer Zeit das Glas aufgebrochen. Triumphal streckte sie die Äste nach oben. Sieg der Natur! Nein. Als ob Tiere in einen verfallenen Zoo zurückkehrten. Paradox, dachte Othmar. Auch wenn er das Wort *paradox* niemals gebraucht hätte.

Er hatte Selma angelogen, als er sagte, er hätte Bad Regina nie verlassen. Es gab eigentlich keinen Grund dafür. Selma und Rebekka waren sich nie begegnet. Selma war bis vor drei Jahren in Bad Regina eine Unbekannte gewesen. Ihre Mutter hatte sich von ihrem widerlichen Schönheitschirurgen getrennt und Selma in ein Internat gesteckt. Von dort war diese dann direkt in die Kommune geflohen. Viele sagten, das hätte die Baumgartner frühzeitig ins Grab gebracht. Aber sie hatte ohnehin kein großes Talent fürs Glück gehabt. Den Hang, immer zu den falschen Männern zu greifen, hatte Selma von ihr geerbt. Wobei sie Sedrick niemals als Fehlgriff bezeichnet hätte. Vielmehr als Retter aus einem Internat, wo man drauf und dran war, ihre Seele zu zerstören. Wobei Othmar nicht verstand, was sie an dem australischen Fettwanst fand. Für ihn sahen erwachsene Männer mit Sommersprossen immer bizarr aus. Er fand auch seine kindlichen Bilder lächerlich. Alles an dem Typen war behindert. Trotzdem hatte er es geschafft, auf seinem Vierkanthof in Weikersdorf ein Dutzend Eiferer zu versammeln. Alles unter dem Motto: Kunst als Religion.
— Es ist sein Charisma, Othmar.
Vermutlich hatte er einfach einen großen Schwanz. Oft waren es solche Kleinigkeiten.
— Er hat das Kind in mir beschützt.
— Er hat euch daran gehindert, erwachsen zu werden.
Aber das hatte Othmar nicht gesagt. Er wollte Selma nicht kränken. Nein. Er versuchte, seine Eifersucht zu verbergen. Er wollte vor Selma souverän dastehen. Was lächerlich war. Souveränität gehörte definitiv nicht zu seinen Stärken. Trotzdem hatte er ihr so gut wie nichts über Re-

bekka erzählt. So wie sie ihm kaum etwas über Weikersdorf erzählt hatte.
— Alles vor uns zählt nicht mehr.
Für Othmar zählte ausschließlich die Vergangenheit. Als ob die Dinge erst existierten, wenn man sich an sie erinnern konnte.
Er stand vor Rebekkas Haus. Seit ihrer Geburt hatten sie sich gekannt. In der Volksschule waren sie nebeneinandergesessen. Hatten sich nicht nur ein Baumhaus, sondern auch die ersten Platten geteilt. Jeden Nachmittag hatte er Tennis gegen die Wand ihrer Garage gespielt. Sie saß auf dem Balkon und sah ihm dabei zu. Wie eine Spielerfrau in Wimbledon. An seinem fünfzehnten Geburtstag hatte er sie das erste Mal geküsst. Ein Jahr später hatten sie miteinander geschlafen. Sie hatte bei den Sisters in Blisters gesungen. Er hatte die Songs geschrieben. Ohne ein Instrument zu spielen. Seine Gitarre. Alles nur Play-back. Außer den anderen Sisters hatte es keiner gewusst. Das war astreiner Punk. Die Pose wichtiger als das Handwerk. Er hörte ihre dunkle, hallende Stimme.

I'm drunk – this is Paris.
I'm drunk – this is Oslo.
I'm drunk – this is Kabul.

Als ihm Rebekka eröffnete, Bad Regina zu verlassen, um sich in der weiten Welt zu verlieren, bekam Othmar die Panik.
— Wenn du mich verlässt, dann komme ich mit.
Sie sagte nicht Nein. Sie sagte nicht Ja. Sie sagte gar nichts.

Erst ein Jahr später schickte sie ihn heim. Aber Los Angeles wäre ohnehin nichts für ihn gewesen. Eine Stadt ohne Zentrum. Nicht wie Bad Regina, das ein einziges Zentrum war. Vielleicht begann der Niedergang, als sie in die Mitte des Kurorts das brutalistische Kongresszentrum stellten. Wie ein klobiger Fremdkörper stand es beleidigt in der Gegend herum. Ganz wie Othmar in Los Angeles.
— Sardinen schwimmen immer im Kreis. Als ob es ein unsichtbares Zentrum gäbe. Sardinen sind wie diese Stadt, Othmar. Und deshalb liebe ich L. A. so sehr.
Rebekka hatte recht. In Los Angeles fuhren alle ständig im Kreis. Ein Zentrum konnte Othmar trotzdem nicht ausmachen.
Sie hatten sich bei einem schwulen Schauspieler einquartiert, den sie in einer Bar in Westhollywood aufgegabelt hatten. Sie waren neu in der Stadt und Jonathan ließ sie bei sich wohnen. Rebekka schien ihm zu imponieren. Er nannte sie Odessa, weil er keine traurigere Stadt kannte. Er war zwar noch nie dort gewesen. Aber in dem Gesicht von Rebekka ließ sich von allem träumen. Je länger man es ansah, desto fremder erschien es einem.
— You always look like someone who just arrived, sagte Jonathan.
Rebekka war besessen davon, Amerikanerin zu werden. Der schwule Schauspieler bot ihr an, sie zu heiraten. Dann bekäme sie nach zwei Jahren den ersehnten Pass. Sie müsste nur bei ihm wohnen. Und einem Mann von den Behörden glaubhaft versichern, dass die Liebe echt sei. Die Amerikaner seien da penibel, um Scheinehen zu verhindern. Othmar hielt das alles für einen Scherz. Und genau während dieser Befragung sei es passiert, sagte Rebekka. Als sie dem Beamten von Jonathan vorschwärmte und beteuerte, wie groß ihre Liebe sei, da sei sie wahrhaftig

entstanden, die Liebe zu Jonathan. Aufgestiegen in ihr wie ein Phönix. Sie sei völlig überwältigt gewesen.
— Aber er ist schwul, hatte Othmar gesagt.
— Das ist mir egal. Es ändert nichts an meiner Liebe.
Othmar wurde in ein kleines Zimmer ausquartiert. Er war sich inzwischen auch nicht mehr sicher, ob Jonathan nicht doch bi war. Drei Monate später war der Schauspieler tot. Überdosis. Rebekka hatte ihn gefunden. Und musste daraufhin noch einmal zu dem Beamten, um sich als glaubhafte Witwe zu deklarieren.
Als die Mutter von Jonathan aus Texas kam, um die Leiche ihres Sohnes zu sehen, war sie überrascht, dass dieser verheiratet war. Sie wusste weder etwas von seiner Homosexualität noch von seiner Ehe. Rebekka versicherte ihr, dass die Liebe echt war. Verschwieg ihr sein Geheimnis, wegen dem er vermutlich nach L. A. geflohen war. Und blätterte mit ihr das Fotoalbum durch.
— At least I'm glad he had such a wonderful wife.
Dann reiste die Mutter ab und die beiden Sisters aus Bad Regina standen verloren in der Wohnung eines Fremden.
— Und jetzt?
— Du fährst zurück.
— Du nicht?
— Nein. Ich will Amerikanerin werden.
Othmar schüttelte den Kopf.
— Das ist doch Scheiße!
Er begann zu schreien.
— Du hast mich die ganze Zeit verarscht!
Er fasste sie an. Rebekka wehrte sich nie. Weder beim Sex noch gegen seine Wut. Diese Kapitulation machte ihn rasend. Als ob sie ihren Körper evakuierte. Je lauter er schrie, desto ungreifbarer wurde sie. Dann verschwand das Spöttische aus ihrem Blick. Und wich dem einer Statue. Kein

Fokus. Verdammte Leere. Er riss an ihren dicken Strähnen. Ein Dschungel. Den er roden musste. Er kratzte über ihre hochmütigen Lider. Eine Bergwand. An der er abrutschte. Er würgte ihren Hals. Sie hielt die Luft an. Schwerelosigkeit. Er drückte sie zu Boden. Nicht wegfliegen jetzt. Er drang in sie ein. Kein Laut. Näher konnte er ihr nicht kommen.
Als er ging, saß sie am Fenster und starrte auf die Sardinen von Los Angeles.
— Immer, wenn ich zu Hause bin, dann ist mein Heimweh am größten.
— Ich bin doch dein Chronist.
— Du bist der Kieselstein in meinem Schuh.
Dann verließ er die Welt. Und kehrte nach Bad Regina zurück.

— Ich schreibe an jedem Ort einen Song über dich.
Das hatte er gesagt, als sie daheim am Bahnhof gestanden hatten. Bereit für die weite Welt. Damals hatte er noch geglaubt, dass sein Zuhause überall dort war, wo Rebekka schlief.
— Ich brauche keine Songs mehr, hatte sie geantwortet.
Erst später begriff er, dass zu Hause dort war, wohin man immer wieder unfreiwillig zurückkehrte.
— Was findest du an einer, die nichts an dir findet?
Die anderen Sisters hatten Rebekka schon immer als die Fieberblase empfunden, die ihre Männerrunde infizierte. Die Band war für sie nur der Kitt ihrer Freundschaft. Für Othmar war es umgekehrt. Die Sisters waren das Beiwerk. Und die Fieberblase der Main Act.
Mag sein, dass sie nichts an ihm fand. Othmar liebte Rebekka. Und Rebekka die Welt. Offenbar war es sein Muster, das festhalten zu wollen, was er nicht greifen konnte. Er liebte nur die Geister. Jene, die durch sein Leben spuk-

ten. Und nie Anker warfen. Letztlich war die Geschichte mit Selma nichts anderes. Alles nur Play-back. Ein: *So tun, als ob*. Alles nur Ablenkung. Alles nur Täuschung. Alles nur eine Imitation. Sie spielten Liebe. Weil kein anderer verfügbar war.

Er wünschte, Selma würde öfter bei ihm schlafen. Aber er wollte nicht mit ihr zusammen sein. Er wollte mit niemandem zusammen sein. Niemand kannte ihn wie Rebekka. Und niemand kannte Othmar wie sie.

Sie brauchte einen, der auf sie wartete. Und er brauchte eine, die nicht da war. Vor allem aber hasste sie ihre Mutter, die darauf bestanden hatte, dass aus ihrer Tochter ebenfalls eine unglückliche Gärtnerin wurde. So wie ihre Mutter und die Mutter davor.

— Warum sollte ich in einem Treibhaus die Pflanzen ziehen, die woanders unter freiem Himmel wachsen?

Letztlich hatten auch ihre Eltern an Chen verkauft. Zumindest waren sie von einem Tag auf den anderen verschwunden. So wie alle plötzlich verschwunden waren. Keiner hatte sich je verabschiedet. Alle waren sie über Nacht gegangen. Als ob das eine Bedingung wäre.

Othmar spürte seine Berufung. Vermutlich, weil es keine andere Berufung mehr gab. Nur er konnte Chen aufhalten. Sein Blick fiel auf das Hospiz, das abgedunkelt neben dem alten Sanatorium stand. Bald würde sein Vater sterben. Auch wenn er dort schon seit zwei Jahren dem Tod trotzte. Als letzter Patient. Othmar hatte ihn schon seit einem Monat nicht mehr besucht. Sich selbst hatte er noch länger nicht im Spiegel angeschaut. Zu groß die Angst, den Ruinen, die sich nicht mehr restaurieren ließen, ins Auge zu sehen. Würde er seinen Vater genauso vermissen wie seine Großmutter? Es war nicht so, dass er ihn nicht liebte. Er wusste nur nicht, wer er war. Als ob man einen Fisch im Aquarium anstarrte. Ein Fisch war für Othmar der Beweis, dass totes Leben möglich war. Andererseits hatte er Mitleid mit seinem Vater. Denn gewiss schlummerte hinter seinem lethargischen Gemüt ein Mensch mit Gefühlen. Seine Leblosigkeit war keine verunfallte wie bei Alpha. Eher eine Maßnahme, um mit den Anforderungen der Welt nicht umgehen zu müssen.

Alles an Othmar hatte er mit seinem Kopf weggeschüttelt. Seine Ambitionen. Seine Pläne. Seine Träume. Seine Freunde. Seine Musik. Als dürfe es Othmar nicht geben. Als könne man ihn mit dem Kopf abschütteln, um ihm ja keinen Zugang zum Herzen zu ermöglichen. Immer wieder hatte er Anlauf genommen. Aber an den Türstehern seines Vaters war kein Vorbeikommen möglich.

Vermutlich hatte er es ihm nie vergeben, dass seine Frau bei Othmars Geburt gestorben war. Eklampsie, hatte der Arzt gesagt. Schwangerschaftsvergiftung, der Vater.

Während Othmar sich in das Licht der Welt presste, gingen bei seiner Mutter die Lichter aus. Sein Vater musste zusehen dabei und danach Othmar in den Armen halten. Da seien bei ihrem Schwiegersohn die Lebenskerzen erloschen, hatte die Großmutter gesagt, die ab dem Tod ihrer Tochter deren Mutterrolle übernommen hatte.

— Man kann allen verzeihen, Othmar. Nur sich selbst nicht.

Großmutter hatte ihm nie einen Vorwurf daraus gemacht. Ließ ihn im Gegensatz zum Vater nie spüren, dass die Falsche gestorben war. Ein Kind könne man noch mal zeugen. Eine Frau, die einen so liebe, finde man nur einmal im Leben. So dachte der Vater. Und dieser Gedanke war die Hand, die seine Flamme versengte.

Im Gegensatz zu sich selbst und Alpha pflegte Othmar das

Grab seiner Großmutter regelmäßig. Was ihr bestimmt nicht recht gewesen wäre. Denn sie glaubte nicht an gepflegte Gärten. Sie glaubte an gar nichts, was vom Menschen gestaltet wurde. Glaubte, dass alles vom Menschen Gemachte irgendwann von der Wahrheit eingeholt wurde. Ja, dass der Mensch stets an der Wahrheit vorbeigestaltete, sie niedergestaltete, gleichsam niederplanierte, es aber immer nur eine Frage der Zeit war, bis sich der darunter wuchernde Wildwuchs seinen Weg bahnte. Das galt für Gräber und Gärten genauso wie für den Katholizismus, den Nationalsozialismus, den Sozialismus, den Kapitalismus, den Kommunismus, die Demokratie, die Kunst, das Geld, die Ehe im Allgemeinen – ja, für alle sogenannten zivilisatorischen Errungenschaften. Und weil die Großmutter Lücken und Risse schön finden konnte, war sie ein glücksbegabter Mensch gewesen. Das hatte er von ihr gelernt.
— Sag jetzt bloß nicht, dass du deshalb so bist, wie du bist. Denn fröhlich bist du nicht, du Hirnrissiger, hatte Selma zärtlich in sein Ohr geflüstert.
— An irgendetwas muss sie doch geglaubt haben.
— An das Heilwasser von Bad Regina. In ihren Augen konnte es alles heilen. Jede Wunde, jede Krankheit, jede Traurigkeit, jeden Irrtum. Im Winter hat sie mir oft die Eiszapfen aus der Quelle zum Schlecken gegeben.
— Eine fröhliche Nihilistin! Ich glaube, ich hätte sie gemocht.
Trotz ihrer Freundlichkeit war die Großmutter nicht besonders beliebt gewesen. Zumindest konnte sich Othmar an keine Freundschaften erinnern. Obwohl sie eigentlich gesellig war. Oft kochte sie zu viel, in der Hoffnung, es würde noch jemand zum Abendessen dazustoßen. Es kam aber niemand. Es wurde trotzdem aufgegessen. Obwohl sie keine gute Köchin war.

Mit Männern hingegen konnte sie gut. Vermutlich, weil sie diese nicht ernst nahm. Die Großmutter war zweimal verheiratet gewesen. Als ihr erster Mann starb, heiratete sie dessen Bruder, der davor mit ihrer Schwester verheiratet gewesen war, die aber ein Jahr nach dem ersten Mann der Großmutter gestorben war und von der man munkelte, sie habe ein jahrelanges Verhältnis mit ihm unterhalten. Die beiden Schwestern waren eine Symbiose. Es gab keinen Groll zwischen ihnen. Und Othmar hielt es für gut möglich, dass sie sich wissentlich die Brüder teilten, ja, dass sie im Grunde genommen alle vier miteinander verheiratet gewesen waren.

Als die Schwester starb, brach nicht nur eine Welt zusammen, sondern auch eine ständige Verbindung. Die Großmutter und ihre Schwester, die nur hundert Meter entfernt voneinander wohnten, hatten über ein Babyfon eine Standleitung installiert. Mehr als dreißig Jahre lang fand so eine ständige Unterhaltung statt. Selbst in der Nacht wurde die Leitung nicht gekappt. Und als sich die Schwester eines Tages nicht gleich zu Wort gemeldet hatte, da hatte die Großmutter nur trocken gesagt:

— Sie ist tot.

Als ihr zweiter Mann starb, hatte sie noch trockener gemeint:

— Hätten wir das auch.

Als ob sie das Drehbuch ihres Lebens schon vorher gelesen hätte.

Kurz vor ihrem Tod hatte Othmar sie gefragt, ob sie das Gefühl habe, ihr Leben gelebt zu haben. Sie antwortete noch trockener als nach dem Tod ihres Mannes:

— Vermutlich hatte sogar Hitler am Ende das Gefühl, etwas versäumt zu haben.

Bis zu ihrem vierundneunzigsten Lebensjahr fuhr sie mit

dem Auto ihre Einkäufe erledigen. Durch Chen vergrößerten sich allerdings die Entfernungen, weil selbst der letzte Lebensmittelladen irgendwann das Handtuch geworfen hatte. Insofern hatte es wenig mit James Dean zu tun, als sie ein Sekundenschlaf das Leben kostete. Vierzig Kilometer waren einfach zu viel für sie. Ein Überschlag hätte gereicht. Es waren drei gewesen.
Eigentlich hätte man sie in der Havarie beerdigen sollen. Stattdessen kam die Urne mit der Post. Othmar stellte sie monatelang zu den Marmeladengläsern, weil er nicht wusste, wohin damit. Schließlich entschied er sich doch für eine Beerdigung. Auch wenn es der Großmutter nicht recht gewesen wäre, dass das Begräbnis vom Pfarrer ausgerichtet wurde. Othmar hatten einfach die Worte gefehlt. Und Pater Helge war sein Freund.
— Weißt du, was Helge bedeutet?
— Keine Ahnung.
— Heilig.
— Wie passend.
— Es gibt noch keinen heiligen Helge.
— Aha.
— Deshalb habe ich mich Helge genannt.
— Genannt?
— Das erzähle ich dir später. Wenn wir uns besser kennen.
Er hatte es ihm all die Jahre nicht erzählt. Obwohl er mehrmals die Woche bei ihm saß, um den Messwein zu leeren. Natürlich wunderte sich auch einer wie Othmar, was so ein gut aussehender Priester in so einem Kaff verloren hatte. Außer der alten Zesch und dem Tschermak ging keiner mehr zur Kirche. Die alte Zesch, weil sie täglich dafür betete, endlich sterben zu dürfen. Und Tschermak, weil sein Sohn wegen einer Frau zum Islam konvertiert war. Da hatte der Luziwuzi-Wirt seinen Glauben, den er

eigentlich schon mit acht Jahren verloren hatte, wiedergefunden.
— Dieser gottverdammte Bengel hat sogar die Firmung verweigert, weil er kein Heuchler sein wollte. Und dann wird er ein Muselmane, damit er diese verschleierte Göre heiraten kann.
Tschermak hatte daraufhin jeden Kontakt abgebrochen. Und betete abwechselnd für die Rückkehr seines Sohnes und einen Blitzschlag, der diese *arabische Mischpoche* auslöschen würde.

Othmar humpelte am Haus der Großmutter vorbei, das für immer leer stehen würde. Und weil Chen das wusste, machte er kein Angebot. Othmar hatte alles unberührt gelassen. Weil er glaubte, dass sie noch als Geist darin wohnte.
— Max, du musst nach Hause gehen! Es ist spät!
Am Spielplatz legte Othmar eine Pause ein. Der Fuß begann wieder zu schmerzen. Der zehnjährige Max war das einzige Kind im Ort. Wenigstens gehörte ihm der Spielplatz allein. Nie musste er darauf warten, dass die Schaukel frei wurde. Nie musste er sich an der Rutsche anstellen. Und selbst die Sandkiste gehörte nur ihm, wenn sie nicht gerade zugefroren war.
— Aber es ist erst acht, rief der kleine Max zurück.
Othmar hatte offenbar das Gefühl für die Zeit verloren. Er nickte und winkte ihm zu. Dann humpelte er weiter.
Max war vom langweiligen Grün. Von wem er wirklich stammte, wusste jeder. Aber das schien den Bahnhofsvorsteher nicht zu stören. Sie hatten ihn damals bei den Sisters gefeuert, weil er selbst für einen Bassisten zu langweilig war. Außerdem ließ sich mit dem feisten Tschermak besser trinken. Grün war ein Lauch. Zumindest nannte ihn Zesch so. Wegen seiner Statur.

Heute saß er täglich am Gleis und sah den Zügen dabei zu, wie sie durch Bad Regina fuhren. Wenn einer stehen blieb, stieg nie jemand aus. Grün pfiff und deutete dem Lokführer weiterzufahren. Er hielt den Normalbetrieb aufrecht. Alle hielten den Normalbetrieb aufrecht. Für den Ernstfall.
Wankend kam Othmar vor der Luziwuzi-Bar zu stehen. Die gelben Buchstaben aus den Fünfzigerjahren leuchteten trüb in der eisigen Kälte. In der Vitrine hingen Fotos des hässlichen Kaiserbruders, nach dem die Bar benannt worden war. Dekadent posierte er mit einem Gehstock vor einem überzüchteten Hund, dem die Haare über die Augen standen. Auf einem anderen saß er affektiert unter einem Regenschirm. Ein weiteres zeigte ihn in bizarrer Schwimmkleidung inmitten seiner schwulen Getreuen. Ein Verstoßener, der am Ende nur noch von seinem Bruder, Kaiser Franz Josef, protegiert wurde. Und weil er das wusste, hatte er sich wie einer verhalten, dem nichts passieren konnte. Auch in Bad Regina, wo der Kaiserbruder oft zu Gast war, soll er im Helenenbad berüchtigt für seine Zudringlichkeiten gewesen sein. Der Luziwuzi war ein durch und durch verdorbener Charakter, der es außer mit sich selbst mit niemandem gut meinte. Warum Tschermak das Lokal, das er von seinem Vater geerbt hatte, nie umbenannt hatte, war Othmar ein Rätsel. Vielleicht schlummerte in dem alten Punk doch sein Alter, der ein eiserner Monarchist gewesen war.
In der Vitrine daneben das Cover ihrer einzigen Platte. Sisters in Blisters. *Contagious Songs*.
Sie posierten in Polizeiuniform und Zombieschminke. Rebekka, die als Einzige einen roten Trenchcoat trug, wurde auf dem Bild von Othmar verhaftet. Während sich ihr Gesicht steinern hinter einer Sonnenbrille verschanzte – man

hatte den Eindruck, sie würde sich ob der Inszenierung schämen –, versuchte Othmar mit hochgezogener linker Oberlippe die rotzige Pose von Sid Vicious nachzuahmen. Er wirkte zwar eher wie ein rabiater Dorfpolizist, der an einem Gangbang teilnehmen durfte, versprühte aber aufgrund seiner Jugend einen gewissen Randalierercharme, dem besonders Mädchen mit mütterlichen Wesenszügen verfielen, weil sie ihre sexuelle Begierde hinter einer pädagogischen Ästhetik verstecken konnten. So hatte es zumindest Moschinger formuliert, der – obwohl Schlagzeuger – schon immer der Philosoph der Gruppe gewesen war. Jammerschade, dass seine Texte so sperrig waren.
— Punk ist wie Scheißen.
Das hatte nicht Moschinger gesagt, sondern Othmar. Und deshalb schrieb auch er die Texte für die Sisters. Der lange Moschinger hatte sich mit seiner ungelenken Denkerpose schon immer selbst im Weg gestanden. Da konnte der Lackel archaisch trommeln, was er wollte. Auch seine gastronomischen Misserfolge waren diesem Umstand geschuldet. Sein vegetarisches Restaurant *Falscher Hase* zum Beispiel. Ein verunglücktes Wortspiel. Aber auch sein After-Hour-Klub namens *Nachtapotheke*. Ein einziger Reinfall. Das weiße medizinische Interieur war nach kürzester Zeit zum Wegwerfen, weil ihm die Touristen alles vollgekotzt hatten.
Er ließ sich aber nicht beeindrucken, benannte den Laden in *Eisvogel* um, organisierte ein Dutzend Königspinguine und stellte sie als Attraktion auf das Dach. Jedes Mal, wenn ein Flugzeug vorbeiflog, drehten die menschengroßen Tiere ihre Köpfe so stark, dass sie im Stand umfielen. Unglücklicherweise konnten sie von allein nicht wieder aufstehen, worauf das Personal nach wenigen Wochen die Nerven schmiss und sich weigerte, die Viecher wieder

aufzustellen. Moschinger kapitulierte und übernahm das Hotel Waldhaus von seinem Vater. Er restaurierte es im Sinne junger Hipsterfamilien im Wes-Anderson-Stil. Die ebenfalls ausblieben, weil es solche Hotels auch an geselligeren Orten gab.

Heute beherbergte das Waldhaus vor allem Skurrilitätenjäger, die dem Ruinentourismus frönten.

— Wenn die Leute nach Tschernobyl fahren, warum nicht auch nach Bad Regina!

Die *Dark Tourists* blieben aber aus, weil ihnen die Darkness fehlte. Und den Lost-Places-Fotografen wurde aufgrund von »Sicherheitsrisiken« der Zugang zu den Ruinen verwehrt. Chen unternahm wirklich alles, um jede Geschäftsidee im Keim zu ersticken. Er wollte Bad Regina einfach vernichten.

Der lange Moschinger ging von Jahr zu Jahr gebückter durchs Leben. Und seine unbändig gelockten Haare waren inzwischen schlohweiß geworden. Auf dem Plattencover waren sie blond und Moschi sah aus wie eine Alpenversion von Roger Daltrey. Daneben der uniformierte Tschermak, der einen vollbeschmierten Bass vor dem Wanst hielt. Er sah schon damals wie ein Exfußballer aus. Und natürlich Sunnyboy Zesch, der versuchte, seine Zombieschminke wegzugrinsen.

Zusammen waren sie die Sisters in Blisters. Leider hatte es nur ein Album gegeben.

— Schade eigentlich, dachte Othmar und seufzte.

An der Tür des Luziwuzi stand: *Geschlossene Gesellschaft*.

4

Othmar riss die Tür auf, als wolle er jemanden in flagranti erwischen. Es erwartete ihn aber nur ratlose Stille. Der betrunkene Tschermak, der mit seiner Frau Karin beim Essen saß, sah ihn mit zugeschwollenen Augen an.
— Geschlossene Gesellschaft!
— Ein Scherz.
— Kein Scherz.
Karin, die sich für ihren Mann in ein grünes Dirndl geworfen hatte, sagte, ohne aufzusehen:
— Er hat Geburtstag heute.
— Na dann, gratuliere!
Othmar setzte sich an die Bar. Sein Blick fiel auf den betrunken schlafenden Achmed.
— Habe ich mich undeutlich ausgedrückt?
Tschermak machte sich nicht die Mühe, den Schweinsbraten vorher runterzuschlucken.
— Na, so geschlossen wird die Gesellschaft nicht sein, wenn er auch da ist.
Othmar deutete auf Achmed, der sich nicht rührte.
— Den kriegt man nicht weg. Der liegt schon seit Mittag da.
Der arme Achmed, dachte sich Othmar. Vor drei Jahren war er als abstinenter und hoffnungsbegabter Syrer nach Bad Regina gekommen. Moschinger hatte im Hotel Waldhaus freiwillig zehn Flüchtlinge aufgenommen. Sein Koch Kajetan und er hatten den Plan, die jungen Männer zu Spitzenköchen auszubilden. Doch der scheiterte nicht nur daran, dass Kajetan kein Spitzenkoch war, sondern vor allem an Zesch, der ihnen als Bürgermeister die Hölle heißmachte.

— Ich lasse diese Islamisierung nicht zu! Mit einem Schlag machen diese Kameltreiber mehr als zehn Prozent aus! Wir schaffen uns doch nicht freiwillig ab! Die vermehren sich wie die Karnickel. Und in drei Jahren sind wir die Minderheit. Da mache ich als Bürgermeister nicht mit!
— Schwachsinn! Es sind doch nur Männer. Mit wem sollen sie sich bitte vermehren?
— Mit den Unsrigen!
— Mit welchen Unsrigen? Die sind doch alle im Wechsel. Außerdem könne man das so nicht rechnen, fauchte der aufgebrachte Moschinger. Für ihn habe Bad Regina noch immer 4000 Einwohner.
Der Koch Kajetan fügte noch hinzu, dass er den Beweis dafür habe, dass es so etwas wie Rassen gar nicht gebe. Sonst würde ja das Fleisch eines Negers anders schmecken als das eines Indianers. Was Zesch endgültig zur Weißglut brachte.
— Aha! Hast du es probiert? Zuzutrauen wär's dir ja! Du dekadentes Arschloch! Was ihr da macht, ist die endgültige Kannibalisierung unserer Heimat. Nur über meine Leiche!
Über die Flüchtlingsgeschichte hatte Zesch endlich eine Agenda gefunden. Sonst blieb dem Bürgermeister nicht viel zu tun, außer regelmäßige Abgänge zu verkünden und die Einwohnerzahl auf Wikipedia nach unten zu korrigieren. Damit ließen sich aber keine Stimmen gewinnen. Obwohl sein dreckiger Populismus, wie es Moschinger nannte, überhaupt keinen Sinn ergebe, weil sich ohnehin kein anderer für das Amt aufstellte. Aus purer Langeweile entspann sich eine monatelange Fehde, die darin endete, dass neun von zehn Flüchtlingen abgeschoben wurden.
— Der Moschinger hat's übertrieben, würde man im Ort später sagen. Denn eigentlich waren den Leuten die Syrer

egal, solange sie nicht die Ruhe störten. Aber plötzlich waren die allseits verhassten leeren Straßen von immenser Wichtigkeit. Da konnte der Moschinger hundertmal beteuern, dass überhaupt keiner da war, um vergewaltigt zu werden.
Die Syrer sorgten zumindest für Gesprächsstoff in Bad Regina. Die Bewohner schienen fast dankbar zu sein, ein paar Monate lang nicht über Chen sprechen zu müssen. Manche schafften sogar die Gedankenbrücke, den Syrern die Schuld an der ganzen Misere zu geben. Zesch befeuerte die Gemüter, indem er behauptete, dass arabische Clans hinter dem Chinesen stehen würden. Dass sie Chen nur als Mittelsmann einsetzten. Dazwischen versuchte er, seinem einstigen Kumpel Moschinger mit bürokratischen Hürden das Leben schwer zu machen. Als eine ausgiebige Betriebsprüfung Mängel in der Küchenhygiene feststellte und man dem Hotel Waldhaus vorübergehend warme Küche jeglicher Art verbot, liefen bei Moschinger die Kabel heiß. Da schälte sich der alte Moschi aus ihm raus. Und der machte Krawall. Nicht auf den leeren Straßen von Bad Regina, sondern im Netz.
Die beiden sprachen kein Wort mehr miteinander. Stattdessen lieferten sie sich über Facebook eine Schlacht, die landesweite Aufmerksamkeit auf sich zog. Die Geisterstadt in den Alpen machte von sich reden. Altes Nazinest. Asylantenoase. Globaler Ausverkauf. Der Fluch von Bad Regina. Mysteriöser Chinese lässt mondänen Kurort verfallen. In jenen Monaten hielt sich Chen mit Ankäufen zurück. Offenbar war ihm die zuteilgewordene Öffentlichkeit zu viel geworden.
Zesch und Moschinger hatten sich den Krieg erklärt. Und die beiden Kommandozentralen hießen Luziwuzi und Waldhaus. Als Tschermak am 20. April Eiernockerln als

Tagesmenü servierte, postete Moschinger ein Foto der Speisekarte. Der Wirt beteuerte zwar, dass er nicht gewusst habe, dass es sich um die Leibspeise des Führers handle und dessen Geburtstag ihm außerdem am Arsch vorbeigehe, aber die aktivierten Echokammern sahen das anders. Der virtuelle Tumult nahm ungeahnte Ausmaße an. Und die beiden Lager schlugen verbal aufeinander ein, dass man hätte glauben können, ein Bürgerkrieg stünde bevor.

In der gleichen Nacht kam der besoffene Moschinger auf jene unsägliche Idee, die das Fass zum Überlaufen brachte. Seine *Intervention,* wie er es nannte, schweißte die beiden Lager wieder zusammen. Nicht nur gegen ihn. Sondern vor allem gegen die lebenslustigen Syrer, deren Integration im Rahmen der gastronomischen Tätigkeiten zwischenzeitlich beschleunigt worden war. Denn der einsame Moschinger hatte sich die jungen Männer zu ordentlichen Trinkkumpanen anerzogen.

Während die Asylwerber nicht so richtig verstanden, um was es eigentlich ging, übertrumpften sich Moschinger, Kajetan und der permanente Hotelgast Fink mit Ideen, wie man den Führergeburtstag im globalen Dorf zu kommentieren hatte. Endlich war wieder etwas los. Man bauschte sich gegenseitig hoch. Und träumte von einem Tumult, der nur mit Thomas Bernhards *Heldenplatz*-Uraufführung vergleichbar wäre. Moschingers Bernhard-Verehrung ging so weit, dass er seinerzeit auf eBay eine angeblich originale Lederhose des Dichters ersteigert hatte.

—3000 Euro! Dieser oberösterreichische Bauernschädel hat gar nicht gewusst, auf was er da sitzt. In dieser Hose hat Bernhard »Holzfällen« geschrieben. Ich habe es nachgerechnet!

Vermutlich hatte sich der oberösterreichische Landwirt

herzhaft ins Fäustchen gelacht, als er dem *depperten Boutiquehotelbobo* den Schwachsinn eingeredet hatte. Denn außer dass seine Cousine aus Ohlsdorf stammte, hatte er keinerlei Beweise für die Echtheit anführen müssen. Moschinger war so benommen von der potenziellen Beute, dass er blindlings die 3000 Euro auf den Tisch gelegt hatte. Vermutlich, um Fink zu imponieren.
Moschinger war wahnsinnig stolz, dass sich ein so bekannter Schriftsteller bei ihm einquartiert hatte. Man munkelte sogar, dass Fink seine Rechnungen nicht bezahlen musste, weil er dem Hotelier versprochen hatte, in seinem nächsten Buch vorzukommen. Also, falls er jemals wieder eines veröffentlichen sollte. Woran berechtigter Zweifel bestand. Denn die Bekanntheit Finks resultierte weniger aus seinem mittelprächtigen Werk als aus dem spektakulären Rufselbstmord, den er begangen hatte. Für seine »autobiografischen« Reiseromane, in denen er sich brüstete, alles persönlich erlebt und nichts erfunden zu haben, interessierte sich kaum jemand. Für seine #MeToo-Geschichten hingegen schon. Im Rahmen seiner jährlichen *»Yoga und Literatur«-Workshops* auf Zakynthos war es zu mehreren sexuellen Übergriffen an Frauen gekommen, die sich zusammengetan hatten, um ihren einstigen Mentor in die Hölle fahren zu sehen. Fink gab sich uneinsichtig. Diese untalentierten Schnepfen hätten sich doch nur Zugang zu Verlagen erhofft. Und dass es bei Yoga zu Körperberührungen komme, sei wohl keine Überraschung. Er werde einen Teufel tun, wegen dieser *Frustbuchteln,* die sich wie alle Weiber gerne zu Opfern stilisieren würden, auch nur einen Gedanken an Reue zu verschwenden. Woraufhin der Verlag die verstaubten Lagerbestände seiner Bücher einstampfte und ihn wissen ließ, dass sie ab jetzt auch keine mehr produzieren würden. Sein Name wurde aus dem

Verlagsprogramm gelöscht. Fink flüchtete sich daraufhin ins Asyl im Hotel Waldhaus, wo er als einziger Gast permanent residierte.

Fink hatte Moschinger feurig angestachelt, als diesem die *Idee* kam. Da halfen auch die Karaffen Wasser, die der Koch auftischte, nichts mehr. Man setzte den völlig besoffenen Achmed vor die Webcam und ließ ihn in gebrochenem Deutsch aus *Heldenplatz* rezitieren. *Sechseinhalb Millionen Debile und Tobsüchtige, die ununterbrochen aus vollem Hals nach einem Regisseur schreien. Mehr Nazis als 1938. Österreich eine geist- und kulturlose Kloake.* Dann stellte man das Video auf Facebook. Darüber stand: Die Stadt Bad Regina wünscht dem Führer alles Gute zum Geburtstag. #Hitler#Eiernockerl#Luziwuzi#Hotel Waldhaus#Thomas Bernhard.

— Soll noch einer sagen, dass das nicht mehr aktuell ist! Selbst das Moschingerlager, das Bernhard posthum für sich vereinnahmt hatte, rastete völlig aus. Was sich dieser Syrer herausnehme? Ob das der Dank sei! So dürfe man nur als Österreicher über Österreich sprechen. Erst jetzt begriffen die Syrer, die bis dahin nichts begriffen hatten, in welche Spirale sie da hineingeraten waren. Aber da war es bereits zu spät gewesen. Es war ein leichtes Spiel für Zesch, die Abschiebung der angehenden Köche zu erwirken. Nur Achmed war wegen der zahlreichen Morddrohungen untergetaucht. Nach ein paar Wochen erhärtete sich allerdings der Verdacht, dass ihn Moschinger im Keller versteckt hielt.

— Ich hätte das Gleiche für jeden Juden getan! Wer noch? #Nazischweine, postete dieser auf Facebook. Und kündigte an, den minderjährigen Achmed adoptieren zu wollen, was ihn vorübergehend vor der Abschiebung bewahrte. Seither hing der Syrer betrunken bei Tschermak an der Bar und redete mit keinem ein Wort. Auch nicht mit Moschinger, der das Luziwuzi ohnehin nicht betrat. Der Wirt hielt sich den Syrer als Amüsement, um Zesch zu ärgern, weil es ihn insgeheim noch immer wurmte, dass er seine jetzige Frau Karin einst von ihm übernommen hatte, und fürchtete, dass da noch immer kleine Partikel einer sexuellen Zuneigung vorhanden waren. Außerdem bestrafte er Achmed stellvertretend für die *arabische Mischpoche*, die seinen Sohn in Geiselhaft hielt. Genüsslich sah er dem Syrer dabei zu, wie er sich zu Tode soff. Spendierte ihm einen Schnaps nach dem anderen. Beschimpfte ihn unflätig, wenn ihm danach war. Als ob er Achmed als Geisel nähme, falls später einmal ein Austausch vonnöten sein würde.

— Chen war da, sagte Othmar.
— Bei mir nicht.
— Beim Grafen.
— Wenigstens an meinem Geburtstag hätte er auch an mich denken können.
Tschermak nahm einen Schluck Bier und stellte den leeren Kupferkrug vor Karin, die seufzend hinter den Tresen trat, um ein neues zu zapfen.
— Gib mir auch eins, sagte Othmar.
— Musst du ihm seinen Geburtstag versauen?
Othmar öffnete die Lederjacke und gewährte seinem Spitzbauch Auslauf. Sein Blick fiel auf das Porträt von Schandor, das über dem Whiskeyregal hing. Süffisant lächelte der alte Herr im Dinnerjacket auf ihn herab. Wenn er ihn so sehen könnte. Was er wohl sagen würde?
— Man hat deine Zähne statt dem Gesicht gerodet.
— Aus deinem Bart kann man einen Kindermantel weben.
— Welches Scheißleben hat dich geschwängert?

— Im Fett deiner Haare können die Läuse Wasserski fahren.
Er hätte seine dichten Augenbrauen gehoben, die schmalen Lippen zu einem wissenden Lächeln geschürzt und ihm ein Glas Lagavulin Single Islay Malt hingestellt. Nein. Er hätte ihm den Kopf sabriert.
— Wir müssen etwas unternehmen, sagte Othmar.
— Und was?
— Wir müssen den Grafen daran hindern umzufallen.
— Und wie?
— Zesch soll ihn enteignen. Das Schloss liegt im öffentlichen Interesse.
— In meinem nicht.
Othmar wandte sich an Karin.
— Was ist los mit ihm?
— Was soll los sein? Geburtstag hat er.
— Wir werden alle nicht jünger.
— Und auch nicht älter, wenn er so weitermacht, rügte Karin ihren Mann über die Theke und stellte ihm ein frisches Bier vors aufgeschwemmte Gesicht. Othmar nahm sich eine Zigarette und steckte sie verkehrt in den Mund. Er zündete den Filter an.
— Scheiße! Eine von hundert!
— Ich sag ja. Scheißtag. Den kann man sich nur wegtrinken.
— Einen Kater kann man nur durch Weitersaufen verhindern. Das gilt für alles im Leben!
— Prost.
— Prost.
Othmar hob das Glas und salutierte Schandor, der dies scheinbar wohlwollend zur Kenntnis nahm. Er vermisste den alten Herrn. Er hätte jetzt bestimmt eine Antwort parat gehabt. Wobei der alte Schandor vor Chen als Erster

in die Knie gehen musste. Aber zumindest würde ihm ein markiger Spruch einfallen. Oder er würde eine letzte Party schmeißen, um den Weinkeller im Schloss auszutrinken, bevor er an die Chinesen fiel.

Othmar hatte ihn stets als Ersatzvater gesehen. Im Gegensatz zu seinem Alten konnte er Schandor bewundern. Für seinen Esprit. Für seine Großzügigkeit. Aber vor allem für seinen Stil. Der Mann hatte Klasse. Othmar kannte sonst niemanden, der seine eigene Zigarettenmarke rauchte. Schandor hatte Tabak angebaut. Schwarz wie die Nacht. Er ließ sich Schachteln mit eigenem Emblem herstellen. Raven. Weinrot. Mit goldenem Wappen. In dessen Mitte ein Rabe posierte. Niemand außer ihm rauchte Raven. Das war nur Schandor vorbehalten. Wenn er jemandem eine abtrat, dann war das allerhöchste Zuneigungsstufe. Als die Sache mit Alpha passierte, da hatte er Othmar eine ganze Packung geschenkt. Allerdings in einem Etui. Die Packungen waren Schandor vorbehalten. Keiner hätte es je gewagt, auch nur eine als Trophäe zu stehlen. Hatte er eine Packung verloren, dann konnte er sicher sein, dass sie der Finder am nächsten Tag in seinem Büro abgab. Man hatte Respekt vor Schandor. Warum? Weil auch er Respekt vor jedem Einzelnen in Bad Regina hatte. Er bezahlte die Leute nicht nur anständig. Er kümmerte sich beinahe väterlich um sie. Besonders um Othmar. Heute kümmerte sich keiner mehr um ihn. Vermutlich nahm er ihm das übler als die Tatsache, dass er verkauft hatte. Dass Schandor ohne Abschied aus seinem Leben verschwunden war.

— Was wurde eigentlich aus den Kindern? Das frage ich mich seit Jahren.

— Das fragst du dich jedes Mal, wenn du vor diesem Bild sitzt. Zeit, dass wir es abhängen, murmelte Tschermak.

— Einen Teufel wirst du tun!

Othmar wurde laut, was den betrunkenen Achmed zu einem Räuspern bewegte, bevor er wieder im Stupor versank.
— Wie alt wären sie heute?
— Um die achtzig und Mitte vierzig. Genauso wie letzte Woche.
— Und Schandor?
— Hundertzehn.
— Wäre ihm zuzutrauen, nickte Othmar betrunken.
— Schwachsinn. Der Alte liegt unter der Erde. Oder besser unter dem Eis. Wie kann man sich mit neunzig bloß in eine Eskimobraut verlieben?
Tschermak schüttelte seinen mächtigen Kopf. Seine dicken Finger wischten über die violettrote Stirn. Sozialistischer konnte eine Physiognomie in den Alpen nicht geraten. Othmar hatte die Liebesgeschichte mit der Eskimobraut nie geglaubt. Schandor hatte sich sein Leben lang nicht für Kunst interessiert. Schon gar nicht für die Eisskulpturen dieser Frau. Wobei man es schwerlich als Kunst bezeichnen konnte, Jesus, Michael Jackson oder die Beatles naturgetreu nachzubilden. Gut, vielleicht im Falle von Jesus, weil man nicht wusste, wie dieser ausgesehen hatte. Außerdem hatte die Schneeschmelze in diesem Zusammenhang beinahe metaphorischen Charakter. So wie die Zahnschmerzen, die in diesem Moment einsetzten und Othmar hochschrecken ließen. Als ob er auf Eis gebissen hätte. Der Zahnarzt, Schandors Neffe, hatte doch als Hobbyfotograf immer Fotos von den Skulpturen gemacht. Er musste ihn darauf ansprechen. Morgen. Vielleicht. Wozu? Er wusste doch auch nicht, wo sein Onkel und dessen Kinder abgeblieben waren. Und wenn, dann würde er es Othmar nicht sagen.
— Aber seine Kinder könnten leben.
— Und?

— Dass sie nie wieder zurückgekehrt sind, ist seltsam.
— Wird schon einen Grund haben. Außerdem gehört ihnen ja nichts mehr. Und die Mütter sind auch beide tot.
Schandor war zweimal verheiratet und in beiden Fällen nach kurzer Zeit wieder verwitwet gewesen. Das kam nicht von ungefähr. Schandor stammte aus gutem Haus. Sein Vater hatte das Sanatorium Kleeberg betrieben. Die Patienten kamen von überall her. Nicht nur wegen der medizinischen Betreuung. Sondern vor allem wegen der Geselligkeiten. Schandors Vater war berühmt dafür, dass er das Kleeberg wie ein Hotel führte. Er sorgte für die Unterhaltung der gut situierten Gäste, die er nie Patienten nannte. Im Sanatorium war jeden Abend Rambazamba. Den meisten fiel es schwer, nach monatelanger Kur Abschied zu nehmen. Nicht wenige täuschten Krankheiten vor, um möglichst bald wieder zurückzukehren. Insofern war Schandor das gastronomische Talent in die Wiege gelegt worden.
Die Mär sagte, dass sich der zwanzigjährige Schandor unsterblich in eine junge Aristokratin verliebt hatte. Das musste so um 1941 gewesen sein. Es herrschte Krieg, umso mehr rotteten sich die Reichen in den Sanatorien zusammen, um den Weltuntergang mit akkurater Betreuung zu begehen. So unsterblich seine Liebe auch sein mochte – böse Zungen behaupteten das Gegenteil –, die junge Aristokratin erwies sich als sterblich. Ihre Lungenkrankheit streckte sie nach drei Jahren Ehe hin. Angeblich zwei Tage vor Kriegsende. Sie hinterließ Schandor nicht nur ein beträchtliches Vermögen, mit dem er sich ohne Hilfe seines Vaters ein Imperium aufbaute, sondern auch einen Sohn namens Sascha, der seine bedingungslose Liebe ein Leben lang hart auf die Probe stellte.
Sascha war für nichts zu gebrauchen. Man konnte ihm

kein Geld in die Hand drücken, weil er es in kürzester Zeit verspielte. Man konnte ihm kein Hotel anvertrauen, weil er die reichen Gäste als Langeweiler verachtete. Er beherrschte keinerlei Handwerk. Und hatte weder sportliche noch musische Talente. Ja, man konnte ihn auch nicht reich verheiraten, weil er sich für das weibliche Geschlecht nicht interessierte. Er hatte, so Tschermak, erstaunliche Ähnlichkeiten mit dem Luziwuzi. Auch mit ihm war nichts anzufangen gewesen. Nur hatte dieser eben das Glück, unter dem Schutz des Kaisers zu stehen. Gewissermaßen war auch Schandor der Kaiser von Bad Regina. Und als solcher hatte er es stets geschafft, sein Reich vor den Wirren der Außenwelt zu bewahren.

Nur Mitte der Achtzigerjahre, da kam das Schiff ins Schwanken. Da hatte sich Schandor ganz ordentlich verschätzt. Bis dahin war Bad Regina ein Kurort gewesen, der den Reichenzirkus vor allem im Sommer anzog. Aber wie es sich mit Zirkussen so verhielt, zogen sie mit der Zeit weiter. Der morbide Charme von Bad Regina stand nicht mehr im Ansehen. Man vergnügte sich lieber in Porto Cervo, Biarritz oder dort, wo die Formel 1 gerade gastierte. Man sagte, es sei die Idee von Sascha gewesen, auf das Wintergeschäft umzusatteln. Im Nachhinein wäre es klüger gewesen, die teils maroden Hotels zu restaurieren. Die Kulinarik auf Höhe der Zeit zu bringen. Oder das Unterhaltungsprogramm aufzurüsten. Stattdessen baute Schandor Skilifte und ließ die Bergwälder roden.

Man sagte, ab diesem Moment habe er begonnen, die Gäste als Melkkühe zu bezeichnen. Denn das Publikum, das jetzt nach Bad Regina kam, war mit dem davor nicht vergleichbar. Es war laut, stillos und arm. Und Schandor zog sich zunehmend an die Bar seines *Grand Hotel Europas* zurück, um bei einem rauchigen Whiskey und einer Raven in alten Zeiten zu schwelgen. Damals hatte der junge Othmar ebendort als Barkeeper angeheuert. Er freundete sich mit dem alten Herrn an, weil er der Einzige war, der ihm noch zuhörte. Die anderen konnten die ständig gleichen Anekdoten nicht mehr ertragen. Gleichzeitig musste er dabei zusehen, wie der Luziwuzi Sascha den Laden heruntwirtschaftete. Er bewies selbst für jene, die ihm am ähnlichsten waren, keinerlei Gespür.

Damals hatte Othmar die Idee zum Kraken geboren. Als er sie Schandor präsentierte, glänzten seine Augen.

— Ein Vergnügungstempel. Im Inneren des Karlssteins. Massentauglicher Techno. Schnelle Drogen. Leichter Sex. Wenn wir schon nicht die Mütter und Väter kriegen, dann wenigstens ihre Kinder.

— Er könnte Malaria heißen. Oder Plankton.

— Nein. Der Krake.

Schandor war sofort Feuer und Flamme. Allerdings fehlte ihm das Geld. Sascha hatte für leere Tresore gesorgt.

Ein paar Monate später erschien der damals 75-jährige Schandor in Begleitung einer sehr jungen Dame. Er hatte seine ganze Müdigkeit abgelegt und schien richtiggehend aufzublühen. Ganz im Gegensatz zu seiner Begleitung, die sich an die Bar setzte, weil ihr gleich schwindlig wurde. Stolz präsentierte er Othmar seine neue Geliebte. Jahrzehntelang war er Beziehungen abhold geblieben. Hin und wieder eine Affäre mit einem weiblichen Gast. Aber darüber wurde nur gemunkelt. Er selbst verlor über solche Dinge kein Wort. Dass ihn jetzt im hohen Alter noch einmal die Liebe ereilte, das musste mit dem staunenden Othmar gefeiert werden.

— Champagner, mein Lieber! Man kann einen Kater nur durch Weitersaufen verhindern. Das gilt für alles im Leben!

Lachend stieß er mit der Großindustriellentochter an, die Schandor, wie der Zufall so wollte, im ehemaligen Sanatorium seines Vaters kennengelernt hatte. Auch sie starb kurz nach der Heirat. Man sagte, die Schwangerschaft mit ihrer bezaubernden Tochter habe der Krebskranken den Rest gegeben.
— Wie hieß sie noch?
— Die Tochter? Wilma.
— Wie alt war sie, als Schandor verschwand?
— Höchstens sechzehn.
— Dann ist sie heute nicht Mitte vierzig, sondern Mitte dreißig, mein Lieber.
— Na und! Und hör gefälligst auf, mich mein Lieber zu nennen. Ist doch scheißegal, wie alt sie heute ist. Vermutlich vergammelt sie irgendwo in Grönland. Die arme Sau.
— So ein schönes Kind.
Othmar musste lächeln, wenn er an Wilma dachte. Die letzten paar Zähne standen ähnlich spöttisch in seinem Mund wie die Häuser im Tal. Ein ziehender Schmerz. Vermutlich die Weisheitszähne. Er sollte morgen unbedingt zum Zahnarzt gehen.

— Geschlossene Gesellschaft!
Alle außer Achmed drehten ihre Gesichter zur Tür. Grußlos setzte sich Joschi an die Bar neben Othmar. Obwohl er noch nichts im Leben geleistet hatte, benahm er sich wie der Herr des Hauses. Hinter seinem arrogant stumpfsinnigen Blick flackerte eine stetige Überforderung, die er unterhalb des Halses mit körperlicher Ertüchtigung wettzumachen versuchte. Bei Joschi hatte man immer das Gefühl, dass er eine Sekunde langsamer war als alle anderen. Was der 17-Jährige geschickt mit Trotz und Größenwahn übertünchte. Darin stand er den anderen Zeschs um nichts

nach. Othmar fragte sich, ob man auf einen, den alle Joschi nannten, als Vater je stolz sein könnte.
— Solltest du nicht längst zu Hause sein?
— Um neun, raunzte der Sohn des Bürgermeisters.
— Morgen keine Schule?
— Sehr lustig. Ein Bier.
Joschi ging nicht zur Schule. Er hatte seinem Vater vor Kurzem mitgeteilt, dass er mit dem Ende der Schulpflicht keine Lust mehr hatte, den weiten Weg auf sich zu nehmen.
Karin sah ihren Mann fragend an, der ihr grantig zunickte. Widerwillig zapfte sie dem arroganten Jungspund ein Bier.
— Und was macht der Herr so spät auf der Straße?, murrte Othmar.
— Was geht's dich an?
Joschi griff in seine Tasche und holte Zigaretten hervor. Noch bevor er sich eine ansteckte, fielen Othmar beinahe die restlichen Zähne aus dem Mund.
— Wo hast du die her?
— Warum?
— Wo du die herhast?
Othmar nahm die Packung in die Hand. Weinrot. Goldenes Wappen. Raven.

5

— Darüber darfst du mit niemandem reden.
Zesch hatte seinem Sohn zugesehen, wie er die dreihundert Benzinkanister musterte. Joschi hatte nicht gleich verstanden. Dachte, es sei eine Art Wertanlage. Über die ganze Wand standen sie gestapelt.
— Der Tag X kommt bestimmt, Joschi. Und wir werden gewappnet sein. Im Kraken sind außerdem noch sechzig Betten, wo die Unsrigen schlafen können. Vermutlich würde man dort einen Atomkrieg überleben.
— Und wer sind die Unsrigen?
— Das werden wir bestimmen. Wohlgesinnte. Im Kraken sind auch Lebensmittelvorräte für mindestens drei Monate. Und Schusswaffen, um sich selbst zu verteidigen.
— Gegen wen?
— Gegen wen? Ist das dein Ernst?
Joschi schüttelte den Kopf, als hätte er verstanden.
— Von diesem Versteck weiß niemand. Nicht einmal deine Mutter. Es wird der Tag kommen, da werden sie noch alle dankbar sein.
Joschi fühlte sich stolz, mit seinem Vater ein Geheimnis zu teilen.
— Und was, wenn der Elektriker in sein Haus zurückkehrt?
— Er wird nicht zurückkehren.
Joschi wusste, dass sein Vater die Benzinkanister regelmäßig abzählte. Er wusste auch von den Stahlplatten, die er manchmal in seiner Unterhose trug, im Glauben, sie würden ihm besondere Kräfte verleihen. Und von der Rune, die er ständig mit sich führte. Joschi wusste aber auch, dass er den gleichen Herpes wie die anderen Zeschs in sich

trug. Auch für ihn fühlte sich ein Tod im KZ wie eine natürliche Todesursache an. Schon als Kind hatte er Gesten geübt, die anderen Angst einjagten. Einer wie Joschi hatte nur Mitleid mit Tieren, die von Menschenhand berührt wurden. Aber selbst solche musste man ohne Zögern jederzeit töten können. Denn nur, was tot war, ließ sich besitzen. Und ein Mann war das, was er besaß.
Er wusste, dass es die Wahrheit nicht einfach gab, sondern dass sie sich durchsetzen musste. Egal, ob sie wahr war oder nicht. Er wusste, dass es um Stärke ging. Und Mut. Eines Tages würde er russisches Roulette spielen. Oder Kokain in einem Schließfach der Nationalbank aufbewahren. Oder einen Neuwagen absichtlich zu Schrott fahren. Ja. Oft dachte er daran, etwas kaputt zu machen, damit es niemand stehlen wollte.
Charlotte sagte, wenn er seinen Schwanz in die Hand nahm, dann bekam er diese seltsame Ernsthaftigkeit im Gesicht. Joschi wusste nicht, ob sie das belustigte oder erregte. In seiner Fantasie hatte sie Angst vor ihm. Auch wenn er wusste, dass das nicht stimmte. Aber das Wissen war kalt. Und Joschi war heiß. Es ging um Glaubwürdigkeit. Und wenn Joschi daran glaubte, dass Charlotte ihn liebte, dann war das die Wahrheit. Seine Wahrheit. Schließlich war er kein Nihilist. Oder doch? Könnte er als Märtyrer für etwas sterben, woran er nicht glaubte? Er hätte Bock. Aber so weit war er noch nicht. Er hoffte schon lange, dass eine dauerhafte Katastrophe den Krieg als Phänomen ablöste. Endlich für immer im Bunker. Mit Charlotte.

— Wo hast du die her?
Als Othmar die Packung Raven sah, begann nicht nur sein Fuß wieder zu schmerzen, sondern die Gicht zog sich bis ins Gehirn. Er fragte den Zeschbengel noch einmal:

— Wo hast du die her?
Dieser gab erneut flapsig zurück:
— Was geht's dich an?
Othmars Spitzbauch streifte grob die Bar, als er sich Joschi zuwandte, um sich für eine körperliche Gewaltanwendung in Stellung zu bringen. Othmars Verhörmethoden brauchten nach der Blamage bei Wegenstein dringend eine Nachjustierung. Außerdem hatte ihm das letzte Bier einen Großteil seiner Sprache verschlagen.
— Ich frage jetzt ein letztes Mal. Danach kann dich dein Vater im ganzen Ort aufklauben. Wo hast du die her?
— Die habe ich gefunden.
— Wo?
Joschi zögerte und trommelte nervös mit dem Zeigefinger am Bierkrug. Damit war Othmar klar, wo er die Packung gefunden hatte.
— Du brauchst nicht zu antworten.
Joschi sah ihn verblüfft an und senkte den Blick. Othmar wusste, wo sich Charlotte und Joschi heimlich trafen. Sie hatten es sich im oberen Stock des Grand Hotels gemütlich eingerichtet. Selmas Tochter hatte die Kaisersuite nicht nur vom Staub befreit, sondern auch das Gerümpel entfernt. Der rote Spannteppich breitete sich in alter Saftigkeit im Stuckzimmer aus. Zwei weiße Fauteuils standen unter dem Kristallluster. Und das Kingsize-Bett hatten sie direkt ans Panoramafenster gerückt, um postkoital über die Schlucht zu schauen. Manchmal stiegen sie auf das Dach des Turmes, wo in großen Buchstaben in alle vier Himmelsrichtungen EUROPA geschrieben stand. Dann steckte Charlotte ihren Kopf durch das R und Joschi den seinen durch das A.
Othmar sah von seinem Balkon direkt auf das alte Grand Hotel. Immer, wenn im oberen Stock ein zartes Kerzenlicht flimmerte, war Selma allein. Er hatte die beiden öfter

belauscht. Und wusste deshalb mehr, als der Jungspund ahnte.

Eigentlich war Selmas Tochter eine Nummer zu groß für Joschi. Sie hatte es nicht nur faustdick hinter den Ohren, sondern war im Gegensatz zu ihrer Mutter eine wahre Schönheit. Ihre blasse Haut. Ihre blauen Augen. Ihre spitze Nase. Ihre schmalen Lippen. Ihr rotes Haar. Ihre knochigen Finger. Ihr Blick, der alles entrückt bestaunte. Manchmal sah sie Joschi an, als hätte sie soeben eine Kugel in den Rücken getroffen. Ganze Horden wären dann auf sie zugelaufen. Es waren nur keine Horden da.

Für Charlotte gab es keine Alternative. Und für Joschi niemanden, auf den er eifersüchtig hätte sein können. Deshalb hatte sie ihm von der Kommune in Weikersdorf als eine Art Bullerbü mit Sex erzählt. Als würde sie es mit dem Geschlechtsverkehr ähnlich ungenau nehmen wie ihre Mutter. Was im fantasiebegabten Joschi alle nötigen Bilder erzeugte, um in Rage zu geraten. Wie eine Elfe stand die langbeinige Charlotte am Panoramafenster, warf ihr rotes Haar in den Nacken und schwor Joschi darauf ein, dass von ihrer Liebschaft nie jemand erfahren dürfe. Weder sein Vater noch ihre Mutter. Beide würden sie umbringen.

Das hatte ihr Selma geraten, die in solchen Belangen dann doch bürgerlicher war, als ihr recht war. Sie kannte die Tanzschritte und wusste, wie man durch Sträuben und Nachgeben einen Mann bei der Stange hielt. Dieses vermeintliche Geheimnis – Selma wusste im Gegensatz zu Zesch Bescheid, weil ihr Charlotte immer alles erzählte – würde Joschi daran hindern, die Sache irgendwann zu langweilig zu finden. Männer in diesem Alter ließen sich schnell ablenken. Charlotte liebte Joschi nicht wirklich. Aber sie stand bei ihrer Mutter im Wort. Bis achtzehn würde sie in Bad Regina bleiben. Auch sie musste sich das Spiel mit Joschi leben-

dig halten. Sie hatte das Gefühl, ein mittelmäßiges Buch schon mehrmals gelesen zu haben. Immer wieder erfand sie Gründe, warum sie seiner Liebe nicht sicher sein konnte. Manchmal tauchte sie zu Verabredungen nicht auf. Schon als Kind hatte sie heimlich vor dem Spiegel Weinen geübt. Joschi spielte bei allem mit, auch wenn er nicht begriff, dass es sich um ein Spiel handelte. Für ihn war es tödlicher Ernst. Er wäre jederzeit zum Doppelselbstmord bereit gewesen.
— Darf ich eine haben?
Othmar deutete auf die Packung Raven. Joschi seufzte genervt und reichte ihm eine Zigarette. Inzwischen war auch Tschermak darauf aufmerksam geworden. Othmar und er sahen sich an.
— Ich sagte ja, ich traue ihm zu, dass er noch lebt.
Tschermak schwankte mit dem Kopf, als ob dieser oben offen wäre und er aufpassen müsste, nichts von seiner Hirnflüssigkeit zu verschütten.
— Von was redet ihr?
Joschi vertrug es schlecht, wenn man Dinge vor ihm geheim hielt. Auch das wusste Charlotte. Weshalb sie immer wieder Dinge vor ihm geheim hielt.
— Was geht's dich an, sagte Tschermak und Othmar stellte sich den hundertzehn Jahre alten Schandor vor, wie er in seinem Büro im Grand Hotel Europa saß und zwischen den verstaubten Möbeln genüsslich eine Raven rauchte.
Kein Zweifel. Die goldene Schrift am schwarzen Filter. Der Tabak roch alt und abgelegen. Er war hell und bröselte förmlich aus dem Papier. Othmar steckte sie in den Mund und zündete sie an. Er zog dreimal. Aber sie schmeckte eindeutig anders.

— Da bist du, Rotzbub!
— Na und, raunzte Joschi.

— In deinem Alter bin ich noch lange nicht im Wirtshaus gesessen.
— Was soll er denn sonst machen, konstatierte Tschermak, vermutlich weil ihm selbst nichts Besseres einfiel.
Heimo Zesch zog am Ohr seines Sohnes, bis dieser schmerzverzerrt aufschrie. Othmar musste lachen. Er hatte die gleiche Szene vor über vierzig Jahren erlebt. Nur war es damals Heimo gewesen, dem die Ohren lang gezogen wurden. Nämlich von seinem älteren Bruder Adrian. Erstaunlich, wie ähnlich sie sich sahen. Eigentlich Gesichter zum Vergessen, dachte Othmar. Wäre da nicht der leichte Vorderbiss gewesen, es wäre unmöglich gewesen, von den Zeschs ein Phantombild anzufertigen. Sie sahen aus, wie alle hier aussahen. Vielleicht kam daher Heimos Beliebtheitssucht. Der Sunnyboy hatte schon bei den Sisters alles getan, um von allen gemocht zu werden. Was im Rahmen einer Zombie-Punkband mit New-Wave- und Glamrockeinschlag ein schwieriges Unterfangen war. Während sich die anderen Sisters an die von Rebekka verordnete Dead-Man-Walking-Choreografie hielten und versuchten, möglichst seelenlos dreinzusehen, irritierte Heimo mit seinem anbiedernden Skifahrerlächeln, das durch den Vorderbiss auch Mitleid erregte. Trotzdem schleppte Zesch die meisten Mädchen ab. Unter anderem Karin. Aber geheiratet hatte er den Dirndl-Vamp Gerda. Weil sie ihn nicht mehr gehen ließ. Weil sie einfach strenger war als die anderen.
Genau, dachte Othmar. Seine leicht entstellte Ähnlichkeit versuchte sich den anderen anzuähnlich. Das erklärte alles. Othmar nickte geistesabwesend. So wie jemand nickte, dem gerade eine tiefe Erkenntnis kam, die er morgen schon wieder vergessen haben würde.
— Woher hast du die?

Zesch deutete auf die Zigaretten.
— Du weißt doch, dass ich rauche.
— Das meine ich nicht. Woher?
— Drehen jetzt alle durch?
— Wie bitte?
— Scheiß dich nicht immer so an.
Zesch holte zu einer Ohrfeige aus, die sogar die hartgesottene Karin aufschrecken ließ. Nur Achmed schlief unbeeindruckt weiter. Joschi sah seinen Vater wie jemanden an, von dem man eine Entschuldigung erwartete. Aber der setzte sich neben Othmar an die Bar und wich den Blicken seines Sohnes aus.
— Ein Bier.
Karin sparte sich den fragenden Blick zu ihrem Mann und begann zu zapfen, was ihr ein Zwinkern von Zesch und einen warnenden Blick von Tschermak einbrachte.
— Ich habe sie im Hotel gefunden.
— Ich frage dich jetzt nicht, was du dort verloren hast.
— Nichts. Ich war nur strawanzen.
— Strawanzen? Wie soll man wo strawanzen, wo nichts ist?
— Gerade deshalb. Ich stelle mir dann vor, wie es war, als dort Gäste …
— Ruhe. Du gehst jetzt. Und die Zigaretten lässt du da. Deine Großmutter wartet auf dich.

Besagte Traude Zesch saß währenddessen auf ihrer Terrasse und betete, dass sie der Herrgott endlich zu sich hole. An den kalten Tagen harrte sie draußen aus, in der Hoffnung, sich eine Lungenentzündung einzufangen. Mit neunzig Jahren wäre das nicht zu viel verlangt gewesen. Aber der Herrgott erbarmte sich nicht. In manchen Momenten war sie kurz davor, ihren Glauben zu verlieren.

Jede Frühmesse hatte sie in den letzten Jahren besucht. Allein und ohne Gehhilfe hatte sie sich hinuntergequält. Jede unerträgliche Predigt dieses Priesters hatte sie über sich ergehen lassen. Sie betete sogar vor dem Fernseher. Fastete das ganze Jahr. Ihr Magen knurrte so laut, dass man ein Tier darin vermuten könnte. Aber keiner schien sie zu erhören. Was hatte sie sich zuschulden kommen lassen?

Sie ging ihr Sündenregister durch. In der Hoffnung, das Rätsel endlich zu lösen. Bereits in ihrer Kindheit wurde sie für jedes kleine Vergehen drakonisch bestraft. Das zog sich durch ihr Leben. Ja, sie hatte ihrer Mutter widersprochen. Hatte sich gegen ihren Willen Marmelade aus der Speisekammer geholt und mit den Fingern gierig ins Glas gelangt. Die klebrigen Hände. Mit dem Ellbogen hatte sie die Tür hinter sich geschlossen. Warum hatte sie auf die Ofenplatte gegriffen? Natürlich wusste sie nicht, dass sie heiß war. Dieser Schmerz. Keiner konnte sich gegen so einen Reflex wehren. Panisch hatten sich ihre Finger zusammengeballt. Waren innerhalb kürzester Zeit in dieser Stellung zusammengeklebt. Die Daumen an den kleinen Fingern. Zeigefinger an den Daumen. Alle Finger ineinander verschränkt. Ein Knochenmikado. Das mit der Zeit zusammenwuchs. Aber sie war stark. Es hatte sie an nichts gehindert. Selbst Holz hatte sie zeit ihres Lebens gehackt. Nur wenn die alte Zesch jemandem die Hand reichte, dann senkte sich ihr Blick und sie zog sie möglichst schnell zurück.

Auch an der Liebe hätte es sie nicht gehindert. Schon in ihrer frühesten Jugend hatte es einen Jungen gegeben, der sie nicht trotz, sondern vielleicht sogar wegen ihrer Hände geliebt hatte. Da war sie zwölf gewesen. Kein Wunder, hatte der Vater gesagt. Die Juden hätten ein Faible für Verkrüppelte. Halbjude, hatte sie ihn korrigiert. Nur der Vater sei Jude. Die Mutter nicht. Jude sei Jude, hatte der Vater gesagt, der schon bei der NSDAP war, bevor es sie für die meisten überhaupt gab. Traude war nie Nationalsozialistin gewesen, obwohl sie später einen geheiratet hatte. Sie war auch nie Katholikin gewesen, obwohl sie zur Kirche ging. Sie war auch nie Mutter gewesen, obwohl sie zwei Kinder zur Welt gebracht hatte. Sie war auch nie eine Hiesige gewesen, obwohl sie ihr ganzes Leben in Bad Regina verbracht hatte. Traude war nie irgendetwas gewesen. Auch wenn sie bei allem mitgemacht hatte.

Wenn sie zurücksah, dann war der kleine Gideon vermutlich ihre einzige Liebe gewesen. Auch wenn das mit zwölf Jahren etwas anderes hieß. Was war schon passiert? Einmal hatten sie Hände gehalten. Das hatte sie danach mit keinem mehr. Trotzdem hatte sie ihn auf Geheiß des Vaters nicht mehr angeschaut. Die Türen hatten sie ihnen vor der Nase zugeschlagen. Keiner hatte ihnen Einlass gewährt. Durch ganz Bad Regina waren sie gezogen. Aber es fand sich keiner, der die Juden vor den Nazis beschützen wollte. Niemand half. Obwohl den kleinen Gideon alle seit seiner Geburt gekannt hatten. Traude nicht. Ihr Vater sowieso nicht. Der Pfarrer nicht. Selbst der damals junge Schandor nicht, obwohl Gideons Vater im Sanatorium Kleeberg als Arzt angestellt war. Die Schandors hatten sich nach dem Krieg gerühmt, die einzigen Widerständler von Bad Regina gewesen zu sein. Von wegen Widerständler! Nur weil man gegen Kriegsende einer Handvoll Nazis den Zutritt zum Sanatorium verweigert hatte.

Die Brombergs waren über Nacht verschwunden. Und nie wieder zurückgekehrt. Auch die Mutter nicht, die gar keine Jüdin gewesen war. Eine fesche Frau, hatte der Vater gesagt und trotzdem die Tür zugeschlagen. Was hätte Traude tun sollen? Sich gegen den Willen des Vaters stellen? Sie

hatte doch gar keinen Willen. Wurde sie dafür bestraft? Wenn es eine große Sünde gewesen wäre, dann hätte sie doch viel öfter an den kleinen Gideon denken müssen. Dann hätte das Gewicht gehabt. Sie war ihm nichts schuldig geblieben. Hatte ihm sogar einen kurzen Liebesbrief geschrieben, weil er sie gar so umworben hatte. *Wenn wir allein auf der Welt wären ...*
Sie waren aber nicht allein. Traude war nie allein. Die anderen waren immer da gewesen. Die anderen waren stets ihr Schutz gewesen. Wenn es dem Willen der anderen entsprach, dann konnte es auch schlecht eine Sünde sein. Der Wille war die Sünde. Nicht die Tat. Und das, was alle wollten – im Prinzip fühlte sich der kleine Brief nicht anders als die Sache mit dem ertränkten Kanarienvogel an. Auch das war keine Sünde. Denn eigentlich hatte sie ihn nur zum Trinken bewegen wollen – aus Angst, er würde verdursten. Dass sie bis Mitte dreißig unverheiratet geblieben war, das konnte ihr auch keiner vorwerfen. Lange hatte sie gewartet, dass einer käme, den sie liebte. Aber der Herrgott hatte ihr keinen geschickt. Hatte sie die Schuld bei jemand anderem als sich selbst gesucht? Nein. Sie hatte einsehen müssen, dass man das Talent, lieben zu können, bei ihr einfach vergessen hatte. Verantwortung hatte sie übernommen. Sie hätte das Kind auch wegmachen lassen können. Aber sie nahm ihr Schicksal an und heiratete den kleinen Hermann auch ohne Liebe. Dieser hatte sich nie an ihren Händen gestört, obwohl er ein Nazi war und kein Faible für Krüppel hatte. Und sie hatte sich nie daran gestört, dass er einen Kopf kleiner war. Auch dem kleinen Hermann war das Glück nie in den Schoß gefallen. Auch der kleine Hermann hatte sein Leben lang gewartet. Und da es sich zu zweit besser wartete als allein, nahmen sie sich gegenseitig zu Mann und Frau.

Das Hochzeitsfoto stand noch immer auf der Kommode. Auf diesem posierte der kleine Hermann auf Augenhöhe zu ihr. Er hatte sich zwei Stufen höher gestellt. Leider hatte man das Foto so total aufgenommen, dass man auch die Füße sah.
Traude hatte alles mit sich geschehen lassen. Auch gegen das zweite Kind hatte sie sich nicht gewehrt. Aber geliebt hatte sie beide nicht. Auch wenn sie den ersten, Adrian, bevorzugte. Aber Heimo war ihr geblieben. Er kümmerte sich um sie. Während Adrian auf einer griechischen Insel saß und Fische malte. Tausende Blätter mussten es sein, die er in seinem Haus lagerte und niemandem zeigte. Adrian war ein Nichts. Bungalows an Touristen vermieten und Grundstücke kaufen konnte man schwerlich einen Beruf nennen. Und ein Mann ohne Beruf war kein Mensch.
Dieses manische Fischemalen. Als müsste er sich ständig beruhigen. Vermutlich hatte Adrian von der Sache doch etwas mitbekommen. Irgendetwas war bei ihm hängen geblieben. Obwohl nie jemand davon erfahren hatte. Wenigstens hatte der kleine Hermann Haltung bewiesen. Wer hängte sich heutzutage noch zu Hause auf? Heute gingen sie in den Wald. Aber der kleine Hermann hatte sich mitten im Wohnzimmer aufgehängt. Am Luster, den sein Vater arisiert hatte. Wie eine baumelnde Puppe hatte er ausgesehen. Und seine Uniform hatte er angezogen. Als hätte er sein Leben beendet, bevor er in Feindeshände geriet.
Weder der zweijährige Heimo noch der sechsjährige Adrian hatten etwas gesehen. Man wusste ja, dass sich solche Selbstmordwünsche vererben. Dass einer, dessen Vater sich umgebracht hatte, sich später mit hoher Wahrscheinlichkeit ebenfalls umbrachte. Um das zu verhindern, hatten Traude und ihr Bruder die Leiche von Hermann schnur-

stracks ins Rettungsauto geschafft. Sosehr sie ihren Bruder immer dafür verachtet hatte, dass er es nur zum Rettungsfahrer gebracht hatte, so sehr war sie in diesem Moment erleichtert gewesen. Niemand in Bad Regina hatte etwas mitbekommen. Es blieb ein Geheimnis. Aber selbst das konnte man ihr doch nicht als Sünde anlasten. Letztendlich hatte sie nur ihre Familie geschützt.

Später dann war ihrem Bruder nicht nur der eigene Beruf, sondern auch seine Besserwisserei zum Verhängnis geworden. Trotz ihrer Einwände hatte er die Pilze gegessen. Vor den Augen von Traude war er elend zugrunde gegangen. Da hatte es sich dann gerächt, dass er der einzige Rettungsfahrer im Ort gewesen war. Und dass sie das Autofahren nicht beherrschte. Aber das konnte man ihr ebenfalls nicht anlasten. Oder stand das in den Zehn Geboten? Du sollst einen Führerschein haben.

Für den Bruder kam jede Rettung zu spät. Das war in den späten Siebzigerjahren gewesen und seitdem lebte die alte Zesch allein. Außer ihrem nutzlosen Sohn Heimo und ihrem noch nutzloseren Enkel war ihr niemand geblieben. Trotzdem hatte sie sich ihrem Schicksal ergeben. War aufrecht durchs Leben gegangen. Hatte sich nie bei jemandem ausgeweint. Ja, da hatte der Pfarrer schon recht, wenn er sagte, sie sei eine Frau, die beim Beten nie die Sitzlehne berühre. Sie war immer gestanden. Auch im Sitzen. Hatte nie auf jemanden herabgesehen. Auch wenn sie die Frauen stets mehr verachtet hatte als die Männer.

— Ich bringe dir Essen!

Dieser Bengel. Kam nur vorbei, um das Futter abzuliefern. Als ob sie eine Kuh im Stall wäre. Aber sie wusste, wo Joschi sich herumtrieb. Und vor allem, mit wem. Wenn man den ganzen Tag auf der Terrasse saß, dann blieben einem die wenigen Ereignisse im Ort nicht erspart.

— Sie ist Gift, Junge.
— Wie bitte?
— Nichts. Nichts. Ich habe keinen Hunger. Danke.
— Gut, dann gehe ich wieder.
— Gute Nacht. Du bist genauso ein Idiot wie dein Vater.
— Hast du noch etwas gesagt?
— Nein. Ich rede mit mir selbst. Mit wem sonst? Seit fünfzig Jahren rede ich mit mir selbst. Leute, die mit sich selbst reden, reden mit jemandem, der nicht da ist.
Joschi hörte nur ihr Gemurmel. Er stand vor dem unbewohnten Zimmer und drückte geräuschlos die Klinke. Seitdem er ein Kind war, fragte er sich, was hinter dieser Tür war. Keiner außer der Großmutter durfte das Zimmer betreten. Sein Vater meinte, dass die Alte dahinter ihr Erbe aufbewahrte. Aber das glaubte Joschi nicht. Es roch ziemlich stark. Als würde dahinter etwas verwesen.
— Sie wird dein Untergang sein, diese Göre!
Er antwortete nicht. Und schlich sich hinaus.
— So wie Gerda für Heimo, murmelte sie. Nichts ist von ihm übrig geblieben. Einen Hund hat sie aus ihm gemacht. Einen Hund, der jedem Knochen hinterherläuft …
— Man muss nicht jedem Knochen, den dieser Chinese wirft, hinterherrennen, sagte Heimo.
Othmar sah ihn an wie ein hechelnder Bernhardiner.
— Gib mir noch ein Bier. Sonst kann ich nicht denken.
Karin war seit einer halben Stunde nur noch mit Zapfen beschäftigt.
— Mir auch, sagte Tschermak.
Zesch fragte sie erst gar nicht. Dieser deutete auf Achmed, der noch immer schlief.
— Achtung. Feind hört mit.
— Schwachsinn. Weder hört er mit noch ist er dein Feind, murmelte Othmar, der die Packung Raven begutachtete.

— Irgendetwas stimmt damit nicht. Sie sieht anders aus. Aber ich kann es nicht zuordnen.
— Der Rabe schaut in die verkehrte Richtung, sagte Heimo. Othmar nickte.
— Stimmt.
Gleichzeitig spürte er einen zarten Neid aufsteigen, weil Zesch der bessere Detektiv war.
— Ist mir gleich aufgefallen, lallte Heimo.
— Und warum hast du dann nichts gesagt?, stammelte Othmar.
— Weil es doch scheißegal ist. Was ändert das?
— Alles vermutlich. Ich weiß nur nicht, was.
Othmar kniff die Augen zusammen, als würde er kurz vor der Lösung stehen. Aber kein einziger Gedanke weit und breit.
— Schnaps, sagte er.
— Ja. Schnaps, stimmte Zesch ein.
Karin seufzte. Tschermak nickte. Auch wenn er nicht mehr wusste, warum und zu wem. Er nickte auf Verdacht.
— Wisst Ihr schon das Neueste? Chen lässt die Gondeln umbauen. Er pflastert sie mit Bildschirmen zu, die eine andere Landschaft zeigen als die unsrige, schwadronierte Zesch.
— Schwachsinn. Warum sollte er?
— Er hasst uns alle.
— Das hat sich dein krankes Gehirn ausgedacht.
— Mich wundert eher, dass er die Seilbahn noch nicht abgedreht hat.
— Das geht nicht. Er muss den öffentlichen Verkehr aufrechterhalten.
— Fahrt doch eh keiner.
— Anweisung der Landesregierung.
— Dass die da oben nichts machen.

— Das geht doch nur, wenn in der Politik jemand mitspielt.
— Alle gekauft.
— Heimo, du musst Wegenstein enteignen.
— Du bist ein schöner Trottel.
— Warum? Wenn der verkauft, ist es aus. Was machen wir?
— Wir müssen eine Versammlung einberufen. Das geht alle an.
— Wozu? Die Eierschädel machen ohnehin nichts. Wir müssen Wegenstein vor Gericht stellen. Hier im Luziwuzi. Er muss zugeben, dass der Chinese bei ihm war.
— Ich dachte, das ist fix.
— Er hat es abgestritten.
— So. Sperrstunde.
— Bist deppert? Jetzt, wo wir gerade beim Reden sind.
— Ihr redet nicht. Ihr verbraucht Luft. Außerdem ist mein Geburtstag.
— Na und. Hast noch was vor?
— Schon. Gell, Karin? Ich habe es nicht vergessen, was du versprochen hast.
Karin seufzte erneut. Und tauschte mit Heimo einen kurzen Blick aus, den Tschermak bemerkte.
— Wir gehen jetzt zu Wegenstein und stellen ihn, sagte Zesch heldenhaft.
— Ich geh nirgendwohin, knurrte Tschermak.
— Er schläft schon, stammelte Othmar.
— Nein. Ich habe ihn vorher in die Kirche gehen sehen.
— In die Kirche?
— Wahrscheinlich steckt er mit deinem Freund, dem Pfaffen, unter einer Decke.
— Dann richte ihm aus, dass ich nicht mehr komme. Ich habe von seinem Verein die Nase voll, sagte Tschermak.
Er starrte in sein leeres Bier und fragte sich, wohin es verschwunden war.

— Wieso? Hat er dir keine Absolution erteilt?
— Komische Predigten hält er. Er hat die Geburtsgeschichte neu gedeutet. Da ist Jesus in einer Containerstadt für Flüchtlinge zur Welt gekommen. Weil er keine Herberge gefunden hat.
— Endlich wacht auch der Tschermak auf!
— Vielleicht wäre Jesus heute tatsächlich in einer Containerstadt auf die Welt gekommen, sagte Othmar mehr zu sich selbst.
— Jesus wäre heute ein linkslinker Gutmensch!
— Wenn deine Mutter stirbt, geht gar niemand mehr rein, konstatierte Tschermak.
— Vielleicht steckt der Vatikan dahinter.
— Sperrstunde.
— Einen letzten.
— Nix.
— Ich habe da meine eigene Theorie. Die jungfräuliche Empfängnis war in Wahrheit eine Vergewaltigungsgeschichte. Und um das geheim zu halten, hat man sich auf »Gottes Sohn« geeinigt. Wahrscheinlich war irgendein Großkopferter der Täter. Und jeder hat gewusst, wer mit Gott gemeint war.
Zesch lehnte sich stolz zurück. Er hatte schon länger darauf gewartet, seine theologische Ausführung zu präsentieren.
— Das ist ein unglaublicher Scheiß, meinte Othmar.
— Sperrstunde habe ich gesagt.
— Und was ist mit ihm?
— Der darf bleiben.
Achmed rührte sich nicht. Karin seufzte erneut.
— Uns wirfst du raus und der Kameltreiber darf bleiben. Gute Nacht! Mich siehst du nicht mehr.
— Bis morgen, Heimo.

Zesch warf den Barhocker um und wankte wütend hinaus.
— So ein Trottel.
— Ist doch immer das Gleiche.
— Du gehst jetzt auch heim.
— Nein. Ich gehe noch in die Kirche.
— Na dann. Amen.

6

Othmar trat wieder ins Freie. Es hatte sich nichts verändert, außer dass inzwischen fast alle Lichter ausgegangen waren. Er drehte sich einmal um die eigene Achse. In Selmas Haus brannte Licht. Im Grand Hotel war es dunkel. Also war Charlotte daheim. Die Dunkelheit der Bergwand. Die Dunkelheit der Ruinen. Die Dunkelheit der Kirche. Eine bleierne Schwere erfasste Othmar. Er durfte der Müdigkeit nicht nachgeben. Und sagte sich, dass es sich nur um den alten Widerwillen handelte, ein Gotteshaus zu betreten.

Er hatte über die Jahre genau beobachtet, wann diese Müdigkeit einsetzte. Er spürte sie, wenn er seinen Vater besuchte. Wenn es darum ging, eine ungeliebte Arbeit anzunehmen. Er hatte sie aber auch gespürt, als ihn Rebekka nach Hause schickte oder als seine Großmutter starb. Und vermutlich war sie auch da gewesen, als er aus dem wegdämmernden Körper seiner Mutter geholt wurde.

Diese Müdigkeit hatte einen besonderen Charakter. Es war eine plötzlich einsetzende, die nicht von den Knochen ausging. Auch nicht von seiner aufgeweichten Hirnmasse. Diese Müdigkeit war eine Art Einknicken der substanziellen Lebensenergien.

Er seufzte sie weg. Das hatte er gelernt. Dass sich diese Müdigkeit verscheuchen ließ. Aber sie ging nie ganz. Sondern folgte ihm aus sicherer Entfernung. Als würde sie darauf lauern, dass das Beutetier zu erschöpft sei, um noch Widerstand zu leisten. In solchen Momenten fragte sich Othmar, wie seine perfekte Designerdroge aussehen würde. Keine, die seine Leistung steigerte. Keine, die ihn

glücklicher machte. Eher eine, die Dinge wieder sichtbar werden ließ, die nicht mehr da waren. Und genau in diesem Moment sah er Petzi am Straßenrand sitzen.
Petzi war einmal der Direktor des Kraftwerks gewesen. Irgendwann hatte er plötzlich ein Jahr Karenz genommen und war spurlos verschwunden gewesen. Als er zurückkam, war aus Peter Petra geworden. Den meisten, die ihn schon seit Schultagen kannten, stieß die Sache unangenehm auf. Sie wussten nicht, wo sie hinsehen sollten. Aber vor allem wussten sie nicht, wie sie ihn oder sie jetzt nennen sollten. Peter? Petra? Die meisten entschieden sich für Petzi.
— Es ist kalt, Petzi. Geh heim!
Petzi war dürr, aber selbst für einen Mann sehr groß. Vermutlich erschwerte das die Fantasie der Hiesigen. Die operierten Brüste waren klein und zierlich. Die Finger lang und feingliedrig. Ohne Schnurrbart sah Petzi ohnehin völlig anders aus, was die Fantasie wiederum erleichterte. Sie saß vor einer vereisten Wand und starrte auf ein seltsames Gebilde. Das Wasser war im Fließen eingefroren. Und formierte eigenwillige Eiszapfen, die auf die abgestellten Turbinen des Kraftwerks trafen. Als würden sie davor zurückschrecken. Die Natur war eine grässliche Künstlerin, dachte sich Othmar.
— Petzi. Geh heim. Du wirst erfrieren!
Sie trug nur ihren alten Kimono und ein blumiges Kopftuch. Ihre nackten Beine gefielen Othmar. Sie ließen keine Männlichkeit mehr ahnen. Auch die schlanken Füße, die türkis lackierten Nägel — er fragte sich, ob er mit Petzi schlafen würde, wenn sie die Letzte im Ort wäre.
— Petzi!
Nein, würde er nicht. Allerdings nicht wegen der Geschlechtsumwandlung. Im Gegenteil. Wie alle Männer machte ihn das eher geil. Sondern weil ihm Petzi als Frau

auf die Nerven ging. Als Mann war dem nicht so gewesen.
— Ich habe kein Zuhause, raunzte Petzi, ohne aufzusehen.
Das stimmte.
Und stimmte nicht.
Petzi hatte schon vor Jahren an Chen verkauft. Stieg aber trotzdem in ihr ehemaliges Haus ein, um dort heimlich zu schlafen. Der Strom war längst abgedreht. Heizung gab es auch keine. Sie musste sich unauffällig verhalten. Schließlich hielt sie sich illegal auf.
Aus der Ferne sah Othmar den alten Schleining kommen. Gott sei Dank! Auf ihn hörte Petzi. Jeden Abend wurde sie von ihm ins Haus geleitet. Sie wartete auf ihn. Niemand war ihr je so Kavalier gewesen. Sonst hatte er als Polizist auch wenig zu tun.
— Petra. Zeit ist!
— Gleich. Ich muss dieses Rätsel noch lösen.
— Welches Rätsel?
— Das hier ist die Zukunft.
— Schwachsinn. Das ist eine Eiswand.
— Schau genau.
Seltsam. Peter war nie esoterisch gewesen. Diese Anwandlungen kamen erst mit Petra.
— Das ist ja kein Bleigießen. Komm jetzt.
An so etwas glaubte Schleining. Ein Brauch war schließlich etwas anderes. Othmar fragte sich indessen, seit wann Schleining Petzi Petra nannte. Dem war nicht immer so gewesen. Gut, er war ein alleinstehender Mann. Vor seiner übertriebenen Empathiefähigkeit waren die Frauen stets geflohen. Als Kind konnten ihn selbst Tiere im Zoo zu Tränen rühren, weil er ihre körperliche Existenzform bemitleidenswert fand. Vielleicht war es genau das, was ihm an Petzi gefiel. Dass er glaubte, sie bemitleiden zu müssen.

Als Polizist stand er kurz vor der Pensionierung. Bald würden die Gendarmen aus dem Nachbarort patrouillieren. Also, falls das überhaupt notwendig sein sollte. Dann würde der alte Schleining nicht mehr wissen, wohin mit seiner ganzen Empathie.
Der Polizist nickte Othmar stumm zu. Als ob er ihm damit bedeuten wollte weiterzugehen, um die Amtshandlung nicht zu stören. Othmar starrte inzwischen ebenfalls aufs Eis.
— Othmar! Geh weiter.
— Also, wenn das die Zukunft ist, dann gute Nacht, lallte dieser. Das Gebilde erinnerte ihn an die Finger der alten Zesch. Oder an seine eigenen Krampfadern.
— Du solltest auch schlafen gehen.
Othmar salutierte wankend und drehte sich in Richtung Kirche, als der zehnjährige Max hinzutrat.
— Die Eiszapfen durchbohren einen Menschen.
Petzi blickte auf und sah Max kopfnickend an.
— Genau. Sehr gut.
Schleining griff sich an den Arm. Immer, wenn ihn etwas aufregte, dann begann sein Arm zu schmerzen. Lange hatte man gedacht, es sei das Herz. Aber die Sache verhielt sich anders. Schleinings Herz war in Ordnung.
— Sind jetzt alle verrückt geworden? Alle gehen heim. Und am schnellsten du, Max, gellte er.
— Ausgehsperre in Bad Regina. Sehr gut, lallte Othmar.
— Du brauchst jetzt nicht aus Langeweile Radau machen!
— Bis zehn darf ich auf der Straße bleiben. Hat meine Mutter gesagt.
Der Polizist seufzte resignativ.
— Petra, bitte sei wenigstens du vernünftig.
— Er muss Ihnen nicht folgen!
— Er ist eine Sie. Vielleicht willst du das einmal mit deiner Mutter besprechen, murrte Schleining.

— Sie muss nicht folgen, korrigierte sich Max.
— Wer sagt das?
— Das Gesetz!
— Ich will deine Mutter morgen im Wachzimmer sehen.
— Das können Sie ihr selbst sagen. Ich bin minderjährig. Und Sie sind nicht mein Lehrer.
Schleining seufzte. Bei so einer Kundschaft machte das Polizistendasein wahrlich keine Freude. Der Junge hatte die gleiche enervierende Art wie seine Mutter, die Schleining mit dreizehn einmal geküsst hatte, worauf er sich von ihr einen Vortrag anhören musste, was er alles falsch gemacht hatte. Jahrelang war ihm dadurch das Küssen vermaledeit worden. Edit, die Mutter von Max und erste und zweite Frau von Bahnhofsvorsteher Grün, war später dann die Schuldirektorin geworden. Das wollte sie von jeher. Als es kaum noch schulpflichtige Schulkinder im Ort gab, wurde die Schule geschlossen und Edit in Frührente geschickt. Das nächste Gymnasium lag vierzig Kilometer entfernt. Woraufhin Frau Direktor Grün beschloss, den Fall Max zur Chefsache zu erklären. Ergo: Sie unterrichtete ihren Sohn in allen Fächern selbst. Es galt zu befürchten, dass sie sehr eigenwillige Methoden anwendete. Sowohl, was den Inhalt, als auch, was die Pädagogik betraf. Aber da sie sich den ganzen Tag nur auf Max konzentrierte, stand der Junge auf dem Niveau eines Zwanzigjährigen. Nur sozial blieb er verkümmert. Schon seit Jahren hatte der Zehnjährige keinen Kontakt mehr zu anderen Kindern gehabt. Alle wussten, dass Max dem Bahnhofsvorsteher Grün aus gutem Grund nicht ähnlich sah. Ja, dass dieser gute Grund der eigentliche Grund für die Scheidung und Wiederverheiratung der Grüns war. Und dass man deshalb aus gutem Grund die Sache ausschwieg, weil der Grund ein ehemaliger Schüler von Edit war. Was wiederum der eigentliche

Grund für die Frühpensionierung war. Aber jeder hatte seine Gründe. Und diese gingen aus gutem Grund die anderen nichts an.

Auch Schleining hatte seine Gründe. Seine Phantomschmerzen im Arm kamen auch nicht von ungefähr. Sie hatten weniger mit dem Herzen als mit den Phantomschmerzen seines alten Herrn zu tun. Dieser war vor dem Krieg noch Pianist im Grand Hotel gewesen. Nach dem Krieg kam er mit einem Arm weniger zurück. Bis kurz vor seinem Tod hatte er alle im Glauben gelassen, dass es sich um eine Kriegsverletzung handelte. Doch auf dem Sterbebett, da wurde er geständig. Da hatte er zugegeben, dass er, der unpolitische Pianist, ein glühender Nazi gewesen war. Und dass er sich den Arm, auf dem sich die Blutgruppentätowierung der SS befunden hatte, freiwillig amputieren ließ. Ob aus Reue oder Angst, sei dahingestellt. Auf jeden Fall hatte sich der alte Pianist damit ein freiwilliges Berufsverbot erteilt. Seit damals litt der Polizist Schleining, dem man außer übertriebener Empathie nie etwas vorwerfen konnte, an mysteriösen Phantomschmerzen im gleichen Arm. Eine Somatisierung sondergleichen. Sieben Generationen, hatte Othmars Großmutter gesagt. Sieben Generationen würde es dauern, bis so ein Ort ein solches Trauma verdaut haben würde.

Inzwischen war Othmar weitergegangen. Er glaubte nicht daran, dass sich die Zukunft ausgerechnet in einem Eisblock zeigte. Nicht einmal hier. Er glaubte auch nicht an Gott. War aber trotzdem froh, dass der heilige Helge noch da war. Denn mit keinem ließ sich über Gott und die Welt so gut reden wie mit ihm. Als er vor der Kirche stehen blieb, traute er seinen Augen nicht. Tatsächlich. Wegenstein. Natürlich hatte er Othmar gesehen, nachdem er die Tür seines alten Mercedes zugeschmissen hatte. Er hatte

ihn nur demonstrativ keines Blickes gewürdigt. Was zum Teufel hatte Wegenstein um diese Zeit in der Kirche verloren gehabt?
Othmar schnaubte wie ein alter Ochse, den man nicht in den Stall ließ. Eine solche Akkumulierung von Ereignissen hatte es in Bad Regina schon lange nicht gegeben. Er brauchte sofort etwas zu trinken.

— Was wollte der Graf hier?
— Er ist Katholik.
Der Priester holte aus der Sakristei den Messwein, ohne dass ihn Othmar dazu aufgefordert hätte. Sie setzten sich an den Gabentisch. Er schenkte die beiden Gläser großzügig ein.
— Also, was wollte Wegenstein?
— Beichtgeheimnis.
— Nicht dein Ernst.
— Doch mein Ernst.
— Chen war bei ihm.
— Ich darf darüber nicht reden. Wirklich.
Helge hob das Glas. Othmar ließ das seine unberührt. Der Priester nahm einen kräftigen Schluck.
— Vergelt's Gott.
— Hör zu. Es ist von enormer Wichtigkeit.
— Möglich. Aber Beichtgeheimnis ist Beichtgeheimnis.
— Um diese Zeit?
— Um jede Zeit.
— Ich muss wissen, ob Chen bei ihm war.
— Ich dachte, das weißt du.
— Ich muss wissen, ob er verkauft oder nicht.
Der Priester hielt inne. Seine manikürten Finger streiften nachdenklich über das Weinglas. In seinen kristallklaren Augen war kein Hinweis zu lesen. Seine ebenmäßige Haut

verfärbte sich nicht. Seine geföhnte Welle blieb unbeeindruckt stehen. Er war der bestaussehende Mann, den Othmar je gesehen hatte.
— Wenn jemand beichtet, dann quält denjenigen meistens etwas. Manchmal ist es Reue. Aber sehr oft auch das Hadern mit einem Entschluss. Die meisten kommen wegen Sünden, die sie begangen haben. Manche auch wegen Sünden, die sie begehen werden.
Helge lächelte sanft und hoffte, dass die Botschaft beim betrunkenen Othmar angekommen war. Mehr durfte er wirklich nicht preisgeben. Er hatte schon jetzt das Gefühl, sich zu weit aus dem Fenster zu lehnen.
— Bis wann?
— Bis wann was?
— Bis wann muss sich Wegenstein entscheiden?
— Ich habe nicht gesagt, dass sich Wegenstein wegen irgendetwas entscheiden muss.
— Natürlich nicht. Aber wie lange vor so einer Entscheidung kommen die Leute üblicherweise zu dir beichten?
Helge war überrascht. So viel Raffinesse hätte er Othmar selbst nüchtern nicht zugetraut.
— Das ist unterschiedlich. Aber ich würde sagen, der Mittelwert liegt so bei einer Woche.
Jetzt nahm auch Othmar einen Schluck. Und nickte. Eine Woche. Da floss noch viel Wasser die Schlucht hinunter.
Der Priester sah ihm beim Denken zu. Dafür brauchte es keine Raffinesse. Othmars Gedanken standen überdeutlich im Raum.
— Die Frage ist nur, ob der Berg zum Propheten oder der Prophet zum Berg kommt.
Helge neigte seinen Kopf liebevoll unter den schwerfälligen Blick von Othmar. Dieser sah ihn fragend an. Das war nun doch eine Raffinesse zu viel.

— Was soll das heißen?
— Das musst du selbst herausfinden.
— Ich war schon bei Wegenstein.
— Das meine ich nicht. Oder sieht Wegenstein aus wie ein Prophet?
— Eher wie ein Berg.
— Wer der Berg ist, wird sich noch weisen. Nur eines ist sicher. Der Prophet hält das Wissen, sagte der Priester.
— Chen.
Helge versuchte möglichst leer dreinzusehen. Jede Form der Zustimmung würde jetzt sein Gelübde gefährden.
— Chen, wiederholte Othmar, wir müssen zu Chen.
— Wir?
— Ich bin kein Berg. Ich bin nur ein Hügel, lallte Othmar.
— Ich will damit nichts zu tun haben.
— Nicht du. Die Schwestern.
— Welche Schwestern?
Othmar sah ihn an. Auch er durfte sich jetzt nicht zu weit aus dem Fenster lehnen, um den heiligen Helge nicht zu einem unfreiwilligen Komplizen zu machen. Er brauchte keine weiteren Informationen. Er hatte sich alles zusammengereimt. Wie beim Tennis wuchs man am Gegner. Othmar hatte einen Plan. Aber er musste wissen, an welchem Tag. Wie würde so ein Kaufgespräch wohl verlaufen? Würde Chen sagen:
— Sie haben fünf Tage Zeit?
Oder:
— Ich komme in vier Tagen wieder und dann haben Sie sich entschieden?
Nein. Er würde sagen:
— Ich gebe Ihnen eine Woche. Nächsten Dienstag um die gleiche Zeit komme ich wieder!
Jeder vernünftige Mensch würde das tun. So wie die meis-

ten ihr Geburtsdatum als Passwort einsetzten. Zumindest hatte er das irgendwo gelesen. Außerdem hatte es Helge gerade gesagt. Oder?
— Eine Woche, murmelte Othmar.
Er war sich seiner Logik hundert Prozent sicher, beschloss aber trotzdem, das Schloss in der kommenden Woche nicht aus den Augen zu lassen.
— Ich muss dir auch etwas beichten, sagte der Pater.
Othmar runzelte die Stirn, weil es ihm das Gefühl gab, sein Gleichgewicht im Sitzen besser halten zu können.
— Ich bin kein Priester, lallte Othmar.
— Aber ein Freund. Abgesehen davon wirst du es morgen ohnehin vergessen haben.
Othmar war nicht mehr in der Verfassung, einen Scherz am Wesen zu erkennen. Daher nickte er einfach.
— Hast du dich eigentlich nie gefragt, was so ein gut aussehender Priester wie ich in so einem Kaff verloren hat?
Othmar hatte das Gefühl eines Déjà-vus. Als ob diese Situation bereits Vergangenheit war. Und er sich bloß an diese erinnerte. Sie jetzt allerdings deutlicher erlebte als damals, als sie tatsächlich passierte. Ein Gedanke, der ihn überforderte. Daher nickte er erneut.
— Es hat einen Grund, Othmar. Ich habe dir ja gesagt, wenn wir uns gut genug kennen, dann werde ich dir sagen, warum ich mich Helge genannt habe. Ich heiße eigentlich Herwig.
— Das passt genauso wenig wie Helge, murmelte Othmar.
— Und Herwig war im Gefängnis. Er war alles andere als heilig. Zwanzig Jahre wäre er gesessen. Für Mord. Aber dann hat er seinen Glauben gefunden. Und man hat ihm nach sechzehn Jahren verziehen.
Othmar nickte. Allerdings ohne Zustimmung. Sondern ausschließlich, um Zeit zu gewinnen.

— Ich habe mich Helge genannt, weil ich ein heiliges Leben führen wollte. Ich war geläutert. Das musst du mir glauben.
Othmar nickte.
— Auch Jesus war ein böses Kind. Das wissen wir aus dem Thomas-Evangelium.
Othmar nickte noch immer.
— Ohne Reue kein Katholizismus. Auch du bist Katholik, Othmar.
Jetzt hielt Othmar inne.
— Es gibt keinen Gott.
Gleichzeitig hoffte er, dass ihn selbiger nicht bestrafte für diese Erkenntnis.
— Lass mich dir etwas erzählen, Othmar. Als Kind rief ich Gott. Er kam nicht. Daraus schloss ich, dass es ihn nicht gibt. Später, als Jugendlicher, rief ich einen berühmten Sänger. Er kam auch nicht. Aber es gab ihn trotzdem.
Othmar sah ihn an wie ein Clown, der versuchte, am Tisch der Erwachsenen zu sitzen. Er verstand jetzt gar nichts mehr.
— Den Glauben kann man uns nehmen, Othmar. Das Wissen nicht. Deshalb ist Wissen nichts wert.
Othmar neigte seinen Kopf. Jetzt kreiste doch ein träger Gedanke im Bassin seines Gehirns.
— Wenn man einen Schlaganfall hat, dann weiß man gar nichts mehr, stammelte er.
— Egal. Ich wollte auf keine Glaubensdiskussion hinaus. Ich wollte dir meine Geschichte erzählen. Nachdem man mir die Absolution erteilt hatte, hat es trotzdem noch weitere zehn Jahre gedauert, bis ich das Gefängnis verlassen durfte. Oder besser musste.
Othmar versuchte, ein *Aha* mit den Lippen zu formen. Nickte aber stattdessen.

— Pater Helge hat dort als Seelsorger gearbeitet. Man fand das passender, als ihn zum Hirten einer Gemeinde zu ernennen. Man fürchtete offenbar den Verbrecher in ihm.
— In dir.
— Als ob ich dort alle umgebracht hätte. Du musst wissen, meine Tat war im Affekt. Ich war ein Mensch, der seine Wut nicht im Griff hatte. Ich vertrug es nicht, wenn man mich Lackaffe nannte. Was kann ich für mein Aussehen? Muss ich mich deshalb verstecken? Soll ich Gottes Kunstwerk entstellen? Mein Leben lang hatte ich einen Minderwertigkeitskomplex wegen meiner Schönheit. Es war ein Fluch. Ein Dämon, der mich ritt. Im Gefängnis hatte ich mir deshalb einen langen Bart wachsen lassen. Aber heute kann ich dazu stehen. Jesus hatte auch einen Bart. Er hatte das gleiche Problem. Das weiß ich. Er hat es mir gesagt. Ich spreche mit ihm. Jeden Tag, Othmar.

Dieser musste jetzt an Selma denken. Ob sie auch mal mit Jesus sprechen sollte? Womöglich würde auch er sie belügen. Würde ihr recht geben, obwohl sie ja eigentlich hässlich war. Jeder hatte seinen eigenen Jesus, der einem nach dem Mund redete. Das hatte Othmar begriffen. Leider fehlte ihm das Talent zu glauben. Ein Fantasiedefizit. Er konnte sich Selma nicht mal mit Haaren vorstellen. Vielleicht sollte er ihr eine Perücke schenken. Sie bräuchte sie nur einen Moment lang aufzusetzen. Damit er ein Bild von ihr hätte.

— Othmar? Bist du noch bei mir?

Othmar nickte.

— Gott hatte mir damals sein Vertrauen geschenkt, aber die Kirche nicht. So etwas kränkt. Aber weißt du, was Gott zu mir sagte?

Othmar nickte noch immer, was Helge geflissentlich überging.

— Er sagte, dass seine Kirche nicht mehr an die Menschen glaube. Aber dass genau das meine Berufung sei. Der Kirche den Glauben an die Menschen zurückzugeben.
Helge schenkte sich den letzten Rest der Flasche ein. Er hob das Glas.
— Auf die Menschen, Othmar!
Dieser erwiderte mit seinem leeren Glas und nahm einen Schluck Luft, ohne es zu merken.
— Du darfst mit niemandem darüber reden. Gibst du mir dein Ehrenwort?
Othmar nickte, während sein Blick das leere Glas bemerkte. Er griff nach der ebenfalls leeren Flasche und schenkte sich Luft nach.
— Das Ehrenwort eines Mannes ist mehr wert als alles andere. Vieles wäre anders, wenn wir uns öfter das Ehrenwort geben würden. Sein Ehrenwort verrät keiner so schnell. Es ist das letzte Hemd, das man noch trägt, wenn man die Würde bereits abgelegt hat. Ich weiß, wovon ich spreche. Meine Häftlinge waren ehrenwerter als die gesamte Gesellschaft.
Othmar nickte naturgemäß. Hatte aber keine Ahnung, worauf sein Gegenüber hinauswollte. Er war weder in der Stimmung noch in der Verfassung, um einem moralischen Vortrag zu folgen. Der träge Fisch in seinem Bassin drehte sich jetzt ausschließlich um Chen. Er durfte den Plan bis morgen nicht vergessen haben.
— Meine Gruppe war legendär, Othmar. Und es war bestimmt kein Zufall, dass es zwölf waren. Zwölf sehr unterschiedliche Exemplare, die ich aus dem Teich gefischt habe. Aber aus jedem habe ich wieder einen Menschen gemacht.
Pater Helge lächelte stolz. Und saß am Gabentisch, als wäre er von seinen Aposteln umgeben.

— Und warum? Weil ich an ihr Ehrenwort geglaubt habe, Othmar.

Je öfter der Pater Othmars Namen nannte, desto stärker erwuchs in diesem das Gefühl, dass er ihn ebenfalls als Fisch an der Angel betrachtete.

— Es hat mich viel Beharrlichkeit gekostet. Aber am Ende war auch der Gefängnisdirektor überzeugt gewesen.
— Von was?
— Davon, dass man jemandem, der ein Verbrechen bereits begangen hat, eher trauen kann als jemandem, der ein Verbrechen erst begehen wird.

Pater Helge sah Othmar an, als könnte er den trägen Fisch in seinem Bassin genau identifizieren. Als wäre es der kreisende Gedanke an Chen, den er mit seiner Angel fischen wollte.

— Was meinst du damit?
— Dass ich dir vertraue, Othmar. Auch dich hätte ich auf Ehrenwort entlassen. So wie die anderen zwölf auch. Zwei Tage lang durften sie auf Handschlag in die Freiheit. Auf Ehrenwort. Und alle zwölf sind wieder zurückgekommen.
— Ehre, wem Ehre gebührt, murmelte Othmar.
— Ich werde dir alle zwölf Geschichten erzählen. Denn trotz Ehrenwort hatte jeder seine Gründe zurückzukehren.
— Jetzt?
— Nein. Nicht jetzt. Ein andermal.

Othmar atmete erleichtert auf.

— Aber warum bist du dann hier? In Bad Regina.

Jetzt senkte Helge den Blick. Und stand auf. Er ging zum Tabernakel, wo die Monstranz aufbewahrt wurde. Er öffnete den goldenen Schrank.

— Weil der Dreizehnte nicht zurückgekommen ist.

Dann nahm er eine Pistole aus dem Tabernakel und legte sie auf den Gabentisch. Der Respekt vor der Waffe ließ

Othmar schlagartig ernüchtern. Helge hatte sie mit beiden Händen gehalten. So als hätte er den Leib Christi vor sich hergetragen.
— Was ist das?
— Das ist Gott.
Am schwarzen Griff des Revolvers war ein weißes Kreuz eingraviert.
— Manchmal musste Gott seine Schäfchen daran erinnern, dass sie ihm ein Ehrenwort gegeben hatten. Wenn du verstehst, was ich meine.
— Sie haben dich rausgeworfen?
— Sie haben mich versetzt. An einen Ort, wo kaum noch Schäfchen sind. Sonst hätten sie diese Kirche vermutlich längst geschlossen.
— Und an Chen verkauft.
— Die Kirche muss nicht an Chen verkaufen.
— Was heißt das?
— Dass ich gehen werde, Othmar.
— Aber was, wenn nichts ist? Bist du dir so sicher, dass ein Gott auf dich wartet?
Helge musste lachen.
— Ich will mich nicht umbringen. Selbstmord ist auch Mord. Ich bin schon lang genug gesessen.
Plötzlich verfinsterte sich sein Gesicht.
— Wobei das auch eine Möglichkeit wäre.
Er neigte sein Gesicht gegen die Decke. Als würde er mit jemandem da oben sprechen.
— Nein. Natürlich nicht!
Dann wandte er sich wieder Othmar zu.
— Für eine Sache bin ich nicht gesessen. Und deshalb muss ich ihn finden.
— Jetzt verstehe ich gar nichts mehr.
— Bei dem dreizehnten Mann, Othmar, habe ich immer

gewusst, dass er keine Ehre hat. Alle anderen habe ich ausgesucht, weil ich an sie geglaubt habe. Aber dieser eine Mann hat mich erpresst. Und ich habe aus purer Feigheit nachgegeben.
— Erpresst?
— Wie gesagt, es gab eine Sache, für die ich nie gesessen bin. Jetzt bin ich bereit dazu. Bist du auch bereit?
Othmar sah ihn an. Er griff noch einmal nach der leeren Flasche. Und seufzte.
— Zu was bereit?
— Nun, ich habe das Gefühl, dass sich unsere Pläne ähneln. Mit dem Unterschied, dass ich im Namen Gottes handle.
Othmar sah ihn an, als ob er auf seinen Segen wartete. Stattdessen steckte der Priester die Waffe ein und sagte:
— Wenn du morgen nüchtern aufwachst und deinen Plan hoffentlich verwirfst, werde ich schon weg sein. Mach nichts, was du später bereust, Othmar. Gib mir dein Ehrenwort.
Othmar nickte.
— Gott steh dir bei.
Dann stand Helge auf und entschwand in die Sakristei.

ZWEITER TEIL

Nächster Tag. Gleiche Zeit. Gleicher Ort.
   – *Samuel Beckett, Warten auf Godot.*

I

Othmar wachte in einem völlig unmöblierten Zimmer auf. Zumindest war das sein Gefühl, als er sich auf die Suche nach den Gedanken machte, die sich gestern noch als loyale Trinkkumpanen aufgespielt hatten. Selma sagte immer, dass es zwei Othmars gebe. Wobei sie den nüchternen Othmar nie zu Gesicht bekam. Erstens, weil er selten in Erscheinung trat. Zweitens, weil Selma immer nur abends zu Besuch kam. Der betrunkene Othmar hatte ohnehin mehr mit dem realen Othmar zu tun. Der nüchterne Othmar fühlte sich fremd und unvollständig an. Der betrunkene Othmar hingegen schien aus einem Guss. Der fasste Pläne, an die sich der nüchterne Othmar oft nur schemenhaft erinnern konnte. Auf den nüchternen Othmar war überhaupt kein Verlass.

Es war später Vormittag. Und der Anblick der Wohnung verheerend. Man bräuchte keinen Geruchssinn, um zu erahnen, wie sehr es hier stank. Othmar war in voller Montur auf dem Boden eingeschlafen und hatte sich mit den dort herumliegenden Oberteilen zugedeckt. Er war in einer heimatlichen Duftwolke eigener Sekrete aufgewacht, lag auf dem Rücken und starrte auf die verschimmelte Decke.

Alpha saß unverändert da wie ein Mobiltelefon, das man zum Laden angesteckt hatte. Nur hatte man den Zugangscode vergessen. Zeit für die Astronautennahrung! Wann kam eigentlich Schwester Berta wieder vorbei? Einmal die Woche kontrollierte sie, ob medizinisch alles in geordneten Bahnen ablief. Schließlich war Othmar auf sein *Pflegegehalt* angewiesen. Sie konnte ihn nicht ausstehen. Deshalb musste er unbedingt aufräumen, bevor sie ihn der völligen

Verwahrlosung überführte. Sein Blick fiel auf das Posting am Kühlschrank. *Morgen Berta nicht vergessen!* Hatte er das gestern geschrieben? Vermutlich. Denn auf seinen täglichen Gang zum leeren Kühlschrank war Verlass. Er hatte also noch Zeit. Meistens kam sie nach Dienstschluss am frühen Abend vorbei.

Othmar klappte Alphas Augenlider wie Fensterläden hoch. Dessen Pupillen stierten unverändert auf den Plattenteller, der sich noch immer in der Endlosrille drehte.

— Guten Morgen, Manchester, rief Othmar gut gelaunt durch das Zimmer. Er redete sich ein, dass positive Energie einen direkten Einfluss auf Alphas Tagesverfassung hatte. Othmar hielt alles an sich für ansteckend. Wenn er lachte, glaubte er, dass alle mitlachten. Wenn er traurig war, dann war es auch die Welt. Seine Wut ließ Kriege befürchten. Und seine Müdigkeit vermochte alles zum Einstürzen zu bringen. Das durfte man nicht unterschätzen. Da musste man vorsichtig mit seinen Launen umgehen, wenn so viel an einem hing. Da war Disziplin gefragt.

Othmar betrachtete Alphas Gesicht. Ein kaum merkliches Mona-Lisa-Lächeln umspielte seine Lippen. Außer ihm konnte niemand diese Nuancen erkennen. Aber Othmar hatte gelernt, in dem ausdruckslosen Gesicht zu lesen. Schließlich schaute er oft den ganzen Tag hinein.

Er öffnete sich ein Bier, um seine Gedanken wieder in Stellung zu bringen. Was war der Plan? In genau einer Woche – nein, in sechs Tagen, richtig, Disziplin, Othmar – würde Chen wieder bei Wegenstein aufschlagen. Und dann? Na, was dann? Dann würde man ihn natürlich stellen! Nein, das war nicht der ganze Plan. Da war noch etwas anderes. Othmar konzentrierte sich. Wo war der verdammte Gedanke, der ihm gestern noch so brillant erschienen war? Richtig, er musste die Sisters wieder-

vereinigen. Aber wofür? Nicht um ein Album einzuspielen. So viel stand fest. Häuptling, nein, Colonel Othmar musste die Truppe zusammentrommeln und Befehle verteilen. Er brauchte jetzt Männer, auf die Verlass war. Männer, die einen Führerschein hatten. Auch das stand auf einem Posting. *Männer mit Führerscheinen!* Beide Nachrichten an sich selbst hatte er offenbar im Suff verfasst. Das erkannte er an der verwackelten Schrift. Aber warum Führerscheine? Sein eigener lag bei Schleining. Ein juristischer Streitfall. Um nicht zu sagen: ein Präzedenzfall.
Othmar war vor Wochen mit Alphas Rollstuhl betrunken zum Luziwuzi gefahren. Es war Faschingsbeginn. Und er hatte sich als Doktor Strangelove verkleidet. Der Polizist Schleining hatte überhaupt keinen Sinn für Humor. Als er ihn aufhielt, hatte Othmar ständig seinen Arm gehoben und »Heil, mein Führer« geschrien. Vermutlich hatte es Schleining persönlich genommen. Wegen der Geschichte mit dem Arm seines Vaters. Aber daran hatte Othmar überhaupt nicht gedacht. Es war sein natürlicher Umgang mit Autoritäten. Der betrunkene Othmar vertrug sie nicht, die Autoritäten. Der nüchterne Othmar mied sie. Auf jeden Fall hatte ihm Schleining den Führerschein abgenommen. Hatte behauptet, dass es egal sei, in welchem Fahrzeug man angetrunken unterwegs sei. Als ob man für einen beschissenen Rollstuhl einen Führerschein bräuchte. Paradox sei das, hatte Othmar geschrien, während ihn Schleining mit angehaltener Waffe zum Aufstehen gezwungen hatte. Nein. Paradox hatte er bestimmt nicht gesagt. Aber gemeint.
— Du blödes Arschloch, das ist beschissene Amtswillkür!
So schon eher.
Schleining hatte versucht, ruhig zu bleiben. Gut, mit einer Waffe in der Hand war es leicht, den Abgeklärten zu geben.

— Her mit dem Führerschein. Und den Rollstuhl lässt du auch gleich stehen.
— Aha. Und worauf soll Alpha dann sitzen?
— Worauf sitzt er denn jetzt?
— Na, zu Hause auf meinem beschissenen Sofa. Und hört Happy Mondays. Und lächelt fröhlich vor sich hin.
— Na, dann kann er ja dort sitzen bleiben. Wozu braucht er auch einen Rollstuhl, wenn er sowieso nicht damit fahren kann?
— Na, um ihn zu schieben, du Klugscheißer. Jeder hat ein Recht auf Bewegung. Auch ein Schwarzer! Außerdem kannst du mir nicht verbieten, betrunken mit dem Rollstuhl zu fahren. Sonst dürfte ja ein Gelähmter nie etwas saufen. Oder muss der dann jedes Mal den Rollstuhl stehen lassen, wenn er sich die Kante gibt. Das wäre ja …
Genau. Paradox. Das Wort fiel ihm nicht ein. Aber Schleining wusste haargenau, was er meinte. Er stammelte, dass die Situation völlig klar sei. Und dass er ihm den Sachverhalt gerne als Protokoll zukommen lasse. Wenn er morgen kurz nüchtern sei, dann würde auch der Hausverstand wieder einsetzen und er würde einsehen, so wie jeder vernünftige Mensch einsehen würde, dass man nicht betrunken mit dem Rollstuhl, vor allem nicht auf der Fahrbahn und schon gar nicht mit der Geschwindigkeit eines Autos … egal – das Protokoll hatte Othmar seitdem genauso wenig zu Gesicht bekommen wie seinen Führerschein.
Aber Othmar musste sich jetzt auf das Wesentliche konzentrieren. Moschinger hatte einen Führerschein. Zesch ebenso. Nur Tschermak hatte keinen. Als Wirt sei er ohnehin nie nüchtern. Das Fahren überlasse er daher Karin. Aber die konnte Othmar schlecht fragen. Die Sisters zusammenführen! Diese Sache konnte er unmöglich allein

durchziehen. Diese Sache, die Pater Helge natürlich durchschaut hatte. Und die er nüchtern bereuen würde.
Er hatte ihm sein Ehrenwort gegeben. Seltsam, dass er sich daran erinnern konnte, aber nicht an die Sache selbst. Als ob sie der Priester mittels eines Voodoozaubers aus Othmars Hirn gelöscht hätte. Da war doch eine verdammte Knarre am Gabentisch. Oder hatte er sich das eingebildet? Irgendeine Kopfgeldjägergeschichte hatte er ihm aufgetischt. Vielleicht sollte er jetzt schleunigst zurückgehen und Helge damit konfrontieren, was er denn genau bereuen würde, weil die ganze Reue nur dann Sinn ergebe, wenn man überhaupt wisse, was man eigentlich – sein Kopf brummte, als ob jeder Gedanke einen Kolbenreiber verursachte. Früher hatten sie in solchen Fällen Nootropil eingeworfen. Ein Alzheimermedikament, das die Synapsen für eine halbe Stunde wieder in Ordnung brachte. Danach fiel das Gehirn zwar wie ein Kartenhaus zusammen. Aber kurz wurde Normalität simuliert.

Mit einem Joint in der Hand verließ Othmar das Haus. Sein Gichtfuß war inzwischen auch zum Leben erwacht und gab sich als körperliche Reue zu erkennen. Fluchend befahl er ihm, seine gottverdammte Schnauze zu halten.
— Ein Kater lässt sich nur durch Weitersaufen verhindern! Aber der Fuß pochte schmerzhaft zurück. Und hinderte die Gedanken daran, sich im Gehen zu formieren. Kein Mensch auf der Straße. Jeden einzelnen müsste er aus dem Haus zerren.
— Aufwachen, schrie er in die Eiseskälte. Aber nichts rührte sich. Nicht einmal ein Echo wollte sich seiner annehmen.
Wütend auf sich selbst hinkte er an der heiligen Regina vorbei, die ihm wieder mit lädiertem Blick nachschaute.

Chen. Chen. Chen. Gesichtslos kreiste der Chinese in seinem Kopf, der bei jedem Schritt wie ein Aquarium überzuschwappen drohte. Nein. Ganz still stand er im Wasser. Wie ein Goldfisch. Und starrte ihn mit leblosen Augen an. Als ob er Dinge sehen konnte, die nicht da waren.
— Sie wollten mir folgen, um zu sehen, wo ich wohne. Herausfinden, wer ich bin, flüsterte der chinesische Goldfisch.
Genau. Deshalb der Führerschein! Er brauchte jemanden, der sein Auto fuhr. Aber selbst das war noch nicht der ganze Plan. Da fehlte etwas. Der Teil mit der Reue. Othmar schaute in Richtung Wegensteins Schloss. Dort stand jemand und vertrat sich die Füße. Vermutlich, weil er fror. Offenbar schon länger. Immer am gleichen Platz. Auf was wartete er? Kam er von Chen? Einen jeden hier würde er aus dreihundert Meter Entfernung erkennen. Aber das war ein Fremder. Othmar hielt kurz inne. Sollte er zur Kirche oder zu Wegenstein gehen? Auf dem Spielplatz schaukelte Max. Er winkte ihn zu sich. Widerwillig lief der Neunmalklug her.
— Sag, Max. Du weißt das bestimmt. Wer ist das vor Wegensteins Schloss?
Max sah ihn an, wie man jemanden ansah, von dem man ein Trinkgeld für eine Information erwartete. Othmar seufzte. Außer dem Joint hatte er nichts bei sich. Max musterte ihn. Wartete. Diese kleine Drecksau.
— Hör zu, Max. Ich habe jetzt nichts dabei, das …
— Was ist das in deiner Hand?
— Nichts.
— In der anderen.
— Nichts. Nichts für Kinder.
— Ich bin kein Kind.
— Doch, du bist ein Kind. Also körperlich.

— Ich weiß, was das ist.
— Weil du alles weißt.
— Ich brauche keine Komplimente. Davon lasse ich mich nicht einkochen.
— Das ist für Erwachsene. Oder willst du aufhören zu wachsen?
— Schwachsinn.
— Ich kann auch selbst rübergehen und fragen.
— Dein Bein tut weh, oder?
Othmar sah ihn seufzend an. Man konnte nur hoffen, dass dieser Grünschnabel möglichst bald in die Stadt studieren gehen und nie wieder zurückkehren würde. Mit dem war nicht gut Kirschen essen.
— Vergiss es, Max. Spiel weiter.
— Warum hast du keine Kinder?
— Weil man dazu eine Frau braucht. Das hat dir doch deine Mutter bestimmt erklärt.
— Aber du kennst Kinder, oder?
— Natürlich kenne ich Kinder.
Eine glatte Lüge. Othmar kannte tatsächlich kein Kind außer Max. Und diesen betrachtete er nicht als repräsentativ für seine Gattung. Othmar empfand Kinder nicht als Heranwachsende, sondern als humanoide Nebenform. Ähnlich wie Roboter. Eine Art Prototyp des Menschseins.
— Dann besorg mir eins.
Max sah Othmar mit sehr erwachsenen Augen an. Augen, die ihn gierig anstierten. Die nur noch daran dachten, was ihnen vorenthalten wurde.
— Okay, Max. Ich besorge dir ein Kind.
— Versprochen?
— Ja, versprochen.
— Wächter.

— Was?
— Der Mann ist ein Wächter. Der Graf hat wohl Angst um seine Haut.
— Um seine Haut?
— Dass sie ihn lynchen. Oder dass jemand in der Nacht sein Grundstück betritt.
Max sah Othmar wissend an.
— Oder Angst um Chen, murmelte Othmar.
— Chen?
War es möglich, dass Max nichts von Chen wusste?
— Der Chinese.
— Welcher Chinese?
Es war möglich. Fragte sich nur, welches Märchen ihm seine Alten auftischten.
— Sag, Max, wie erklärst du dir, dass so viele Leute aus unserem schönen Ort wegziehen?
— Das weißt du doch selbst.
— Nein. Das frage ich mich seit Jahren.
— Der Fluch.
— Welcher Fluch?
— Schandors Fluch.
— Schandors Fluch?
— Schandor hat Bad Regina verflucht. Das weiß doch jeder.
— Schandor? Weißt du, wer das war?
— Ein alter böser Mann, der uns hasst.
Erstaunlich. Da stopfte die alte Grün ihren Balg mit Wissen voll. Aber dort, wo es wehtat, wurden die Dinge unter den Teppich gekehrt.
— Du siehst deiner Mutter immer ähnlicher, lächelte Othmar.
— Woher willst du das wissen? Oder kennst du meinen Vater?

— Natürlich kenne ich ihn.
— Nein, sagte Max. Niemand kennt ihn.
— Aber dein Vater ist dein Vater.
— Das ist paradox, konstatierte Max.
— Aber wahr, sagte Othmar.
Schließlich wurde er vom langweiligen Grün aufgezogen.
— Langeweile ist das Gesündeste, was man einem Kind angedeihen lassen kann, sagte Selma.
Trotzdem erstaunte es Othmar, dass die Grüns ihrem Neunmalklug in diesem Fall die Wahrheit gesagt hatten. Zumindest teilweise. Vielleicht hatte Max auch selbst Verdacht geschöpft. Nicht wegen der mangelnden Ähnlichkeit. Sondern wegen der Betriebstemperatur. Der alte Grün war als Bassist höchstens für Balladen zu brauchen gewesen. Max hingegen war ein geborener Frontmann.
— Und wer ist dein Vater?
— Das darf ich nicht sagen.
— Aber du weißt es?
— Natürlich. Jeder weiß, wer sein Vater ist.
Othmar hatte stets gehofft, dass sein Vater nicht sein Vater war. Leider gab es da wenig zu hoffen. Stattdessen fühlte er seinen Vater immer stärker in sich heranwachsen. Wie einen Bambus, der sich in den Adern verzweigte. Eine zweite Geburt. Die ihn ermattete. Ja, die Müdigkeit kam näher. Bald würde sie ihn eingeholt haben. Und dann würde er wegdämmern wie seine Mutter. Wenn der Bambus das Glashaus durchbrach.
— Okay, Max, ich muss weiter.
— Aber darüber sprechen wir noch.
— Über deinen Vater?
— Über das Kind, das du versprochen hast.
— Ja, schon gut. Das Kind. Versprochen ist versprochen.
Max sah ihm misstrauisch nach. Othmar hatte sein Ver-

sprechen in der Sekunde vergessen. Im Gegensatz zu Max, der sich bereits ausmalte, wie er ihn bestrafen würde. Schon seit seinem sechsten Lebensjahr träumte er heimlich davon, Henker zu werden. Während andere Jungs mit Autos spielten oder Tiere operierten, strapazierte Max seine Fantasie, um sich die originellsten Torturen auszumalen.
— Dich werde ich in einem Eisklotz einfrieren und nur den Mund freilassen. Da werde ich dann die unmöglichsten Dinge hineintropfen. Du wirst mein Klo sein. Und wenn du nicht spurst, dann werde ich langsam immer mehr Wasser darübergießen, das dann ebenfalls friert, wenn du es mit deiner Zunge nicht schnell genug wegschlecken kannst.

Othmar spürte den stechenden Blick von Max. Ahnte aber nichts von dessen Gewaltfantasien. Er hatte seine eigenen bezüglich Chen. Genau. Das war nämlich der Plan. Man würde es aus diesem Chinesen schon rauskitzeln, was er vorhatte. Er brauchte verlässliche Männer, denen man vertrauen konnte. So etwas zog man nicht allein durch. Zwei vorne. Zwei hinten. Und in der Mitte Chen. Wenn der Prophet nicht zum Berg kommt, dann …
— Es ist niemand hier.
— Wie bitte?
— Dein Pfaffe hat über Nacht seine Sachen gepackt und das sinkende Schiff verlassen. Den ganzen Weg von oben bin ich umsonst gegangen. So etwas muss aber trotzdem als Kirchgang angerechnet werden. Schließlich kann das ja keiner wissen.
Die alte Zesch stand gebückt vor der verschlossenen Kirchentür. Beide hatten keinen Führerschein. Und beide hatten keine Kraft mehr weiterzugehen. Ratlos blieben sie in der Kälte stehen und schwiegen sich an.

2

— Seit wann hast du einen Porsche?, fragte Othmar.
Heimo Zesch runzelte die Stirn. Er fand eine Frage nach seinen Finanzen ähnlich übergriffig wie ein Ansuchen auf Restitution. Die alte Zesch saß eingeklemmt auf der engen Rückbank. Ihr Gesicht lugte wie versteinert zwischen den beiden Kopfstützen hervor. Ihr alter Körper wurde in den Kurven hin- und hergeschleudert. Sie weigerte sich aber, ihre Hände aus der Tasche zu nehmen, um sich festzuhalten. So einem wie Othmar musste sie ihre Krüppelhände nicht unter die Nase halten.
— Was geht's dich an, murmelte Heimo.
— Ich wundere mich nur, sagte Othmar.
— Wegen dem Geld?
— Weil es mir noch nicht aufgefallen ist. Normalerweise fällt mir alles auf, warf er dem Bürgermeister einen Detektivblick zu.
— Ich habe ihn erst letzte Woche abgeholt.
— Aber gelb?
— Warum nicht gelb?
Heimo war gerade auf dem Weg in die Hauptstadt gewesen. Da hatte ihn Othmar angerufen. Also hatte er abgehoben. Nein. Wenn er gewusst hätte, dass es Othmar war, hätte er nicht abgehoben. Aber Othmar rief von Tschermaks Festnetz an. Und Tschermak rief nie bei jemandem an. Also hob Zesch ab. Obwohl er hätte ahnen können, dass es sich um einen Notfall handelte. Und bei Notfällen hob er prinzipiell nicht ab. Weil für Notfälle immer jemand anderer zuständig war.
Othmar hatte gesagt, es gehe um Heimos Mutter, die frie-

rend vor der Kirche stehe. Sie könne unmöglich zu Fuß nach Hause gehen. Er müsse sofort kommen. Heimo hatte Othmar nicht nur dafür verflucht, seinen Führerschein verloren zu haben, sondern auch dafür, dass er nicht jemand anderen angerufen hatte. Othmar wusste genau, dass Heimo in dieser Sache chancenlos war. Also war er über sechzig Kilometer zurückgefahren, um eine halbe Stunde später in das missmutige Gesicht der Alten zu schauen. Dieser Klumpfuß hatte nicht mal den Anstand gehabt, ihr den Beifahrersitz anzubieten. Ein empathischer Mensch hätte einer alten Frau den Vortritt gelassen. Hätte angeboten, selbst zu Fuß zu gehen. Aber Empathie empfanden die sogenannten Gutmenschen offenbar nur für Fremde.
— Empathie heißt Mitfiebern. Es dürfte sich also um eine Krankheit handeln, hatte er Othmar neulich im Suff erklärt. Von Empathie fing er daher gar nicht erst zu sprechen an. Aber von Respekt. Und von Neid. Er konnte ihn förmlich aus Othmars angeschwollenen Augen triefen sehen. Während dieser in einem verschimmelten Loch hauste und seinen leblosen Neger pflegte, schaffte es einer wie Heimo, trotz aller Widrigkeiten sein Leben auszurichten. Die alte Zecke Zesch beherrschte eben ihr Instrument.
— Das Lied über den Porsche ist mehr wert als der Porsche, flüsterte Othmar. Aus dem versteinerten Gesicht der Alten ertönte ein angewidertes Grunzen. Zesch sah Othmar an, wie man jemanden ansah, der die Regeln nicht verstand.
— Für so einen Schlitten muss man aber einen Haufen Lieder schreiben.
Heimo stieg demonstrativ aufs Gas. Was die Alte zwar in die unbequeme Rückbank drückte, sie aber trotzdem mit einem zustimmenden Räuspern goutierte. Heimo drückte seinen Vorderbiss auf die Unterlippe wie vor einem Auf-

schlag. Er hatte fast immer gegen Othmar beim Tennis gewonnen. Was ihm dieser nicht vergönnt hatte. Kalte Füße hatte er bekommen. Und nur noch gegen die Wand gespielt. Sogar Rebekka hatte ihm vom Balkon herab spöttisch zugesehen.
— Sag, wenn du gegen dich selbst spielst, hast du dann öfter das Gefühl, zu gewinnen oder zu verlieren?
Heimo hatte ihn stets damit aufgezogen und mit Gewinnerweisheiten provoziert.
— Der Ball ist stets in Bewegung. Es kommt halt im Leben darauf an, wie man ihn trifft.
Aber Othmar schien sich überhaupt nicht für das Spiel zu interessieren. Verachtete regelrecht die naturgegebene Ambition zu gewinnen. Es blieb ihm auch nichts anderes übrig. Er war immer nur Aroma von dem geblieben, was er hätte sein können.
— Das Auto stinkt, murrte die Alte. Und warf Othmar einen unmissverständlichen Blick zu. Dieses Verliereraroma stellte für sie eine Provokation dar. Ein Kapitalist, der seine Resignation als politischen Widerstand verkaufte. Gab es das überhaupt? Eine Philosophie des Verlierens? Wie sollte eine solche aussehen? Selbstverachtung? Ertragen? Verzicht? Erfolge kleinreden? Den Makel ästhetisieren? Sie hustete, weil sie sich grauste.
Und Othmar dachte an die größte Niederlage seines Lebens. Er hatte als 18-Jähriger zwei Monate auf einer Apfelplantage in Italien gearbeitet. Den gesamten Lohn hatte er in der Reisetasche, die er in der öffentlichen Toilette direkt neben das Pissoir stellte. Er hatte nichts falsch gemacht. Außer dass er es nicht konnte. Er konnte einem Dieb nicht nachlaufen, während er pisste. Das brachte er nicht.
— Alle Bälle bei dir, hatte Heimo gespottet. So wie er immer spottete, wenn Othmar die Schläge ins Netz versenkte.

— Dieser dreckige Syrer hat seinen Hund vom Balkon geworfen. Ich habe es genau gesehen, krächzte die Alte.
Heimo seufzte.
— Woher soll er denn einen Hund haben, Mutter?
— Gestohlen vermutlich. Aber bei denen ist das üblich. Das bereitet ihnen Vergnügen. Das arme Tier.
Othmar drehte sich zu ihr. Die alte Zesch hatte Othmar schon als Kind nicht ausstehen können. Er war in ihren Augen immer ein Zigeuner gewesen.
— Sie als fromme Kirchgängerin haben doch bestimmt schon von Nächstenliebe gehört, sagte Othmar.
Es entstand eine Pause, die nur vom aufschneiderischen Motorengeheul des Porsches übertüncht wurde. Eine lange Pause. Nicht weil der alten Zesch auf diesen Schwachsinn nichts eingefallen wäre. Viel eher dachte sie daran, dass jetzt der ideale Moment wäre, sie zum Herrgott zu holen. Sie wartete. Aber nichts passierte.
— In den Himmel kommt auch nicht jeder, grummelte sie. Es gebe gar kein restriktiveres Einwanderungssystem als das Jenseits. Bekanntlich ein Nadelöhr! Damit könne er sich seine These der christlich-sozialen Nächstenliebe einmargerieren.
— Der ganze Humanismus ist eine einzige Rechtsunsicherheit, ergänzte Heimo. Othmar überlegte, was er damit meinen könnte. Beschloss aber, wieder auf den Neuwagen umzuschwenken.
— Ich habe gar nicht gewusst, dass man als Bürgermeister so viel verdient. Vielleicht stelle ich mich auch auf, sah Othmar Heimo auffordernd an.
Die Alte lachte freudlos auf. Es klang mehr wie eine konvulsive Irritation. Heimo schaltete einen Gang hinunter. Es ging bergauf. In Bad Regina wurden die Straßen längst nicht mehr gestreut. Selbst für den Bürgermeister nicht.

— Den hat mir Adrian geschenkt.
— Dein Bruder schenkt dir einen Porsche?
— Das Geld. Den Porsche habe ich mir dann selbst geschenkt.
— Ich dachte, er sitzt auf Lesbos und malt Fische.
— Tut er auch. Dazwischen verwaltet er seine Kryptowährungen und kauft die Liegenschaften von bankrotten Griechen auf. Geld ist ihm völlig egal. Es ist, als ob er den ganzen Tag mit sich selbst gegen die Wand spielt, lächelte ihn Heimo aus, der vor der Gewinnergleichgültigkeit seines Bruders genauso wenig Respekt hatte wie vor der Verlierergleichgültigkeit Othmars.
Offenbar erlangte man tatsächlich nur Reichtum, wenn einem das Geld egal war. Das war Heimos These. Als ob es ein Naturgesetz wäre, dass man immer nur das bekam, was man nicht wollte. In der Natur wurde man für Ehrgeiz und Leidenschaft bestraft. Was war das für ein Gott, der einen für Gleichgültigkeit belohnte? Als ob das der Sinn des Lebens wäre: Gelassenheit zu entwickeln. Nichts durfte einem etwas wert sein! Für jeden erkämpften Schritt nach vorne wurde man mit doppelt so vielen Rückschritten bestraft. Vor diesem Gott konnte er beim besten Willen keinen Respekt empfinden. Von Beginn an tat er nichts anderes, als den Willen der Menschen zu brechen. Der Apfel im Paradies, den Adam wollte und wofür er und die gesamte Menschheit bestraft wurden, war die Wurzel dieses unsäglichen Spiels.
— Wenn du Gott zum Lachen bringen willst, erzähle ihm deine Pläne.
Das war keine Ironie des Schicksals, sondern die Tragik desselben. Humor war doch keine Überlebensstrategie, sondern eine Form der Resignation. Aber Heimo hatte nie aufgehört, sich gegen diesen Gott aufzubäumen. Er ließ

sich die Lektion, dass nur das zählte, was einem nichts wert war, nicht aufoktroyieren. Der würde sich noch wundern. Keine Zeile würde er jemals zu einem solchen beten. Er war keiner dieser Schwächlinge, die Almosen von so einem Zyniker annahmen. Er war Humanist. Für ihn stand der Mensch im Mittelpunkt. Aber das verstanden solche wie Othmar nicht. Einem solchen war ohnehin alles gleichgültig. Sogar Gott. Insofern war der Atheismus für Heimo nichts anderes als die Pervertierung des Katholizismus. Er seufzte. Manchmal verirrte er sich in den eigenen Gedanken. Aber er wusste, was er meinte.

Dass er von Adrian keine Almosen angenommen hatte, das war niemandem bewusster als ihm selbst. Er hatte sich alles selbst genommen. Einen Apfel nach dem anderen. Heimo dachte daran, wie viele Leben sein Bruder ihm eigentlich zu verdanken hatte. Er zählte nach und kam auf mindestens acht. Aber selbst das war Adrian vermutlich gleichgültig gewesen. Denn das war sein ganzes Geheimnis. Dass ihm wirklich alles gleichgültig war. Sogar das eigene Leben. Und wenn etwas drohte, an Bedeutung zu gewinnen, dann bügelte er es sofort mit Marihuana und Fischmandalas nieder. Insofern konnte man das Dasein seines Bruders als lebensfeindlich bezeichnen.

Die Geschichte von Adrian, wenn sich eine solche überhaupt aufspüren ließ, war eine Geschichte von Unfällen. Heimo hatte irgendwann aufgehört zu zählen. Aber es müssen um die dreißig gewesen sein. Fahrräder, Bäume, Sportplätze, Bergwände, Skipisten, Straßengräben, Dachterrassen, Fenster, Swimmingpools, Werkstätten, Diskotheken, Steinstrände. Nichts schien vor Adrians Unfallsucht sicher zu sein. Kein Ort, an dem er nicht eine Katastrophe anrichten konnte. Kein Anlass, bei dem Heimo nicht fürchten musste, dass Adrian mit einer Ver-

letzung wieder einmal die gesamte Aufmerksamkeit auf sich ziehen würde. Die alte Zesch hatte von einer regelrechten Suchtbegabung ihres Sohnes gesprochen. Wobei augenfällig war, dass die Unfallsucht von Adrian kurz nach dem Tod des Vaters einsetzte.
Für Heimo ein klarer Fall der Nachahmung. Schließlich war auch der Vater bei einem Unfall gestorben. Die Mutter hatte zwar nie viel darüber gesprochen. Aber dass sich der kleine Hermann selbst beim Dachdecken stranguliert hatte, ja, dass ihm ausgerechnet das Sicherungsseil zum Verhängnis wurde, das war ein Bild, das auch Heimo nie wieder aus dem Kopf bekam. Jahrelang hatte er deshalb den Blick auf das Dach gemieden. Hatte ihn stets gesenkt, wenn er außer Hauses ging, während Adrian regelrecht hinaufstarrte. Man gewann den Eindruck, er würde sich selbst die Schuld für den Tod des Vaters geben. Als würde er mit dem Alten tauschen wollen. Am ruhigsten, so die Mutter, sei der rastlose Adrian immer dann gewesen, wenn er im Rettungswagen gelegen habe.
Als er mit Anfang zwanzig auf Weltreise ging, hatte ihn die Mutter eigentlich abgeschrieben.
— Der kommt nicht mehr zurück.
Womit sie recht behalten sollte. Naturgemäß war es ein Unfall, der Adrian in ein anderes Leben manövrierte. Dass einer wie er überhaupt noch auf ein Motorrad stieg. Noch dazu ohne Helm. Wie ein Berserker war er die Serpentinen von Lesbos hochgefahren. Selbst die hartgesottenen Griechen hatten ihm hinterhergeflucht. Und dann der Crash. Mit dem Unterschied, dass dieses Mal nicht Adrian, sondern das Gegenüber auf der Straße liegen blieb.
Mit einem aussichtslosen Manöver hatte das andere Motorrad versucht, dem Unausweichlichen auszuweichen. War ins Schleudern gekommen. Und hatte die

menschliche Last trotzig auf den Asphalt geworfen. Ein regloser Körper. Ein aufgewölbter himmelblauer Stofffetzen, der im Wind flatterte. Adrian lief hin. Legte das Gesicht frei. Und verliebte sich in Eudoxia.
Wochenlang saß er an ihrem Krankenbett, bis sie endlich die Augen öffnete. Täglich waren Patienten aus allen Abteilungen zu der schlafenden Schönheit gepilgert. Eudoxia war Krankenschwester im selbigen Spital. Und wurde von den Patienten wie eine Heilige verehrt. Sie legten Blumen auf ihre weiße Decke. Und straften Adrian mit verächtlichen Blicken. Eudoxia, die Legende.
Als sie ihren Widersacher reuig dasitzen sah, lächelte sie, ohne sich zu erinnern, wer sie selbst war. Und verliebte sich ebenfalls in ihn. Ab diesem Moment verfolgte Adrian das Glück auf Schritt und Tritt. Er konnte es gar nicht mehr abschütteln. Eudoxia gebar in den folgenden fünf Jahren sieben Kinder. Adrian erlangte das Vertrauen der Hiesigen, die ihm ihre Verlassenschaften anvertrauten, die er mit hohen Renditen nicht nur verkaufte, sondern auch zu teuren Urlaubsdomizilen umgestaltete. Innerhalb weniger Jahre hatte er auf Lesbos das aufgebaut, was in Bad Regina verloren gegangen war. Die skandinavischen Touristen entflohen zunehmend ihren nördlichen Idyllen und stellten bald die Mehrheit unter den Flüchtenden dar, die die Insel aus aller Welt überschwemmten.
Adrian, der sein Glück nicht nur nicht fassen, sondern auch kaum ertragen konnte, stand jeden Tag vor Morgengrauen auf und malte stundenlang Fische. Blaue, rote, glitzernde, bunte. Kein Fisch glich dem anderen. Hunderte Blätter verstaute er im Schrank, ohne sie je wieder anzusehen.
— Warum ausgerechnet Fische?, fragte Heimo seinen Bruder. Dieser presste seinen Vorderbiss gegen die Unterlippe, sah ihn mit sonnenverbranntem Gesicht und spöttischen

Augen an und malte schweigend weiter. Eudoxia, die nach ihrem Geburtsmarathon beträchtlich zugenommen hatte, sagte, dass sie als Kind einen Goldfisch besessen habe. Als sie gemerkt habe, wie einsam er war, habe sie ihm einen Spiegel vor das Aquarium gestellt. Und da er sich selbst nicht erkannte, glaubte er sich zu zweit und schwamm ab diesem Moment fröhlich auf und ab.
— Glücklich sind alle, die sich selbst nicht erkennen.
Dann hatte sie Heimo angelächelt, wie jemand lächelte, der einem gerade das Leben gerettet hatte, und auch Heimo hatte gelächelt wie ein Geretteter, obwohl er nicht verstand, was das mit den Bildern seines Bruders zu tun haben sollte.

— Ich habe einen Plan, sagte Othmar, den das weggetretene Lächeln seines Gegenübers irritierte.
— Verschon mich, grummelte Heimo, der sich ärgerte, dass ihn sein Gegenüber aus den meeresglitzernden Gedanken riss.
— Bezüglich Chen.
— Die Chinesen essen ihre Hunde. Und werfen sie dann aus dem Fenster, ertönte es von der Rückbank.
— Ich höre, sagte Heimo.
— Nicht hier.
Die Alte grunzte erneut. So wie jemand grunzte, der dagegen protestierte, überhaupt wahrgenommen zu werden.
— Und wo dann?
— Ich stelle eine Mannschaft zusammen.
— Eine Mannschaft? Ich brauche keine Mannschaft.
Heimo malte sich kurz aus, wie er den Moschinger mit einer Rückhand in die Ohnmacht beförderte.
— Mit dem Moschinger spiele ich nicht einmal Doppel. Nur falls du auf depperte Gedanken kommst.

— Stopp! Hier steige ich aus.
— Hier?
— Hier.
— Aber hier ist nix.
— Überall ist was.
— Komm. Ich bring dich heim.
— Ich gehe nicht heim.
— Und wohin gehst du?
— Strawanzen.
— Strawanzen?
— Ich muss denken.

3

Moschinger stand in seiner Thomas-Bernhard-Lederhose in der Lobby seines Hotels und sah dem ausgezehrten Fink beim Yoga zu. Dieser verharrte seit einer Viertelstunde kopfüber in der einhändigen Baumpose, ohne sein Gleichgewicht zu verlieren. Während sich Fink in angeberischer Gelassenheit übte und seine Entspannung aggressiv zur Schau stellte, versuchte Moschinger an seiner überdimensionierten schwarzen Hornbrille vorbeizuschauen, um die aktualisierte Schadensliste zu überfliegen. Der Wasserrohrbruch im Keller, die Risse hinter der englischen Tapetenwand, der Rotweinfleck auf dem Schneepantherfell, der verstopfte Kamin, das Ungeziefer im Wellnessbereich, der defekte Geschirrspüler, das zertrümmerte Bett in Zimmer 67 – der junge Amerikaner war, ohne zu zahlen, abgereist, nachdem ihm der Polizist Schleining den Zutritt zu den Ruinen Grand Hotel Europa, Helenenbad und Casino verwehrt hatte. Angeblich wegen einer Anzeige von Chen.
— Es ist ein zu hohes Sicherheitsrisiko. Der Besitzer kann die Verantwortung unmöglich übernehmen, hatte Schleining verkündet.
— Ich hafte dafür, hatte Moschinger entgegnet.
— Das ist leider nicht möglich. Genau genommen ist es Besitzruhestörung.
Woraufhin Moschinger damit gedroht hatte, das Wachzimmer zu zerlegen.
Er vermutete eine Intrige des Bürgermeisters. Dieser wusste, dass er ohne seine Lost-Places-Touren nicht überleben konnte. Aber bald würde er diesem Ganoven das Handwerk legen. Rien ne va plus, Herr Bürgermeis-

ter! Schluss mit den ganzjährigen Alibibaustellen, die nur sinnlosen Lärm fabrizierten. Schluss mit der grellen Lackierung von Häuserfassaden, die selbst einem Farbenblinden die Pupillen versengten. Schluss mit der großflächigen Setzung von Stinkpflanzen wie dem Titanenwurz, der jedes Frühjahr einen Aasgeruch verströmte, der für den Menschen kaum zu ertragen, für Insekten hingegen unwiderstchlich war. Schluss mit dem chinesischen Terror!
— Ich habe einen Plan.
Moschingers Blick plierte durch die schwarze Brille in Richtung Eingang. Othmar hinkte wie Richard der Dritte durch die Lobby und blieb stirnrunzelnd vor Fink stehen, der seinen sehnigen Körper grußlos in einen Handstand manövrierte, wobei beide Zehenspitzen die Stirn berührten.
— Taraksvasana, sagte Fink mit eufonischer Stimme, als hätte irgendjemand danach gefragt.
Othmar setzte sich wortlos an die Bar, deren Tresen nicht viel höher als der Klassentisch einer Volksschule war. Der Gast müsse immer zum Barkeeper aufsehen, so Moschingers Philosophie. Das Hotel Waldhaus war berühmt für solche Spitzfindigkeiten. Man erzeugte eine Art Selbsterhebung durch zarte Demütigungen des Gastes. Diese begannen beim äußerst schlichten Essen, das einem als Mehrwert serviert wurde, und endeten bei der spartanischen Zimmergestaltung, für die man extra bezahlte. Moschinger fand für alles die richtige Verpackung. Selbst die Masseurin Olga, die damit angab, jeden mit nur einem Griff töten zu können, und für die das Wesen einer heilenden Berührung Fremdland darstellte, kostete Minimum hundert Euro die Stunde, weil die Behandlungen Titel wie *Neufundländische Eiszapfenmassage* oder *Biberfellpeeling* trugen. Auch den verhöhnenden Humor Moschin-

gers wusste die spärliche Stammklientel zu schätzen. Erst letzte Woche hatte er die blinde Mary Sunderthorne, die seit zwanzig Jahren kam, mit den Worten begrüßt:
— You probably know my voice from last year.
Selbst vor arabischen Frauen in Burka machte er nicht halt.
— Nein! Bitte enthüllen Sie sich nicht. Sonst muss ich mir Ihr Gesicht merken.
Doch auch die muslimischen Reichen kamen gerne, um sich von Moschi demütigen zu lassen. Sie verbuchten solche Bösartigkeiten als Touristenattraktion.
Moschinger war der letzte aktive Geschäftsmann in Bad Regina. Sein weißhaariger Kopf platzte vor Tatendrang. Trotz der Niederlagen *Nachtapotheke*, *Eisvogel* und *Falscher Hase*. In den letzten Jahren hatte er sich als Lampendesigner versucht, hatte neue Songs aufgenommen, zu denen Fink sperrige Texte schrieb, und hatte die gesunde Luft von Bad Regina in kleinen Fläschchen verkauft. Alles desaströs. Lange hatte er sich auch um den geschlossenen Kraken bemüht. Aufgrund der im Berginneren vorkommenden Radonstrahlungen, denen man heilende Wirkungen bei rheumatischen Beschwerden nachsagte, die aber gleichzeitig das Lungenkrebsrisiko massiv erhöhten, hatte er sich eine vielversprechende Marktlücke erhofft, war allerdings am Unwillen von Chen gescheitert. Nicht dass Moschinger je direkt mit dem Chinesen verhandelt hätte. Er erhielt auf sein Ansuchen nur ein maschinengeschriebenes: Nein. Und wenn Othmar den medizinischen Verlauf seiner Gicht genau nachzeichnete, musste er sich eingestehen, dass sie genau mit der Schließung des Kraken einsetzte. Zum Lungenfacharzt traute er sich seither nicht mehr.
— Was für einen Plan, fragte Moschinger und setzte sich zu Othmar an die Bar, während Fink in die Gandha-Bherundasana-Pose wechselte, bei der das Gesicht lächelnd auf

den Händen am Boden ruhte, während sich der Rumpf um 270 Grad rücklings bog, um beide Knie über der Stirn zu platzieren.
— China.
— Sehr gut. Ja nicht zu klein denken.
— Wir müssen da etwas tun.
— Ist das schon der Plan?
— Nein. Natürlich nicht. Chen war bei Wegenstein. Wir müssen ihn daran hindern zu verkaufen und wir müssen diesen Chinesen verfolgen.
— Und wozu?
— Um ihn zu entführen, einzuschüchtern und im Notfall zu beseitigen, sagte Fink, während sein asketisches Gesicht bösartig lächelnd zwischen den Schienbeinen hervorlugte.
— Wie meinen?
— Das wollten Sie doch sagen. Oder?
Othmar nickte und sagte:
— Nein.
— Aha. Und was dann?
Othmar sah Fink aggressiv an. Dieser lächelte passiv-aggressiv zurück. Moschinger schob sich aktiv die schwarze Brille zurecht und versuchte, sich dahinter zu verschanzen. Stille. In diesem Moment fiel Moschinger auf, dass die enervierende Uhr über dem Hirschgeweih nicht mehr tickte. Er setzte sie aber nicht auf die Schadensliste.
— Und warum fragst du mich? Und nicht Zesch? Der ist doch für kollektive Verbrechen zuständig.
— Ich frage alle.
— Wie alle?
— Alle Sisters.
— Du spinnst.
— Also meinen Segen haben Sie.
Finks Augen wanderten zwischen den beiden hin und her.

Othmar verspürte Lust, seinen Kopf wie einen Ball in den Speisesaal zu schießen.
— Wir müssen das unter uns besprechen.
— Uns gibt es nicht.
— Wir sind uns, sagte Fink mit sonorer Stimme, ließ die Beine nach oben schnalzen, um beinahe ansatzlos im Yoganidrasana zu landen. Dieser trotzte jeder Beschreibung. Othmar musste mehrmals blinzeln, um sich zu vergewissern, dass Fink im Liegen nicht aus zwei Körpern bestand.
— Wir sind aber Freunde. Und Sie sind Gast.
— Es gibt viele Wege, einen Krieg zu führen. Freundschaft ist einer.
— Was wollen Sie damit sagen?
— Er schreibt gerade einen Band mit Aphorismen, verkündete Moschinger stolz. Ich werde damit die ganze Lobby volltapezieren.
— Ein paar Kostproben gefällig?
Fink wartete Othmars Antwort nicht ab, weil er sie kannte.
— Du musst dein Ändern leben – Im Moment leben ist auch nur eine Form der Obdachlosigkeit – Das Böse entsteht, wenn das Gute zu anstrengend wird – Wenn man das Gewissen ist, muss man keines haben – Leute, die ihr Auto waschen, waschen nie ihr Geschlechtsteil – Das Schwein ist sauber, weil es sich immer schmutzig fühlt – Urlaub ist ein avantgardistischer Gedanke aus dem Strafvollzug – Einem linken Terroristen empfehle ich, Linke zu töten, alles andere hilft den Rechten – Wenn die Blicke nicht fallen würden, müssten wir sie nicht ständig auffangen – Gier ist, wenn man ohne Hunger schlingt – Der Verbraucher greift nichts zweimal an – Ein Konsument ist jemand, der wählt zwischen dem, was ihm vorgesetzt wird – Es gibt den freien Willen nur, solange es nichts zu entscheiden gibt.

— Stopp! Es geht um Chen.
Othmar hob die Hand wie Schleining, wenn er den Verkehr regelte. Es gab nur keinen Verkehr zu regeln. Insofern handelte es sich um eine verödete Geste.
— Ich kann Ihnen sagen, was das Problem ist. Der Chinese hat keinen Sinn für Urheberrecht, sagte Fink.
— Urheberrecht?
— Ich erzähle Ihnen eine Geschichte. Als ich vor vielen Jahren in China war – mein Buch über den Vulkan Mihara, in den sich jährlich Hunderte junge Japaner stürzen, verkaufte sich dort sensationell, vermutlich, weil sie die Japaner hassen, trotzdem habe ich nie mehr als 5000 Euro gesehen –, auf jeden Fall saß ich damals mit meiner chinesischen Übersetzerin beisammen. Eine charmante junge Frau, die mir Honig ums Maul schmierte. Ich konnte mit Lob nie gut umgehen, ich brauche solche Zuwendungen nicht. Trotzdem war ich ihr wohlgesinnt, bis zu dem Zeitpunkt, als sie sagte, wie froh sie sei, ja, dass es von meiner Größe zeuge, dass ich es ihr nie übel genommen habe, dass sie das Ende meines Romans verändert hatte. Verändert? Ich wusste davon nichts. Ja, sie habe es einfach weggelassen, weil sie das letzte Kapitel – Sie erinnern sich, Moschinger, als die junge Frau am Rand des Vulkans stand und sich in den Autor verliebte, was vermutlich ihr Leben rettete – nicht literarisch genug fand. Dieses kitschige Ende, so ihre Worte, sei dem Buch nicht angemessen. Ich habe daraufhin jeglichen Kontakt zu allen Chinesen abgebrochen. Nicht einmal ein chinesisches Restaurant habe ich seither betreten. Insofern haben Sie meinen Segen. Töten Sie den Chinesen.
— Und was hat das mit uns zu tun?
— Der Chinese kauft Bad Regina ohne Rücksicht auf das Urheberrecht. Und ich kann Ihnen sagen, warum. Weil der Chinese keine Empathie für Menschen empfinden

kann, sondern ausschließlich für Landschaften. Das ist empirisch erwiesen. Außerdem arbeitet die Regierung an einem Genprogramm, das den Chinesen um zehn Prozent intelligenter machen soll als den Europäer. Wir sind alle dem Untergang geweiht.
— Umso wichtiger, dass wir etwas unternehmen, murrte Othmar.
— Der Chinese ist der neue Nazi, sagte Fink, der stets größte Lust verspürte, die Dinge ins Rollen zu bringen. Denn was nutzte einem das ganze Entspannen, wenn nie etwas passierte.
— Ich will mit der Sache nichts zu tun haben, sagte Moschinger, der Othmar geistig auf die Schadensliste setzte.
— Seit wann gehst du einem Nazi aus dem Weg?
Othmar kannte die Achillesferse seines Freundes. Besonders an Tagen, an denen er die Bernhardhose trug, war er auf dieser Flanke besonders empfindlich.
— Ich gehe keinem Nazi aus dem Weg. Aber ein Nazi ist ein Nazi und ein Chinese ein Chinese. Es gibt keinen chinesischen Nazi. Es gibt nur den österreichischen Nazi. Selbst der deutsche Nazi ist kein Nazi. Der Deutsche hat es nur satt, als Langeweiler dazustehen. Der Nationalsozialismus ist die Antwort des Deutschen auf den Vorwurf, ein Langeweiler zu sein. Vorsicht, welchen Schäferhund man damit weckt. In Österreich hingegen kommt man als Nazi zur Welt. Der Österreicher war schon Nationalsozialist, bevor Hitler kam. Schon unter den Habsburgern war der Österreicher ein Nationalsozialist gewesen. In Österreich ist jeder ein Nazi. Über acht Millionen Einzelfälle! Und jeder in den Hass verliebt. Sei es gegen die anderen oder gegen sich selbst. In Österreich gibt es nur gute und böse Nazis. Der gute Nazi ist ein unterwürfiger Nazi. Und der böse Nazi ist ein garstiger Nazi. Sowohl die Unterwürfigkeit als auch die

Bösartigkeit wurden in Österreich zu Touristenattraktionen erklärt. Wenn man dem Österreicher beides nimmt, nimmt man ihm seine Natur. Und es kommt der wahre Österreicher zum Vorschein. Ganz ohne Natur. Nämlich der beleidigte Österreicher. Es gibt den Österreicher gar nicht ohne Beleidigung. Der beleidigte Österreicher ist sozusagen der nackte Österreicher. Während die Unterwürfigkeit und die Bösartigkeit sein Sonntagsgewand sind. Der Österreicher nährt sich davon, auf alles und jeden beleidigt zu sein. Früher war man auf den Deutschen und die Kirche beleidigt. Heute ist man auf die Sozialisten beleidigt. Im Übrigen riecht es in der sozialistischen Sektion genauso vermodert wie im Pfarrheim. In Österreich ist alles vermodert. Selbst der Humor. Der ja keiner ist. Selbst der viel gerühmte Humor ist nichts als Verdunkelung. In Österreich will nichts ans Licht, weil sich der Österreicher nur im Dunkeln als Riese wähnen kann. Der Österreicher hat zu allem ein schlampiges Verhältnis. Alles, was er tut, passiert, um etwas zu kaschieren. Im Gegensatz zum Deutschen, der versucht, alles richtig zu machen. Der Österreicher macht alles falsch. Und das mit allergrößter Lust. Deshalb braucht der Österreicher Humor und der Deutsche nicht. Der Österreicher hat eine zerstörerische Seele. Auch sich selbst gegenüber. Der Österreicher ist ein durch und durch verdorbener Mensch.

— Aber Sie sind auch Österreicher, unterbrach ihn Fink, während Othmar merkte, dass die Bernhardhose nicht den gewünschten Effekt erzielte.

Moschinger sah Fink an, wie man einen Ausländer ansah, der sich in innerösterreichische Angelegenheiten einmischte.

— Meine Mutter war Finnin. Und wie im Jüdischen zählt die Herkunft der Mutter.

— Dann sind Sie Halbösterreicher.

— Sie reden wie ein Nazi.
— Ich bin Schweizer.
— Der Schweizer ist ein Selbstmordfetischist. Dort hat man den Selbstmord industrialisiert, sagte Moschinger.
— Wenn Sie sich als Österreicher selbst abschaffen wollen, sind Sie jederzeit herzlich willkommen, lächelte Fink aggressiv.
— Ich gehe doch nicht in die Schweiz, um an Österreich zu genesen.
Es entwickelte sich eine Spirale, die nirgendwohin führte, außer dazu, den Atlas zur Hand zu nehmen, um keine Nation bei den Verunglimpfungen zu vergessen. Aber dafür fehlte Othmar die Zeit.
— Was ist jetzt mit dem Chinesen?
— Genau. Es muss endlich etwas passieren, sagte Fink, der in den verletzten Pfau wechselte.
— Dein Termin ist da.
Der Koch Kajetan betrat die Lobby. Seine weiße Schürze wies großflächige Blutspuren auf.
— Gibt es heute Fleisch?, fragte Fink überrascht.
— Natürlich nicht. Heute Grünkohl, antwortete der Koch.
— Mit was?
— Mit nichts.
— Welcher Termin?
— Der, der erst in zwei Stunden da sein sollte.
Moschinger verstand. Und die beiden anderen rätselten ob der rätselhaften Ankündigung.
— Welcher Termin?, fragte Othmar.
— Ein Termin halt, sagte Moschinger und ging durch den Speisesaal ab. Othmar stand reflexartig auf, um ihm zu folgen. Kajetan stellte sich in den Weg.
— Ich habe eure Diskussion mit halbem Ohr verfolgt. Ich habe dazu auch etwas zu sagen.

Kajetan sah die Welt durch seine berufliche Brille. Selbst Sexualität war für ihn eine rein kulinarische Angelegenheit. Fressen und gefressen werden. Wobei die Masseurin Olga angeblich sein Leibgericht war.

— Der Mensch, Othmar, ist ein Allesfresser. Und nur alles macht ihn satt. Wir leben in einer Zeit, in der nichts mehr reifen darf. Kein noch so kleiner Fisch wird zurückgeworfen. Alles muss sofort geerntet werden. Der Blick auf das Ablaufdatum ist wichtiger geworden als der Blick auf das Brot. Verstehst du?

Othmar nickte, um das Gespräch so schnell wie möglich zu beenden. Er fühlte sich erschöpft. Von Worten erstickt. Er wurde das Gefühl nicht los, dass wahnsinnig viel passierte, ohne dass etwas passierte. Als Othmar an Kajetan vorbeiwollte, hielt ihn dieser fest und sah ihm tief in die Augen.

— Othmar. Die Geschichte wiederholt sich nicht. Sie variiert. Alles ist immer da. Als ob man ständig das gleiche Gericht kocht. Merke dir: Suppe bleibt Suppe. Aber Minestrone ist nicht gleich Minestrone.

Othmar nickte erneut und verließ grußlos das Hotel. Er wankte wie ein Boxer, der nach dem K.o. paralysiert den Ring verließ. Alle starrten ihn an. Er verschwand in der Kabine. Und als er den Lieferanteneingang passierte, traute er wieder einmal seinen Augen nicht.

4

Der gelbe Porsche machte kein großes Geheimnis aus sich selbst. Er stand zwar auf der Rückseite des Hotels Waldhaus geparkt, sodass man ihn aus der Ferne nicht sehen konnte. Aber vor dem Personal versteckte er sich nicht.
Othmar blieb vor dem Wagen stehen. Obwohl er eben noch dringesessen hatte, lugte er hinein, als ob sich darin etwas Neues entdecken ließe. Was hatten Zesch und Moschinger miteinander zu schaffen? Und warum beharrten sie darauf, der Welt vorzumachen, dass sie nicht miteinander redeten? Egal, was sie aushecken, es ging auf jeden Fall schon länger. Denn wenn sich Zesch mit einer solchen Selbstverständlichkeit vor den Lieferanteneingang stellte, dann hatte das Routine. Ein einmaliges, noch dazu geheimes Treffen würde man anders inszenieren. Abgesehen davon war Zesch auf dem Weg in die Hauptstadt gewesen. Er kam also spontan vorbei. Othmar kniff die Augen zusammen. Was ging hier vor?
Er überlegte kurz, ob er hineingehen sollte, um die beiden zu stellen. Aber wozu? Sie würden ihm ohnehin eine Lüge auftischen. Und falls ihnen nichts einfiele, die Aussage verweigern.
— Was geht's dich an.
Aber Othmar wusste jetzt etwas, von dem sie nicht wussten, dass er es wusste. Und auch wenn er noch nicht wusste, was er damit anstellen sollte, verhieß es Macht. Er hielt einen Trumpf in der Hand. Und musste an den Klugscheißer Max denken, der schon als Sechsjähriger gesagt hatte:
— Wenn man weiß, dass man nichts weiß, woher weiß man dann, dass man nichts weiß?

Othmar wedelte mit einer Handbewegung den unsichtbaren Störenfried weg. Was jetzt? Zunächst mal verschwinden. Sonst würden sie ihn noch entdecken. Und die ganze Macht wäre dahin. Wobei er an Macht überhaupt kein Interesse hegte. Er war ein Fluchttier. Und seine Gedanken eine Horde ohne Hirten.
Othmar ging los und versuchte zu denken, während er sich bemühte, auf dem Glatteis nicht auszurutschen. Egal, was sie aushecken, es bedeutete nichts Gutes. Bezüglich Chen durfte er die beiden unmöglich weiter einweihen. Blieb also nur Tschermak. Spätestens da wurde Othmar mulmig und er übergab sich in den weißen Schnee.
Leere. Wunderbare, hungerlose Leere. Er fühlte sich durch und durch gereinigt. Als hätte er die Wohnung zur Gänze aufgeräumt.
— Schwester Berta!
Keine Panik. Es blieb noch Zeit. Wie ein leckes Boot begann sich der Kopf mit neuen Gedanken zu füllen. Tschermak allein kam nicht infrage. Machte nur Probleme. Außerdem hatte er keinen Führerschein. Othmar musste es ohne jemanden durchziehen. Was war schon dabei? Er würde Chen ohne Führerschein verfolgen. Das Autofahren hatte er schließlich nicht verlernt. Und was könnte Schleining schon ausrichten? Ihn ins Gefängnis stecken? Außerdem ging es nur darum, Informationen zu sammeln. Informationen, die allen nützten. Um zu wissen, mit wem man es zu tun hatte. War das ein Verbrechen?
Othmar dachte an die Packung Raven, die Joschi dabeigehabt hatte. Was hatte der alte Schandor damit zu tun? Und warum schaute der Rabe in die falsche Richtung? Othmar sah auf die Uhr. Er trug keine. Aber wenn er fühlen wollte, wie spät es sein könnte, streckte er das rechte Handgelenk hoch. Um dann auf das Telefon zu schauen. Es war

so nutzlos wie sein Kopf nach dem Kotzen. Das Gerät war ohnehin nie Teil seiner Physiognomie geworden. Oder doch? Schließlich trug er es noch immer mit sich herum. Wie einen abgestorbenen Arm.
Er musste das ehemalige Büro von Schandor durchsuchen. Vielleicht würde er dort fündig werden.

Als er das Grand Hotel Europa betrat, atmete er tief durch. Aber es roch nicht mehr nach teuren Parfüms, Zigarren und dem Schweiß der Kofferträger. Auch das Piano in der Lobby, das die Gäste in eine Welt entführt hatte, in der nie irgendjemandem etwas passierte, war längst verstummt. Es war von Laub bedeckt und unter den teilweise gerissenen Saiten lag ein verlassenes Vogelnest. Othmar hinkte über den verstaubten Teppich, über den sich zartes Moos bildete. Das Gemälde an der Marmorwand zeigte Wegensteins Schloss zu Zeiten, als der japanische Garten noch blühte. Der Kristallluster wachte unbeeindruckt über die herumschwirrenden Partikel im eisigen Sonnenlicht. An der Rezeption stand Réception-Caisse. Es war aber keiner mehr da, der ihm einen Zimmerschlüssel hätte überreichen können. Und doch hatte er das eindeutige Gefühl, nicht allein im Gebäude zu sein. Er blieb stehen. Und hörte die Stimmen.
— Sie werden doch fähig sein, zwei Koffer zu tragen!
— Auf Zimmer 109 wütet der Liebhaber von Madame Coburg. Oder ist sie neuerdings Mademoiselle?
— Der Kaiser empfängt im roten Salon. Nein, die Kaiserin weilt auf Korfu.
— Mister Sinatra ist leider unpässlich.
— Herr Mann empfängt niemanden. Er hat um absolute Ruhe während seiner Schreibzeiten gebeten.
— Der Führer hat das gesamte Stockwerk gemietet.

— Der Schah hat gestern vier Häuser verspielt!

— Herr Schandor wird gegen Mitternacht an der Bar erwartet.

Othmar schlich über den roten Stiegenläufer hoch bis in den achten Stock, wohin er sich früher nie getraut hätte. In der obersten Etage befand sich Schandors Büro. Und jene beiden Suiten, die nur besonderen Gästen vorbehalten waren. Dort hatten sich jene verschanzt, die nicht gesehen werden wollten. Über die unten nur gemunkelt wurde. Dort, wo sich heute Charlotte und Joschi verschanzten. Und worüber die wenigen da unten ebenfalls munkelten.

Othmar hinkte die Marmorstiegen hoch, als befinde er sich auf dem Weg ins Jenseits. Er vertrat schon immer die These, dass einen dort das erwartete, woran man im Diesseits geglaubt hatte. Pech für die Nihilisten. Wobei: Gab es die überhaupt? Othmar würde nach seinem Tod bestimmt von einem Türsteher erwartet. Naturgemäß würde dieser nicht jeden hineinlassen. Aber Othmar hatte sich stets darauf verlassen, dass er irgendjemanden kannte, der jemanden kannte.

Und tatsächlich wartete im achten Stock jemand, den er kannte. Seine Instinkte waren intakt gewesen. Nur war es nicht Schandor, der genüsslich eine Raven in seinem alten Büro rauchte. Auch nicht Charlotte, die Joschi eine halbherzige Szene machte. Das Bett der beiden Teenager wies zwar Spuren einer exzessiven Liebesnacht auf. Die Tuchenten lagen noch ineinander verkeilt. Und die Rotweinflecken plärrten sich gegenseitig an. Aber es war Rebekka, die still am Panoramafenster stand, als Othmar den Raum betrat.

— Also hierher entführst du deine Liebhaberinnen, sagte sie, ohne sich umzudrehen.

Othmar erschreckte nicht. Vermutlich, weil man sich vor

jemandem, der einem den Rücken zukehrte, nicht erschrecken konnte. Vielmehr spürte er einen Eiszapfen, der seinen Körper durchdrang und ihn als Ganzes gefrieren ließ. Die Spitze stach sanft gegen seinen Kehlkopf. Weshalb er nichts sagte und stattdessen nur ein vorsichtiges Glucksen von sich gab.
— Wie hast du mich gefunden?
Othmar wünschte, er hätte diesen Satz gesagt. Aber er kam aus der Kehle von Rebekka, deren Gesicht er hinter einer Sonnenbrille in der Spiegelung der Scheibe erkannte. Als ob sie als Riesin in der dahinterliegenden Bergkette stünde. Als ob sie mehr Landschaft als Mensch wäre.
— Ich habe dich nicht gesucht, sagte er.
— Aber gefunden hast du mich trotzdem.
Othmar blieb am Ende des Raumes stehen. Er wollte sich keine Gewissheit verschaffen, ob es sich um eine Erscheinung handelte oder nicht. Genau da drehte sich Rebekka um. Ab diesem Moment hielt er sich selbst für die Erscheinung.
— Ich bin gar nicht da, Othmar. Ich fahre heute wieder. Es war nicht vorgesehen, dass wir uns sehen. Am besten, wir reden gar nicht miteinander.
Othmar nickte, als ob die ganze Szene nur Play-back wäre. Es gab eben Situationen, die passierten, ohne dass sie passierten. Und solche waren vermutlich das exakte Gegenteil eines Déjà-vus.
Er hatte sich eine Wiederbegegnung mit Rebekka stets anders vorgestellt. Unter dem Dach der Garage, wo sie ganz plötzlich am Balkon auftauchte, um ihm beim Spielen gegen sich selbst zuzusehen.
— Warum bist du hier?
— Ist das wichtig?
Othmar nickte.

— Ich suche meine Eltern.
— Ich dachte, sie hätten verkauft.
— Nein. Sie haben mich gesucht.
— Und jetzt suchst du sie?
Rebekka nickte und drehte sich wieder weg.
— Von hier oben wirst du sie nicht sehen.
— Ich war oft in diesem Zimmer, hauchte sie gegen die Scheibe und wischte über die angelaufene Stelle, als wollte sie eine Spur verwischen. Oder etwas vergessen machen.
Der Eiszapfen durchbohrte Othmars Kehlkopf.
Genau in diesem Moment beschloss er, dass es sich um eine Erscheinung handelte. Er wandte sich um und verließ schnurstracks den Raum. Er lief die Stiegen hinunter. An der Rezeption vorbei. Und begann erst wieder auf der Straße zu humpeln.

Er konzentrierte sich auf den Schmerz in seinem Fuß. Denn dieser war realer als der Schmerz des letzten Satzes. Was meinte sie, sie sei oft in diesem Zimmer gewesen? Er verbot sich, diesen Gedanken weiterzuspinnen. Denn er bedeutete Hunderte Fata Morganas, die ihm nüchtern wirklicher erschienen als dieser pochende Schmerz. Hunderte Möglichkeiten, die allesamt nicht wahr wären. Während der Schmerz in seinem Fuß die einzige Realität darstellte. Warum hatte sie das gesagt? Um ihn zu verletzen? Um ihm zu zeigen, wie leicht sich das anstellen ließ? Nein. Wie leicht ihr das fiel?
Der Weg hinauf zu seiner Wohnung gestaltete sich wie ein Filmriss. Als ob er sich hinaufgebeamt hätte. Er dachte an Alpha. Er wünschte sich nichts mehr, als in dessen Haut zu stecken. Patient sein. Nur noch gepflegt zu werden. Wünschten sich nicht alle den einen Menschen, der sie rettete? Glaubten nicht deshalb alle insgeheim an Gott?

Weil sie wussten, dass es diesen einen Menschen nicht gab. Aber wenigstens die Pflege! Das war doch nicht zu viel verlangt. Einen Menschen, der einen hin und wieder pflegte. Rebekka war sein Virus. Die Krankheit, an der er nie genesen würde.
Er stürzte in die Wohnung. In der Selma stand. Die ihn ansah wie jemand, der die Wohnung in seiner Abwesenheit aufgeräumt hatte. Und die, während ihre Hand die Tischdecke glatt strich, sagte:
— Können Charlotte und ich bei dir bleiben?
Othmar nickte. Etwas anderes fiel ihm schon lange nicht mehr ein.

5

Schwester Bertas Klopfen unterbrach den Blick zwischen Selma und Othmar, bevor Othmar Worte für sein Nicken gefunden hatte.
— Ich mache das, sagte Selma.
Sie schickte ihn ins Badezimmer, wo er sich unter die warme Brause stellte. Das brachte den Eiszapfen zum Schmelzen. Das Rauschen des Wassers hielt ihn fern von der Welt. Er hörte nicht, was im Nebenzimmer vonstattenging. Er wartete, bis ihn die Wärme aufgesogen hatte. Verließ sich völlig auf Selma. Sie würde die Sache mit Schwester Berta schon regeln, die mit ihren aufgeregten Glupschaugen vermutlich gerade die Wohnung abscannte. Den Medikamentenstand prüfte. Den reglosen Alpha musterte. An ihm roch. An ihm herumtastete. Wie an einem kaputten Kühlschrank.
— Sie ist weg.
— Was hat sie gesagt?
— Dass du deinen Vater besuchen sollst.
Selma stand vor ihm und kam zu ihm unter die Dusche. Ohne sich auszuziehen. Ein tropischer Regen. Ein Weichzeichner vor Othmars Augen. Sie küsste ihn und kanalisierte das strömende Wasser über seinen Körper. Sie ließ es über seinen Schwanz laufen. Und sammelte die Wärme in beiden Händen, die sie über seinen hängenden Hoden verteilte. Selma, das Kraftwerk. Der Strom ging an in der Kleinstadt Othmar. Flimmernd erwachten die Lichter. Flackerten auf. Und ja, sie liebten sich. Denn in diesem Moment liebte er sie wirklich. Mit allem, was er hatte. Das Marode formierte sich. Bäumte sich auf. Bis seine Birke

das Glashaus durchbrach. Danach war es still. Danach konnten sie wieder sprechen.
— Wir müssen jetzt bei dir wohnen. Keine Fragen, okay?
— Okay.
— Hör auf zu nicken. Sag einfach nur Ja.
— Ja.
— Es wird nicht lang sein. Aber Charlotte und ich werden das Haus nicht verlassen.
— Weiß deine Tochter von uns?
— Nein.
— Wo ist sie?
— Vermutlich mit Joschi.
— Was ist passiert?
— Habe ich dir je erzählt, dass ich mir als Kind so fremd war, dass ich mich selbst kitzeln konnte?
— Du bist mir heute noch fremd.
— Nein. Du kennst mich genau.
— Man kennt jemanden erst, wenn man seine Liebesgeschichte kennt.
— Ich bin keine Geschichte, ich bin hier.
— Liebst du mich?
— Es gibt viele Arten von Liebe.
— Es gibt nur Liebe. Und Nichtliebe.
— Nichtliebe? Das ist, als ob man zu einer Blume Pflanze sagt.
— Schnee bleibt Schnee.
— Und jede Schneeflocke ist anders.
— Beim Tschermak gibt es auch halb vegetarisch.
— Der Tschermak ist ein Trottel.
— Erzähl mir etwas von dir, was ich nicht weiß.
— Mein Vater hat mir schon mit zwölf eine Schönheits-OP zu Weihnachten geschenkt.
— Was für ein Arschloch.

— Er hat mich nie so gewollt, wie ich war.
— Dabei bist du wunderschön.
— Ich weiß, dass ich nicht schön bin.
— Für mich bist du es.
— Nichts vergisst man schneller als das Makellose.
— Dich vergisst keiner.
— Hör auf mit dem Echo. Das nervt. Ich will eine Unterhaltung führen.
— Dein Vater hat dich nicht geliebt, wenn er dich von Anfang an verändern wollte.
— Sehr gut. Schon besser. Aber er wollte alles verändern. Nicht nur mich. Und ich wollte nie auffallen.
— Deshalb die Glatze?
— Keine Identität. Keine Geschichten. So war das. In Weikersdorf.
— Vielleicht war dieser Mongo doch monogam. Und wollte eigentlich immer nur die gleiche Frau.
— Sedrick ist kein Mongo. Und nein. Monogam ist er nicht. Niemand ist monogam.
— Ich schon.
— Eher mono.
— Wenn man Lebenslinien operiert, ändert sich dann das Schicksal?
— Du bist so romantisch. Was ist los? Wo bist du? Hier bist du auf jeden Fall nicht.
— Ich denke an meine eigene Kindheit.
— Aha.
— Als Kind wollte ich immer den Mann treffen, der die Zebrastreifen malt.
— Schwachsinn. Hör auf, an etwas anderes zu denken, wenn ich neben dir liege. Das vertrage ich nicht.
— Warum können wir Fremden nicht einfach alles erzählen?

— Ich kann Fremden eher etwas erzählen als jemandem, den ich kenne.
— Ich will keine Geheimnisse haben. Und ich will nur mit jemandem zusammen sein, der auch keine hat.
— Wir sind nicht zusammen, Othmar.
— Du wohnst bei mir.
— Ich werde dich aber nie fragen, wohin du gehst oder wann du wiederkommst.
— Du hast Angst.
— Woran merkst du das?
— Ich spüre es.
— Weil du ein Tier bist.
— Tiere überlegen sich nicht, wie sie älter werden könnten.
— Du auch nicht. Sonst würdest du nicht so aussehen. Du Ruine.
— Du liebst Ruinen. Du hast ja selbst eine aus dir gemacht.
— Sedrick sagt, ich sei so harmoniebedürftig, dass ich nur jemanden lieben kann, dem ich etwas vergeben darf.
— Du liebst diesen Mongo.
— Sedrick hatte uns die Liebe verboten, weil er sie für den Klebstoff bürgerlicher Verhältnisse hielt. Dabei war er selbst nur ein kleines, verletztes Kind. Ich habe ihn als wütenden Zwerg gemalt, der unter einem riesigen Stöckelschuh zu Tode kommt. Ich habe das Bild *Herrschaft* genannt.
— Sehr gut. Das gefällt mir.
— Macht. Macht. Macht. Etwas anderes fällt euch Männern nicht ein. Ich habe das Bild über ein Jahr lang im Garten verwittern lassen. Es sieht jetzt aus wie ein Fresko. Als ob das alles hundert Jahre her wäre. Vielleicht darfst du es einmal anpinkeln. Ich plane übrigens eine Ausstellung mit ungeschickten Robotern. Oder doch mit beschädigter Versicherungskunst? Was meinst du?

— Immer, wenn du so viel redest, hast du Angst. Geht's um Sedrick?

— Es geht immer um meinen Vater.

— Man muss irgendwann aufhören, den Eltern die Schuld für alles zu geben.

— Das habe ich letztens zu dir gesagt. Hör auf mit dem Echo.

— Ich kenne eigentlich nur Ruinen.

— Es gibt einen Zauberspruch, Othmar. Und der lautet: Ach, ist es so.

— Das ist mir zu esoterisch. So wie du dir bei jeder Aufregung *Morgenregen* denkst.

— Diese Reise ist dazu da, das Gepäck abzuwerfen. Ich spüre, dass dein Rucksack heute besonders schwer wiegt.

— Ich bin nur müde.

— Du bist immer müde, wenn er schwer wiegt.

— Ich frage mich, ob sich alles ändert, wenn man sich einen neuen Namen zulegt.

— Der Staat akzeptiert nur Namen, die es schon gibt. Die schon viele andere vor einem getragen haben.

— Helge.

— Was?

— Nichts. Ich musste nur gerade an den heiligen Helge denken.

— Der ist nicht heilig. Irgendetwas stimmt mit dem nicht.

— Man kann neu anfangen.

— Kann man?

— Wenn man woanders hingeht.

— Sie finden einen immer. Egal, wo man hingeht.

— Es gibt nur Somewheres und Anywheres.

— Bald gibt es nur noch Anywheres.

— Fluchttiere.

— Die Welt wartet auf uns, Othmar. Nichts anderes macht sie.
So etwas Ähnliches hatte Rebekka auch gesagt. Kurz bevor sie wegging.
— Othmar?
Er war eingeschlafen. Nickte aber trotzdem.

6

Das Flackern des Blaulichts erfasste das ganze Tal. Es war früher Morgen. Othmar stand auf dem Balkon und rauchte. Er war nicht der Einzige, der das Geschehen aus der Ferne verfolgte. Die alte Zesch saß eingewickelt auf ihrer Terrasse. Aus Wegensteins Fenster stiegen dicke Rauchschwaden hoch. In der Luziwuzi-Bar brannte Licht. Selbst die Grüns, die neben dem Bahnhof wohnten, stierten aus ihren Fenstern.
Über die ganze Schlucht verteilt gingen die Lichter an und hinter den Vorhängen erschienen die Silhouetten, die sich als Publikum wähnten, aber Teil des Bühnenbilds waren. Keiner der Verbliebenen verließ sein Haus. Alle starrten stumm auf das blinkende Blaulicht der Einsatzfahrzeuge, die vor dem Helenenbad standen. Othmars Blick fiel auf das Grand Hotel. Auch dort flackerte das Kerzenlicht. Charlotte schlief aber neben Selma und Alpha. War es Rebekka, die dort wachte? Oder hatte Joschi einfach nur vergessen, die Kerze auszublasen? Othmar stellte sich vor, wie das Hotel in Flammen aufging. Und wie er allein mit nur einem Eimer Wasser versuchte, den Großbrand zu löschen.
Seit einer halben Stunde das stumme Blinken der Einsatzfahrzeuge. Ein stiller Ausnahmezustand. Othmar hätte große Lust gehabt hinunterzugehen, um zu sehen, ob er behilflich sein könnte. Aber die Blicke der anderen hielten ihn davon ab. Vermutlich ging es ihnen genauso. Keiner wollte als Einziger losmarschieren. Also blieben sie alle hinter ihren Fenstern und warteten, was passierte. Wie verschreckte Kaninchen, die in ihrem Bau ausharrten. Aus Angst, der Greifvogel würde sie reißen.

Im Helenenbad stand Petzi auf dem Fünfmeterbrett. Unter ihr im leeren Becken wedelte der Polizist Schleining mit seinen Händen. Er wusste längst nicht mehr, was er sagen sollte. Das Letzte war, dass es bei fünf Metern Höhe nicht sicher sei, dass sie zu Tode käme. Möglicherweise würde sie im Rollstuhl landen. Er würde sie dann aber bestimmt nicht pflegen. Was selbst Petzi bezweifelte. Und ihr eher als Anstoß denn als Abschreckung diente.

Zwischen den braunen Marmorrundbögen standen die Einsatzkräfte, die Schleining als Verstärkung angefordert hatte. Als sie ein Netz über das Becken spannen wollten, hatte er sie zurückgehalten. Man dürfe sie jetzt nicht in Bedrängnis bringen. Petra sei sehr impulsiv und je länger sie da oben stehe, desto eher würde sie Vernunft annehmen. Man solle ihm einfach vertrauen. Die anderen Uniformierten befolgten die Anweisung des hiesigen Polizisten. Auch wenn man sich einig war, dass er sich damit zu viel Verantwortung aufbürdete. Sie kannten aber auch nur die halbe Geschichte. Was wiederum nur Schleining wusste.

Inzwischen war auch Bürgermeister Zesch eingetroffen. Diesem wurde jedes Talent abgesprochen, die Lage zu beruhigen. Nervös lief er herum und versuchte, seine Ratlosigkeit mit hemdsärmeliger Jovialität gegenüber den Einsatzkräften wettzumachen. Seine Anwesenheit, so Schleining, würde Petra nur reizen. Schließlich habe Zeschs Bescheid die Sache ins Rollen gebracht. Wenn man Petra nicht aufgefordert hätte, umgehend ihr Haus zu verlassen, wäre es nie so weit gekommen. Zesch korrigierte daraufhin Schleining gleich dreimal. Erstens sei es nicht ihr Haus, sondern Chens Haus. Zweitens führe er nur das aus, was Chen zur Anzeige gebracht habe. Und er, Schleining, sei dazu verpflichtet, gesetzliche Sachverhalte

zu exekutieren. Drittens sei Petra rein formal noch immer als Peter zu bezeichnen, da Petzi die geschlechtliche Umstellung beim Amt nie vollzogen habe.
Schleining wollte gerade zu einem Gegenmonolog ansetzen, wurde aber durch ein beängstigendes Wippen auf dem Fünfmeterbrett unterbrochen. Der stark geschminkten Petra, die sich für diesen Anlass ein blumiges Sommerkleid angezogen hatte, war es nicht recht, dass die Aufmerksamkeit von ihr hier oben auf das Becken dort unten gelenkt wurde, und sie versuchte mit einer lautlosen, aber wirkungsvollen Geste, diese wieder auf sich zu ziehen. Sie wippte konzentriert, als würde sie sich auf eine komplizierte Figur vorbereiten. Schleining richtete seinen Blick sofort wieder auf sie und Zesch zog sich zu den Einsatzkräften zurück, um gemeinsam mit ihnen auszuharren.
Dieses Verweilen fand draußen seine Entsprechung im stummen Blinken der Einsatzfahrzeuge und in den magnetisierten Blicken der Verbliebenen, die nichts davon ahnten, dass der Bescheid zwar der Auslöser, aber keineswegs der Grund für das wippende Fünfmeterbrett im Bad war. Man hörte auch nicht Schleining, der immer wieder *Petra* sagte. Der sich in Stellung brachte, um sie aufzufangen. Petra. Petra. Petra. Nur ein Blick nach unten. Aber Petra sah geradeaus. Wie eine Königin, die den Blicken des Mobs auf dem Weg zur Guillotine auswich. Höher. Höher. Höher. Ihre langen Wimpern schlossen sich wie ein Vorhang. Gleich würde der Applaus einsetzen. Sie spürte ihre nackten Füße auf dem rauen Brett, das sich durchbog. Die Abstände wurden größer. Alles wurde leichter. Wie eine Kerze, die immer länger wurde. Ein Geschoss, das man in der Feder spannte. Ein Zielen, bevor man durch die Decke ging. Höher. Ein Ball, der rikoschettierte. Höher. Nur eine kleine Bewegung und sie flöge davon. Ganz Luft. Ganz

Fall. Ganz frei. Nichts mehr zu entscheiden. Höher. Bis an die Decke. Höher. Petra. Bis an die Decke. Gleich müsste das Brett wieder die Füße berühren. Nein. Die Füße das Brett. Gleich. Gleich. Gleich.

— Peter!

Als man den Sarg durch das blaue Stroboskop der Fahrzeuge trug, fasste Zesch zögerlich die Schulter von Schleining, der versteinert am Beckenrand saß und sich wünschte, eine dicke Eisschicht würde ihn für immer von der Welt abtrennen. Othmar beobachtete mit Selma, wie sie den Sarg verluden und die Blaulichter stumm aus dem Tal verschwanden. Sie starrten noch eine Weile in die Dunkelheit, die sehr bald von der aufgehenden Sonne eingeholt wurde und genauso stumm im zarten Orange verschwand. Sie gingen hinein und schlossen die Augen. Charlotte lag wach auf der Couch und fragte nicht, was passiert war. Sie dachte an Joschi, von dem sie sich vor ein paar Stunden verabschiedet hatte.
— Wir können uns eine Zeit lang nicht sehen.
Woraufhin er mit allerhand gedroht hatte. Sie sagte, dass die Umstände sie zwängen. Welche Umstände? Das könne sie nicht sagen. Da hatte sie noch nicht gelogen. Sie durfte tatsächlich nicht darüber sprechen. Hatte sich vor diesem Moment immer gefürchtet. Er hatte sich profan angefühlt. Kein Platz für Zweifel. Die Eindringlichkeit der Mutter. Die Angst in ihren Augen. Nur Joschi ließ nicht los.
— Was für Umstände?
Er hielt es nicht aus, wenn man Geheimnisse vor ihm hatte. Sie sagte, sie müsse eine Zeit lang weggehen. Das war gelogen. Wobei, was hieß weg? Ab welcher geografischen Entfernung galt das? Hatte es nicht mehr mit einer

Unüberwindbarkeit zu tun? Und eine solche konnte bereits im Nachbarzimmer stattfinden.

Die Kerze im Hotel flackerte noch immer, als Schleining durch die stehende Kälte lief. Die Silhouetten hatten längst das Theater verlassen. Das Arbeitslicht ging an. Aus dem satten Orange wurde ein gleißendes, scharfes Weiß. Bis in die kleinsten Winkel war alles ausgeleuchtet. Er konnte seinen aufgescheuchten Atem als Echo hören. Er blickte sich um. Nach hinten. Nach oben. Nach unten. Er drehte sich wie ein Kreisel. Er stolperte über das Eis. Schnitt sich den Unterarm auf. Das Rauschen des Wassers. Wie eine Säge. Vor der Kirche blieb er stehen. Rüttelte am Tor. Nichts. Rüttelte. Nichts. Während Heimo Zesch den Schlüssel umdrehte und seine hustende Mutter ins Schlafzimmer befahl.
Widerwillig folgte sie ihm. Sie ahnte bereits, was es geschlagen hatte. Schließlich saß sie täglich auf diesem Balkon. Auf dem sie auch sterben würde. Das hatte sie nicht nur beschlossen. Sondern auch angekündigt. Daran würde auch ihr Sohn nichts ändern. Wenn der wüsste, was sie wusste. Alles wusste sie. Jeden Weg von jedem Einzelnen hatte sie vor Augen. Eine Ansammlung von unsichtbaren Kondensstreifen. Wer die Wege kannte, brauchte den Rest nicht zu kennen. Hatte sie je mit irgendjemandem darüber geredet? Nein. Selbst Gott müsste sie um Auskunft bitten. Aber das würde ihn etwas kosten. Nichts gab es umsonst. Schließlich war sie seine zuverlässigste Zeugin.
Sie kannte auch die Wege von Schleining. Nicht nur seine sinnlosen Patrouillen. Auch seine nächtlichen Besuche bei diesem Geschlechtslosen. Unzählige Male hatte sie ihn morgens wieder herausschlüpfen sehen, um zu patrouillieren, als ob nichts gewesen wäre. Umgekehrt hatte der

Polizist diesem Zwitter keinen Einlass gewährt. Weder als Peter noch als Petra. Wobei Schleining erst bei Petra Unterschlupf gesucht hatte. Und selbst das nicht von Anbeginn an. Es hatte viele Wege von Petra zur Tür des Polizisten gebraucht, bis es sich umkehrte. Nein, das waren keine Amtswege gewesen. Ein Amtsweg dauerte nicht bis zum Tageseinbruch. Der wie ein stummer Riss die beiden Leben von Schleining trennte. Sie wusste auch von seinen Wegen in die verlassenen Häuser. Und was er dort anstellte. Ausschließlich die Sonne wusste so viel wie die alte Zesch.

Nur musste sich die Sonne nichts dabei denken, wenn sie den an der Kirchentür rüttelnden Polizisten gleichgültig anstrahlte. Schleining glaubte zwar nicht an Gott. Aber er glaubte an das Geheimnis. Wem sollte er sonst alles erzählen? Ohne dass es alle erfuhren? Nein. Nicht erzählen. Gestehen.

— Karl Schleining ist hier, um ein Geständnis abzulegen. Ich habe kein Verbrechen begangen. Aber ich bin schuldig. Das fällt nicht in die Kompetenz der Polizei.

Er war bereit, seine Haft anzutreten. Kein Tag würde vergehen, ohne dass ihn dieser Dämon quälte. Aus dieser Einzelhaft gab es kein Entkommen. Das wusste er. Aber er forderte sein Recht auf Beichtgeheimnis ein. Zumindest ein Vertrauter, das konnte nicht zu viel verlangt sein. Er war doch kein Unmensch. Was hätte er tun sollen? Man konnte der Liebe von Petra nicht entrinnen. Der von Peter schon. Und das hatte er ihm auch in aller Deutlichkeit gesagt. Ohne allzu verletzend zu sein. Schleining hatte ein Gespür für Diplomatie. Es war nicht notwendig, jemanden, der schon am Boden lag, auch noch zu treten.

— Schau, Peter, ich bin heterosexuell, ich kann nicht mit Männern. Wenn du eine Frau wärst …

Egal, was er sonst noch gesagt hatte. Dieser Satz hatte sich eingebrannt. Ein pervertierter Stachel der Liebe. Ein wuchernder Wildwuchs. Für Schleining war es nicht nachvollziehbar, wie man so besessen sein konnte. Bislang war noch jede Frau vor seiner eigenen Liebesfähigkeit geflohen. Für alle war er stets zu viel gewesen. Nur Petzi konnte es nehmen. Egal, ob als Peter oder Petra. Und wenn es nicht anders ging, dann musste man eben nachhelfen. Der Natur ihren Weg bahnen. Hauptsache, Karl. Karl. Karl. Karl.
Als Peter verschwunden war, da hatte sich Karl große Vorwürfe gemacht. Als hätte seine Abweisung diesen armen Menschen für immer aus dessen Heimat verbannt. Damals ahnte er noch nichts von der Operation. Auch nicht, dass Peter für die anstehenden Kosten sein Haus an Chen verkauft hatte. Als Petra plötzlich vor seiner Tür stand und ihn mit dem Ergebnis konfrontierte, da hatte sie exakt den gleichen Gesichtsausdruck wie auf dem Fünfmeterbrett. Die gedemütigte Königin, die selbst ihre Devastierung noch stolz im Antlitz präsentierte. Karl spürte keine Liebe. Sondern Mitleid. Die Liebe hätte er verscheuchen können. Aber dem Mitleid kam er nicht aus. Das war gegen seine Natur. Er musste sich ihrer annehmen. Musste ihr geben, was sie wollte. Karl hätte eine weitere Kränkung nicht ertragen. Ihre Kränkung war seine Kränkung. Und seine Kränkung behielt er für sich. Die gab es nicht. Was zählte, waren ausschließlich die anderen.
Schleining war immer im Dienst. Tag und Nacht. Jeder Weg ein Amtsweg. Das musste der große Vorgesetzte wissen. Wer sonst, wenn nicht er. Und Petra war ein Dienstweg. Das musste man ihm glauben. Ein Hausbesuch. Schleining war für alle da. Nur sein Haus blieb sein Haus. In sein Haus ließ er niemanden hinein. Mit gutem Grund. Auch das wusste der große Vorgesetzte. Er konnte

Petra nicht bei sich wohnen lassen. Es wohnten schon zu viele dort. Von denen keiner etwas ahnte. Abgesehen davon, wie hätte das ausgesehen? Die alte Zesch wusste alles. Das wusste Schleining. Wenn der Bescheid nicht gewesen wäre, dann wäre es nicht passiert. Das wusste auch Zesch.
Wie ein Embryo legte sich Heimo an den Rücken seiner Frau. Doch Gerda stieß ihn weg. Sie stieß ihn immer weg. Dabei hätte er sich ein Leben lang mit ihrem Rücken begnügt. Gerda stieß ihn weg und Heimo weinte. Er konnte sich nicht erinnern, wann er das letzte Mal geweint hatte. Beim Tennis hatte er stets gewonnen. Und auch dieses Doppel würde er für sich entscheiden. Wer spielte mit wem? Die Auslosung stand noch bevor. Heimo schloss die Augen. Sein gelber Porsche fuhr über die Bergstraße. Sommerliches, warmes Licht. Neben ihm eine junge Gerda. In straffem Janker. Mit knallroten Lippen. Und toupiertem Haar. Die Tochter, die sie nicht mehr bekommen würden?
— Alles könnte dir gehören.
Ein Lächeln. Ein dankbares Lächeln. Heimo schlief mit einem Seufzen ein und stieg aufs Gas. Ohne zu merken, dass Joschi nicht nach Hause gekommen war.
Selbst der alten Zesch war es entgangen. Sie achtete nur auf die Wege. Aber wenn einer wo blieb, vergaß sie es wieder. Wenn einer wegblieb, dann existierte er nicht mehr. Wegenstein saß zwischen den Ahnenbildern. Sie starrten ihn entgeistert an. Er hatte solche Angst, allein zu sein. Er rauchte und rauchte. Bis er im Nebel verschwand. Tschermak schlug ein Kreuz. Er betete für Petra. Karin schüttelte den Kopf. Sie zog sich aus und holte nach, was sie ihm für gestern versprochen hatte. Alles schlief. Keiner wachte zu irgendeiner Geschäftszeit auf. Als hielten sie einen Trauerschlaf.
Nur Schleining lief die Hauptstraße hoch. Sein Unterarm

pochte. Er bemerkte die Wunde. Wenn genügend Dreck hineingelangte, müssten sie ihn amputieren. Eine gerechte Strafe! Schicksal. Er brauchte jemanden, dem er sich anvertrauen konnte. Jemanden, der sein Geheimnis bewahrte. Jemanden, der dazu verpflichtet war. Außer dem Zahnarzt fiel ihm keiner ein. Letztendlich fiel sein Fall unter das Arztgeheimnis. Das lag in seinem Ermessen. Schließlich betraf es indirekt eine medizinische Angelegenheit. Im Wartezimmer der Ordination hing das gleiche Porträt von Schandor, das im Luziwuzi hing.

7

Die Delinquenten wurden diese Woche hingerichtet, weil das jahrelang gelagerte Gift sonst abgelaufen wäre. Schleining starrte auf den Zeitungsartikel und fragte sich, ob ihm eine Botschaft innewohnte. Meinte man ihn? Und wenn ja, war er dann der Delinquent oder das Gift? Und was hieß das mit dem Ablaufdatum? Hatte er eines? Klar. Jeder hatte ein Ablaufdatum. Warum hatte es ihm keiner eintätowiert? Mindestens haltbar bis … Ein stummes Blaulicht kreiste in seinem Kopf, das die Gedanken einkesselte. Keiner rührte sich. Aber es war auch keiner da, der ein Kommando gab.

Die Tür öffnete sich und Dr. Schandor lugte heraus. Eine Ordinationshilfe existierte schon lange nicht mehr. Wozu auch? Es kamen ohnehin kaum Patienten. Und die wenigen, die auftauchten, hatten selten Zahnprobleme. Die Einwohner Bad Reginas konsultierten ihn wegen allerlei medizinischer Angelegenheiten. Er hatte sich zu einem regelrechten Allgemeinmediziner entwickelt. Selbst veterinäre Fälle wurden von dem Zahnarzt übernommen. Erst letzte Woche hatte er einen Hund eingeschläfert. Angeblich war der arme Köter aus dem Fenster gefallen.

Dr. Schandor nickte stumm. Er hatte keinerlei Ähnlichkeit mit seinem Onkel. Eher gemahnte er an einen sedierten Pitbull Terrier, dessen gleichgültige Augen von oben und unten gleichermaßen zusammengepresst wurden. Schleining hatte sofort Mitleid mit ihm. Ein furchtbares Schicksal, in einer solchen Stumpfheit eingepfercht zu sein. Schandor lugte ungeduldig zwischen seinen Schädelknochen hervor und bedeutete Schleining einzutreten.

— Ich möchte, dass Sie mir alle Zähne ziehen.
Ein kurzes Lebenszeichen flimmerte über die Pupillen des Doktors. Schleining hatte sich das nicht zurechtgelegt. Vielmehr wurde ihm während des leblosen Nickens des Zahnarztes bewusst, dass er sich von ihm keine seelische Erleichterung erwarten durfte. Schandor mochte sich für Sedierungen jeglicher Art eignen. Aber psychologische oder gar spirituelle Fähigkeiten hatte er sich keine angeeignet. Deshalb schwenkte der schuldbeladene Schleining in diesem Moment auf Bestrafung um.
— Wie meinen Sie das?
— So wie ich sagte. Ich will, dass Sie mir alle Zähne ziehen.
Dr. Schandor sah den Polizisten an wie einen Gesandten Gottes, der gekommen war, um ihn zur Rechenschaft zu ziehen. Er hatte schon länger mit einem Urteil gerechnet. Hatte selbst eine Liste geführt, wie viele gesunde Zähne er in den letzten Jahren gezogen hatte. Nur für alle Fälle. Damit er ein genaues Geständnis ablegen konnte. Schleining wollte ihn überführen. Das war offensichtlich. Er hatte sich seinen Auftritt genau zurechtgelegt. Auch er hatte nicht viele Gelegenheiten, den Polizisten zu geben.
— Das mache ich nicht, sagte der Doktor.
Zumindest am Ende, wenn alles aussichtslos war, konnte er noch Anstand beweisen. Es war kein Zufall, dass Schleining ausgerechnet heute kam.
— Warum?
— Weil heute mein letzter Tag ist.
Schleining sah ihn an. Der Artikel aus dem Warteraum kam ihm in den Sinn. Das Ablaufdatum. Und natürlich Petzi, die im freien Raum schwebte. Die ihre Hände ausstreckte, als würde sie schwerelos im Weltall gehen. Als würde sie ihn einladen, ihr zu folgen, um gemeinsam hinter dem kargen Mond zu verschwinden.

— So etwas dürfen Sie nicht sagen.
— Sie sind der Einzige, dem ich das sagen kann.
— Warum?
— Weil sonst keiner da ist. Und auch keiner mehr kommt.
— An der Einsamkeit von Bad Regina zerbrechen viele. Sie müssen durchhalten.
Dr. Schandors stumpfsinniger Blick ruhte auf dem nervös zuckenden Gesicht von Schleining. Worauf wollte dieser schmächtige Polizist hinaus?
— Ich bin nicht einsam. Sie sind einsam, sagte der Doktor.
Er wusste natürlich von den Vorfällen der letzten Nacht. Schleining legte sich unaufgefordert auf den Behandlungsstuhl und schloss die Augen.
— Ich brauche keine Narkose.
— Ich habe Ihnen doch gesagt, dass ...
— Es wird Sie aufrecht halten. Arbeit lenkt vom Gemüt ab. An mir haben Sie wochenlang zu tun.
Er öffnete unaufgefordert seinen Mund. Dr. Schandor runzelte die Stirn, was keinerlei Einfluss auf seine eingepferchten Augen hatte.
— Alle gesund. Sehe ich auf einen Blick.
— Das lassen Sie mal meine Sorge sein.
Was wollte Schleining ihm damit sagen? Was wusste dieser Schmalspurgendarm? Offenbar hatte er keine Beweise. Versuchte, eine strafbare Handlung herbeizuführen. Er musste alle Röntgenbilder vernichten. Besonders jene von Othmar. Dessen Gebiss hatte er regelrecht abgetragen über die Jahre. In diesem einen Fall hatte er sich nicht an die Dreißigprozentregel gehalten. Diese lautete, dass er nie über ein Drittel gesunder Zähne behandelte. Alles darüber wäre zu auffällig. Die Leute redeten miteinander. Aber irgendwie musste er schließlich auf sein Geld kommen. Auch ein Zahnarzt brauchte etwas zwischen den

Zähnen. Beweismaterial vernichten! Warum hatte er das nicht längst getan? Jetzt war es unter Umständen zu spät. Und die schönen Pläne für den Lebensabend möglicherweise obsolet. Seine Frau ahnte nichts von der Dreißigprozentregel. Das war ihr nicht zumutbar. Sie hatte ein fragiles Nervenkostüm. Besonders seit dem Verschwinden der Katze. Seit einem Jahr war das Drecksvieh verschwunden. Anfangs hatte er sich gefreut. Dachte, dass sie ihm jetzt die gleiche Zuwendung angedeihen lassen würde wie davor dem fetten Kater. Stattdessen reagierte sie nur noch gereizt auf seine Anwesenheit. Sagte ständig, dass er im Weg stünde. Egal, wo er stand.

Sie ging auch nicht mehr aus dem Haus, aus Angst, der Kater würde zurückkehren und wieder von dannen ziehen, wenn sie nicht da wäre. Stattdessen schickte sie ihn ständig hinaus, um nach dem Tier zu suchen. Erst letzte Woche hatte er wieder überall Zettel aufgehängt. VERMISST WIRD UNSER EIN UND ALLES – ANGELO. Er kam sich so lächerlich vor. Abgesehen davon, dass er den fetten Kater hasste. Und davon fantasierte, ihn ohne Narkose zu sezieren. Wer sollte nach einem Jahr dieses verdammte Drecksvieh finden? Es war ja kaum noch jemand da. Vermutlich hatte Angelo irgendeine Gelegenheit ergriffen, um ein neues Leben zu beginnen. So wie der Doktor die seine ergriffen hatte. Neuanfang! Die letzten Jahre hinter sich lassen. Er würde alles wiedergutmachen. Würde sich von seiner großzügigsten Seite zeigen. Das versprach er sich selbst. Und auch seiner Frau, die Chens Bedingungen schließlich hatte akzeptieren müssen. Was war die Alternative? Hier ein Leben lang auf den fetten Angelo warten? Bis alles den Bach hinuntergegangen war? Er würde ihr ein neues Kätzchen schenken. Vielleicht. Nicht jetzt. Erst mal in Ruhestand gehen. Kein Arzt mehr sein. Vielleicht kämen sie sich als Ruheständler näher. Seine Frau verstand nichts vom Arztgeschäft. Schließlich war er nicht der Einzige, der nach der Dreißigprozentregel vorging. Ja, man konnte mit gutem Gewissen behaupten, die Gesamtbevölkerung war im Durchschnitt um dreißig Prozent gesünder, als sie dachte. Das war nicht nachweisbar. Aber eigentlich doch eine gute Nachricht. Und schließlich hatte er niemanden krank gemacht, sondern war rein präventiv vorgegangen. Es war nur eine Frage der Zeit, bis so ein Zahn von selbst erkrankte. Dr. Schandor war dem gleichsam zuvorgekommen. Er hatte keinen Schaden angerichtet. Besonders nicht bei Othmar, dessen Gebiss ohnehin einer Sandburg glich. Das brauchte man nur schief anzuschauen und schon fiel es in sich zusammen. Es würde sich schon jemand finden, der ihm die Implantate einsetzte. Auch wenn er sie nicht bezahlen konnte. Irgendwie passten die Lücken zu seinem Charakter. Er war ja als Ganzes eine Ruine. Ein weiß bleckendes Lächeln stünde ihm ohnehin nicht. Abgesehen davon dürfte es ihm gefallen haben. Er lechzte förmlich nach dem Lidocain, das sein Zahnfleisch betäubte. Vermutlich hatte es ihn an das Kokain aus den guten alten Zeiten erinnert. Weil sie es damit gestreckt hatten. Das wusste jeder. Nein. Der Doktor hatte kein schlechtes Gewissen. Er hatte sich im Griff gehabt. War nie gierig geworden. Alles mit Maß und Ziel. Immer im Rahmen der Kosten-Nutzen-Rechnung. Schließlich musste man auch berücksichtigen, dass sich dieser marode Ort im Gegenzug einen Arzt leisten konnte. Von Jahr zu Jahr leerte sich Bad Regina. Wie das Gebiss von Othmar. Man musste über die Runden kommen. Bei der Ärztekammer hätten sie Verständnis dafür. Aber seine Frau durfte keinesfalls davon erfahren.

— Es geht sich nicht aus. Der Heilungsprozess dauert zu lange. Ich kann Sie damit nicht alleine lassen. Außerdem ziehe ich keine gesunden Zähne.
— Wann gehen Sie?
— Morgen früh um acht Uhr dreißig.
— Sie haben das ja akribisch geplant.
— Geschäft ist Geschäft.
— Selbstmord ist kein Geschäft.
Jetzt verschwanden die Augen von Dr. Schandor völlig zwischen den Schädelknochen. Wie kam dieser Depp drauf, dass er sich umbringen wollte? Ein solcher Gedanke lag ihm noch ferner, als das Geld einem wohltätigen Zweck zu spenden.
— Wir haben verkauft.
Schleining öffnete die Augen, ohne den aufgerissenen Mund zu schließen.
— An Chen?
— An wen sonst?
Schleining richtete sich auf. Er sah den Zahnarzt betont lange an. Vermutlich dachte er, dass er damit irgendein schlechtes Gewissen wachrüttelte. Der Doktor hatte aber kein Problem damit, lange Blicke zu erwidern. Er dachte dabei einfach an etwas anderes. So wie er meistens an etwas anderes dachte, wenn er jemanden ansah. Der Einzige, dem er eine Wiedergutmachung schuldete, war Othmar. Aufgrund der Dreißigprozentregel. Ein Schandor bezahlte seine Rechnungen.
Er stand auf und ging zum Schrank. In solchen Angelegenheiten glich er seinem Onkel. Er nahm die Postkarte heraus und reichte sie Schleining.
— Das geben Sie Othmar.
Schleining begriff, dass sein Plan bezüglich einer angemessenen Bestrafung nicht aufgehen würde. Die Postkarte

zeigte eine Eisskulptur in gleißendem Sonnenlicht. Sie stand inmitten einer Schneewüste. Der alte Schandor. Unverkennbar. Er hielt ähnlich wie auf dem Porträt, das im Wartezimmer hing, eine Zigarette zwischen den Fingerspitzen. Nur war sie aus Eis. Das süffisante Lächeln provozierte Schleining selbst als Statue. Dieser alte Gauner. Zu gerne hätte er ihn hinter Gittern gesehen. Nicht weil sich der alte Schandor eines Verbrechens schuldig gemacht hätte. Sondern weil für ihn eigene Gesetze gegolten hatten. So etwas vertrug Schleining schlecht. Die Gesetze hatten für alle gleich zu sein.
— Was soll ich damit?
— Wenden.
Schleinig drehte die Postkarte um. Dort stand in der für Schandor typischen arroganten Schmiere: *Er war einer, der seine Rechnungen immer bezahlte.* Er versuchte, mit seiner Handschrift den Dingen stets etwas Endgültiges zu verleihen. Als wäre sein Wort Gesetz. Als wäre jedes geschriebene Wort für die Ewigkeit gedacht.
— Klingt wie ein Grabspruch. Ist er tot?
— Vermutlich. Was weiß ich?
— Möglicherweise ist das sein Grabstein?
— Er hat die Karte selbst geschrieben.
Dr. Schandor sah Schleining länger an, um in ihm die Logik wachzurütteln. Dieser ließ sich davon nicht provozieren. Er wusste, dass er nicht Sherlock Holmes war. Was er allerdings noch schlechter als Eigenmächtigkeit und Hochmut vertrug, war jemand, der ihm die Fragen wie bei einem Verhör aufdrängte, nur um die ohnehin vorgefertigten Antworten loszuwerden. Warum sagte Schandor nicht einfach, was Sache war? Offenbar genoss er das *Katz-und-Maus*-Spiel. Obwohl in seinem stumpfen Blick keine Spur von Genuss ablesbar war.

— Wann haben Sie die bekommen?
Der Doktor sah ihn an, wie man jemanden ansah, der sich diese Frage selbst beantworten konnte. Schleinings Blick fiel auf das Datum. 18. März 2002.
— Vor sechzehn Jahren, murmelte der Polizist. Mehr zu sich selbst. Dem Zahnarzt musste er nicht beweisen, dass er Mathematik beherrschte.
— Damals hat er also noch gelebt.
— Vermutlich, sagte der Doktor. Was vermutlich ironisch gemeint war.
— Hatten Sie nie Kontakt zu ihm?
— Nein. Das war die einzige Postkarte.
— Und seine Kinder? Also Ihre Cousins?
— Keine Ahnung. Nichts mehr gehört. Wir waren nie eng. Er war ein Falott.
— Warum schickt er Ihnen dieses Foto?
— Weil er ein eitler Falott war.
— Er hätte auch ein Foto von sich in natura schicken können. Warum diese Eisskulptur?
— Das ist wegen dieser Eskimofrau. Vermutlich wollte er nur angeben.
— Angeben?
— Na, hier hat sie doch die gleiche Skulptur von ihm fabriziert. Nur ist sie im Frühling geschmolzen. Ich konnte sie nicht mehr rechtzeitig fotografieren. Da habe ich ihn das einzige Mal weinen gesehen. Vielleicht deshalb die Karte.
— In Grönland kann das nicht passieren.
— Eben. Vermutlich ist er ihr deshalb nachgereist.
— Und warum schreibt er Ihnen das mit den Rechnungen?
— Er hat mir Geld geschuldet.
— Wie viel?
— Zehn Euro. Die hatte er beigelegt.
— Zehn Euro?

— Eigentlich waren es hundert Schilling. Er hat aufgerundet. Der alte Falott.
— Hundert Schilling?
— Ich habe sie ihm geliehen. Für eine Taxifahrt. Er hatte nie Geld dabei. Wozu auch? Er musste ohnehin nirgends bezahlen. Es hat ja fast alles ihm gehört.
— Die Taxis nicht.
— Eben.
— Wann war das?
— 1985.
— 1985?
— 1985.
— Und wohin ist er gefahren?
— Woher soll ich das wissen? Ist das wichtig?
— Ich frage mich, ob die ganze Postkarte wichtig ist.
— Für mich nicht. Für Othmar schon. Geben Sie ihm die. Dann sind wir quitt.
— Quitt?
— Ja, quitt. So, die Ordination schließt jetzt.
Unsentimental stand er auf und hängte seinen weißen Mantel an den Nagel.

8

Selma schreckte hoch. Ihr Körper zuckte. Sie wimmerte. Bekam keine Luft. Als ob eine fremde Macht ihren Körper übernommen hatte.
— Selma?
Keine Antwort. Nur Wimmern. Sie musste ihre ganze Kraft aufwenden, um mit ihrem Bewusstsein dagegenzuhalten. Ein epileptischer Anfall? Othmar versuchte sich daran zu erinnern, wie eine Herzmassage funktionierte. In der Schule hatten sie Mund-zu-Mund-Beatmung an den Mitschülern exerzieren müssen. Othmar hatte Heimo zugewiesen bekommen, der sagte, er würde lieber sterben, als sich von ihm küssen zu lassen.
— Selma!
Sie klammerte sich an Othmar. Das Zittern übertrug sich wie ein Stromschlag. Selbst ihre glatte Kopfhaut vibrierte. Er lag steif auf dem Rücken und hielt den Atem an. Er versuchte, sich nichts anmerken zu lassen. Wollte alles richtig machen. Wünschte sich nichts mehr, als dass es aufhörte.
— Wenn man neben dir stirbt, würdest du es gar nicht merken, hatte seine Großmutter gesagt. Othmar, das Fluchttier. Wenn es unangenehm wurde, stellte er sich nicht nur abwesend. Er war es auch.
— Othmar. Bleib bei mir.
Selma krallte sich regelrecht in seine Brust. Selbst, wenn er gewollt hätte, wäre es unmöglich gewesen, sich zu lösen.
— Was ist los?
— Nur eine Panikattacke.
Othmar spürte keine Erleichterung. Er fragte sich, ob man an einer Panikattacke sterben konnte.

— Das habe ich öfter. Ist nicht schlimm. Geht gleich vorbei.
— Was ist passiert?
— Sedrick war da.
— Es ist niemand da. Außer Charlotte.
— In meinem Traum.
— Du bist wach. Es gibt keinen Grund mehr für Panik.
Als ob sich eine Panikattacke wegreden ließe. Aber Selma war nicht in der Verfassung, Othmar das Wesen eines solchen Anfalls zu erklären. Sie klammerte sich fest und versuchte, durch ruhiges Atmen der Sache Herr zu werden. Sie rieb ihren Glatzkopf an Othmars Brust.
— Bleibst du bei mir?
— Ja.
— Versprochen?
Wollte sie fix bei ihm einziehen? Jetzt bekam Othmar Anflüge von Panik. Obwohl er sich noch vor Kurzem nichts anderes gewünscht hätte. Jeden Tag wollte er an ihrem Schädel riechen. Jeden Tag wollte er sich in ihr verkeilen. Zu einem gemeinsamen Körper werden. Jeden Tag wollte er sich von Selma pflegen lassen. Aber jetzt war es umgekehrt. Er hatte doch schon Alpha. Schließlich betrieb er kein Sanatorium. Warum geriet ihm alles immer anders, als er es sich vorgestellt hatte?
— Was hast du dir denn vorgestellt?, hätte Großmutter gefragt. Othmar dachte an Perlen, die sich zu einer Kette auffädelten. So hatte er sich das vorgestellt. Eine Aneinanderreihung sexueller Ereignisse. Der ewige Dienstagabend mit Selma. Nur täglich. Für immer. Von Panikattacken war da keine Rede.
— Wer einen Garten hat, muss auch mit dem Unkraut leben.
Wobei seine Großmutter niemals Unkraut gejätet hatte.

Im Gegenteil. Sie schien ein Faible für Störenfriede zu haben. Schließlich war auch Othmar von Beginn an Unkraut gewesen. Während keiner etwas für Gänsefüße, Portulak oder Bärenklau übrighatte, wurden sie von Großmutter freudig als Überraschungsgäste begrüßt. Zesch hätte es vermutlich als Willkommenskultur bezeichnet.
— Wo bist du, Othmar? Bleib bei mir. Bitte.
Othmar presste die Lippen zusammen.
— Ich bin da.
— Nein. Bist du nicht.
— Was hast du geträumt?
— Egal.
— Nein. Sag.
— Von Sedrick.
— Aber was von Sedrick?
— Es war schrecklich. Er kam aus dem Wald. Der war zugewachsen, als hätten Schlingpflanzen alle Bäume erwürgt. Zuerst seine kleine Hand, die den Wuchs zur Seite schob. Dann sein teigiges Gesicht. Sein kindlicher Blick, der immer alles durchschaut. Er ging auf mich zu und ich lief weg. Ins Haus. Er schlug gegen die Tür. Schrie meinen Namen. Forelle! Mach auf! In Weikersdorf hatte er jedem von uns Tiernamen gegeben. Konnte von jedem das Totem sehen. Er war wütend. Sedrick ist es nicht gewohnt, dass seine Wünsche nicht erfüllt werden. In Weikersdorf wurde alles nach seinen Anweisungen durchgeführt. Auch der Gruppensex. Es ging nie um Liebe. Er sagte, der Sex sei nur die Axt, um das vereiste Meer aufzubrechen. Um uns zu öffnen. Zu befreien. Und nicht, um uns aneinanderzuketten. Diesen Schmerz mussten wir überwinden. Wenn wir uns verliebten, verbot er uns, miteinander zu schlafen. Dann mussten wir zu Sedrick.
Er sagte, wir seien seine Leinwand. Uns würde er gestalten.

Er wollte uns einen neuen Charakter verleihen. Nur als Erfindung könnten wir echt sein. Gegen das Authentische und gegen die Konventionen. Die Kunst war Religion. Der Exzess unser Alltag. Ich hatte mich so nach Langeweile gesehnt. Wenn bei jemandem die alten Muster durchschimmerten, wurde er sofort bestraft. Sedrick erzog uns zu Menschen. Aber der Mensch ist ein Tier, Othmar. Das sich abrichten lässt. Er sagte, sein Sperma sei fruchtbarer als das der anderen.
Forelle!
Plötzlich war es ganz still. Ich kauerte in einer Ecke im Haus. Ich konnte ihn förmlich spüren. Er sprang durch das Fenster. Wie ein Wolf.
Selma begann wieder zu zittern. Sie krallte sich an Othmar. Er war ein Faultier. Das wusste sie schon lange.
— Was wollte er?
— Er verlangte einen Vaterschaftstest. Er wollte den Beweis, dass Charlotte von ihm war. Es ging nicht um das Kind. Sondern darum, dass sich sein Sperma gegen das der anderen durchgesetzt hatte. Er forderte den Beweis. Er drohte mit Gewalt.
— Dann mach doch den Test. Dann lässt er dich in Ruhe.
— Niemals.
— Warum?
— Weil ich nicht will, dass es sein Kind ist. Für Charlotte. Verstehst du?
— Damit sie nicht seine Nähe sucht?
— Damit sie nicht so wird wie er. Ich muss mein Kind vor ihm schützen. Du musst mich beschützen.
Othmar sah sie an. Und schluckte.
— Es war ja nur ein Traum, sagte er.
Sie sah die Angst in seinen Augen. Nicht vor Sedrick. Vor ihr. Vor dem Unkraut im Garten.

— Ja, es war nur ein Traum, flüsterte sie.
— Ist Sedrick der Grund, warum ihr euch bei mir versteckt?
Sie streichelte über seine Wange, wie nur seine Großmutter über seine Wange gestreichelt hatte.
— Nein. Es sind Handwerker im Haus.
Sie lächelte. Und Othmar fühlte sich gleich wohler, dass man sich auf eine Lüge geeinigt hatte. Er sparte sich zu fragen, wie lange die Handwerker noch im Haus sein würden. Handwerker hieß zumindest, dass es nicht für immer war.
— Wohin gehst du?
— Meinen Vater besuchen.
Othmar stand auf. Und schüttelte sich durch. Selma wusste, was er da abschüttelte. Sagte aber nichts. Sondern drehte sich traurig um und schlief weiter. Sie träumte von sich als schlafende Prinzessin. Umgeben von einem Dornenbusch. In einem Sarg aus Eis. Der ihr Gesicht für immer konservierte.

Othmar zog sich die Lederjacke an, deren Zippverschluss demnächst den Geist aufgeben würde, wenn er nicht bald etwas von seinem Spitzbauch verlöre. Am Fenster saß Charlotte und starrte auf das Grand Hotel. In der Spiegelung sah man das zarte Flimmern der Kerze. Ihr Blick war traurig. Othmar dachte, dass sie bestimmt wisse, wer ihr Vater sei, und fragte sich, ob Angst oder Neugier überwögen. Im Augenblick ging es aber darum, dass sie Joschi nicht sehen durfte, weil ihre Mutter sie darum gebeten hatte. Othmar durfte nichts wissen. Aber bestimmt spürte er schon etwas. Nein. Er spürte gewiss nichts. Vielleicht war das der Moment, als sie anfing, ihn wirklich zu lieben. Also Joschi. Othmar hatte sie schon geliebt, bevor sie ihn kannte.

Neben ihr saß Alpha im Rollstuhl und starrte auf den Karlsstein. Sein Blick war leer, aber fokussiert. Als ob dort im Inneren ein Drache wohnte. Vermutlich hatten inzwischen Kolonien von Fledermäusen den Kraken okkupiert. Othmar seufzte, um auf sich aufmerksam zu machen. Um Charlotte nicht zu erschrecken. Er hatte Angst, dass sie aus dem Fenster fiel. Aber keiner der beiden beachtete ihn.
Er ging hinaus in die Kälte. Sein Blick fiel hinauf zum Hospiz. Hinter den Scheiben war es dunkel. Othmar stieß kurzatmige Schwaden aus dem Mund. Er dachte nach, wohin er gehen sollte. Er hatte keinen Plan. Musste einfach nur raus. Sein Vater würde auch morgen noch leben. Langsam schwenkte er den Kopf und blies in die Richtung von Rebekkas Haus. Auch dort war es dunkel. War sie gefahren, ohne sich zu verabschieden? Wie eine defekte Nebelmaschine spuckte er kleine Atemwolken aus, die sich sofort wieder auflösten. Warum hatte Rebekka ihm gesagt, dass sie öfter in dem Hotelzimmer gewesen sei? Sie war ihm doch eine Antwort schuldig.
— Aha. Und warum?
Weil sie keine Geheimnisse voreinander hatten! Nein. Othmar hatte keine Geheimnisse. Umgekehrt galt das offenbar nicht.
Oben im Hotel flackerte noch immer die Kerze. Charlotte starrte unverändert in den letzten Stock. Und Zesch hatte inzwischen bemerkt, dass sein Sohn abgängig war. Er wollte es Schleining melden. Mobilbox. Vermutlich hatte er sich freigenommen. Dieser Deserteur!
Die alte Zesch hingegen wusste genau, wo ihr Enkel steckte, verlor aber kein Wort darüber. Stattdessen beobachtete sie von der Terrasse aus, wie ihr Sohn wütend am Wasserfall vorbeilief und immer wieder *Joschi* rief. Und natürlich beobachtete sie Othmar, der vor der Gärtnerei

stehen blieb und zögerlich den Hof betrat. Vorne das ehemalige Geschäft, in dem der Wildwuchs wucherte. Großmutter hätte eine Freude gehabt. Die Birke, die das Glashaus durchbohrt hatte, streckte ihre kahlen Äste nach Othmar aus. Der knöchrige Efeu, der sein Geflecht wie eine Blutbahn um die Hausmauern spannte. Niemand hatte ihm eine Richtung aufgezwungen. Er hatte einfach jede Möglichkeit ergriffen. Vielleicht entsprach das dem Willen der Natur. Dass aus jeder Möglichkeit eine neue entstand. Das Ergreifen des Angebots. So gesehen war der ungelenkte Kapitalismus nichts anderes als die Nachahmung der Natur. Und damit das exakte Gegenteil von Vernunft, die ja die Beherrschung der Triebe voraussetzte. Der Markt wurde behandelt wie die Natur. Da durfte man nicht eingreifen. Damit er in seiner Natur nicht gestört wurde. Die unsichtbare Hand! Von wem eigentlich? Gab es da einen Gott? War der Kapitalismus eine esoterische Bewegung?
Die Natur hingegen wurde gestaltet vom Menschen. Sie durfte nirgends unberührt bleiben. Damit der Markt zur Natur und die Natur zum Markt werden konnte. Was für ein raffiniertes Täuschungsmanöver, dachte sich Othmar, während er über das Eis stolperte. Er machte sich solche Gedanken. Aber er redete mit keinem darüber. Weil er sich schämte. Weil er überhaupt kein Talent besaß, wofür man Hände brauchte. Seine Gedanken nutzten ihm nichts. Waren keine Kunst. Obwohl die Kunst genauso unnütz war. Aber auch ein Blinddarm war keine Kunst. Obwohl er unnütz war.
Vor den Bienenstöcken blieb Othmar stehen. Der Vater von Rebekka war eigentlich Imker gewesen. Vier Bienenstöcke mit 120.000 Bienen hatte er sein Eigen genannt. Das Summen gehörte damals zum Hof wie Othmars

Tennisschläge gegen die Garage. Als Kind hatte er oft von diesem Summen geträumt. Er schaukelte. Die nackten Füße baumelten vergnügt über der Wiese. Sie war mit Tausenden Blumen übersät. Aus denen ein tiefes Summen ertönte. Als würden Millionen von Bienen auf die Füße von Othmar warten.
Eines Tages war es plötzlich stumm im Hof gewesen. Es war zunächst keinem aufgefallen. Vermutlich, weil Othmar gegen die Wand spielte. Und damit das Fehlen des Summens übertünchte. Erst als er gegen sich selbst verloren hatte, wurde es allen gewahr. Die Bienen waren ohne Abschied ausgezogen. Rebekkas Vater hatte es persönlich genommen. Hatte es allein auf sich bezogen. Kopfschüttelnd war er vor den leeren Behausungen gestanden. Was hatte er falsch gemacht? Keine hatte ihn je gestochen. Sie hatten ihn akzeptiert. Die Stöcke hatte er nie abgebaut. Vielleicht in der Hoffnung, sie würden eines Tages zurückkehren.
— Ich bin froh, dass du gekommen bist.
— Ich habe auf dich gewartet.
— Ich bin eigentlich wegen dir zurückgekehrt.
— Ich hole dich hier raus.
Keiner dieser Sätze fiel. Stattdessen eisige Stille. Von Rebekka fehlte jede Spur.
Othmar rüttelte an der Haustür. Sie war nicht nur verschlossen, sondern als Ganzes zugefroren. Schon lange war sie von niemandem mehr geöffnet worden. War Rebekka überhaupt hier gewesen? Hatte sie nicht gesagt, sie würde ihre Eltern suchen? In Bad Regina hatte man angenommen, sie hätten an Chen verkauft. Ganz plötzlich waren sie verschwunden gewesen. Ohne Abschied. Und ohne dass ihnen jemand etwas angetan hätte. Irgendetwas in Othmar hatte aber nicht daran geglaubt. Irgendetwas

in Othmar war davon überzeugt gewesen, dass sie auf die Suche nach den Bienen gegangen waren.

Während Othmar im Hof von Rebekkas Eltern stand und geistig gegen die Wand zu spielen begann, saß die alte Zesch auf der Terrasse und beobachtete ihren Sohn dabei, wie er das Grand Hotel betrat. Als Heimo die Packung Raven in seiner Jackentasche gefunden und sich eine Zigarette angesteckt hatte, war ihm plötzlich klar geworden, wo sein Sohn steckte. Es überraschte ihn also nicht, als er den blonden Jüngling schlafend in der obersten Etage vorfand. Nur mit wem er dort offenbar hauste, damit hätte er in seinem Leben nicht gerechnet. Er hatte sie gleich erkannt. Auch wenn sich ihr Gesicht unter der weißen Tuchent vergrub. Die alte Hexe. Rebekka.

9

Othmar war inzwischen im Luziwuzi eingetroffen, um neben dem trinkenden Tschermak darüber nachzudenken, wohin er gehen sollte. Dieser saß da wie ein aufgesogener Schwamm und sah seiner Frau dabei zu, wie sie ein Bier zapfte.

— Heuer fahren wir in die Antarktis und schauen uns den Klimawandel an.

Es war nicht eindeutig, ob er es zu Karin, Othmar oder sich selbst gesagt hatte. Achmed, der betrunken im Eck schlief, konnte ausgeschlossen werden.

— Interessant. Dabei ist der ja überall, der Klimawandel, sagte Othmar.

— Eine Weltreise können wir uns nicht leisten. Und hier bei uns ist kein Klimawandel. Es ist so wie immer, antwortete Tschermak.

— Das Klima ist auch eher draußen, Werner. Da warst du nur schon lange nicht mehr, rügte Karin ihren Mann.

— Da muss genauso etwas passieren wie mit diesem Chinesen. Es kann ja nicht sein, dass alle nur herumsitzen und warten, schüttelte Othmar den Kopf und nahm einen kräftigen Schluck Bier.

— Die Geschichte der Zivilisation ist nicht eine des Aufstehens, sondern des Hinsetzens.

Tschermak ließ dieser Erkenntnis ein zufriedenes Grunzen folgen.

— Ich scheiß auf die Zivilisation. Die trägt sowieso an allem Schuld. Reines Barbarentum ist das. Kein Tier würde einem anderen das antun, was der sogenannte zivilisierte Mensch …

— Kusch, sagte Tschermak.

Er nahm sein Bier entgegen und starrte schweigend gegen die Wand. Othmar dachte, dass, wenn alle so wie der Wirt wären, sie in einer friedlicheren Welt leben würden. Die heilige Karin zapfte weiter. Und der schwarz-weiße Schandor lächelte von seinem Altar herunter, als hielte er von dort eine fröhliche Predigt.
— Brüder und Schwestern. Ich habe einen ganzen Ozean getrunken, leider ist er immer noch voll!
Othmar nahm den Blick von dem Foto hinter der Bar. Wohin war der heilige Helge verschwunden? Würde er zurückkommen? Normalerweise schaute er nach einem Besuch im Luziwuzi stets noch beim Pater auf ein paar Messweine vorbei. Sein Verschwinden störte Othmars Muster empfindlich. Plötzlich öffnete sich die Tür und ein kalter Windzug blies herein.
— Ein Bier. Schnell.
Als Heimo Zesch Karin am Zapfhahn sah, lächelte er warmherzig.
— Bitte.
Sie lächelte zurück und Tschermak murrte, ohne den Blick anzuheben.
— Wie spät ist es?
— Drei Uhr dreiundfünfzig. Warum?
— Bist du nicht im Dienst?
— Ich habe mir gerade freigenommen. Außerdem ist es schon dunkel.
Karin stellte dem Bürgermeister das Bier hin. Dieser trank die Hälfte in einem Zug aus. Dann lächelte er sie verschwörerisch an, als wollte er sagen:
— Schau, ich kann mir jederzeit freinehmen. Ich bin ein freier, mächtiger Mann. Dein Alkoholschwamm hingegen sitzt den ganzen Tag in dieser Kaschemme, als ob es seine Gruft wäre …

— Sorgen?
Erst jetzt beachtete Heimo Othmar, der ihn stirnrunzelnd taxierte. Da war keine Süffisanz in seiner Stimme. Eher staubtrockener Verhörton. Als kenne Othmar bereits die Antwort.
— Warum?
— Weil du sonst nie so schnell trinkst. Gibt es etwas runterzuschlucken?
— Einfach nur Durst, sagte Heimo und sah Othmar so lange in die Augen, bis dieser den Blick abwendete. Heimo, der Wolf. Othmar, das Reh.
— Einfach nur Durst, wiederholte das Reh misstrauisch.
— So wie du, setzte der Wolf fort, als hätte er das Reh beim Schwarzfahren erwischt.
— Ich bin ja auch ein Faultier, lächelte Othmar, was Heimo als asoziales Geständnis missverstand, während Karin an die freundlichen Tiere dachte und Othmar sich fragte, ob der Wolf jemals vor seiner Tür stehen würde. Und ob er dann mit seinem Faultierlächeln davonkommen würde? Eine Welt voller Faultiere wäre ähnlich friedlich wie jene voller Tschermaks. Dieser saß noch immer reglos da und dachte darüber nach, warum es eigentlich keine Musikrichtung namens Slow Punk gab. Und ob so eine Art *Zeitlupen-Punk* nicht eine Marktlücke wäre. Er brach das Gedankenexperiment aber frühzeitig ab, weil ihm selbst die Vorstellung davon viel zu anstrengend war.
Zesch bestellte ein zweites Bier und trank auch die zweite Hälfte in einem Zug aus.
— Was machst du mit Moschinger?
— Wie meinen?
— Ich habe euch gestern gesehen.
— Na und.
— Im Hotel Waldhaus.

— Ist das neuerdings illegal?
— Nein, aber ihr redet nicht miteinander.
— Es war geschäftlich.
— Was für ein Geschäft?

Zesch war mit den Gedanken woanders. Er fragte sich, ob er Joschi und Rebekka hätte aufscheuchen sollen. Ganz gegen seine Natur war er davongeschlichen. Hatte sie weiterschlafen lassen. Warum? War es der Schock? Außer moralischen Einwänden hätte er ihnen nichts entgegenschleudern können. Eine Frau in seinem Alter, die seinen Sohn verführte! Noch dazu die alte Hexe, Rebekka. Sie hatte nicht nur die Sisters auf dem Gewissen. Hunderte unterlegene Herzen pflasterten ihren Weg. Der arme Othmar. Nichts hatte er geahnt. Für ihn gab es nur die Rebekka, die ihm vom Balkon aus beim Tennisspielen zusah. Das Virus Rebekka hatte er nicht erkannt. Mit beinahe jedem in Bad Regina teilte sie ein Geheimnis. Manche sagten ihr sogar ein Verhältnis mit Schandor nach. Dass die berühmte Panoramasuite im obersten Stock eigentlich für die beiden reserviert war. Der Alte hatte immer von speziellen Gästen gesprochen, die nicht gesehen werden wollten. Insofern hätte er nicht mal gelogen.

Auch ihn hatte Rebekka versucht mit sich selbst anzustecken. Sie hatte es geschafft, dass er an nichts anderes mehr dachte. Dass er sie begehrte wie keine sonst. Sie hatte sich in sein Hirn und seinen Schwanz eingefressen und von dort aus den gesamten Körper infiltriert. Aber Heimo war nicht umgefallen. Hatte ihr widerstanden. Obwohl er sonst keine ausließ. Aber bei Rebekka hatte es sich anders verhalten. Hier ging es nicht ums Vergnügen. Hier ging es um die Ausbreitung einer Krankheit. Er hatte das Virus besiegt, weil er es als Virus erkannte. Da ging es um Nahrung. Rebekka, die fleischfressende Pflanze, die Männer wie Insekten verdaute. Die jede Möglichkeit nahm, die sich bot. Das war ihr Blick. Das war ihr Wille. Die Möglichkeiten erkennen und zuschnappen.

Lag es an ihrem Vater, der sich mehr für die Bienen interessiert hatte als für seine Tochter? Oder an der Mutter, die am liebsten mit Pflanzen gesprochen hatte? Hatte sie zu wenig Aufmerksamkeit erfahren? Schwachsinn. Man konnte nicht für alles die Eltern verantwortlich machen. Rebekka hatte das meiste selbst mitgebracht. Es entsprach ihrem Naturell. Sie war der Wirt. Von ihr aus breitete sich das Virus aus.

Heimo musste seinen Sohn warnen. Dass es hier nicht um ihn ging. Sondern um seinen Vater. Eine zurückgewiesene Frau. Die den Sohn benutzte, um den Vater zu kriegen. Um sich zu rächen. Man kannte ja solche Frauen. Im Prinzip war die Geschichte von der Giftspritze Grün nichts anderes gewesen. Die Frau Schuldirektor hatte sich ja nicht ohne Hintergedanken in ihren Schüler *verschaut*. Jeder kannte die wahren Gründe. Jeder hatte das Unheil kommen sehen. Außer dem lethargischen Bassisten Grün. Der hockte an seinem Bahngleis und wartete, bis alle wieder den Fahrplan einhalten würden.

Wie aus dem Gesicht geschnitten war der 16-jährige Schellhorn seinem Vater gewesen. Jeder in Bad Regina wusste, wie sehr die junge Edit in ihn verliebt gewesen war. Aber der weise Schellhorn hatte sich nicht für die altkluge Edit entschieden, sondern für die unterwürfige Gabriele, die dem Herrn Notar jeden Tag seine Leibgerichte kochte und danach auch noch die Füße massierte. Schellhorn hatte schon früh geahnt, dass ihm die Frau Professor nur Probleme bescheren würde. In der Hoffnung, die Nuss Schellhorn mittels Eifersucht zu knacken, hatte sich die angehende Lehrerin den windstillen Bassisten geangelt.

Wobei geangelt vermutlich ein viel zu vitaler Ausdruck war. Vielmehr hatte sie den bewegungslosen Fisch mit bloßen Händen aus dem Becken gehoben. Dieser hatte sie staunend angesehen und alles mit sich machen lassen, was im Sinne der Anglerin war. Beim alten Schellhorn hatte sich aber nichts gerührt. Schon gar keine Eifersucht. Woraufhin auch die frischgebackene Frau Grün wie ihr Mann zu warten begonnen hatte, um sechzehn Jahre später das Leben der Schellhorns noch einmal richtig aufzumischen.

Es war nicht schwer, das naive Herz des jungen Schellhorn zu ihren Gunsten zu erziehen. Völlig verfallen war er ihr. Er war eben auch in erotischen Belangen ein fleißiger Schüler. Und die gute Frau Professor investierte ihr gesamtes Wissen in die Nachhilfestunden nach der Schule. Als der alte Schellhorn davon Wind bekam, war es bereits zu spät. Da brütete die Direktorin bereits den Beweis ihrer Liebe in ihrem Bauch aus. Man könne ihr alles nehmen, aber der kleine Max würde sie auf immer und ewig miteinander verbinden. Dass sie damit eigentlich den Alten und nicht den Jungen meinte, das hatte Zesch von Anfang an kapiert. Er durchschaute solche Frauen.

Während der Herr Bahnhofsvorsteher noch immer am Gleis auf seine Züge wartete, startete seine Frau einen emotionalen Amoklauf, der sich gewaschen hatte. Denn Schellhorn, der die Geschichte ebenfalls durchschaute und seinem Sohn erklärte, dass es hier nicht um ihn gehe, sondern um seinen Vater, was im Jungen natürlich den Ödipus weckte, konnte die Sache keinesfalls auf sich beruhen lassen. Der Notar war einer der Ersten, die an Chen verkauften. Er fertigte die Verträge eigenhändig aus und bot aus purer Rachsucht dem Chinesen auch noch an, alle Transaktionen, die in den kommenden Jahren folgen würden, gratis für ihn zu erledigen. Er zog den Sohn in ein kanadisches Internat ab, verbot ihm den Umgang mit Mrs. Robinson, die er mit Strafanzeigen überflutete, bis ihr das Wasser über die Augen stand. Die Grün hatte in ihrem Wahn nichts ausgelassen. Stand Tag und Nacht vor deren Haus. Hatte den jungen Schellhorn terrorisiert. Mit Selbstmord gedroht. Auch mit Mord. Schleining, der sich diebisch freute, weil er ihr den ersten Kuss heimzahlen konnte, hatte mehrmals eingreifen müssen. Sie war völlig von Sinnen gewesen.

Zesch wusste so genau Bescheid, weil er als Bürgermeister mit der diskreten Schließung der Schule betraut war. Man wollte die Angelegenheit in aller Stille lösen. Was auch halbwegs gelang. Denn die Grüns blieben zusammen. Da hatte sie den Fisch ohne Anstrengung noch mal aus dem Becken gehoben. Und Max wurde offiziell als ihrer beider Sohn aufgezogen. Danach gab es viel Gerede. Aber je mehr Leute wegzogen, desto leiser wurde es.

Auch Schellhorn hatte großes Interesse daran gehabt, den Balg zu verschweigen. Und so regelte man die Angelegenheit, wie man solche Angelegenheiten unter Erwachsenen regelte. Der Notar hatte sich später von Wien aus gegenüber dem Bürgermeister in diversen Belangen dankbar erwiesen. Ja, man konnte durchaus von einer Freundschaft sprechen. Zumindest von einem Bündnis.

Der junge Schellhorn hatte sich in Kanada in eine gleichaltrige Kanadierin verliebt. Und seinen Sohn Max noch kein einziges Mal gesehen. Der junge Schellhorn hatte eben Stärke bewiesen. Wie sein Vater Stärke bewiesen hatte. Und so wie Heimo Stärke bewiesen hatte. Nur sein Sohn war schwach. Er verstand das Naturell solcher Frauen nicht. Glaubte, wenn er sie nur stark genug liebte, dass er Gleiches zurückbekommen würde. Er sah nur die Mutter. Nie die Hure. Nie das Tier, das gezähmt

werden wollte. Er wusste nicht, dass man solche wie Rebekka nie gut behandeln durfte. Dass sie jeden schwachen Moment ausnützen würden. Dass sie einen Mann für jede Schwäche verachten würden. Jede Unaufmerksamkeit ein Todesurteil. Man musste auf der Hut sein. Die Wildnis beherrschen. Die Natur kontrollieren. Ja, Rebekka handelte wie die Wildnis. Ihr Wille richtete sich nach den Möglichkeiten. Und diese erkannte sie blind. Um sich auszubreiten. Um den anderen zu besiegen. Zu töten. Zu verspeisen. Um das eigene Überleben zu sichern. Armer Joschi. Armer Othmar. Der ihn gerade ansah, als hätte er einen Volltreffer gelandet, und doch keine Ahnung hatte, was Zesch wirklich beschäftigte.
— Noch ein Bier, sagte Heimo.
— Du hast meine Frage nicht beantwortet, wähnte sich Othmar sicher, die Beute erlegt zu haben.
Er würde es nie verstehen, dachte Heimo. Es ging nicht um Moral. Es ging um Stärke.
— Ich sagte ja, es war geschäftlich.
— Was macht ihr für schmutzige Geschäfte, der Moschinger und du?
— Darüber darf ich nicht sprechen.
Othmar schwenkte seinen Spitzbauch in Heimos Richtung. Er hatte nicht üble Lust, ihm sein provokantes Vorderbisslächeln aus dem Gesicht zu montieren. Zesch, der dem aufgeblasenen Othmar mit möglichst geringem Aufwand begegnen wollte, drehte sich weg und zündete sich eine Raven an. Dann legte er die Packung hin und sagte:
— Schenk ich dir.
Othmar riss sie blitzschnell an sich und steckte sie ein. Tschermak bekam nur eine flimmernde Bewegung im Augenwinkel mit und verbuchte es als optische Täuschung. Danach herrschte Stille.

— Welche Geschäfte?, fragte Karin. Sie stellte das Zapfen ein. Völliger Stillstand. Alle Blicke auf Heimo. Ihr konnte er die Aussage nicht verweigern.
— Eine verrückte Moschingeridee halt, druckste Heimo.
— Und was für eine Idee?
— Alles in eurem Sinne. Keine Sorge.
— Woher weißt du, was in meinem Sinne ist, murrte Tschermak.
— Im Sinne von Bad Regina. Falls das in deinem Sinne wäre.
— Kommt drauf an. Spuck's aus, sagte der Wirt so, als würde er mit dem Satz tatsächlich etwas ausspucken.
— Der Moschinger will aus Bad Regina einen Themenpark machen.
— Aha. Und welches Thema? Müssen wir uns dann alle verkleiden?
— Ich verkleide mich bestimmt nicht, sagte Othmar.
— Ihr seid schon verkleidet, sagte Zesch.
— Ich nicht. Ich bin ich, sagte Tschermak, der an dem ruhenden Schwerpunkt seiner Existenz keinen Zweifel offenließ.
— Eben. Du bist als du selbst verkleidet. Genauso ist es gedacht.
Tschermak schwenkte seinen mächtigen Schädel zu Zesch. Er brauchte nichts zu sagen, um zu verdeutlichen, dass er die Idee, die er nicht verstand, auf jeden Fall für einen riesengroßen Scheißdreck halten würde.
— Es soll ein Themenpark sein, der uns selbst zum Thema hat. Eine verrückte Moschingeridee. Sag ich ja. Er meinte, wenn wir uns selbst für Touristen spielen, verleiht das dem Ort und uns wieder Würde.
— Das ist ein riesengroßer Scheißdreck.
— Das habe ich ihm auch gesagt, antwortete Zesch.

— Aber es könnte Touristen bringen.
— Hältst du dich für eine Sehenswürdigkeit?, schwenkte Tschermak seinen Schädel in Richtung Othmar.
— Und wo wären die dann überall dabei? Würden sie auch zu einem nach Hause kommen?
— Es wird nicht stattfinden, Karin, sagte Heimo.
Sie setzte das Bierzapfen fort. Es war nicht eindeutig, ob sie erleichtert oder enttäuscht war.
— Das heißt, der Moschinger und du vertragt euch wieder?
— Nein. Jetzt reden wir wieder kein Wort miteinander. Keine Sorge. Alles beim Alten.
Othmar stand seufzend auf und stellte Karin das leere Bierglas hin.
— Schreibe es auf die Liste.
— Ende der Woche will ich wieder ein Geld sehen, konstatierte Tschermak. Othmar drehte sich wortlos um und verließ das Lokal.

Der Wasserfall rauschte in seinen Ohren wie ein Gehörsturz. Durch die Zahnlücken wehte der eisige Wind. Der Fuß schmerzte und übertünchte damit jegliches Innenleben. Er ging. Und seine Gedanken gingen mit. Er dachte an Rebekka. Stand sie womöglich im Grand Hotel Europa hinter den spiegelnden Fenstern und sah ihm zu, wie er durch Bad Regina humpelte? Er stellte sich vor, wie sie in einem Greyhound sitzend in die Landschaft starrte. Die Joshua Trees flimmerten über ihre Sonnenbrille. Neben ihr saß ein alter Mann. Er war schwarz-weiß und hielt süffisant lächelnd eine Zigarette in der Hand. Plötzlich knallte ein Tennisball gegen die Scheibe. Rebekka zuckte zurück und wandte Othmar den Rücken zu.
Er ging. Und dachte an seinen Vater, der von Schwester Berta auf dem Rücken liegend durch das Bassin gezogen

wurde. Das Wasser floss still und lauwarm über seinen alten Körper. Er lächelte, als schwämme er in einer Fruchtblase. Als er einschlief, tauchte ihn die Schwester sanft unter. Kein Zucken. Keine Bewegung. Nur der Atem hörte auf.
Er ging. Und dachte an Alpha, der starr in seinem Rollstuhl saß. Sein Blick hatte sich eingefädelt. Es war nicht der Plattenteller. Es war Sedrick, der Selma an den Haaren zog. Sie waren rot. Ein blasses, totes Rot. Wie eine verwelkte Pflanze, die schon lange keiner mehr gegossen hatte. Charlotte lachte und applaudierte. Sie nahm Sedricks Schwanz und massierte ihn.
— Braves Mädchen, flüsterte Sedrick. Nicht in Charlottes Ohr. Sondern in das von Selma, das daraufhin zu bluten begann.
Er ging. Und dachte an die alte Zesch, die auf ihre verkrüppelten Hände starrte. Sie atmete tief durch. Dann streckte sie in einem Ruck die Finger durch. Ein klirrender Schrei, der ein furchterregendes Echo im Tal erzeugte. Die Häuser fielen um wie Zähne, die sich ganz plötzlich aus dem Zahnfleisch lösten.
Er ging. Und dachte an Heimo. Kein Bild. Nur Wut. Othmar wusste, dass er gelogen hatte. Aber er hatte keine weiteren Fragen. Wusste, was zu tun war. Durfte jetzt keine Zeit verlieren. Und blieb vor dem Bahnhof stehen.
— Und? Alle Züge pünktlich heute?
— Der aus Hallstatt ist fünf Minuten zu spät.
— Wie passend.
Grün saß aufrecht in seiner Glaskajüte vor den Gleisen. Er trug die dunkelblaue Uniform. Die Kappe lag auf seinem Schoß. Er verstand Othmars mokanten Unterton nicht. Aber er verstand vieles an ihm nicht.
— Dieser Bereich ist nur für Personal. Bitte draußen bleiben. Moment.

Grün neigte seinen Kopf zum Richtmikrofon vor sich und sprach hinein.
— Achtung. Gleis 2. Der Regionalzug aus Hallstatt mit Endstation Salzburg fährt in Kürze ein.
Eine Wiederholung der Durchsage ersparte er sich. Keine Menschenseele auf dem Bahnhof. Nur vereinzelte Schneewehen geisterten über die Gleise. Othmar stand in der Tür und steckte sich eine Zigarette an.
Grün näherte sich erneut dem Mikrofon und gab durch:
— Bitte beachten Sie das Rauchverbot im gesamten Bahnhofsbereich.
Dann sah er Othmar vorwurfsvoll an. Dieser dämpfte seufzend aus.
— Ich muss mit dir reden.
— Wenn es um Fahrauskünfte geht, beim Haupteingang hängt ein übersichtlicher Plan.
— Es geht um einen anderen Plan.
— Für eine Reunion der Sisters bin ich nicht zu haben.
— Es ist eher ein neues Projekt.
Othmar war erstaunt, wie tief die Kränkung von damals noch saß. Gut, Grün war nicht auf die feine Englische von der Zecke Zesch hinausbefördert worden. Er hatte ihn einen langweiligen, blutleeren, völlig unmusikalischen, seelenlosen Lauch genannt. Und feierlich durch den Fleischklumpen Tschermak ersetzt. Zesch hatte für Grün und dessen willenlose Gutmütigkeit immer nur Verachtung übrig. Für ihn repräsentierte Grün alles, was einen Untermenschen ausmachte. Nichts, was sich dieses Weichtier untertänig gemacht hätte. Bahnhofsvorsteher! Selbst die Züge nahmen ihn nicht ernst. Es musste Monate her sein, dass jemand in Bad Regina ein- oder ausgestiegen wäre.
— Ich brauche nichts, sagte Grün.
— Es geht doch nicht ums Brauchen.

— Doch. Es geht immer nur ums Brauchen.
— Es geht darum, die Dinge in die Hand zu nehmen.
Für Othmar gab es nur zwei Arten von Menschen. Jene, die suchten, und jene, die warteten. Welche der beiden Anschauungen mehr Erfolg im Finden hatte, darüber stritten die Denkschulen seit Jahrtausenden. Es gab aber noch eine dritte Art. Nämlich jene, die sich nicht entscheiden konnten, zu welchen sie gehörten. Zu diesen zählte sich Othmar, der das Gefühl nicht loswurde, dass er stets zu suchen begann, wenn sich das Warten gelohnt hätte, und ausharrte, wenn man sich besser längst auf die Socken gemacht hätte.
— Hast du einen Führerschein?, fragte Othmar.
— Natürlich habe ich einen Führerschein. Jeder hat einen Führerschein.
Othmar kniff seine Lippen zusammen, damit ihm jetzt kein falsches Wort aus dem Mund fiel. In wenigen Sätzen umriss er seine Pläne bezüglich Chen. Grün hörte ausdruckslos zu. Othmar bezirzte ihn, sagte, dass er mehr Verantwortungsgefühl habe als alle anderen, dass er sich auf niemanden so verlassen könne. Ja, dass er keinem so vertraue wie Grün. Was insofern absurd war, weil sie seit Jahren kein Wort gewechselt hatten. Und auch sonst das meiste übereinander nur vom Hören und Sagen wussten.
— Am besten, man wartet am Ufer, bis die Leichen vorbeischwimmen, sagte Grün.
— Wer sind die Leichen? Wir oder die Chinesen?
— Warum geht man bei einem Chinesen immer von mehreren aus? Als ob es den Chinesen als Einzelnen gar nicht gebe.
— Die Franzosen waren auch viele.
— Und nur die Wegensteins haben sie vertrieben?
Grün lächelte Othmar leer an. Nichts, was er sagte, ver-

folgte ein Ziel. Wie ein Zug, der in keinem Bahnhof stehen blieb.

— Bitte alle einsteigen. Der Zug nach Salzburg fährt ab.

Niemand war ausgestiegen. Schon gar nicht Chen. Ausdruckslose Gesichter schauten aus den Wagonen auf den leeren Bahnsteig. Ob sie über Bad Regina Bescheid wussten? Sprach man über die Geisterstadt in den Alpen? Sie starrten Othmar an, als sei er ein Gespenst. Er hätte nicht mit absoluter Sicherheit sagen können, ob sie nicht recht damit hatten.

— Außerdem kann ich nicht weg. Wer soll sich um den Zugverkehr kümmern?

— Ich habe den Eindruck, der regelt sich von selbst.

Grün sah ihn an. So etwas wie Wut stieg in ihm hoch.

— Leider müssen wir Sie aus Sicherheitsgründen bitten, den Bahnhof umgehend zu verlassen. Ein unbeaufsichtigtes Gepäckstück …

Othmars Pranke umfasste das Mikrofon, das sich pfeifend zurückzog.

— Hör auf mit dem Scheiß! Ich meinte ja nur, dass es möglich wäre, für einen Tag eine Vertretung zu finden.

— Aha. Und wen?

— Dein Sohn kann doch alles.

Der Bahnhofsvorsteher erkannte in Othmars Augen all dessen verächtliche Gedanken zu dieser Causa. Natürlich wusste er, was die Leute mauschelten. Und natürlich wusste er auch, dass ihn alle für einen Versager hielten. Der sich von der ehemaligen Schuldirektorin ausnutzen ließ. Der verrückt war, weil er den ganzen Tag an einem leeren Bahnhof saß, um Geisterzüge durchzuwinken. Er hörte sie fragen: Auf was wartest du eigentlich? Und natürlich konnte er diese Frage nicht beantworten.

Aber er wusste, dass das, worauf er wartete, noch nicht

eingetroffen war. Und auch, dass es keinen wahrscheinlicheren Ankunftsort dafür gab als diesen hier. Eines Tages würde jemand aussteigen. Und dieser Jemand würde alles ändern. Wer und wann das sein würde, wusste er nicht. Aber dass es eintreten würde, daran bestand kein Zweifel. Und deshalb ging es nicht um seine Vertretung. Sondern darum, diesen Moment auf gar keinen Fall zu verpassen.
— Max wäre bestimmt stolz, wenn er in die Fußstapfen seines Vaters treten könnte, legte Othmar nach.
— Sein Vater ist Astronaut.
— Wie meinen?
— Der leibliche Vater von Max ist Astronaut. Er arbeitet in einer Raumstation im Weltall und kommt erst in vier Jahren zurück. Bis dahin ist er nicht erreichbar. Das hat ihm die Frau erzählt. Seither sucht er jeden Abend den Sternenhimmel nach ihm ab.
— Warum weiß der Junge überhaupt, dass er nicht von dir ist?
— Weil es ihm die Frau gesagt hat.
— Einfach so?
— Einfach so.
— Egal, was du darüber denkst? Immerhin ziehst du ihn auf.
— So wie es ist, ist es immer am besten.
— Es könnte aber auch anders sein.
— Eh.
Grüns Lippen näherten sich wieder dem Mikrofon.
— Das unbeaufsichtigte Gepäck konnte von unseren Sicherheitskräften entfernt werden. Beide Gleise sind wieder geöffnet. Wir entschuldigen uns für die entstandenen Unannehmlichkeiten.
Er hielt inne und sah Othmar nicht an. Dann neigte er sich für eine weitere Durchsage zum Mikrofon.

— Der Zug nach Atlantis wird mit einer Verspätung von 3458 Jahren in Kürze auf Gleis 1 einfahren. Wir würden Sie bitten, zurückzutreten und die Passagiere zuerst aussteigen zu lassen.

Dann lächelte Grün, als hätte er mit Othmar ein kleines Geheimnis geteilt. Er seufzte und schaute auf den leeren Bahnsteig.

— Und das glaubt Max wirklich? Das mit dem Astronauten.

Othmar fragte sich, wie ein Astronaut im Weltall onanierte, ohne dass sich sein Sperma im schwerelosen Raum verteilte. Grün sah aus, als würde er solche Antworten kennen.

— Als Max ein kleines Kind war, da kam er einmal zu mir und sagte, dass er sich das mit Gott jetzt überlegt hätte. Aha, sagte ich, und zu welchem Schluss bist du gekommen? Er antwortete: Ich glaube, dass es Gott nicht gibt. Und warum glaubst du das, fragte ich. Das ist ganz einfach, sagte er. Es ist wie mit den Einhörnern. Ich liebe ihre Geschichten. Aber es gibt sie ja auch nicht. Warum sollte es dann Gott geben? Ich nickte und sagte: Sehr gut, Junge. Ich empfand echten Stolz auf ihn.

— Einhörner? Für einen Jungen ist das …

— Die Frau wollte ihn zu einem Feministen erziehen.

— Mit Einhörnern?

— Die Geschichte geht weiter. Denn als Max das sagte, merkte ich auch seine Unzufriedenheit. Dass er haderte. Nach wenigen Minuten kam er wieder zurück und sagte: Weißt du, ich mag die Geschichten von Gott auch sehr. Also vielleicht gibt es ihn ja doch.

Grün sah Othmar kopfnickend an, um zu verdeutlichen, dass dies der Schluss der Geschichte war.

— Und? Was hast du geantwortet?

— Vielleicht, habe ich gesagt. Vielleicht gibt es ihn. Was soll man sonst sagen?
— Eben. Was soll man sonst sagen?
Othmar stieß mit seiner Schulter freundschaftlich die Schulter von Grün. Die beiden hatten sich eigentlich immer gemocht. Grün hatte ihn und sein Gitarren-Potemkin nie verraten. Und Othmar hatte sich damals sehr für Grüns Verbleib bei den Sisters eingesetzt. Hatte gemeint, dass es auf der ganzen Welt keine Punkband mit zwei Bassisten gäbe. Aber Zesch hatte den Gnadenlosen gespielt. Und auf den Rausschmiss bestanden.
— Dann sag wenigstens vielleicht, Helmut.
Grün sah ihn an. Er lächelte. Setzte seine Kappe auf.
— Vielleicht.
Dann ging er hinaus und machte sich mit seiner Pfeife bereit, den Zug aus Rom in Empfang zu nehmen.

10

Der Afrikaner starrte den Chinesen an und der Chinese starrte zurück.

— Wo sind alle hin?

Rauchschwaden zogen über das Gesicht des stolzen Schwarzafrikaners, der in der gleißenden Sonne einer Savanne posierte. Er trug einen schwarzen Reisemantel mit mehreren Lagen Capes, einen grauen Zylinder, ein Hemd aus gebleichtem Musselin, den Kragen mehrfach gestärkt bis zum Kinn stehend, sodass sein dunkelhäutiges arrogantes Gesicht wie eingerahmt wirkte. Vatermörder hatte man solche Krägen genannt. Seine bordeauxrote Krawatte schlang sich kompliziert über den schlanken Hals. Chen fragte sich, ob der Gehstock nicht in Wahrheit ein Stockdegen war.

— Sie sind alle im Keller, antwortete Wegenstein, der die Rauchschwaden seiner Pfeife in Richtung seines Gegenübers lenkte. Dieser blieb genauso unbeeindruckt wie sein faltenfreies weißes Hemd. Am Körper des Chinesen gab es keinen ungestalteten Millimeter. Wäre Chen ein Garten, er wäre noch gepflegter als jene von Suzhou, nach deren Vorbild einst der Park hinter dem Schloss angelegt worden war. Aber auch für die Pflege des Parks fehlte Wegenstein das Geld. Inzwischen glich er eher dem Dschungel, aus dem Johann Wolfgang Afer stammte.

— Wer ist das?, fragte Chen.

— C'est un homme avec deux âmes.

— Je comprends. Ich nehme an, das Cognomen für Afrika hat sich der arme Kerl selbst verpasst. Vermutlich ein Sklave, der einem Adeligen zum Geschenk gemacht worden war. Und sich dann durch besonders emsige Bildung hervorgetan hatte. Davon gab es einige. Ihre Familie? Wer sonst? Sonst würden Sie ihn nicht statt all der anderen an die Wand hängen. Wo hatten Sie ihn bisher versteckt? Und warum musste ihm Ihre gesamte Familie weichen? Oder haben Sie Ihr Familiengerümpel schon in Kisten verpackt? Ich schließe daraus, dass Sie mein Angebot annehmen?

Wegenstein hatte in der Nacht zuvor seine gesamte Familie im Keller verstaut. Was naturgemäß nicht ohne Aufstand vonstattenging.

— Was hat er vor?
— Er begräbt uns bei lebendigem Leibe!
— Roland, der Schänder!
— Roland, der Hausbesorger!
— Das wird dir nichts nützen!
— Wir verbannen dich.
— Du Verräter!
— Putain de filou!
— Du bist ab heute kein Wegenstein mehr!
— Nicht den Löwen. Den habe ich selbst geschossen!
— Wenn du die Ritterrüstungen anrührst ... ich warne dich!

Am Ende standen die Stahlkörper wie defekte Kampfroboter gestaffelt im Verlies. Die Antlitze der Verwandten hatte Wegenstein von sich abgewandt gegen die Wand gelehnt. Was sie monierend zur Kenntnis nahmen. Die Tiere lagen steif auf dem Boden. Den Biberpelzmantel hatte er über den brüllenden Löwen gelegt. Nur den Ohrensessel und den Schreibtisch hatte er im Zimmer gelassen. Feierlich hatte er das Bild von Johann Wolfgang Afer an die Stelle seines Vaters gehängt. Er hatte es im Keller gefunden. Und sich davorgesetzt, um es eingängig zu betrachten.

— Ich möchte Ihnen seine Geschichte erzählen. Der Mann, den Sie auf dem Bild sehen, hieß ursprünglich Orma. Übersetzt heißt das »freier Mann«, was insofern grotesk erscheint, weil er erst versklavt werden musste, um dann befreit zu werden, um dann lebenslang in seiner Zerrissenheit gefangen zu sein. Orma stieß im Alter von zehn Jahren zu uns. Damals regierte Frantz, der Heilige. Er war ein sehr gläubiger Mann. So gläubig, dass er entgegen allen Warnungen das heilige Wasser des Jordan trank und daran elendig zugrunde ging. Was ist das für ein Gott, der solche Dinge in seinem Namen zulässt? Orma war ein Geschenk von Maria Theresia, die Sklaverei und Kolonialpolitik verachtete. Sie hatte sich aber von einem korrupten Holländer, der schon in der ostindischen Handelskompanie unehrenhaft entlassen worden war, zum Gegenteil überreden lassen. Obwohl jeder Fleck der Erde bereits besetzt war, gründete man die Triestinische Handelsgesellschaft und schickte zwei Schiffe los, um noch einen unbesetzten Ort zu finden. Das Einzige, wo man sich dazwischendrängen konnte, waren die Nikobaren, eine winzige Inselgruppe im Golf von Bengalen, die eigentlich den Dänen unterstellt war, die sich aber aufgrund der Bedeutungslosigkeit des Archipels einen Dreck darum scherten, dass die Österreicher dort sieben Mann stationierten, die innerhalb weniger Monate an irgendwelchen Tropenkrankheiten starben.

Bolton, so der Name des Holländers, kaufte Orma auf einem ostafrikanischen Sklavenmarkt. Er nahm ihn mit nach Europa, wo er schnell herumgereicht wurde, bis er schließlich beim heiligen Frantz landete. Man möchte glauben, besser hätte es der Arme nicht erwischen können. Aber wie sagt man so schön: Der Weg in die Hölle ist gepflastert mit guten Absichten.

Frantz ließ Orma über Jahre eine umfassende Bildung angedeihen. Er machte aus ihm nicht nur einen aufgeklärten, eloquenten, stolzen Mann, der alle mit seinem Intellekt übertrumpfte, sondern auch einen gläubigen Katholiken, der bereit war, sein Schicksal in die Hände Gottes zu legen. Gleich nach seiner Ankunft wurde Orma von Frantz in Johann Wolfgang umbenannt. Vielleicht war es kein Zufall, dass Goethe und er zur gleichen Zeit gelebt hatten. Den Beinamen Afer, als Kennzeichnung seiner Herkunft, den hatte er sich selbst mit achtzehn gegeben.
Vermutlich fing es damals mit der Zerrissenheit an. Denn als Johann Wolfgang volljährig war, offenbarte ihm Frantz, wozu er ihm all die Bildung angedeihen ließ. Der junge Afrikaner sollte in seine Heimat zurückkehren, um zu missionieren. Er sollte seinen aufgeklärten Geist in den alleinigen Dienst Gottes stellen.
Als Johann Wolfgang Afer die Überfahrt nach Afrika antrat, wusste er nicht, dass er weder ankommen noch zurückkehren würde. Er ahnte nicht, dass eine Reise begann, die niemals aufhören würde. Denn so wie er nie ganz Europäer geworden war, weil er im Herzen Afrikaner geblieben war, musste er sich auch eingestehen, dass er sich zwar an seine Kindheit auf dem schwarzen Kontinent erinnern konnte, aber wesentlich mehr Erinnerungen auf dem weißen Kontinent angehäuft hatte. Orma oder Johann Wolfgang? Afer war ein Mann, der alles in sich trug, was sich in einer einzelnen Existenz nicht vereinen ließ. Während er an den europäischen Höfen den aufgeklärten Philosophen gab, missionierte er die Afrikaner zu einem neuen Aberglauben. Wie soll man da seelencontent werden? Ich habe seine Tagebücher gefunden. Da gibt es eine erstaunliche Notiz. Hören Sie. *Ein Aufgeklärter meint, er lässt sich alles ausreden, aber nichts einreden. Er hält sich für kritisch und*

vernünftig, weil er nur an das glaubt, was er sieht, an das, was er schon Hunderte Male hinterfragt hat. Die Aufklärung hat dazu geführt, dass wir nichts und niemandem mehr glauben. Der Aufgeklärte ist blind für das, was es nicht gibt. Er glaubt nicht an Zauberei. Daher lässt sich niemand leichter täuschen als er. Visionär, finden Sie nicht?

Chen sah ihn schweigend an. Als würde er an etwas anderes denken.

— Johann Wolfgang Afer starb im Übrigen als Orma in Afrika. Als freier Mann. Angeblich soll aus ihm ein angesehener Wahrsager geworden sein.

— Warum erzählen Sie mir das?

— Erkennen Sie nicht Ihre eigene Geschichte?

— Nein.

Chens Gesichtsausdruck war so leer, dass man hätte glauben können, er sei mumifiziert. Wegenstein setzte angestrengte Rauchwolken in die Luft.

— Auch Sie als Chinese haben Werte übernommen, die nicht die Ihren sind. Sie sind ein europäischer Kapitalist geworden.

— Ich war schon immer europäischer Kapitalist. Ich bin in der achten Generation hier. Ich war noch nie in China. Und ich werde auch nie nach China fahren. Abgesehen davon stammen meine Vorfahren aus Korea.

— Warum habe ich Ihnen diese Geschichte erzählt?

— Um Zeit zu schinden?

— Nein. Um Ihnen zu vergegenwärtigen, dass es nicht um Geld geht. Ich habe eine Geschichte. Sie haben keine. Also versuchen Sie, sich eine zu kaufen.

— Mich interessiert Ihre Geschichte nicht. Mich interessiert nur die Immobilie. Also, wie sieht es aus?

— Bevor ich Ihnen eine Antwort gebe, erzähle ich Ihnen meine gesamte Familienhistorie.

— Ich habe doch gesagt, dass es mich nicht interessiert.
— Sie haben keine Wahl. Es ist Teil des Geschäfts. Eine Antwort gibt es erst, wenn Sie sich die ganze Geschichte angehört haben.

— Das Spiel findet bei jedem Wetter statt.
— Wie bitte?
— Das hat meine Großmutter immer gesagt. Eigentlich ein weiser Satz.
Othmar bot Grün etwas von dem Speckbrot an, das ihm Selma mit auf den Weg gegeben hatte. Sie wusste zwar nicht, was er vorhatte, aber dass er Proviant brauchen würde.
— Das ist kein weiser Satz, sondern ein Allgemeinplatz.
— Aha. Hast du einen besseren über das Leben im Allgemeinen?
— Ja.
— Bitte.
— Der Ball wird nicht ins Spiel geworfen, trotzdem laufen alle im Kreis.
Othmar musste an seine demütigenden Tennisniederlagen gegen Zesch denken.
— Alle Bälle bei dir!
Warum hatte er den Dieb in Italien nicht rechtzeitig angepinkelt? Warum hatte er so oft ins Netz geschlagen, dass es ein Stehsatz zwischen ihnen werden konnte, der stets dann fiel, wenn Othmar etwas verbockte.
— Die Wahrheit liegt auf dem Platz. Alles andere ist Behauptung, sagte Othmar.
Sie warteten schon seit zwei Stunden in Othmars Wagen vor Wegensteins Schloss. Chens weißer Toyota stand für jedermann sichtbar vor der Zugbrücke geparkt.
— Was machen die dadrinnen so lange?
— Keine Ahnung. Vielleicht sind sie längst betrunken.

Und wir sitzen hier und starren auf den weißen Dreckschlitten.

Grün hatte sich breitschlagen lassen. Wenn ihm ein Ereignis angeboten wurde, dann nahm er es an. Er hatte aufgehört, darüber nachzudenken, welche Konsequenzen er dafür tragen würde. Bei einem Leben rarer Möglichkeiten empfand er das als vernünftige Grundhaltung.

— Was ist los? Was denkst du?

— Ich denke, dass ich mir das Ganze etwas abenteuerlicher vorgestellt habe.

— Kommt schon, sagte Othmar, der versuchte, seine aufgekratzte Ungeduld aufrechtzuerhalten, um wach zu bleiben.

— Er wird ohnehin gleich merken, dass ihn jemand verfolgt.

— Sei nicht so negativ. Warum sollte er?

— Weil wir das einzige Auto weit und breit sind.

— Wir müssen eben genügend Abstand halten.

— Wenn du als Beifahrer auch so neunmalklug bist ...

— Lass uns bitte nicht streiten. Was hast du eigentlich deiner Frau gesagt?

— Ich dachte, du willst nicht streiten.

— Du bist ja sonst nie weg. Nicht dass sie Verdacht schöpft und uns die Tour vermasselt.

— Ich habe ihr die Wahrheit gesagt. Ich sage ihr immer die Wahrheit.

— Bist du wahnsinnig?

— Warum? Sie merkt ohnehin, wenn ich lüge.

— Und sie hat dich fahren lassen?

— Nein. Sie hat mit Scheidung gedroht. Ich bin einfach gegangen.

— Einfach gegangen?

— Ich habe das Gefühl, ich habe etwas gut bei ihr.

— Allerdings. Du hast richtig gehandelt. Auch wenn du ein Idiot bist.
— Das sagt der Richtige. Man muss schon sehr viel Intelligenz aufbringen, um so deppert wie du zu sein.
— Wir wollten doch nicht streiten.
— Hast du noch ein Brot?
— Alles aufgegessen.
— Die meisten Streitigkeiten haben mit Hunger zu tun.
— Wollen Sie mir nichts anbieten, wenn ich mir schon Ihre Familiengeschichte anhören muss?
— Unterbrechen Sie mich nicht. Sonst sitzen wir die ganze Nacht hier.

Chen seufzte. Er starrte auf das leere Glas vor sich. Der Graf hatte gesagt, er könne ihm nur Wasser anbieten, weil er seiner Haushälterin freigegeben habe. Als ob Chen nicht wüsste, dass sich dieser abgetakelte Adelige längst kein Personal mehr leisten konnte. Er war kurz davor, selbst in die Küche zu gehen, um sich Wasser nachzuschenken. Aber Wegenstein gönnte ihm keine Pause. Redete ohne Unterlass. Wenn er wenigstens chronologisch vorginge, dann ließe sich abschätzen, wie lange die Erzählung noch dauern würde.

— Wo war ich? Genau. Jeden Sonntag kamen also die Untertanen, um bei meinem Großvater vorzusprechen. Sie brachten ihre Sorgen und Bitten vor. Und mein Großvater erwies sich stets als großzügiger Patriarch. Und wissen Sie, was mich daran schon als Kind angewidert hat?
— Ihre Geschichten interessieren mich wirklich nicht.
— Dass sie ihm alle für seine vermeintliche Großzügigkeit mit einem Kniefall danken mussten. Jeder dieser untertänigen Bauern hatte mehr Würde als dieser aufgeblasene Graf. Erkennen Sie auch darin Ihre Geschichte?
— Ich erwarte mir kein Dankeschön. Also, unterzeichnen

Sie oder nicht? Mein Angebot gilt noch genau zwei Minuten.
— Nein.
Wegenstein lächelte ob seines Triumphes und blies feierlich weißen Rauch in die Luft. Die Schwaden tänzelten wie ausgelassene Kinder, die dem König einen Streich gespielt hatten.
— Ich kann Ihnen auch sagen, warum.
— Das interessiert mich noch weniger als der Rest, stand Chen auf und zog sich seinen Mantel über.
— Wissen Sie, ich bin wie eine Schnecke. Ich kann ohne dieses Haus nicht existieren. Aber jetzt ist es mein Haus. Es gehört nicht Ihnen. Und auch nicht meiner Familie. Ich habe Sie alle zum Schweigen gebracht.
Chen drehte sich um und verließ wortlos den Raum.
Er stieg in den weißen Toyota.
— Da ist er, rüttelte Othmar an der Schulter vom eingeschlafenen Grün.
— Warte. Noch nicht starten. Lass ihm einen Vorsprung.

Es begann zu regnen. Selma trug das Porträt, das sie gerade von Othmar gemalt hatte, vor die Tür und betrachtete lächelnd, wie die Tropfen begannen, das Gesicht zu entstellen. Er trug eine Uniform und zog die Oberlippe rotzig hoch.
Charlotte starrte auf das Grand Hotel Europa. Die Kerze war erloschen. Und die Bergkette spiegelte sich bedrohlich im Panoramafenster.
Die alte Zesch war eingeschlafen. Und bemerkte nicht den weißen Toyota, der wie eine verirrte Sternschnuppe über die Aussichtsstraße flitzte. Auch nicht den schwarzen Kleinwagen, der ihm ohne Licht folgte und hinter dem Bergkamm verschwand.

DRITTER TEIL

> Es gibt Augenblicke, in denen
> man Gedichte vortragen soll,
> und es gibt solche, in denen man
> besser die Fäuste fliegen lässt.
>
> *– Roberto Bolaño, Die wilden Detektive*

I

Da es eine Seltenheit war, dass in Bad Regina jemand starb, waren alle gekommen. Othmar hatte gezählt. Vierundvierzig. Nur Doktor Schandor und seine Frau fehlten. Angeblich waren sie in Richtung Osten aufgebrochen. Genaueres wusste niemand. Wie alle anderen hatten sie sich bei keinem verabschiedet und waren ohne Möbeltransporter abgereist.

Erstaunlich, wie schnell man einer Fassade ansah, dass dahinter niemand wohnte. Die Hülle des Hauses war genauso schal und leer wie der Körper von Petzi, der wie ein geschlechtsloser Gegenstand im Holzsarg lag. Als wäre er die Verpackung eines Gerätes, das man erst aufladen musste, um es benützen zu können. Die Hinterbliebenen glotzten auf das offene Grab, als würden sie hinter Gardinen stehen. Ein lebloser Schleier hatte sich über ihre bleichen Gesichter gelegt.

Othmar fixierte den kondensierenden Wasserdampf, der aus ihren Mündern stieg. Jeder lauwarme Hauch wurde sofort von der eisigen Kälte gefressen. Er dachte an Fabrikschlote. Und fragte sich, was diese Fabriken produzierten. Auf jeden Fall nichts von Bedeutung. Nichts, was man nicht bald schon wieder vergessen haben würde. Mit den meisten hatte er seit Jahren nicht mehr gesprochen. Man nickte sich höchstens aus der Ferne zu und ging weiter. Und doch verband sie alle die Geschichte des Ortes, die im Augenblick von einem Chinesen erzählt wurde.

Tschermak, der dastand wie ein russischer Bonze, der eine Parade abnahm. Seine Frau Karin, die Schleinings opulente Bekränzung mit eisigen Blicken strafte. Selbst

der Bürgermeister hatte keinen Kranz gestellt. Stattdessen bemühte er sich, eine unverfängliche Haltung einzunehmen. Neben ihm Gerda, die im schwarzen Dirndl die First Lady mimte. Sie fixierte den langen Moschinger, der breitbeinig in der ersten Reihe posierte und etlichen die Sicht versperrte, die sich sonst über Finks dottergelbe Knickerbocker mokiert hätten.
Kein Priester. Kein Ablauf. Keine Struktur.
Das nächste Begräbnis, auf dem Othmar stehen würde, würde das seines Vaters sein. Ob sie dann auch alle kämen? Alle. Das war ein ziemlich dehnbarer Begriff geworden. Othmar vermisste den Zahnarzt jetzt schon. Nicht ihn persönlich. Aber das Lidocain, das ihm das Zahnfleisch betäubte.
Auch Rebekka fehlte. Sie hatte Othmar nicht mitgezählt, weil sie für ihn nicht mehr dazugehörte. Vermutlich war sie längst über alle Berge. Oder stand am Panoramafenster des Grand Hotels und belächelte die kleine Gemeinschaft von oben. Othmar wagte es nicht hinaufzusehen. Es beschlich ihn das unbehagliche Gefühl, dort plötzlich den 110-jährigen Schandor zu entdecken, der Rebekka von hinten umfasste, sanft gegen die Scheibe drückte und – was zum Teufel hatte sie gemeint, als sie sagte, sie sei früher oft in diesem Zimmer gewesen?
Sein Blick fiel auf Charlotte, die Joschi vorwurfsvoll anstarrte, der wiederum nervös zum Hotel Europa spähte. Aber Othmar blieb stark. Folgte dem Blick nicht. Und fing stattdessen den von Selma auf, die ihn ansah, als ob sie jeden seiner Gedanken lesen konnte. Sie hatte eine schwarze Mütze aufgesetzt, um ihren rasierten Kopf nicht preiszugeben. Othmar wich ihr aus und schwenkte weiter zu Grün, der wiederum den Blick senkte, weil ihm seine Frau nach dem Ausflug zu Chen jeglichen Umgang mit

Othmar verboten hatte. Dann sahen alle zu Schleining, der plötzlich aus der Menge trat und vor dem Sarg zu stehen kam.

— Ich möchte etwas sagen.

Alle senkten die Blicke. Würde er jetzt den trauernden Witwer geben? Wollte er gestehen, was ohnehin alle wussten? Versuchte er die Anwesenden in Geiselhaft zu nehmen?

— Ich möchte sagen, wer hier gestorben ist.

Othmar räusperte sich, weil er das stille Winden nicht mehr aushielt. Andere taten es ihm gleich. Was aber nichts an Schleinings Vorhaben änderte. Im Gegenteil. Er hielt seine Polizeimütze pathetisch gegen die Brust, als ob Petzi ein gefallener Soldat wäre, der sich für die Anwesenden geopfert hatte.

— Es sind zwei Menschen, die wir heute zu Grabe tragen. Zwei Menschen, die unterschiedlicher nicht hätten sein können. Zum einen liegt hier Peter. Der uns jahrelang mit Strom versorgte. Ein Mann mit Handschlagqualität. Von jedem geschätzt. Von jedem gemocht. Zum anderen Petra. Die nur wenige wirklich kannten. Ein glänzender Kristall, der endlich aus der Schatulle genommen wurde. Eine stolze Frau, die ihre eigene Traurigkeit wie ein Ballkleid trug. Ein Mensch, der beschlossen hatte, so zu sein, wie er ist. Egal, was die anderen davon hielten.

Kein Räuspern. Kein Raunen. Kein Seufzen.

Aber auch keine Rührung. Eher eine wartende Stille, die Schleining ins Leere laufen ließ. Weil er das spürte, hob er seinen Blick und sah jedem Einzelnen ins Gesicht.

— Ich habe Peter immer geschätzt. Aber Petra habe ich geliebt. Ich bin kein gebrochener Mann. Ich spüre keine Traurigkeit. Sondern das Glück, geliebt zu haben. Eine Liebe, die nicht stirbt und die ich ab jetzt an jeden Einzelnen von euch weitergeben werde.

Die Blicke blieben nicht nur gesenkt. Sie versuchten sich regelrecht in den Boden zu bohren. Keiner wollte von Schleinings Liebe auch nur gestreift werden. Und dann kam plötzlich die Rettung. Als hätte Gott persönlich das Schauspiel beenden wollen. Eine Erscheinung. Eine leuchtende Gestalt, die hinter den Köpfen erschien. Eine violette Kasel schwebte durch die Menge, die jetzt ein Spalier bildete. Erleichtert hoben sich die Blicke. Selten wurde die Ankunft eines Priesters so willkommen geheißen.
— What the fuck, flüsterte Othmar, der die Rückkehr Helges sofort auf sich bezog.
Der Pater blieb vor dem Sarg stehen und breitete seine Arme aus.
— Hast du mir nicht dein Ehrenwort gegeben?
Diese Frage schwelte in Othmar. Als ob er sein Versprechen bereits gebrochen hätte. Als würde er sich erinnern, was er da geschworen hatte. Gewiss hatte es mit Chen zu tun. Alles hatte mit dem Scheißchinesen zu tun. Dabei war doch gar nichts passiert. Sie hatten bloß Informationen eingeholt. Das hatte Grün auch seiner Alten erklärt. Was sollte daran falsch sein?
— Informationen für was?, setzte der Priester in Othmars Gedanken fort.
Na, um zu wissen, mit wem man es zu tun hatte. Schließlich kaufte er den ganzen Ort auf. Kein Gott würde so etwas gutheißen. Erst recht keiner, der ständig von Nächstenliebe schwafelte. Oder musste man es als Populismus verbuchen, wenn Jesus sagte, dass eher ein Kamel als ein Reicher ins Himmelreich gelange. Oder so ähnlich. Offenbar hatte er es sich aber anders überlegt. Wahrscheinlich, weil es hier weit und breit keine Kamele gab.
— Um wie viele Kamele hat sich dein Scheißgott kaufen lassen?

— Man kann ihn nicht kaufen.
— Dieser Chen offenbar schon.
— Ach, hattest du den Eindruck, dass er so reich ist?

Othmar seufzte. Nein, diesen Eindruck hatte er nicht. Die ganze Sache war hochgradig irritierend verlaufen. Zwei Stunden lang waren Grün und Othmar dem weißen Toyota gefolgt. Bis er vor einem billigen Reihenhaus stehen blieb.
— Das ist nicht sein Haus, hatte Othmar gesagt. Und Chen dabei beobachtet, wie er seelenruhig den Schlüssel rausnahm und hinter der Eingangstür verschwand. Durchs Fenster sahen sie, wie er seinen Mantel auszog und in seinem identitätslosen Haus von einer identitätslosen Frau begrüßt wurde.
— Das ist nicht seine Frau.
— Und warum küsst er sie dann?
Grün seufzte. Das Ganze roch nach einem gehörigen Reinfall. Wie immer, wenn man sich auf Othmar verließ. Dieser wollte es natürlich nicht wahrhaben.
— Das kennt man doch. Die wirklich Reichen lassen sich ihren Reichtum nicht anmerken. Der Typ ist ein Doppelagent.
— Und was machen wir jetzt?
— Wir schleichen in den Garten. Das ist alles nur Fassade. Damit die Nachbarn nichts merken.
Othmar stieg aus und Grün seufzte noch dreimal, bis er ihm folgte. Sie gingen einmal ums Haus. Es gab keinen Garten.
— Das ist die armseligste Siedlung, die ich in meinem Leben gesehen habe, fluchte Othmar. Das Haus von Chen schloss direkt an das nächste Haus an.
— Selbst in dieser armseligen Siedlung hat sich dieser armselige Typ das armseligste Haus genommen.

Othmar spuckte aus und setzte sich zurück in den Wagen. Er nahm aus der Lederjacke ein Bier und öffnete es zischend. Dann trank er es in einem Zug aus, ohne Grün etwas anzubieten. Dieser zog die Schultern frierend zur Brust und wurde kleiner und kleiner. Wie eine Luftmatratze, aus der man die Luft gelassen hatte.
— Wir läuten, rülpste Othmar.
— Spinnst du?
— Wir müssen ihn stellen.
— Wozu?
— Um eine Antwort zu kriegen.
— Und wie lautet die Frage?
— Was zum Teufel hast du vor und warum machst du das?
— Bist du neuerdings per du mit ihm?
Othmar grunzte und vergrub sein aufgedunsenes Gesicht in den Pranken.
— Nein. Ich bin nicht per du mit ihm. Aber ich habe auch keinen Respekt vor dem Scheißtypen.
— Vielleicht sollten wir einfach warten.
— Aha. Und auf was? Der verlässt seinen beschissenen Kleinbürgerbunker heute bestimmt nicht mehr.

— Und was ist die Quintessenz der Geschichte?
Der heilige Helge segnete den Sarg von Petzi. Aber in Othmars Gedanken verhörte er ihn. Während er seinen Sermon mit der Asche leierte, sah er Othmar so eindringlich an, als hätte dieser einen Mord begangen.
— Das weiß ich nicht.
— Doch, das weißt du, Othmar. Sprich es aus.
— Wir müssen diesen Chen entführen.
— Und wozu?
— Um es aus ihm rauszukitzeln.
— Hast du vor, ihn zu foltern?

— Ich will einfach nur mit ihm reden.
— Genau das wirst du nicht tun.
— Sollen wir vielleicht weiter tatenlos dabei zusehen, wie er aus Bad Regina eine Geisterstadt macht? Und was zum Teufel tust du hier eigentlich? Wolltest du nicht irgendeinen Typen finden?
— Darüber reden wir später. Beim Leichenschmaus. Jetzt lass mich erst mal dieses Begräbnis zu Ende führen.
Der Pater nahm den Blick von Othmar. Der Sarg wurde ins Grab gelassen. Die Anwesenden schoben die Schleier zur Seite. Ihre Blicke waren jetzt klar und erwartungsvoll. Man schien darauf zu hoffen, dass die Tote wenigstens aus dem Sarg fiel. Was trug so ein Transvestit als Leiche? Wer hatte Petzi geschminkt? Es gab ja nicht mal einen Totengräber. Angeblich hatte Schleining das Grab selbst ausgehoben. Man fühlte sich um ein Spektakel betrogen. Und dem Priester war man insgeheim gram, dass er diesem widernatürlichen Wesen auch noch seinen Segen erteilt hatte. Wozu hielt man den Katholiken eigentlich noch die Stange, wenn am Ende ohnehin alle reinkamen? Wieder einmal war nichts passiert. Der Leichenschmaus würde aus Mangel an Alternativen bei Tschermak stattfinden. Moschinger hatte sich aufgrund des lachhaften Budgets geweigert, auch nur einen Gang auszurichten.

2

— Ich weiß, was du vorhast.
Othmars stumpfer Blick fiel zur Seite, wo keiner in Augenhöhe stand. Er umklammerte sein Bier. Aus Angst, es könnte nicht real sein. Dann senkte er seinen Schädel und stierte in das hochmütige Gesicht von Max. Der Balg lehnte betont lässig gegen die Bar und hob die Augenbrauen, als würde er bereits wissen, woran Othmar demnächst sterben würde.
— Weil du so ein kluges Kind bist. Du durchschaust immer alles, murmelte Othmar. Dann nahm er einen kräftigen Schluck, um zu verdeutlichen, dass er keine Lust auf ein Gespräch hatte.
— Hör auf, mich zu verarschen. Oder glaubst du, ich bin zu jung, um zu wissen, was Zynismus ist?
Manchmal hielt Othmar den kleinen Max für eine bloße Erscheinung. Er hatte allerdings noch keinen Zauberspruch gefunden, um ihn zum Verschwinden zu bringen.
— Ich weiß genau, dass du dein Versprechen nicht hältst.
— Welches Versprechen?
Othmar hätte es nicht sagen sollen. Aber seine Worte waren wie immer schneller als seine Gedanken.
— Ahhhh!
Der stechende Schmerz zog sich vom Hintern bis in den Unterbauch hinauf. Er kam so überraschend, dass der Schrei ebenfalls die Gedanken überholte.
— What the fuck!
— Halt still und hör mir zu.
Der kleine Max presste die Nadel noch tiefer in Othmars Sitzfleisch und drehte sie wie eine Kurbel.

— Wenn du mir bis morgen kein Kind besorgst, dann wirst du dein blaues Wunder erleben.
Dann zog er die Nadel in einem Satz raus. Und Othmar fasste dem unschuldig lächelnden Max an die Gurgel. Auch seine Hand war schneller als die Gedanken. Was dazu führte, dass ihn gleich der nächste Schmerz ereilte. Die langen Fingernägel fühlten sich wie Messer an. Sie bohrten sich in Othmars Nacken, bis er die Gurgel von Max losließ.
— Kleine Kinder würgen! Was bist du nur für ein Monster geworden!
Othmars stumpfe Augen, denen alles zu schnell ging, stierten in die aufgebrachte Fratze der Bahnhofsvorstehergattin. Die Fingernägel fuhren ihm übers Gesicht und versuchten an seine Augen ranzukommen. Torkelnd stieß Othmar die tollwütige Edit weg und suchte hilflos nach Zeugen. Max war ganz unschuldig in die Arme seines Ziehvaters gelaufen, der Othmar jetzt mit hilflosen Augen ansah. Als ob der Herr Bahnhofsvorsteher nicht genau wüsste, wie es um die Hinterfotzigkeit dieses Bastards bestellt war.
— Hol sofort die Polizei, fauchte die Grün.
Die Polizei saß reglos im Eck und trauerte still vor sich hin.
— Komm, Edit, lass es gut sein.
— Was heißt: Lass es gut sein? Auf wessen Seite stehst du?
— Heute ist kein Tag zum Streiten.
— Aber zum Kinderwürgen schon?
Othmar versuchte ein Wort zu bilden, dessen Laut sich im Kopf noch nicht formiert hatte. Sein Gestammel wurde von der aufbrausenden Edit als Geständnis gewertet.
— Wenn du jetzt nicht sofort die Polizei holst, dann sind wir geschiedene Leute.
Othmar warf dem ehemaligen Bassisten einen Blick zu, als böte sich jetzt die Chance, in die Band zurückzukehren.

Als führe ein Zug ein, der Grün direkt aus den Klauen dieser Tyrannin befreite.
Mutlos seufzte Grün und ging zögerlich zu Schleining. Dieser wunderte sich, dass man stets zu ihm kam, im blinden Glauben an die Polizei, obwohl er eigentlich allein war. Grün deutete immer wieder auf Othmar. Dann auf seine Frau. Der Polizist nickte monoton. Und winkte Othmar zu sich. Die tollwütige Edit schnaufte triumphierend. Und wähnte den Würger bereits hinter Gittern. Othmar schritt erhobenen Hauptes an ihr vorbei und rempelte sie mit dem Spitzbauch. Was sie sofort zur Weißglut brachte. Und von Max auf die Sanktionsliste gesetzt wurde. Er hatte sich für den Fettwanst schon ein abendfüllendes Folterprogramm zurechtgelegt.
— Setz dich.
Schleining sah Othmar nicht an. Er verhielt sich, als ob sie das Gitter eines Beichtstuhls trennte.
— Setz dich. Bitte.
Sein Ton war sanft und gar nicht der eines amtshandelnden Polizisten. Othmar seufzte kapitulierend. Sein Spitzbauch klemmte sich zwischen Bank und Tischplatte. Wie ein Schulkind, das etwas angestellt hatte, saß er neben Schleining.
— Sie hatte eine Vulva, aber keine Vagina.
Othmar sah ihn an, als hätte der Kommissar anstelle des Verhörs unerwartet einen Mord gestanden.
— Schau mich nicht so an, sonst glaubt die Grün noch, ich nehme dich nicht in die Mangel.
Auch Schleining hatte Angst vor Edit, die das Geschehen mit argwöhnischen Blicken taxierte. Othmar drückte die Knie gegen die gefalteten Hände. Für Edit eine klare Reaktion auf eine drakonische Strafe.
— Ist dir das unangenehm?

— Nein. Warum sollte es?
Othmar versuchte für sich den Unterschied zwischen Vulva und Vagina zu definieren. Er vermutete, dass dieser im Temperament lag. Die feurige Möse einer Südländerin nannte man wohl eher Vulva und die einer Deutschen Vagina.
— Du weißt, was ich meine?
— Klar, nickte Othmar.
— Sie nannte es ihren eisernen Vorhang.
Schleining schüttelte wehmütig den Kopf, als habe es sich um eine liebenswürdige Marotte seiner Geliebten gehandelt. In Othmar formierten sich abstrakte Bilder von Zwergen, denen an einer riesigen Pforte der Eingang verwehrt wurde.
— Streng genommen ist sie also Jungfrau geblieben, sagte der Polizist.
Othmar begann zu verstehen. Petzis Möse war ein Potemkin'sches Haus. Es gab nur die Fassade. Aber nicht den Wohnbereich.
— Vielleicht solltest du mit Pater Helge wegen einer Heiligsprechung reden, scherzte Othmar, als wäre er die ganze Zeit im Bilde gewesen.
— Sie war eine Heilige, sah ihn Schleining ernst an.
— Ob das die katholische Kirche auch so sieht?
— Das ist mir egal.
— Und warum?
Othmar war sich nicht sicher, ob er das überhaupt wissen wollte. Aber er hatte die Befürchtung, zu schnell wieder in die Hände von Edit zu fallen. Also hielt er das Gespräch am Laufen.
— Warum was?
— Warum hat sie ihre ... du weißt schon – ihre Dings – zugemauert?

— Zugemauert? Wie meinst du das? Sie ist doch nicht der Ostblock.
— War nicht der Ostblock. Beide gibt es nicht mehr.
— Petra wird es immer geben.
Schleining deutete auf sein Herz, das alles andere als eine Potemkin'sche Fassade war.
— Niemand konnte ihr Haus durch den Vordereingang betreten. Selbst, wenn es dem Chinesen gehörte. Sie war eine stolze Frau.
Othmar verstand. Obwohl er nicht verstand, warum man eine Ruine absperren sollte. Denn nichts anderes war Petzi in seinen Augen gewesen. Eine Ruine von einem Menschen. So jemand würde immer bröckeln. Weil die Risse die Substanz …
— Das ist für dich.
— Was ist das?
— Von Schandor.
— Schandor?
— Doktor Schandor.
— Eine Rechnung?
— Eher umgekehrt.
Schleining reichte Othmar die Postkarte, die ihm der Zahnarzt gegeben hatte, was Edit aus der Ferne mit Misstrauen taxierte. Othmars Blick fiel abwechselnd auf das Schwarz-Weiß-Porträt des alten Schandor hinter der Bar und auf die Eisskulptur. Das gleiche höhnische Grinsen. Die gleiche Arroganz, die auf ihn herabsah. Hatte ihn der alte Schandor ausgelacht, als er sich mit Rebekka in der Panoramasuite vergnügte? Er versuchte, die aufkeimenden Bilder zu verscheuchen. Gleichzeitig fragte er sich, ob es sich bei der Eisskulptur um eine Grabstätte handelte. Hatte sich der alte Schandor womöglich im Stehen einfrieren lassen? Um eine Art Mausoleum zu errichten? Um

sein eigener Grabstein zu werden? Othmar griff in seine Jackentasche, um zu spüren, ob die Packung Raven noch da war. Er befühlte sie, als wäre sie ein Orakel, das ihm auf die Sprünge hülfe. Gleichzeitig drückte er sie so fest, als könne er den alten Schandor auf diese Weise zerquetschen.
— Egal, was du vorhast. Mach es nicht.
Schleining sah ihn jetzt an. Nicht wie ein Polizist. Eher wie ein Freund. Aber Othmar konnte ihn keinesfalls einweihen. Wer sich einmal für das Polizistendasein entschieden hatte, war für die anderen kein vollwertiger Mensch mehr. Ein solcher wurde am Ende immer als Polizist gesehen. Egal, ob er die Uniform trug oder nicht. Vermutlich waren deshalb Polizisten meistens mit anderen Polizisten befreundet.
— Armer Schleining, dachte Othmar, als ihn plötzlich ein harter Schlag im Nacken traf.
— Stimmt es, was man sagt? Sie wollen den Chinesen entführen?
Fink hielt seine Handkante hoch wie ein Küchenmesser und lachte jovial.
— Sind Sie wahnsinnig?
— Meinen Sie den Schlag oder die Frage?
— Beides.
Othmar fragte sich, wie viel aus dem ausgezehrten Knickerbockeridioten wohl rauszuholen wäre, wenn er ihn verklagte. Er deutete einen steifen Nacken an.
— Fuck. Ich glaube, Sie haben einen Nerv getroffen.
— Vergessen Sie's. Ich habe eine militärische Nahkampfausbildung. Ich weiß exakt, wo jeder Ihrer verdammten Nerven sitzt. Dort, wo ich Sie getroffen habe, befindet sich nur fettes, totes Fleisch.
Othmar dachte kurz daran, den sehnigen Parasiten im rauschenden Wasserfall zu ertränken. Stattdessen sah er

den Polizisten auffordernd an, ob dieser gedachte, ob des tätlichen Angriffs tätig zu werden.

Gedachte er nicht.

Mit müden Augen seufzte Schleining und sagte mit morscher Stimme:

— Bau keinen Scheiß, Othmar.

— Du glaubst doch nicht wirklich, was er sagt? Warum sollte ich den Chinesen entführen?

Oder konnte Schleining seine Gedanken lesen und der Satz bezog sich auf einen möglichen Mordversuch an Fink?

— Bau einfach keinen Scheiß, okay?

Dann stand Schleining auf und überließ Othmar Fink – oder umgekehrt.

— Also, planen Sie oder planen Sie nicht?

Fink setzte sich unaufgefordert hin und nahm eine für jeden sichtbare verschwörerische Haltung ein. Was heckte dieser gestörte Kretin aus? Schließlich hatte Othmar mit niemandem über sein Vorhaben geredet. Selbst nicht mit Grün. Nachdem sie noch eine Stunde in dem verdammten Auto sitzen geblieben und die Lichter in Chens Hütte ausgegangen waren, hatten sie schweigend den Heimweg angetreten. Kein verdammtes Wort hatte er verloren. Zu niemandem.

— Um es gleich vorwegzunehmen, meinen Segen haben Sie.

— Sind Sie etwa ein Geistlicher? Ich brauche Ihren Scheißsegen nicht. Für nichts.

— Wie wollen Sie es anstellen?

— Hören Sie, ich weiß nicht, wie Sie darauf kommen, aber ich habe nichts vor. Und zwar gar nichts.

— Sie können mir vertrauen. Auch wenn ich kein Hiesiger bin.

Der lange Moschinger stolperte dazu und versuchte, sich betrunken zwischen Tisch und Bank zu klemmen. Er stöhnte, weil ihm der Auftritt nicht gelang. Störrisch bemühte er sich, den angenagelten Tisch zu verschieben. Tschermak hatte schon vor Jahren das gesamte Mobiliar der Luziwuzi-Bar dingfest gemacht, weil es von der besoffenen Kundschaft ständig herumgeworfen wurde. Besonders Moschinger verlor betrunken jegliches Gespür für seinen Körper. Als ob er sich jedes Mal um einen Kopf kleiner saufen wollte, drängte er sich in die engsten Nischen oder stellte sich dorthin, wo sonst die Kleinsten standen, um besser zu sehen.
Mit einem lauten Röhren flanschte er sich neben Othmar, der jetzt eingezwängt zwischen ihm und Fink saß. Die Tischkante drückte schmerzvoll gegen Moschingers Unterbauch. Da er den Oberkörper nicht zu Othmar drehen konnte, neigte er seinen Kopf um neunzig Grad.
— Ich bin dabei. Mich brauchst du nicht zu überzeugen.
Er sah ihn an, als würde er gleich versuchen, den Kopf um weitere neunzig Grad zu drehen.
— Sind jetzt alle wahnsinnig geworden?
— Vertraust du mir nicht? Du kannst das unmöglich allein durchziehen.
Moschingers Kopf schwenkte in Richtung Bar.
— Wirtschaft! Drei Bier!
Fink kroch förmlich ins Ohr von Othmar.
— Man sollte keinesfalls zu lange warten. Am besten, wir gehen die Sache gleich an.
— Wie gleich?
Moschinger nahm die drei Bier von Karin entgegen. Sie musste mit ihrem Tablett schon gelauert haben.
— Wir sollten zumindest warten, bis wir nüchtern sind, sagte er.

Othmar nickte stumm, was Fink mit einem Geräusch der Ungeduld kommentierte. Er wollte, dass gleich etwas passierte.
Karin blieb eisern stehen und lauschte der Unterhaltung. Othmar versuchte, sich in einen Stein zu verwandeln. Nein. Er stellte sich vor, er wäre im Besitz einer Tarnkappe. Karin setzte sich direkt vor Othmar und deutete spöttisch auf ihn.
— Er hat ja überhaupt keinen Führerschein. Soll er den Chinesen mit dem Rollstuhl von Alpha entführen?
Othmar bewegte nur die Pupillen und sah sie entsetzt an.
— Wovon redest du?
— Ich habe die Frau Wirtin eingeweiht. Wir müssen das als Gemeinschaft durchziehen. Dann hat keiner Schuld. Sie werden schließlich nicht einen ganzen Ort ins Gefängnis stecken, sagte Fink.
— Gefängnis?
Othmar kam gar nicht dazu, Finks krude Logik zu widerlegen.
— Aber du hast einen Führerschein, zeigte Moschinger auf Karin.
— Den habe ich auch vor zu behalten. Sonst bringt mich der Gatte um.
— Im Falle einer Entführung nehmen sie dem Chauffeur den Führerschein nicht ab, dozierte Fink.
— Aber der Gatte ist ja hoffentlich auch dabei, insistierte Moschinger.
Wobei keiner so recht wusste, was Tschermak zum Erfolg der Operation beitragen könnte. Karin nickte entschlossen, was bei Othmar zu völliger Lähmung führte. Er nippte an seinem Bier und wartete, bis der Vollrausch einsetzte.
— Am besten ist es, wenn wir ihn mit dem Zug entführen. Grün war der Einzige, der problemlos zwischen Tisch und

Bank passte. Er flutschte förmlich in die Spalte und sah Othmar vorwurfsvoll an.

—Warum hast du mir das mit der Entführung nicht schon im Auto gesagt? Warum muss ich das von dem hier erfahren?

Er deutete auf Fink, der es schlecht vertrug, wenn von ihm als »der hier« gesprochen wurde.

—Vermutlich hat er wenig Zutrauen zu Ihnen. Was ich verstehen kann.

Grün reagierte auf Finks Aggression mit jener gleichgültigen Milde, mit der er auch jemandem mitteilen würde, dass er nicht mehr in den Zug einsteigen dürfe, obwohl dieser vor seiner Nase stand. Es war ein Blick, den er über zwanzig Jahre perfektioniert hatte.

—Warum mit dem Zug?, fuhr Moschinger dazwischen.

—Na, weil wir zu viele sind, erwiderte Grün.

—Öffentlicher Verkehr in Ehren, aber für Entführungen eignet sich das Bahnnetz weniger. Außer du hast vor, den Chinesen in deinem Büro zu verstecken, zeigte Karin auf Grün.

—Ich habe kein Büro. Ich stehe an der Front. Wo wir ihn verstecken, ist doch egal. Aber am Bahnhof bleiben wir unentdeckt. Da ist seit Jahren keiner mehr ausgestiegen.

—Und was ist mit den anderen Passagieren, die sich darüber wundern, dass plötzlich der halbe Ort aussteigt in Begleitung eines Chinesen?, entgegnete Moschinger.

—Es hätte symbolischen Wert. Der Bahnhof hat genau auf diese Situation gewartet.

—Du meinst wohl eher: Du hast darauf gewartet. Irgendjemand wird dich schon holen kommen.

Moschinger meinte das keineswegs zynisch. Grün bekam es trotzdem in die falsche Kehle.

—Willst du mich loswerden?

— Bitte, lass die alten Traumata stecken!
Tschermak, der überhaupt kein Gespür für Timing hatte, weil Zeit für ihn keine Rolle spielte, setzte sich dazu. Alle sahen ihn vorwurfsvoll an. Er hatte keine Ahnung, dass mit Trauma er gemeint sein könnte. Für ihn war die Sache mit Grün längst gegessen. Um nicht zu sagen verdaut. Um nicht zu sagen ausgeschissen. Er sah Grün mit stumpfsinnigen Schweinsaugen an. Gerade, dass er keinen Bass zur Hand nahm und gedankenlos zu spielen begann.
Der Bahnhofsvorsteher fühlte sich sofort provoziert und begann nervös an der Bank zu wetzen. Was Tschermak als unterdrückten Harndrang interpretierte. Karin bedeutete ihrem Gatten, dass am Tresen Kundschaft auf ihn wartete.
— Du musst zapfen. Die saufen, als ob sie trauern würden, sagte Karin mit jenem Unterton, den er hasste, weil er zwar verstand, dass damit etwas anderes gemeint war, aber nicht verstand, was.
Tschermak grummelte etwas, was mit Sprache nichts zu tun hatte, und kehrte zurück an die Bar. Bevor er aber einen der wartenden Kunden bediente, bediente er sich selbst und zapfte sich ein großes Bier. Vor ihm am Tresen saß Gerda, deren schwarzes Dirndl den teigigen Körper straff zuschnürte. Ihr dunkelroter Lippenstift war leicht verschmiert. Und ihr strammes Haar revoltierte nach allen Seiten. Was den Flüchtling Achmed nicht störte. Denn der schlief ohnedies, während sie auf ihn einredete:
— Natürlich weiß ich, dass ich es besser verdient hätte. Verstehen Sie mich nicht falsch. Mir ist bewusst, wie viel Neid man als Frau Bürgermeister in so einem Ort auf sich zieht. Aber wenn ich Heimo nicht geheiratet hätte, wäre ich schon längst nicht mehr hier. Wissen Sie, in mir steckt auch eine Flüchtige. Aber ich konnte es halt nie so ausleben wie Sie.

Ich habe mich immer in Südamerika gesehen. So eine Plantage wäre mir gut zu Gesicht gestanden. Aber Heimo hat dieses Format nicht. Ihm ist der Bürgermeister schon eine Nummer zu groß. Dass er mich gleich mitgeschrumpft hat, das werde ich ihm nie verzeihen. Im Prinzip ist er an allem schuld. Nichts ist so gelaufen, wie ich es mir vorgestellt habe. Aber: Ich habe nie zu suchen aufgehört. Viele Männer vertragen mein Temperament nicht. Weil sie sich ihre Schwäche nicht eingestehen können. Ich brauche einen, der mir gehorcht. Ich sage es auch immer zu Heimo: Wenn du auf mich hören würdest, wäre alles viel einfacher für dich. Manche sind eben Alphas, andere nicht. Ich war in meinem ganzen Leben noch kein einziges Mal unten im Bett. Glauben Sie mir, sonst wäre ich in meinem Leben nicht schwanger geworden. Das dürfen Sie aber Heimo auf keinen Fall erzählen, dass ich mit Ihnen darüber rede. In Ihrem Kulturkreis wird es das gar nicht geben. Frauen, die sich auf einen Mann setzen. Da dürfen sie ja nicht mal Auto fahren. Aber das wäre in meinen Augen eine zielführende Maßnahme zur Integration. Nicht das Autofahren. Das andere.

Gerda presste ihre Nasenlöcher zusammen, so wie sie es immer tat, wenn sie über ihre eigene Klugheit staunte. Sie sah den schlafenden Achmed rührselig an. Sie war sich nicht sicher, ob er atmete, hob das Glas und stieß auf sich selbst an. Dann wandte sie sich Tschermak zu.

— Ich weiß gar nicht, was du hast. Eigentlich sind sie nicht anders als wir.

Dieser grunzte etwas Unverständliches zurück. Tschermak kam schon den ganzen Abend mit bloßen Lauten durch. Er fragte sich, ob er das ein Leben lang beibehalten könnte. Beleidigt fiel sein Blick auf die verschwörerische Runde, die sich inzwischen um den Quadratschädel

Wegenstein erweitert hatte. An den kurzen Intervallen der Rauchwolken, die aus seiner Pfeife traten, konnte er die Intensität des Gesprächs von hier aus erahnen.

— Nefast, sagte der Graf. Je ne peux pas le faire.

— Er meint, in seinem Schloss geht es nicht, übersetzte Fink betont beflissen.

— Hören Sie jetzt gefälligst auf mit dem Französisch. Es ist absurd, dass man für so einen Landgrafen einen Übersetzer braucht, knurrte Karin.

— Ich mache es gerne, chère Mademoiselle, gab sich Fink ganz geschmeidig.

— Ich bin keine Mademoiselle. Ich bin Wirtin. Also, woran scheitert es? Zu wenig Platz? Oder einfach nicht enchantiert?

Sie fixierte Wegenstein, als würde vor seinem Schloss eine Meute von Bauern mit Mistgabeln warten.

Der Graf stellte das Paffen ein. Und hielt den Rauch in der Lunge. Alle sahen ihn an. Außer Othmar, der noch immer nach dem Zauberspruch suchte, der ihn vor aller Augen zum Verschwinden brachte.

— Ich baue um.

Dann blies er den Rauch wieder aus und erklärte die Diskussion für beendet.

— Weiß deine Frau davon?

Grün schaute ertappt drein. War das eine Fangfrage von Karin?

— Nein. Warum?

— Doch. Sie ist dabei, unterbrach ihn Fink.

— Was?

— Sie hat zugesagt. Vor fünf Minuten.

Edit, die immer spürte, wenn es um sie ging, erschien und setzte sich auf den letzten freien Platz. Othmar, der sein Bier anstarrte, hatte keine Chance mehr aufzustehen. Ein-

gekesselt. Ohne die anderen zu beachten, sprach Edit direkt zu ihrem Mann.
— Ich mache das. Du kümmerst dich um Max. Er kann noch nicht so lange allein bleiben. Und wer weiß, was diesem Würger sonst noch einfällt.
Grün wagte nicht zu widersprechen. Othmar verschwand in seinem Bier. Karin und Edit wechselten einen verschworenen Blick. Die Angelegenheit war ab jetzt Frauensache.
— Wird Zeit, dass hier endlich etwas passiert!
— Wenn das Provinzielle wahnsinnig wird, heißt das Österreich!
— Wie bitte?
Moschinger hatte die Stimme so laut erhoben, dass es nicht nur der sich annähernde Schleining hören konnte. Er brachte damit auch die konspirative Truppe schlagartig zum Schweigen. Der Einzige hier, der nichts mitkriegen durfte, war der Polizist. Das wussten alle. Dass Fink und Othmar in seiner Anwesenheit schon über die Sache gesprochen hatten, verschwiegen beide. Othmar aus Apathie. Fink geflissentlich. Im Zweifelsfall war Othmar eben ein Einzeltäter. Schließlich hatte er die Sache initiiert. Je mehr Fink darüber nachdachte, desto genialer fand er sich. Diesem Fettwanst würden ein paar Jahre Gefängnis nicht schaden. Er sah ihn verächtlich an. Othmar bekam davon nichts mit, weil er auf sein Bier starrte.
— Österreich ist kein Land. Österreich ist eine Geisteskrankheit, setzte Moschinger seine vermeintliche Tirade fort, als Schleining misstrauisch vor dem Tisch zu stehen kam.
— Dem Österreicher fehlt ein Gen. Er hat kein Unrechtsbewusstsein. Es handelt sich um einen von Grund auf verdorbenen Menschen. Für den Österreicher kann

überhaupt nie die Unschuldsvermutung gelten. Man muss beim Österreicher immer davon ausgehen, dass er schuldig ist.

Die anderen am Tisch nickten geistesabwesend. Alle achteten auf Schleining, dem Moschingers Bernhardgehabe seit jeher auf die Nerven ging. Kommentarlos zog der Polizist weiter und stellte sich zum Bürgermeister an die Bar, dem man eine gewisse Anspannung anmerkte, weil er befürchtete, gleich über Petzi sprechen zu müssen.

Heimo Zesch wollte gegenüber Schleining nicht unhöflich wirken. Schließlich standen ihm harte Wochen bevor. Pensionierung, Einsamkeit, Trauer. Also machte er das, was er als Politiker meistens machte. Er heuchelte Interesse, während er an etwas anderes dachte. Denn eigentlich mochte er Schleining. Nein. Eigentlich mochte er alle. Nein. Eigentlich mochte er es, von allen gemocht zu werden. Er hatte es noch bei jedem geschafft, dass am Ende zumindest der Satz fiel:

— Eigentlich ist er gar nicht so übel. Der Zesch.

Wenn sich einer nicht von ihm erweichen ließ, wurde Heimo trotzdem nicht trotzig. Vielmehr weckte es seinen Sportsgeist. Dann ließ er nicht locker, bis er nicht zumindest ein persönliches Zugeständnis herausholte.

— Hör zu, Heimo! Gegen dich haben wir nichts. Du bist in Ordnung und ein grader Kerl. Aber deine Partei ...

— Du bist wie ein Hund, der sich bei denen am stärksten anbiedert, die ihn nicht wollen, so lange, bis sie ihn streicheln, behauptete Gerda, die für seine Anerkennungssucht nur Verachtung übrighatte. Warum konnte sie darin nicht ein ausgeprägtes Einfühlungsvermögen oder zumindest disziplinierte Beharrlichkeit erkennen? Alles an ihm musste von ihr stets weggeseufzt werden.

Nichts an ihm wurde von ihr so geliebt, wie es war. Alles wurde bewusst falsch verstanden. Nichts an ihm war richtig. Alles falsch. Den Zesch, den sie wollte, den gab es überhaupt nicht. Oder war es umgekehrt? Den Zesch, den es gab, den wollte sie nicht. Wie sehr er Schleining doch insgeheim für seine perverse, aber erfüllte Liebe beneidete.

— Eigentlich wollten wir heiraten. Weißt du, das ist etwas anderes als eine Schwulenehe. Es ist eine Ehe zwischen Mann und Frau. Ich bin mir sicher, dass uns Pater Helge am Ende kirchlich getraut hätte.

Zesch widersprach nicht, sondern nickte betrunken. Er musste es sich nicht unnötig schwer machen. Auch das war ein Talent. Stets das Leichte zu erkennen und es sich rechtzeitig zu nehmen. Wobei es für jede schwierige Angelegenheit zumindest eine leichte Lösung gab. So hatte es die Natur eingerichtet. Und Zesch sah sie immer sofort. Die Leichtigkeit im Schweren.

— Wenn sie alle kommen, bauen wir eine Mauer.
— Wenn sie zu viele werden, kastrieren wir sie.
— Wenn sie nicht brav sind, müssen sie weg.

Während andere sich an komplizierten Inhalten abstrampelten, hatte sich Zesch einen Kabarettisten engagiert. Kabarettisten waren die Sportler unter den Künstlern. Für einen Rechten allerdings effektiver, weil man bei einem Sportler ohnedies davon ausging, dass er nicht links war.

— Ein linker Sportler tut sich mit dem Gewinnen schwer. Er schämt sich für den Sieg.

Die Rechten hatten damit nie ein Problem. Auch wenn sie verloren, feierten sie den gemeinsamen Untergang. Kameradschaft. Apokalypse. Dafür fehlte den Linken das Talent. Diese fanden selbst in ihrer eigenen Klimaapokalypse nichts Tröstliches.

Sogar seine alte Mutter hatte das schon in den Achtzigerjahren kapiert.
— Heimo, das ist doch herrlich mit dem sauren Regen. Wenn die ganzen Bäume sterben, kommt endlich das Licht. Verstehst du. Das Licht.
Sie freute sich regelrecht auf die Klimakatastrophe. Sagte, dass man die Dinge erst zu schätzen lerne, wenn sie weg seien. So wie man die meisten Menschen erst liebe, wenn sie gestorben seien. Sie sah ihn an, als handle es sich um eine Drohung. Sie wusste, wie leicht es war, ihrem Sohn Angst zu machen. Besonders vor allgemeinen Bedrohungen. Wobei er einen sehr pragmatischen Zugang zu Apokalypsen pflegte.
Heimo machte beispielsweise die Klimaapokalypse noch größere Angst als die Migrationsapokalypse. Nicht nur wegen des Wetters, sondern auch, weil dadurch noch mehr Migranten kämen. Also negierte er sie. Und konzentrierte sich voll auf die Flüchtlinge. Zwei Apokalypsen waren ihm einfach zu viel. Man konnte nicht an alles glauben. Man musste sich schließlich auch für einen Fußballverein entscheiden. Oder eine Religion. Oder eine Automarke. Und die Migrationsapokalypse – das begriff auch Heimo – war eine Ersatzapokalypse, weil gegen das Wetter konnte man nichts ausrichten. Am Wetter waren alle schuld. Es ließ sich nicht personifizieren. Und Heimo war ein Humanist. Er brauchte Menschen. Er brauchte jemanden, der schuld war.
— Also, wenn sogar ein kritischer linker Kabarettist konvertiert, dann kann daran nicht alles falsch sein.
Dass der Kabarettist Geld brauchte, weil er eben kein Talent für das Leichte hatte und auch sonst mit einem situationselastischen Rückgrat ausgestattet war, stand auf einem anderen Blatt. Heimo war es stets leichtgefallen, den Bauch eines Übersehenen zu pinseln. Und so kostete

es ihn nur ein halbes Dutzend Gespräche, um das bekannte, aber erfolglose Gesicht neben seinem zu plakatieren. Den vom Kabarettisten vorgeschlagenen Slogan: *Mit meiner Heimat spaße ich nicht* änderte Zesch gekonnt in: *Mit seiner Heimat spaßt man nicht.* Das war aggressiver und assoziierte einen Vorwurf an die Linke, für den Ausverkauf von Bad Regina verantwortlich zu sein. Es gab zwar keine Linke. Es gab nicht mal einen Gegenkandidaten. Aber wo keine Gegner waren, musste man sich die Windmühlen eben selbst aufstellen. Solange es einen Wolf gab, würde die Herde zusammenstehen. Solange es einen Wolf gab, hatte der Hirte das letzte Wort.
— Du bist kein Hirte. Du bist nicht einmal ein schwarzes Schaf.
Gerda ließ keine Gelegenheit aus, Heimo zu demütigen. Dabei war sie die Einzige, die es wusste: Nicht Chen hatte Bad Regina im Griff, sondern Zesch kontrollierte Chen. Nur sie war im Bilde, dass Heimo den Drachen ritt. Was sie nicht beeindruckte, weil sie den Chinesen für keinen Drachen, sondern einen Feuersalamander hielt.
— Der Chinese ist wie alle Chinesen.
Sie meinte das keineswegs rassistisch. Obwohl es bei ihr sicher länger dauerte, in einem Chinesen nicht nur einen Chinesen zu sehen als in einem Weißen nur einen Weißen. Aber sie meinte damit, dass Chen absolut nichts Besonderes an sich habe. Ja, dass er so flach sei, dass man vermutlich nicht einmal von einem Charakter sprechen könne. Ein Mann, dessen einziges Ziel es sei, möglichst austauschbar zu sein. Als ob es sich um eine Tarnung handle. Was wiederum genial gewesen wäre. Woran aber höchster Zweifel bestehe. Vielmehr gelte zu befürchten, dass sich das Böse noch viel banaler gestalte, als es Hannah Arendt je wahrhaben wollte.

Dass sie ausgerechnet in diesem Zusammenhang die Arendt erwähnte, ärgerte Zesch. Nicht nur, weil sie ihn mit ihrer Pseudobildung zu demütigen versuchte. Warum musste sie den Chinesen kleinreden? Um Heimo keine Größe zu gönnen? Warum musste sie ihn schon wieder wegseufzen? Als ob sie ihm etwas antun musste, um Mitgefühl für ihn zu empfinden. Warum konnte sie nicht einfach goutieren, dass er das alles für sie tat? Ja, dass es dieses Geld war, das aus ihr die Gerda machte, die sie sein wollte. Und das war keine kleine Gerda. Sondern eine kolossale Gerda. Dafür hatte er über die Jahre beinahe ganz Bad Regina vermitteln müssen. Aber das war es ihm wert. Denn er liebte sie noch mehr als seine Heimat. Vor allem dann, wenn sie von allen bewundert wurde.

— Schau, was sie trägt. Angeblich lässt sie sich ihre Trachten in London machen.

— Island? Ist das nicht wahnsinnig teuer?

— Nicht so teuer wie das President-Wilson-Hotel am Genfer See, du weißt schon, wo sie letztes Jahr waren.

— Für 100.000 kann man dort einen Elefanten schießen!

— Sie trägt mehr Klunker, als die englische Queen in ihrer Schatzkammer hortet.

— Habt Ihr gesehen? Zwei Lieferwägen. Nur für die Frau Bürgermeister.

— Sie hat alle eingeladen.

— Nächstes Jahr bist du bestimmt auch dabei. Ich werde dich empfehlen.

— Woher sie das ganze Geld haben?

— Als Bürgermeister verdient man doch nicht so viel.

— Alles nur geerbt. Alles ihr Vater.

Dabei lag dieser alte Nichtsnutz Heimo seit Jahren auf der Tasche. Aber der ehemalige Großgrundbesitzer diente als perfekte Tarnung. Seit Jahren hatten er und Gerda keinen

Kontakt mehr gehabt. Dass er sein Vermögen in diversen Casinos im Osten durchgebracht hatte, wusste im Westen keiner. Genauso wenig wie Gerdas Erzeuger ahnte, was er seiner Tochter vermeintlich an materiellen Zuwendungen zukommen ließ. Um einiges mehr, als er in seinem ganzen Leben verspielen konnte.
Aber sogar diesen Nichtsnutz brachte Zesch über die Runden. Ohne es an die große Glocke zu hängen. Obwohl Heimo sich die zehn Prozent Verkaufsprovision mit dem Notar teilen musste. Für so eine wie Gerda brauchte es eben eine ganze Stadt. Kein Dorf. Und wenn Zesch nicht der gewesen wäre, der er war, dann hätte es die Gerda, die alle kannten, nie gegeben.
Niemand durfte je erfahren, dass es keinen Bruder Adrian brauchte, um Heimos Porsche zu bezahlen. Selbst vor seiner Mutter, die ihn stets kleingeredet hatte, musste er sich kleiner stellen, als er war.
— Also, dass du dich so von diesem Weibsbild behandeln lässt! Wie ein Köter rennst du ihr hinterher. Aber du rennst ja allem hinterher. Jeden Krümel, der vom Tisch fällt, schleckst du auf. Was tätest du, wenn dir der Adrian nicht so unter die Arme greifen würde? Wann wirst du endlich erwachsen? Du bist ja gar nicht lebensfähig! Sogar von diesem halbseidenen Spieler, den ich nur einmal im Leben gesehen habe, nimmst du Almosen an. Schöne Verwandtschaft. Und was bleibt für mich? Gut, ich brauche nichts. Wegen mir musst du nicht. Manchmal denke ich mir, es wäre besser gewesen, wenn du in Griechenland verunfallt wärest. Adrian hätte Bad Regina bestimmt gerettet. Und für dich wäre so eine griechische Frau wesentlich gescheiter gewesen. Das sind noch echte Frauen. So etwas findet man bei uns gar nicht mehr. Hier will ja jedes Weibsbild ein Mannsbild und umgekehrt sein. Da stimmt

gar nichts mehr. In so einer Welt hat eine wie ich nichts verloren. Warum holt er mich nicht endlich zu sich?
Dann lugte ihn seine Mutter aus einem Auge argwöhnisch an, bis er ihr heftig widersprach. Sie solle sofort aufhören, so deppert zu reden. Sie würde hoffentlich noch lange unter ihnen weilen. Auch wenn er jeden Morgen darum betete, dass ihn der Herrgott endlich aus der Zange dieser beiden Frauen befreite und zumindest eine von ihnen wegseufzte. Nach über neunzig Jahren hatte sich seine Mutter das Paradies redlich verdient.
Es war im Übrigen nicht so, dass er bei Gerda nicht regelmäßige Versuche unternommen hätte anzumerken, von wem sie denn glaube, dass dies alles bezahlt wurde.
— Was alles?
— Alles.
— Zum Beispiel?
Allein diese Ignoranz reizte ihn aufs Blut. Sie weigerte sich, ihn zu sehen. Ihm den verdienten Respekt entgegenzubringen. Stattdessen demütigte sie ihn. Ließ ihn alles aufzählen. Um sarkastisch festzustellen, wie kleingeistig es von ihm sei, darüber eine Liste zu führen.
— Weißt du eigentlich, was die scheiß Masai-Mara-Reise gekostet hat? Dafür müssen andere jahrelang arbeiten.
— Eben. Du musst nicht dafür arbeiten.
— Was soll das jetzt heißen?
— Dass du nichts dafür leisten musst.
— Wie bitte?!
— Du musst nur jemanden deportieren, fauchte sie wie eine Löwin.
— Drehst du jetzt völlig durch?
— Spiel dich nicht so auf. Erstens ist es der Chinese, der alles bezahlt. Zweitens ist es schmutziges Geld, das durch den guten Zweck reingewaschen wird. Und drittens kom-

pensierst du damit nur deine Impotenz. Wenn du deinen ehelichen Pflichten nachkommen würdest, müsste ich mir keine Ersatzbefriedigungen suchen.
Heimo wusste gar nicht, wohin mit seiner Wut. Erstens war es eben nicht der Chinese, der alles bezahlte. Ohne Zesch wäre Chen längst an Politik und Bürokratie gescheitert. Und dass der Notar Schellhorn jeden Besitzwechsel so anstandslos über die Bühne brachte, war ausschließlich Zeschs politischem Willen zu verdanken. Ein anderer wäre da längst umgefallen. Oder glaubte Gerda etwa, es hätte da keinen Druck von außen gegeben? Und er meinte damit nicht die Lügenpresse, die immer wieder über die rätselhaften Vorgänge in Bad Regina schrieb. Er meinte die eigenen Parteigefährten in der Hauptstadt. Die Hyänen des Landeshäuptlings umkreisten den Kadaver Bad Regina und fragten sich, warum für sie nichts abfiel. Das versteckte man natürlich hinter Formulierungen, in denen es ausschließlich um das Wohl des Ortes ging. Heimo versicherte seinen Parteikollegen, dass Chen nicht Böses im Schilde führe. Ja, dass dieser Bad Regina bald zu neuem Glanz verhelfen würde. Dass dahinter ein großes Erfolgskonzept stecke. Und dass dies dann niemandem zum Nachteil gereichen würde. Wenn man verstehe, was er meine.
In Wahrheit hatte er natürlich keinen blassen Schimmer, was der Chinese vorhatte. Was nutzte es ihm, ein Haus nach dem anderen zu kaufen und verfallen zu lassen? Heimo hatte sich damals proaktiv angeboten. Was von dem Chinesen mit einem verächtlichen Lächeln zur Kenntnis genommen worden war. Ein reibungsloser Ablauf war Chen aber wichtig. Also willigte er ein. Zesch ließ ihn per SMS wissen, wer die nächste humpelnde Antilope war, auf die sich der Löwe stürzen konnte. Wie gesagt: Er konnte gut zuhören. Und kannte seine Pappenheimer.

Aus Chen hingegen war nichts rauszukriegen. Ihre Begegnungen dauerten nie länger als ein paar Minuten. Man traf sich auf sicherem Terrain beim Notar in Wien. Chen ließ sich ins Grundbuch eintragen. Zesch übernahm seine Provision in bar. Dann trennte man sich wieder. Weder Schellhorn noch er wussten irgendetwas über Chen. Was er nicht mal vor Gerda zugegeben hätte.

Vor ihr spielte Heimo den Löwen. Aber ähnlich wie damals in der Masai Mara musste er sich eingestehen, dass er in diesem Spiel nur die Antilope war. Auch wenn Chen auf ihn nie den Eindruck eines stolzen Raubtiers gemacht hatte. Eher den eines Buchhalters, der den Bestand zählte. Zweitens handelte es sich um kein schmutziges Geld. Alles ging rechtens vonstatten. Das Spiel verstieß weder gegen das Gesetz noch gegen die gängigen Regeln. Niemand hatte irgendjemanden mit vorgehaltener Waffe gezwungen zu verkaufen. Und niemand konnte dem Chinesen vorschreiben, was er mit den erworbenen Immobilien anzustellen hatte. Schmutzig war in Heimos Augen eher, wofür Gerda Heimos Geld missbrauchte. Von wegen Ersatzbefriedigung. Aber selbst schuld! Direkt zugeführt hatte er sie diesem Neger.

Heimos Herz war so offen wie die Savanne gewesen. Nie hätte er damit gerechnet, dass ihm Gerda so in den Rücken fallen würde.
— Hör endlich auf mit deiner Paranoia!
Nach ein paar Tagen waren sie endlich dem penetranten Strandtreiben entkommen …
— You want to see octopus?
— You want to ride camel?
— You want to swim with dolphins?
… und mit einem Buschflieger in der Masai Mara gelan-

det. Von oben sah die grüne Savanne so künstlich wie eine Märklin-Landschaft aus. Vereinzelt standen die Akazien in der Gegend. Als wären sie zerstritten. Dort, wo er herkam, gehörte ein Baum in den Wald. Zu den anderen Bäumen.
— Oh, they talk to each other. Over hundreds of kilometers. They start to do the same things. They are connected.
Er hatte von Anfang an Probleme, den Guide zu verstehen. Heimos Englisch war katastrophal. Was nicht der einzige Grund für sein Unterlegenheitsgefühl war. Johnson, so bestimmt nicht der echte Name des zwei Meter großen Masai, hatte von Beginn an ein Auge auf Gerda geworfen. Egal ob Flusspferd, Affe oder Gazelle: Ständig sprach er vom Paarungsverhalten und versuchte, sie mit seinem Voodooblick zu hypnotisieren. Heimo spürte seine Geldimpotenz. Spürte, dass er in dieser Savanne, wo es keine Zuflucht gab, nicht eine Minute überleben würde.
Auch Gerda spürte die Stärke von Johnson. Und die Schwäche ihres Mannes. Die Stille der Savanne. Die stummen Blicke der Tiere, die immer nach dem Löwen Ausschau hielten. Alles drehte sich um den König. Die gaffenden Gazellen. Die käuenden Giraffen. Die regungslosen Antilopen, die auf den Termitenhaufen standen und über die Savanne spähten.
Heimo hatte sofort begriffen, dass er die Antilope war. Nur fehlte ihm die Ruhe, auf einem Aussichtspunkt zu stehen, um auf den Löwen zu warten. Er hatte sie gesehen. Die Hand von Gerda, die aus der Tür des Range Rovers baumelte und wie vom Wind getragen immer wieder die Fingerspitzen von Johnson berührte, während ihn der Masai fixierte und irgendetwas über Paarungsverhalten dozierte.
— Wir reisen ab.
— Spinnst du?

— Ich schau doch nicht zu, wie du mit diesem Wilden flirtest.

— Das ist kein Wilder. Er versteht mehr von der Welt als wir zusammen.

— Von meiner Welt nicht.

— Deine Welt gibt es auch nicht. Merkst du nicht, dass wir in einer Erfindung leben?

— Die Erfindung heißt Zivilisation.

— Die ist eine Ansammlung von Ersatzhandlungen.

— Spinnst du jetzt völlig?

— Ich frage mich, ob Johnson einen Löwen mit bloßen Händen erlegt hat.

— Wie bitte?

— Jeder Masai muss das. Um als echter Mann zu gelten.

Heimo fragte sich, wer sein Löwe war.

Chen? Nein. Den Chinesen nahm er seltsamerweise nicht als Bedrohung wahr. Wenn es ein Italiener oder ein Russe gewesen wäre, der Bad Regina aufgekauft hätte, dann sähe die Sache anders aus. Aber der Chinese stellte keine kulturelle Bedrohung dar. Er wollte nichts, außer kaufen. Er wollte vor allem nicht Heimos Frau vögeln. Gerda hätte den Chinesen ausgelacht. Regelrecht weggelacht hätte sie ihn.

Auch Johnson war nicht Heimos Löwe. Vielmehr weckte er ihn auf. Erinnerte ihn daran, was es hieß, ein Mann zu sein. Wie besessen starrte er in den schwarzen Nacken des zwei Meter großen Negers. Plötzlich war es kein Schimpfwort mehr. Sondern strahlte Würde, Größe und Stärke aus. Der Neger war ein edles Geschöpf in seinen Augen. Hatte seinen durchdringenden Blick aufrecht über die Savanne gerichtet. Der Europäer hingegen erschien ihm plötzlich vulgär, untersetzt und bleich. Sein Schweiß und seine Atemlosigkeit standen jeder Eleganz im Weg.

Johnsons lang gezogene Gestalt. Sein makelloser Schädel. Seine glatt rasierte Glatze. Das Aroma seiner makellosen schwarzen Haut. Sein pirschender Blick. Nach links. Nach rechts. Immer auf der Jagd. Immer wachsam. Johnson fuhr mit dem Jeep durch jeden Sumpf. Auf ihn war Verlass. Er würde Gerda über jeden reißenden Fluss tragen. Seine Lässigkeit, wenn er eine Fliege vom Arm strich. Die Ruhe, mit der er sich über den Kopf kratzte, wenn er nachdachte. Die Verachtung, wenn Heimo etwas fragte. Sein Militärhemd und die angespannten Oberarme. Sein goldener Armreif. Ein Andenken aus seinem Dorf? War Johnson verlobt? Hatte er mehrere Frauen? Der Armreif erinnerte Heimo daran, dass Johnson darunter nackt und wild war. Das beeindruckende Gemächt, das er wohl sein Eigen nannte, und die ...
— Ich könnte Joschi verhaften, um ihn vor Rebekka zu schützen.
Heimo sah Schleining an wie eine Antilope, die auf dem Termitenhügel eingenickt war und sanft von einem Löwen geweckt wurde.
— Wie verhaften? Und warum vor Rebekka schützen?
— Du weißt, was ich meine. Ich habe Licht gesehen im Grand Hotel und dann habe ich mich herangepirscht. Sie haben mich gar nicht gehört.
— Warum sagst du das so ..., stammelte Heimo, dessen innerer Blick noch immer auf die Savanne gerichtet war.
— Zesch!
Er fühlte sich nicht angesprochen. Verband die leere Seelenlandschaft in ihm mit keinem Namen. Auch die Masai Mara wusste von sich selbst nicht, dass sie so hieß.
— Zesch!
Allmählich kam alles zurück. Die Stille der Savanne wich dem Gepolter im Luziwuzi. Moschinger hob die Hand

und winkte ihn zu sich. Selbst im Sitzen war er deutlich größer als die anderen. Alle sahen sie ihn an. Und winkten. Moschinger, Fink, Wegenstein, Karin, die beiden Grüns, Gerda. Nur Othmar, der eingepfercht in der Mitte saß, starrte auf sein Bier.
Heimo hatte den Eindruck, dass Gerda ihn nicht zu sich winkte, sondern ihm zuwinkte. Als ob sie in einem Land Rover an ihm vorüberfuhr und in den Sonnenuntergang entschwand. Schleining wandte sich Pater Helge zu, der vermutlich befürchtete, eine Absolution bezüglich Petzi aussprechen zu müssen.
— Waren Sie schon mal in Afrika, Pater?, fragte Schleining.
Warum fragt er das, fragte sich Heimo.
— Sie meinen als Missionar?
— Nein. Ich meine als Tourist.
— Ich reise nicht. Ich pilgere. Das ist ein Unterschied, der …
— Komm jetzt, Herr Bürgermeister, drängte Moschinger, der ein auffällig freundliches Gesicht machte – dafür, dass sie eigentlich nicht miteinander redeten. Offenbar war ihm das nicht mehr bewusst. Oder er ignorierte es.

So wie vor ein paar Wochen, als er Heimo unverhohlen angerufen hatte, um ihm ein Geschäft vorzuschlagen. Wobei es sich eher um eine Erpressung handelte. Aber in manchen Kreisen bestand da kein Unterschied.
— Ich weiß alles, hatte Moschinger gesagt.
Gespräche, die so begannen, endeten selten im Guten. Solche Sätze fielen nur, wenn es um Scheidung oder Erpressung ging. Selten in Verhören. Und so gut wie nie in philosophischen Diskussionen. Heimo fühlte sich sofort ertappt, ohne zu wissen, um was es eigentlich ging. Andererseits schwang in dem Satz auch eine Unsicherheit mit.

Niemand wusste alles. Vielleicht wollte Moschinger einen Köder legen. Vielleicht wusste er nichts. Was am wahrscheinlichsten war.
— Niemand weiß alles, entgegnete Heimo.
— Ich schon. Ich war bei deinem Bruder.
— Selbst der weiß nicht alles. Das ist das Marihuana, da glauben viele …
— Chen.
Das schlagartige Schweigen von Heimo bewies Moschinger, dass er mit allem richtiglag.
— Chen?
— Du weißt genau, wovon ich spreche.
Heimo wusste es. Aber woher sollte Moschinger es wissen?
— Adrian hat geplaudert. Auch eine Nebenwirkung von Marihuana.
— Wie geplaudert? Ich habe keine Ahnung, was du meinst. Was willst du überhaupt? Wir reden nicht miteinander.
— Wir können das auch gern über Facebook lösen.
— Schon gut. Um was geht's?
— Wir wollen deinen wertvollen Kontakt zu Chen nutzen.
— Ich habe keinen wertvollen …
— Sparen wir uns das, bitte. Dann spare ich dir den Sermon über Korruption, menschliche Enttäuschung und den Ausverkauf der Heimat.
Was wusste Moschinger? Selbst sein Bruder Adrian wusste nicht alles. Heimo hatte bei seinem letzten Griechenlandbesuch ein bisschen aufgeschnitten. Wollte seinem Immobilienbruder beweisen, dass er auch mit den Großen spielte. Er vertrug das Marihuana schlecht. Es war eine Droge für arbeitsfaule linke Bazillen, die schon als Kinder lieber Indianer als Cowboys mimten. Auf jeden Fall hatte Heimo vor Adrian damit angegeben, dass er Chen nicht nur kenne, sondern auch direkten Einfluss auf dessen

Entscheidungen hätte. Dass er Bad Regina nicht nur revitalisieren, sondern aus den alten Steinen eine neue Stadt erbauen würde. Ähnlich wie die Spolien im alten Rom. Ja, Heimo war auch gebildet!

Der Chinese habe Visionen. Und gehe es umgekehrt an. Er baue die Stadt zuerst. Und dann bestimme er, wer darin wohne. Das gefalle Heimo. Aber das dürfe er nicht laut sagen. Weil dafür würde er zu Hause gelyncht. Von den Provisionszahlungen erwähnte er nichts. Insofern konnte Moschinger nicht alles wissen. Weil selbst Adrian nicht alles wusste. Und selbst das, was er wusste, mindestens zur Hälfte nicht glaubte.

— Wir wollen einsteigen. Adrian ist dabei.

— Wobei?

Und dann kam die völlig bescheuerte Idee mit dem Themenpark.

— Verstehst du, welche Tragweite das hat, Heimo? Das ist revolutionär. Der Dorfpolizist spielt den Dorfpolizisten. Die Wirtin die Wirtin. Und der Bürgermeister den Bürgermeister. Ein begehbares Bad Regina. Damit bekommt alles wieder Sinn. Der gesehene Polizist hat mehr Würde als der ungesehene. Abgesehen davon hat er im Augenblick sowieso nichts zu tun. Der Themenparkpolizist rettet sozusagen den Job des echten Polizisten. Das ist genial, Heimo! Das gibt es nirgends.

— Das ist völliger Unsinn. Was vermutlich der Grund ist, warum es so etwas nirgends gibt.

Gleichzeitig fragte er sich, ob Schleining in einem Themenpark auch einen geeigneten Polizisten abgeben würde.

— Lass es mal setzen. Erzähle es deinem Chinesen. Die haben Ahnung von modernen Städten. Das gefällt ihm sicher.

— Erstens ist der Chinese nicht meiner. Und zweitens

werde ich einen Teufel tun. Ich mache mich doch nicht lächerlich.

Es begann ein Tauziehen über mehrere Wochen. Moschinger ließ nicht locker. Und Heimo spielte auf Zeit. Er wollte selbst in dieser Situation nicht zugeben, dass er überhaupt keine Gesprächsbasis mit Chen hatte. Von den Zuwendungen ganz zu schweigen. Adrian beteuerte mehrmals, dass er Moschinger nichts erzählt hatte, was dieser nicht bereits wusste. Plötzlich in der Tür sei er gestanden. Als wäre er gerade in der Gegend gewesen.

— Eine Falle hat er dir gestellt.

— Was für eine Falle?

— Na, geködert hat er dich. Er hat etwas geahnt, und du hast zugebissen. Wie ein depperter Fisch.

— Ein Fisch ist nicht deppert. Er kann gar nicht deppert sein. Weil er überhaupt nicht denkt!

Wenn es um Fische ging, verstand Adrian keinen Spaß. Wie sollte Moschinger etwas ahnen? Konnte Heimo seinem Bruder glauben? Sie lebten in zwei völlig unterschiedlichen Realitäten. Als wären sie nicht von der gleichen Gattung. Heimo kam sich vor wie ein Tier, das allein durch die Savanne humpelte. Er sah sich um. Keiner weit und breit. Einsamkeit. Und dann ein stummer erschrockener Blick.

— Wir haben etwas vor, das in deinen Bereich fällt, schoss ihn Moschinger an. Gerda sah durch ihn durch. Als wäre sie woanders und hätte nur ihren Körper hier vergessen. Die anderen schwenkten ihre Blicke synchron wie Gazellen hin und her.

— Othmar, sag dem Bürgermeister, was du vorhast!

Moschinger schlug ihm auf die Schulter. Othmar sah auf wie ein kauendes Kamel, das man mit einer überstürzten Abreise überraschte.

— Ich?
— Wir alle. Aber es war deine Idee. Ehre, wem Ehre gebührt.
Othmar seufzte und nahm einen Schluck von seinem Bier. Kajetan, der Koch, wankte durchs Bild. Er riss sich mit beiden Händen an den Haaren.
— Wenn man einen Schädel bloß essen könnte!
Trotzdem schauten alle zu Othmar.
— Alle Bälle bei dir, sagte Heimo zynisch.
Othmar seufzte. Und stellte sich vor, wie er mit einem Kopfsprung in den Bierkrug hechtete. Die Gesichter beugten sich verblüfft über den Rand und sahen dem abtauchenden Körper hinterher. Bis er zwischen den Kohlensäureperlen verschwand.
— Cette merde! Mais à cause de moi. Après-demain à ce moment dans la cour de mon château. Qui est là est là. Si vous ne le faites pas, gardez le silence pour toujours!
Aus Wegensteins Pfeife stiegen wütend kleine Rauchwolken hoch. Mit finsterer Miene wandte sich der Quadratschädel von den anderen ab. Fink hob seinen langen sehnigen Zeigefinger.
— Wenn ich übersetzen darf: So eine Scheiße. Aber meinetwegen. Übermorgen um diese Zeit im Hof meines Schlosses. Wer da ist, ist da. Wer nicht, der schweige für immer!
Wegenstein setzte noch ein Punktzeichen in Rauchform hintennach. Zesch verstand Bahnhof. Was besonders Grün amüsierte.
— Ich will nichts damit zu tun haben, sagte Heimo.
— Ich erkläre es dir später, flüsterte Gerda und warf Moschinger einen verschwörerischen Blick zu. Der Sitzriese saß da wie ein präpotenter Masai. Othmar suchte nach sich selbst im Bierkrug. Er sah ein zartes Licht im endlo-

sen Gelb. Ob sich übermorgen, wenn alle wieder nüchtern waren, noch irgendjemand dazu aufraffen würde? Vermutlich nicht. Man musste einfach nur Zeit vergehen lassen. Dann lösten sich die meisten Vorhaben in Luft auf. Othmar seufzte erleichtert und nahm einen Schluck.
Dann schreckten die Gazellen kollektiv auf. Ein Brüllen. Lauter als jedes Flusspferd.
— Bist du jetzt völlig deppert! Na, dir werd ich's geben!
Es zerbrachen mehrere Gläser. Ein mittelschwerer Körper knallte auf die Theke.
Othmar saß allein am Tisch und beobachtete die anderen dabei, wie sie versuchten, Schleining und Tschermak zu trennen. Beide würgten sich an den Hälsen. Beide waren zum Äußersten bereit. Bei Tschermak, der sich ohne Unterlass ein Bier nach dem anderen gezapft hatte, waren die Sicherungen durchgebrannt, als Schleining ohne Vorankündigung das Porträt von Schandor abgehängt und durch das von Petzi ersetzt hatte.
Noch gewichtiger als die grell überschminkte Transe fiel für Tschermak die Kompetenzüberschreitung aus. Der Wirt vertrug es ganz schlecht, wenn jemand den Bereich hinter der Bar betrat. Noch dazu ohne seine Erlaubnis. Dann ergab das eine das andere. Fausthiebe flogen genauso wie der Topf Gulaschsuppe, dessen klebriger brauner Inhalt sich auf dem Boden verteilte. Alle liefen auf die beiden zu. Die einen, um sie zu trennen. Die anderen, um sich an der Schlägerei zu beteiligen. Am Ende kamen doch noch alle auf ihre Rechnung.
— Ihr Vater ist tot.
Othmar stierte in das Gesicht von Schwester Berta, so wie er vorher in sein Bier gestiert hatte. Als sich nach zwanzig Sekunden noch immer nichts in ihm regte, sagte Berta, die ein schwarzes Barett mit einem roten Kreuz trug:

— Hören Sie auf, einen Schlaganfall vorzutäuschen. Ich wollte nur sehen, wie Sie reagieren. Ihr Vater ist wohlauf. Also, falls man das in seinem Zustand so sagen kann. Wenn Sie ihn nicht bald besuchen, dann werden Sie es allerdings bereuen.
Es war nicht ganz klar, ob sie damit sein Gewissen meinte oder ob es sich um eine körperliche Drohung handelte.
— Wo ist eigentlich Ihr geschniegelter Freund?
Othmar neigte den Kopf und zog fragend die Augenbrauen hoch. Erst nach mehreren Sekunden dämmerte ihm, dass sie sich über Alpha lustig machte. Vielleicht hatte sie auch gemerkt, dass Selma ihn vor ihren Kontrollbesuchen besonders auffällig in Schale warf. Der DJ wurde der Krankenschwester stets mit frisch geschnittenem Haar präsentiert. Andererseits schwang da auch eine gewisse Eifersucht mit. Konnte es sein, dass Berta heimlich in Othmar verliebt war? Er stellte sich den Sex mit ihr vor. Krankenbett. Infusion. Untersuchung. Er kam über die naheliegenden Klischees nicht hinaus. Sie fixierte ihn mit ihren Glupschaugen. Ahnte sie, woran er dachte?
— Sie werden ihn doch nicht allein gelassen haben? Das wäre nämlich fatal.
Sie stand da, als würde sie gleich loslaufen, um vor ihm in der Wohnung anzukommen. Erst jetzt fiel Othmar auf, dass weder Selma noch Charlotte im Luziwuzi waren. Ja, dass sie schon den ganzen Leichenschmaus über fehlten. Er konnte nur hoffen, dass sie bei Alpha waren.
— Selma passt auf ihn auf. Für was halten Sie mich?
Darauf antwortete Berta nicht. Othmar wartete, bis sie sich kurz abwandte. Kein Zweifel. Sie würde sich gleich auf den Weg machen, um eine Kontrolle durchzuführen. Er könnte vortäuschen, aufs Klo zu gehen. Nein. Er durfte keine Zeit verlieren. Einfach unauffällig verschwinden. Ihr

Kontrollblick zu seinem Tisch. Er nickte ihr zu. Der Wirt, der sie in ein Gespräch verwickelte. Vermutlich ging es um seine Leber. Medizinisches Personal war die einzige Berufsgruppe, mit der Tschermak das Gespräch suchte. Jetzt! Othmar stand auf. Pater Helge versperrte ihm den Weg.
— Ich muss mit dir reden. Dringend.

3

Othmar war aus dem Lokal gelaufen und humpelte die vereiste Straße hoch. Aus der Ferne sah er das gedimmte Licht im Wohnzimmer. Genauso wie es Alpha mochte. Und genauso wie er es nachmittags verlassen hatte.
Wo zum Teufel steckte Selma? Er hatte sie seit dem Begräbnis nicht mehr gesehen. Charlotte und Joschi waren ebenfalls verschwunden. Und Rebekka überhaupt nicht aufgetaucht. Er musste nicht zurücksehen, um zu wissen, dass ihm Pater Helge folgte. Er musste nichts hören, um Schwester Berta demnächst in ihrem Wagen zu wähnen. Das Rauschen des Wasserfalls versengte das Geräusch seiner Schritte, übertünchte den Atem und verscheuchte jeden Gedanken. Das Rauschen war überall. In allen Häusern. In allen Zimmern. In allen Ritzen. Selbst in seinem Schädel. Es zersetzte alles. Trennte ihn von der Welt. Wie das Rauschen von Großmutters Radio, wenn der Sender nicht eingestellt war. Maximale Lautstärke. Die Angst vor dem Moment, wenn der Sender einhakte. Volksmusik. So laut, dass die Mäuse in ihren Löchern tot umfielen.
— Warum weigerst du dich, ein Hörgerät zu nehmen?
— Ich brauche kein Hörgerät. Die Nachrichtensprecher haben keine Ausbildung mehr. Kein Wort versteht man.
Othmar hatte sich die Freunde schon immer danach ausgesucht, ob man mit ihnen Musik hören konnte. Und nicht, ob sich mit ihnen reden ließ. Erst jetzt fiel Othmar auf, dass im Luziwuzi nie Musik lief. Ja, dass der einzige Ort, an dem er welche hörte, zu Hause war. Und dass der einzige Mensch, den das nicht störte, Alpha hieß. Nur mit ihm konnte er dauerhaft wohnen.

— Nein, Schwester Berta. Ohne mich stirbt er.
— Ich glaube, es ist eher umgekehrt.
— Er braucht die Musik. Vor allem, wenn er allein ist.
— Er kann sie aber nicht hören.
— Aber spüren. Er spürt dann, dass noch jemand im Raum ist.
— Humbug!

An dem Abend, als Alpha im Kraken auflegte, hatte er Othmar erklärt, dass Musik für ihn keine Sprache, sondern ein Ort sei. Einen Ort besuchte man. Man musste ihn nicht hören. Manchmal saß Othmar vor dem bewegungslosen Alpha und fragte sich, auf welchem Planeten er jetzt wohnte. Dann stellte er sich vor, dass die Songs die Funksprüche in dieses Universum waren. Ja, dass aus ihrer Saat eine Landschaft erwuchs, in der Alpha allein saß und selig vor sich hinlächelte.

Für Othmar war Musik weder Sprache noch Ort. Vielmehr produzierte sie Erinnerungen an Situationen, die nie stattgefunden hatten. Sie war eine Sehnsuchtsmaschine, die ihn am Laufen hielt. Da schlief er mit Frauen, die er nicht kannte, reiste in Länder, die es nicht gab, und ließ sich auf Abenteuer ein, die er sonst nicht riskiert hätte. Mittels meterhoher Gitarrenwände hatte er Chen aus Bad Regina gesperrt, hatte ihn mit schnalzenden Beats verprügelt, um ihn mit Tausenden Bläsern davonzujagen. Daran erinnerte sich Othmar besonders gerne. Und es machte für ihn kaum einen Unterschied, ob es stattgefunden hatte oder nicht. Das echte Leben bestand für ihn ohnehin daraus, sich vorzustellen, wie das echte Leben aussehen könnte, wenn es nicht so langweilig wäre.

Selma hingegen benutzte Musik nur zur Entspannung. Als ob sich mit ihr die Welt abschalten ließe. Dementsprechend hielt sie es nicht aus, wenn jemand anderer

im Zimmer war. Ein Grund mehr, warum sie gehen musste.
— Schalte das bitte aus, Othmar! Ich kann Musik nur hören, wenn ich alleine bin. Ich ertrage es nicht, wenn sie im Hintergrund läuft. Ich kann mich nicht darauf konzentrieren, was du sagst. Selbst, wenn wir ficken, lenkt sie mich ab. Sie verdrängt sofort alles andere. Sie ist wie ein Virus.
Selma ging es mit Musik wie Othmar mit diesem Rauschen. Es gab kein passendes Play-back. Zu keiner Situation. Selbst zum Wasserfall passte es nicht wirklich. Doch. Es war das Geräusch seines Schmerzes, der sich nicht weghumpeln ließ. Das Rauschen sorgte dafür, dass er nichts spürte.
Auch nicht den Blick der alten Zesch, die ihn aus der Ferne fixierte. Sie hätte nicht üble Lust gehabt, das Jagdgewehr aus dem Schrank zu holen, um die hinkende Gazelle zu schießen. Keiner hätte es gesehen. Sie wusste von jedem, wo er gerade war. Hatte die fette Berta dabei beobachtet, wie sie begonnen hatte, das Eis von ihrer Windschutzscheibe zu kratzen. Ihre Schwiegertochter Gerda, wie sie rauchend vor dem Luziwuzi saß und hoffte, dass sich der lange Moschinger zu ihr gesellte, der aber noch auf den schlafenden Achmed einredete. Ihren besoffenen Sohn Heimo, der nie etwas merkte. Der sich aber morgen früh fragen würde, wer die Benzinkanister aus dem Versteck gestohlen hatte. Die alte Zesch hätte es ihm sagen können, wenn er sie gefragt hätte. Aber keiner fragte die Alte, obwohl sie alles wusste.
Sie hatte sich wie jeden Abend auf der Terrasse justiert. Nicht um zu sterben. Sondern um der kommenden Show von ihrer Loge aus beizuwohnen. So viel Verkehr hatte es schon lange nicht mehr gegeben. Ein Spektakel! Ein Feuer! Und was für eines. Sie wusste genau, was ihr nichts-

nutziger Enkel vorhatte. Sie hatte ihn genau beobachtet, wie er alle Kanister in seinen Lieferwagen lud, als wäre der Tag X gekommen. Dass sie das noch erleben durfte. Und alles wegen dieser gealterten Hure Rebekka, die noch jeden um den Finger gewickelt hatte.

Wo war sie eigentlich? Und wo war die Junge? Vermutlich bei ihrer glatzköpfigen Mutter. Um sich auszuheulen. Gut so. Heute Abend fiel alles auseinander. Die Alte hatte darauf gewartet. Sie konnte die Zeichen lesen. Kurz nach dem lächerlichen Zwitterbegräbnis war ihr auch noch der Kater ausgekommen. Seit einem Jahr hielt sie ihn im Hinterzimmer gefangen. Weder ihr stumpfsinniger Sohn noch ihr nichtsnutziger Enkel noch dieser tierische Zahnarzt hatten je etwas bemerkt. Auf und ab, rauf und runter war der hörige Doktor Schandor gelaufen, um den vertrotteten Kater zu suchen.

— Angelo! Angelo!

Dabei saß er die ganze Zeit in ihrem unbewohnten Zimmer und hatte sich einen Dreck um die Rufe geschert. Solange es etwas zu fressen gab, war für ihn alles in Ordnung. Das Scheißvieh hatte überhaupt keine Moral. Jetzt waren sie weggezogen. Und just war ihr der Kater entwischt. Vielleicht war sie deshalb fahrlässig geworden. Weil sie ihn ohnehin nicht mehr fänden. Mit einem Fernglas hatte sie nach dem Dreckvieh Ausschau gehalten. Nur um zu sehen, ob er jammernd um das verlassene Haus scharwenzeln würde. Aber keine Spur.

Stattdessen humpelte ihr die spitzbauchige Gazelle durchs Bild. Und gleich dahinter der Pfaffe. So viel Munition, wie man da verschießen wollte, hatte sie gar nicht im Haus. Der kleine Hermann wäre stolz auf sie gewesen. Dezimieren, bevor sie zur Plage würden. Der kleine Hermann war ihr schon vor Jahren aus dem unbewohnten Zimmer entlaufen. Seine Seele war ihr entfahren, als sie einmal vergessen hatte, die Tür zu schließen. Genauso wie der kleine Jude Gideon, den sie dort vor den Nazis versteckte. Oder der Geist ihrer Mutter, der nicht aufhören wollte, sie wegen des Marmeladenglases zu rügen. Alle schlechten Gedanken hatte sie in dieses Zimmer gesperrt. Um sie nicht ansprechen zu müssen. Um sie verdauen zu können. Nur der Kater war aus Fleisch und Blut und hatte ihr das ganze Zimmer vollgepisst. Ein Wunder, dass es keiner bemerkt hatte. Vermutlich hatten sie geglaubt, die Alte hätte bei lebendigem Leibe zu verwesen begonnen.

Ihr Blick schwenkte über das schneeweiße Tal zurück zum Luziwuzi. Die Schwiegertochter verschwand gerade mit dem Hallodri ums Eck. Die fette Berta stieg in ihr Auto, dessen Motor stotterte wie ihr Sohn, wenn er gewusst hätte, was hinter seinem Rücken vor sich ging. Man konnte die durchdrehenden Reifen genauso wenig hören wie den Priester, der sich hinter dem rauchenden Othmar platzierte, als würde er ihm die Beichte abnehmen. Die alte Zesch hatte das Rauschen des Wasserfalls immer beruhigt. Sie hatte sich stets vorgestellt, dass es das Geräusch wäre, mit dem sie in den Himmel aufführe.

— Du hast mir dein Ehrenwort gegeben.

Othmar drehte sich nicht um. Er zog an seiner Raven und ließ den Blick über den Spielplatz schweifen, als würde er der eigenen Kindheit nachtrauern.

— Welches Ehrenwort?

— Dass du keine Dummheiten anstellen würdest.

— So ein Ehrenwort kann nur jemand geben, der keine Ehre hat. Oder keinen Verstand.

Othmar warf die glühende Zigarette durch die beiden Ketten der Schaukel. Geräuschlos erlosch sie im Schnee.

— Du weißt genau, was ich meine.

Othmar wusste es tatsächlich nicht. Dementsprechend stumpf sah er den Pater an.

— Ich habe keinen blassen Schimmer.

— Du hast mir versprochen, dass du deinen Plan, Chen zu entführen, wieder verwirfst, wenn du nüchtern bist.

Othmar konzentrierte sich. Konnte sich aber beim besten Willen nur an Fragmente erinnern.

— Du wiegelst den ganzen Ort auf, um diese schmutzige Sache nicht allein durchzuziehen. Du versündigst dich nicht nur einmal. Du versündigst dich für jeden, den du zu diesem Verbrechen verführst.

— Welches Verbrechen?

— Verkauf mich nicht für blöd.

— Ich verführe niemanden. Es ist eher umgekehrt.

— Sie verführen dich?

— Sie reden sich auf mich raus. Aber eigentlich war es ihre Idee. Jeder von ihnen hatte die Idee ganz selbstständig. Ich bin quasi nur das Bindeglied.

— Alle hatten die gleiche Idee? Ganz ohne dich?

— Dieser Fink ist der Teufel.

— Hör auf, mit dem Finger auf andere zu zeigen. Suche die Schuld lieber bei dir.

— Warum sollte ich?

— Weil das einen guten Menschen ausmacht.

— Das hättest du gern. Du falscher Pfaffe. Schau lieber in dein eigenes Sündenregister. Das dürfte ja länger als ein Gitarrensolo von Santana sein.

Eine ganz üble Metapher. Aber egal. Othmar erinnerte sich daran, dass Helge mit seiner Gotteswaffe losziehen wollte, um eine Rechnung zu begleichen. Zumindest hatte er es so verstanden.

Pater Helge sah Othmar gütig an.

— Ich werde dir meine ganze Geschichte erzählen.

— Jetzt?
— Jetzt.
— Jetzt ist schlecht. Ich muss los.
— Dann begleite ich dich.
— Ich muss vor Berta zu Hause sein. Sie will mir Alpha wegnehmen.
— Du redest, als wäre er ein Haustier.
— Sie will ihn deportieren. Sie ist der Teufel.
— Den Teufel gibt es nur einmal. Sie oder Fink?
Helge lächelte ihn freundlich aus. Aber Othmar ignorierte den Scherz und humpelte los. Er fragte sich, ob Schmerz an sich eine Strafe Gottes war. Nichts vermaledeite ihm das Leben mehr als Schmerz. Andererseits war Schmerz der gewichtigste Beweis, dass er lebte.
Während Othmar jeden Schritt mit angestrengten Atemzügen untermalte, glitt der Pater förmlich über das Eis.
— Du wirst dich gefragt haben, wo ich war.
Othmar seufzte und beschleunigte seine Gangart.
— Du wirst dich auch gefragt haben, wie das mit dem Gefängnis war.
Othmars Blick war ganz auf das gedimmte Licht in der Ferne gerichtet.
— Dreimal lebenslänglich. Und trotzdem auf freiem Fuß. Ist das gerecht?
Othmar schüttelte abwesend den Kopf. Hatte er nicht von *einem* Mord geredet? Der Pater hielt mühelos Schritt. Das Auto von Schwester Berta steckte vor dem Luziwuzi fest. Man hörte die durchdrehenden Reifen zwar nicht. Aber man sah die Menschentraube, die ihr zu helfen versuchte. Das Rauschen des Wasserfalls wäre kein schlechtes Playback für das Aufheulen des Motors gewesen, dachte Othmar.
— Man kann nicht dreimal lebenslänglich bekommen.

Zumindest nicht bei uns. Da unterscheidet sich die europäische Schuldmathematik von der amerikanischen. Bei uns ist selbst einmal lebenslänglich kein lebenslänglich. Sondern 21 Jahre. Das ist interessant, Othmar. Ich habe viel darüber nachgedacht, was es mit dem europäischen *Lebenslänglich* auf sich hat. Glauben wir im Gegensatz zu den Amerikanern an ein zweites Leben? An ein geläutertes? An eine Art Wiedergeburt innerhalb des gleichen Lebens? Oder glauben wir Europäer insgeheim nicht an ein Leben nach dem Tod? Ja, steckt in dieser Mathematik unser ganzer verkorkster katholischer Atheismus?
Othmar drehte sich atemlos um. Schwester Berta steckte noch immer fest.
— Verstehst du, was ich meine? Zeigt es nicht, dass wir nicht in Gott vertrauen? Dass wir meinen, Reue, Buße und Vergebung in einem Leben stattfinden lassen zu müssen? Weil wir insgeheim nicht an das Himmelreich glauben? Hast du gewusst, dass man bei uns nur für eine Tat bestraft wird? Und zwar für die schwerwiegendste. Man sitzt also nicht für drei Morde, sondern für einen. Jetzt wirst du dich fragen: Hat Pater Helge drei Menschen ermordet? Ist er ein Massenmörder? Bin ich womöglich der Nächste?
Er fasste Othmar an der Schulter, was dieser in erster Linie als Gehbremse empfand.
— Ach, Othmar. Ich könnte dir nie etwas antun. Das musst du mir glauben. Und ich habe auch nicht drei Menschen ermordet. Zum Glück! Denn ich hätte es nie ertragen, dafür nur einmal lebenslänglich zu sitzen. Ich wollte nur dein Gesicht sehen. Aber es war eben auch nicht nur einer, für den ich selbstverständlich meine ganzen 21 Jahre abgesessen hätte, wenn sie mir nicht gegen meinen Willen früher vergeben hätten, nur weil ich beschlossen hatte, Priester zu werden.

Daran erkennt man, dass Gesetz nicht gleich Gerechtigkeit ist. Dass die göttliche Mathematik eine andere als die menschliche ist. Und wie wichtig da die Hand Gottes wäre. Helge streckte seine Hand aus, griff nach der schwarzen Luft und sah sie wie einen Fremdkörper an.
— Wo war sie, als ich Branko entgegen besserem Wissen auf freien Fuß gesetzt habe? Ich wusste doch, dass er sein Ehrenwort nicht halten würde. Oder war Branko die Hand Gottes? Die Hand, die eingreift, die lenkt, die Geschehenes korrigiert?
Du musst wissen, er war mein Zellengenosse. Ich hatte ihm alles gebeichtet, auch wenn ich keineswegs an seine Verschwiegenheit glaubte. Aber noch weniger hatte ich an Gott geglaubt. Eher daran, dass es ihn geben sollte. Eine Art säkulare Kirche, die dafür sorgt, dass Gebete erhört werden. Ein Geheimdienst und die Priester allesamt Agenten, die für Gott die Drecksarbeit machen. Oder seine unergründlichen Wege rechtfertigen. Das entspricht im Wesentlichen bis heute meiner Berufsauffassung. Egal. Branko wusste, dass ich einen zweiten Mann auf dem Gewissen hatte. Ich will nicht darüber reden. Nur so viel: Der Mann, der mich wegen meiner Schönheit gedemütigt hatte und der dafür sterben musste, hatte einen Bruder, der ihn rächen wollte. Ihn hatte die Hand Gottes bei einem Autounfall getroffen. Branko hatte damit gedroht, mich zu verraten. Nicht dass ihm irgendjemand geglaubt hätte. Das Ganze war nicht mal als Mord registriert worden. Aber sicher war sicher. Wenn es nicht sein musste, dann brauchte man sein Schicksal nicht in Gottes Hände zu legen. Bei jemandem, der überall ist, besteht ohnehin die Gefahr, dass es ihn gar nicht gibt. Oder dass er sich die Situation nicht nuanciert genug ansieht. Jemand, der alles sieht, stellt keine Zusammenhänge her.

Also ließ ich Branko frei. Er hatte mir sein Ehrenwort gegeben. Aber er kehrte nicht wie versprochen nach zwei Tagen zurück. Hatte es mit der Zahl zu tun? Er war der Dreizehnte, nachdem die zwölf davor ausnahmslos ihr Ehrenwort gehalten hatten. Dieser Judas!
— Judas war auch ein Apostel, sagte Othmar.
— Wie bitte?
— Also stimmt die Rechnung nicht.
— Bitte, Othmar, spar dir deine betrunkenen Einwürfe und hör zu.
Othmar konzentrierte sich wieder aufs Gehen.
— Na ja. Auf jeden Fall war der Ärger groß und das Programm wurde mit sofortiger Wirkung eingestellt. Ein Jammer. Noch dazu, weil ich feig und freien Auges ins Verderben gelaufen war.
Ich habe Branko seit damals nicht mehr gesehen. Offenbar ist er seither nicht verhaltensauffällig geworden. Weder ich noch die Polizei haben jemals aufgehört, ihn zu suchen. Ich hatte Gott versprochen, mich zu stellen, sollte sich Branko ausfindig machen lassen. Deshalb zog ich vor ein paar Tagen los, im Glauben, dass er mich zu ihm führen würde. Was soll ich sagen: Gott gewinnt immer dann an Kontur, wenn es etwas zu bereuen gibt.
Tagelang bin ich durch die Gegend gefahren. Habe jeden per Autostopp mitgenommen. Man will gar nicht glauben, was die Menschen einem Mann erzählen, von dem sie überzeugt sind, ihn nie wiederzusehen. Noch dazu, wenn er Priester ist. Ich werde dir das alles genau darlegen. Aber zuerst musst du die Geschichten meiner zwölf Apostel hören.
Othmar sah Helge verschreckt an. Gleich würden sie da sein. Er beschleunigte seinen Schritt. Er seufzte wie eine alte Dampflok. Aus seinem Mund stießen zerhackte Rauchschwaden.

— Branko habe ich natürlich nicht gefunden. Gott hatte einen anderen Plan für mich. Er schickte mich zurück. Sagte, er würde ein klares Zeichen senden. Und als ich von deinen Entführungsplänen erfuhr, wusste ich, was zu tun war.

Unter dem Rauschen war ein leiser Jubel zu hören. Das Auto von Schwester Berta schoss davon und näherte sich über die steile Straße. Othmar konnte ihre aufgerissenen Augen aus der Ferne erkennen. Wie besessen stieg sie aufs Gas. Das abgedämpfte Licht im Wohnzimmer. Keine Silhouetten. Keine Bewegung. Bertas C1 fetzte an ihnen vorbei. Matschiger Schnee spritzte in Othmars Gesicht. Er betete, dass Selma daheim war. Ohne Alpha würde er vielleicht tatsächlich sterben.

4

Als Othmar und Helge vor der Wohnung ankamen, stand Berta in der Kälte und erwartete sie mit verschränkten Armen. Der gleitende Pater hatte sich über den restlichen Weg warmgeredet. Bei Othmar blieben nur Wortfetzen hängen.
— Seit Adams Apfel ist unsere größte Angst, dass man uns etwas vorenthält.
— Wo sind jene, die Erniedrigung als Glück empfinden?
— Jeder Mensch hat das Recht, Probleme zu machen.
— Die Zurückgelassenen merken immer zu spät, dass sie es sind, die am Festland stehen.
Othmar konnte keinen Zusammenhang erkennen. Für ihn waren es betrunkene Teilchen ohne Theorie. Stattdessen fixierte er Schwester Berta, die wie eine mächtige Wächterin vor seiner Wohnung stand. Vermutlich hatte ihr niemand geöffnet. War sie wütend oder empfand sie es als Triumph, ihn endlich überführen zu können? Warum konnte sie nicht einsehen, dass Alpha keine ständige Aufsicht brauchte? Bei einem Sessel musste man schließlich auch nicht bleiben.
— Bitte hilf mir, sagte Othmar zu Helge, der nur lakonisch nickte und sich elegant vor dem Koloss mit den verschränkten Armen einbremste.
— Guten Abend, liebe Schwester Berta. Gott sei mit Ihnen. Er wird es Ihnen bestimmt danken, dass Sie sich selbst an einem solchen Tag um Ihre Patienten kümmern.
Berta sagte nichts. Sie zog ihre Nüstern auseinander und seufzte.
— Wissen Sie, dass man sich mit verschränkten Armen in Wahrheit selbst umarmt? Man reduziert damit Stress

und gibt sich Wärme. Haben Sie keine Angst, Berta. Wir kommen in Frieden. Das ist ganz ähnlich wie beim Beten, Berta. Da gibt man sich auch in Wahrheit selbst die Hand. Ein Akt der Ruhe und Entspanntheit. Heute wirkt das Beten oft, als würde man von sich selbst etwas fordern. An seiner eigenen Hand zerren. Wie beten Sie, Schwester Berta? Fordern Sie oder bitten Sie?
Der Pater streckte die Hand aus und bot sie ihr an. Seine Stimme klang, als würde er auf eine Gruppe Geiselnehmer einreden. Berta rührte sich nicht.
— Kommen Sie. Ich weiß, dass Sie es nur gut meinen. Aber das eint uns. Auch Othmar, den Sie so verachten, hat nichts Böses im Sinn. Glauben Sie mir, nur Gott weiß, was gut für uns ist. Wir sollten auf ihn vertrauen. Ich frage Sie, Berta:
Weiß der Fleischer mehr über den Tod als der Installateur?
Weiß der Installateur mehr über die Risse des Lebens als der Priester?
Weiß der Priester mehr von Gott als die Hure?
Weiß die Hure mehr über die Liebe als der Koch?
Weiß der Koch mehr über den Hunger als der Fleischer?
Wie sehen Sie das als Krankenschwester?
Wissen Sie mehr über Krankheit als der Patient?
Pater Helge hatte die Faust von Schwester Berta weder kommen sehen noch richtig gespürt. Aber er hatte sein Blut rauschen gehört. In warmen großen Wellen schlug es gegen die Schädelwände und schwappte hin und her. Bis er das Gleichgewicht verlor und völlig gefühllos zu Boden ging. In diesem Moment erschien ihm Gott. Er trug einen langen weißen Bart und hielt ein Megafon in der Hand. Die Statisten der Bibelverfilmung sahen ihn fragend an. Und er schrie verzweifelt:
— Alles auf Anfang!

Als der Pater die Augen wieder öffnete und sein Gehirn pochte, als würde es Alarm schlagen, sah er verschwommen das beleidigte Gesicht von Berta, das sich über ihn beugte. Dann spürte er die kräftigen Unterarme der Schwester, die ihn hochhoben. Ihre holprigen Schritte, die über das Eis stampften. Wie ein Kleinkind hielt sie den schönen Helge, um ihn auf die Pflegestation zu tragen.

Othmar sah ihnen nach und fragte sich, ob es ein funktionierendes Geschäftsmodell für die einzige Krankenschwester im Ort sein könnte, selbst für den Nachschub an Patienten zu sorgen.

Und als ob sie seine Gedanken hören würde, drehte sie sich um und sagte:

— Ich weiß genau, dass niemand zu Hause ist.

In diesem Moment öffnete sich die Tür und Charlotte stand vor ihnen. Sie hielt einen Schraubenzieher in der Hand. Berta rann eine Träne über die Wange. Sie drehte sich wieder um und ging weiter.

— Was machst du da?, fragte Othmar.
— Ich repariere den Fernseher, sagte Charlotte.
— Aber warum?
— Weil Mama gern fernsieht.

Othmar konnte sich nicht erinnern, wann er das letzte Mal einen heißen Kaffee getrunken hatte, der aus seiner Filtermaschine stammte. Er wusste auch nicht, wann er das letzte Mal diese Tasse sauber in Händen gehalten hatte. Er neigte fragend den Kopf. Da war ein dumpfes Rauschen, das fremd war. Es handelte sich nicht um das Rauschen des Wasserfalls. Auch nicht um das Rauschen in seinem Kopf, das den Schmerz vernebelte. Es war ein angenehmes Rauschen, das ihn beruhigte. Und es kam aus der Küche. Der Geschirrspüler, der das letzte Mal vor

acht Jahren gelaufen war. Charlotte hatte auch ihn repariert.
— Was ist hier los? Warum bringst du alles durcheinander? Er sagte das ohne Aufregung. Eher wie jemand, der zwar wusste, dass die Ruhe der natürliche Zustand des Menschen war, den es aber verblüffte, dass die durcheinandergeratenen Dinge immer wieder in diesen ursprünglichen Zustand zurückkehrten. Wie geschüttelte Teilchen in einem Wasserglas, die stumm zu Boden sanken. Er spürte absolute Ruhe. Wie sich alle Ereignisse der letzten Tage wieder in ihre vorgesehene Ereignislosigkeit begaben. Ein angenehmes, warmes Sinken. Ohne Zutun. Bloß keine Erschütterung jetzt. Niemand durfte dieses Wasserglas berühren.
— Sie wird sterben.
— Aha.
Othmar war eins mit dem Brummen des Geschirrspülers, dem heißen Kaffee und dem stummen Rauschen des Fernsehers. Nichts konnte ihn aus dieser funktionierenden Welt hieven.
— Meine Mutter wird sterben. Sie hat Krebs. Deshalb hat sie die Glatze.
Aber Othmar hatte sich längst entfernt. War ein Astronaut in einer Kapsel. Und hörte Charlottes Worte nur als zerhackte Funksprüche von der Basis, die ihm das Gefühl gaben, alles sei am Laufen. Krebs. Na und? Auch das würde Charlotte reparieren. Und dann würde sie sich um Alpha kümmern. Reglos saß dieser in seinem Rollstuhl. Auch ihn würde sie wieder auf Vordermann bringen. Wie die anderen Geräte, die nur auf Charlotte gewartet hatten. Gleich würde sie den Schraubenzieher an seine Schläfe setzen. Zwei Drehungen würden reichen. Und er würde aufwachen, als ob nichts gewesen wäre. Oder war es umgekehrt?

War Alpha in seinen ursprünglichen Ruhezustand zurückgekehrt? Und man müsste ihn nur richtig schütteln?
— Othmar? Hast du verstanden, was ich gesagt habe?
Er sah Charlotte an. In der Hoffnung, sie könnte auch sein Leben reparieren.
— So wie es einmal gewesen war, bitte.
Aber welcher Zustand wäre das? Wie war es denn gewesen? Er hatte überhaupt kein Bild vor Augen. Ein Geschirrspüler war ein Geschirrspüler. Eine Kaffeemaschine eine Kaffeemaschine. Aber ein Othmar war kein Othmar.
— Du musst dich um meine Mutter kümmern. Sie hat nicht mehr lange zu leben. Deshalb habe ich ihr versprochen, dass ich nicht gehe. Ich konnte sie doch nicht alleinlassen. Sie wollte nicht, dass es jemand weiß. Nicht einmal du. Du bist nicht belastbar, Othmar. Das hat sie gesagt. Aber ich weiß, dass das nicht stimmt. Du liebst sie. Das sehe ich. Das war auch der Grund, warum sie dich nur einmal die Woche sehen wollte. Warum sie nie mit dir zusammenzog. Um dich zu schonen. Um zu verhindern, dass du dich an sie gewöhnst. Wenn sie doch sterben muss.
Es geht ihr in Wahrheit sehr schlecht. Die Chemotherapie kostet sie die letzte Kraft. Dazwischen hat sie Panikattacken. Sie hat, wie wir alle, Angst vor dem Sterben. Jede Nacht wird sie von Albträumen heimgesucht. Sedrick ist der Wolf. Der Wolf ist der Tod.
Ich weiß, wer mein Vater ist. Du bist es, Othmar. Es spielt doch keine Rolle, wer mich gezeugt hat. Es geht darum, wer sich kümmert. Ich habe alles vorbereitet. Ich habe alles repariert. Schau dich um. Du wirst kein Staubkörnchen finden. Ich kann ruhigen Gewissens gehen. Sie hat mich gebeten, jetzt ganz für sie da zu sein. Aber ich muss weg. Es geht nicht anders. Sonst verliere ich Joschi. An Rebekka. Auch das weißt du. Ich habe erst jetzt gemerkt, dass

ich ohne ihn nicht leben kann. Wir gehen zusammen. Er mit Rebekka. Und ich mit ihm. Verstehst du das, Othmar? Versprichst du mir, dass du bei ihr bleibst?
Othmar nickte. Charlotte klang wie eine erwachsene Frau. Ihre Stimme war kühl und klar. Als ob jemand anderer aus ihr sprach. Oder war es das erste Mal sie selbst? Othmar war endgültig in seinen Ruhezustand zurückgekehrt und schlief bei vollem Bewusstsein.

Selma stand in ihrem Garten und betrachtete das Gemälde. Sie hatte es zwei Jahre lang im Freien stehen gelassen. Die Konturen waren verwischt. Die Witterung hatte sein Wesen gelöscht. Niemand, nicht mal Selma, konnte ihn auf diesem Bild erkennen. Sie hatte es gemalt, als sie in das Haus ihrer Eltern zurückgekehrt war. Um dort zu sterben, wo sie geboren war. Sie hatte gehofft, dass sich der Kreis schließen würde. Dass sich die Teilchen ruhig zu Boden senken würden. Sie hatte es so gemacht, wie sie es von Sedrick gelernt hatte. Alles musste zur Kunst werden. Alles war Material. Darin lag der Trost. Jetzt war es so weit, das fertige Gemälde anzusehen. Und die Natur hatte ganze Arbeit geleistet. Ja, sie war eine elende Künstlerin. Die Natur. Aber eine perfekte Assistentin.
Selma stand im Garten und betrachtete ihr Gesicht. Nein, sie hatte es nicht so gemalt, wie die anderen es sahen. Sie hatte es ohne Bild vor Augen gemalt. Niemand hätte darin sie gesehen. Niemand außer Sedrick, der ihren Strich stets eher erkannte als ihr Gesicht. Jetzt, nachdem die Leinwand zwei Jahre lang der Witterung ausgesetzt war, hatten sich die Spuren verwischt. Sedrick wäre stolz auf sie gewesen. Nein. Er hätte gesagt, das bist jetzt mehr du, als du es jemals warst. Das Bild hatte seinen Strich verloren. Die Natur hatte den Pinsel übernommen. Nein. Die Na-

tur besaß keinen Pinsel. Sie hatte es schlicht übernommen. Ganz ohne Strich. Hatte es zu ihrem gemacht. Genauso wie sie die Häuser übernommen hatte, als sich die Menschen nicht mehr darum kümmerten.
Selma stand im Garten und betrachtete das Gemälde, das eigentlich kein Gemälde mehr war. So wie eine Leiche nicht mehr die Geschichte eines Menschen erzählte. Oder die Geschichte aller Menschen erzählte. Ging es bei einer Geschichte tatsächlich darum, was blieb? Oder kehrte eine Geschichte stets zu ihrem Ursprung zurück? Warum war Selma nicht traurig, als sie die entstellte Leinwand ansah? Woher kam diese immense Ruhe? War sie ganz plötzlich in Erscheinung getreten? Oder war sie stets da gewesen? Und Selma hatte sie bloß nie bemerkt.
Sie dachte an Wörter, die sich lohnten, auf die gleiche Weise angestarrt zu werden.

LIEBE
LEBEN
DAMALS
JETZT
ZUG
AUTO
UNRAST
SCHNEE
BELEUCHTUNGSKÖRPER
HAUT
SPUCKE
ATEM
SCHREI
FLÜSTERN
WEG
FERNE
GEHEN

LIEGEN
KÜSSEN
HIMMEL
WOLKEN
ERDE
WASSER
HERRSCHAFT
SCHLAF
MORGEN
DURST
DU
NAME
SCHWEIGEN
LUST
TOD

SELMA

Das sollte auf ihrem Grabstein stehen. Ohne Geschichte. Ohne irgendetwas. Nur damit man es möglichst lange anstarren konnte.
Selma stand im Garten und betrachtete das Gemälde, das sie vor Kurzem von Othmar angefertigt hatte. Sie hatte ihn nicht so gemalt, wie sie ihn sah. Und er selbst hatte kein Bild von sich. Oder eher eines, das es nie gab. Das war das Schöne an Othmar. Er konnte sich selbst übersehen.
— Erinnerst du dich, als wir uns wiedersahen und du sagtest, ich habe abgenommen. Du hast im Scherz gefragt, ob ich Krebs habe. Dann hast du gelacht, weil du es als Kompliment meintest. Und weißt du, was? Genau da habe ich begonnen, dich zu lieben. Weil du nichts verstehst. Weil du ein einziges Missverständnis bist.

Und jetzt stelle ich dein Bild in den Garten. Du wirst es finden, da werde ich schon längst unter der Erde liegen. Bis dahin wird die Natur ganze Arbeit geleistet haben. Du wirst dich selbst nicht mehr erkennen. Aber keine Angst. Es fängt gerade erst zu verwittern an.
Selma sprach nur mit dem Bild von Othmar. Aber sie hatte das Gefühl, dass er nickte.

Die alte Zesch saß auf ihrem Balkon und wartete, dass endlich etwas passierte. So ein Verlangen hatte sie schon lange nicht mehr gespürt. So ein Verlangen konnte nur jemand spüren, der sein Leben lang im Sitzen gestanden hatte. Wo war der verdammte Kater? Er war in das Grand Hotel gerannt. Die Alte konnte es spüren.
Sie sog die kalte Bergluft ein. Ließ sie eisig in ihre Kehle fahren. Sie verbannte jedes lauwarme Schwelen aus ihrem Körper. Öffnete alle Poren, um der endgültigen Kälte Einlass zu gewähren. Die kleine Flamme Leben durfte endlich dem großen, leblosen Nichts weichen. Es war erhaben. Unangreifbar. Das Nichts lag unter allem. Jetzt würde es sich überstülpen. Und alles löschen. Ein kurzes Zischen. Und vorbei war es mit dem lauwarmen Leben, das sich nur als kurzes Aufflackern gezeigt hatte. Mehr war es nicht gewesen. Mehr würde es nie sein. Kein Schlaf. Ein Erkalten. Ein toter Baum. Ein wunderschöner, kahler, toter Baum.
— Mutter!
Fast hätte sie es geschafft. Fast wäre sie völlig erkaltet. Sie hatte lange genug draußen gesessen. Aber dann stand ihr Sohn vor ihr. Dieser Nichtsnutz, der sie zurück ins Leben kommandierte. Als würde er durch eine Wand brüllen. Als würde sie beide eine meterdicke Eiswand trennen. Nur stumme, verzerrte Fetzen. Aber er hatte den Meißel dabei. Stemmte und stemmte. Nein. Den Lötkolben. Der alles

auftaute. Bis sie nachgeben musste. Bis man sie barg. Bis man sie gegen ihren Willen ins Warme zurückholte.
— Geh ins Haus. Geh sofort hinein. Du holst dir den Tod.
Er wusste nicht, dass man sich den Tod nicht holte. Sondern hart erarbeiten musste.
— Nein.
Sie sagte es so eisig, wie sie noch konnte. Aber nichts hielt diese Wärme auf. Das Eis schmolz. Und der Wille zerfloss ihr zwischen den verkrüppelten Fingern, weil sie mit diesen verkrüppelten Fingern keinen Becher formen konnte. Weil sie immer zusehen musste, wie ihr alles zwischen diesen Fingern zerrann.
— Kann man dich nicht eine Stunde allein lassen! Los, rein zum Feuer. Zum warmen Feuer. Tür zu!
Und dann entflammte es. Ein kurzes Seufzen zwischen dem Rauschen, das diesen Ort unaufhaltsam versengte. Sie formte das Geräusch mit ihren Lippen nach. Das Auflodern ähnelte dem BUH eines Fisches. Noch ein BUH. Die orangefarbene Flammenwut, die in der Ferne flimmerte. Stumm. Wie ein Fisch. Und das Rauschen. Das die Flammen versuchte zu löschen. Die gegeneinander kämpften. Die aber kein kompatibles Play-back waren. Denn das Rauschen passte nicht zu dem Lodern.
BUH
BUH
BUH
BUH
Sie warf es ihrem Sohn entgegen.
— BUH!
— BUH!
Jetzt dreht sie endgültig durch, dachte Heimo.
— BUH!

Rebekka, die neben Joschi stand. Oben auf dem Karlsstein. Wo einst Alpha und Othmar wankten und lauthals gelacht hätten, wäre ihnen ein solches Feuer gegönnt gewesen. Sie legten sich über die felsigen Wände, die lodernden Flammen. Sie schmiegten sich in die steile Schlucht. Sie tanzten im Rhythmus der Beats. Seit zwanzig Jahren hatte Bad Regina nicht mehr so getanzt. Ein ekstatisches Tanzen. Nur ohne Musik. Und Joschi, der die Hand von Rebekka nahm. Und Rebekka, die es gar nicht bemerkte. Sie dachte an den alten Schandor. Und dass es jetzt endgültig vorbei war. Da brannten sie. Und er konnte es nicht verhindern. Alle verbrannten sie. Alle Männer, über die sie nie reden durfte. Verbrannten stumm. Die Männer, sagte Rebekka, waren für sie die Züge in die weite Welt gewesen. Sie benutzte sie. Hatte sich in ihre Koffer geschmuggelt. Und war in kleinen Partikeln mitgereist. Nein. Es war ein Geschäft gewesen. Ein Gegengeschäft. Sie hatte ihnen gefallen. Das hatte ihr gefallen. Noch mehr, als ihr das Geld gefallen hatte. Geschäft blieb Geschäft. Darauf hatte der alte Schandor bestanden. Wenn er sie den speziellen Kunden zuführte. Hatte ihr eingetrichtert, sich auf keinen persönlich einzulassen. Sich von keinem in Gedanken mitnehmen zu lassen. Da hatte er ganz den väterlichen Freund gegeben. Eine reine Dienstleistung sei es. Sie sei eben speziell. Von internationalem Format. Viele Kunden kämen wegen ihr. Sie solle das genießen. Und sich nicht unglücklich machen. Aber ihr Herz hatte zu faulen begonnen wie ein angebissener Apfel. Er war verwelkt wie abeschnittene Blumen. Aber jetzt brannten sie. Schandor und die anderen, über die man nicht sprechen durfte. Damals hatte sie gelernt, zur Schmuggelware zu werden. Damals hatte sie begriffen, wie man die Gedanken eines Mannes infizierte. Alle hatten sie Heimweh nach ihr. Alle kamen sie wieder.

Und nahmen einen Teil von ihr mit. Der Rest wurde nie abgeholt. Rebekka. Lost and Found. Vielleicht suchte sie deshalb ihre Eltern. Die aufgehört hatten, sie zu suchen. Die vermutlich dort waren, wohin die Bienen verschwunden waren.

Charlotte nahm Joschis Hand.
Nur die Waschmaschine hatte sie vergessen zu reparieren. Aber daran dachte sie erst, als sie die beiden wie abgemacht am Parkplatz traf und auf die Rückbank sprang. Joschi hatte die Siegermiene aufgesetzt. Er hatte alles gewonnen. Rebekkas regloses Gesicht. In ihrer Sonnenbrille spiegelten sich die schwarzen Berghänge von Bad Regina. Und das Feuer, das vermutlich keiner löschen würde.
— Charlotte, flüsterte er und strich über ihr Gesicht. Sie küsste seine Hand. Rebekka stieg aufs Gas.

Im Bett fiel der alten Zesch ein, wie der kleine Hermann stets die schmalen Lippen geschürzt hatte, wenn er schlief. Und dieses Geräusch ausstieß.
In einem fort.
BUH
BUH
BUH
Und wie oft sie ihm deshalb den Tod an den Hals gewünscht hatte.

Den Kater hatte keiner mehr gesehen. Vermutlich war er in den Flammen umgekommen.

5

Schleining stand am Rand und schaute in den Abgrund. Der Wind blies ihm durch das schüttere Haar. Seine Fußspitzen ragten über den verkohlten Boden. Unter dem Absatz knisterte das zerborstene Glas der Panoramascheibe. Er spürte den Sog, der seine Zehen über die Kante ziehen wollte. Er bräuchte sich nur ganz leicht nach vorne lehnen. Man könnte es nicht mal Entscheidung nennen. Ein falscher Windstoß würde schon reichen.
— Das war der Scheißchinese.
Schleining musste sich nicht umdrehen, um die Stimme von Zesch zu erkennen. Er schloss die Augen und fühlte die kalte Luft von vorne und die träge Kaminwärme von hinten.
— Da wollte jemand seine Heizkosten nicht mehr bezahlen, scherzte der Bürgermeister.
Nichts war übrig geblieben. Weder das Bett, das bis vor Kurzem nach drei Menschen gerochen hatte. Noch der rote Teppich oder die weißen Fauteuils. Alles war zum gleichen verkohlten Brei geworden. Nur der Kristallluster lag beinahe unbeschädigt in der Mitte des Raumes. Gerade, dass er nicht trotzig weiterleuchtete.
— Warum sollte der Chinese das tun?, fragte Schleining. Er drehte sich noch immer nicht um. Auch wenn ihn der plötzliche Entschluss zu springen noch mehr überrascht hätte als Zesch. Er musste kurz lachen bei dem Gedanken, mitten in einem Satz des Bürgermeisters aus dem Bild zu kippen.
— Was ist da so lustig?, zischte ihn dieser an.
— Nichts. Die Situation ist ernst. Sehr ernst.

Zesch warf ihm einen misstrauischen Blick zu.

— Willst du mich verarschen?

— Nein, natürlich nicht, antwortete Schleining und dachte, jetzt wäre ein idealer Moment, um einfach nach vorne zu kippen und Zesch in seiner Ratlosigkeit zurückzulassen. Aber die Pointe war es dann doch nicht wert. Außerdem beschlich ihn das Gefühl, dass er noch eine Aufgabe zu erfüllen hatte in dieser verworrenen Geschichte, die sich zweifellos dem Ende zuneigte.

— Versicherungsbetrug. Klare Sache, wenn du mich fragst, sagte Zesch.

Es hatte ihn aber keiner gefragt. Niemand hatte irgendetwas gefragt. Man hatte das Feuer gelöscht. Erstaunlich schnell. Und dann waren alle Gesichter wieder hinter ihren Gardinen verschwunden. Der Brand hatte sich nur wie der nächste Grad der Zerstörung angefühlt.

— Stell dir vor, er macht das mit jedem seiner Gebäude. Er würde Millionen damit verdienen.

Zesch wusste natürlich, dass nicht der Chinese hinter dem Brand steckte. Schließlich war er kein Idiot. Auch wenn ihn dieser Provinzpolizist für einen solchen hielt. Warum hätte er sonst dieses dämliche Lächeln aufgesetzt? Ahnte er etwas? Wie sollte er? Niemand außer Zesch und sein Drecksbengel wussten, wo die Benzinkanister versteckt waren.

— Stimmt es, dass dein Sohn mit Rebekka durchgebrannt ist?

Zesch antwortete nicht.

— Ich habe dir doch angeboten, ihn zu verhaften, um ihn vor sich selbst zu schützen, sagte der Polizist.

— Die Zeiten der Präventivhaft sind aber vorbei, Karl. Zum Glück.

Er konnte gar nicht glauben, das gesagt zu haben. Aber

es war besser, als gar nichts zu sagen. Er durfte sich jetzt keine Schwächen anmerken lassen. Sie würden sich alle noch wundern, wozu er fähig war. Bald würden sie ihm sehr dankbar sein.
— Der Zesch hat es als Einziger kommen sehen. Er hat Vorkehrungen getroffen.
Das würden sie sagen. Kurz bevor sie das Denkmal enthüllen. Warum dachte er jetzt an Tennis?
Weil seine Frau bei der Rückfahrt nach dem Leichenschmaus etwas Komisches zu ihm gesagt hatte:
— Vielleicht hättest du lieber Fußball spielen sollen als Jugendlicher.
Das war, kurz nachdem er sie damit konfrontiert hatte, wohin sie eigentlich so plötzlich verschwunden war. Ob sie mit dem Moschinger vielleicht ein gemischtes Doppel anstrebe.
— Beim Fußball berührt man sich körperlich. Und das fehlt dir als Einzelspieler.
Zuerst hatte er überhaupt nicht verstanden, was sie damit meinte. Er spürte nur die Wut hochkochen.
— Willst du damit sagen, ich bin ein Wichser?
Sie lachte spitz auf. Das machte sie immer, wenn er ihre Demütigungen volley aufnahm. Sie schüttelte den Kopf. Aber nicht, um seine Frage zu negieren. Eher aus Verblüffung, wie weit sein Verfolgungswahn inzwischen gediehen war.
— Ich weiß nicht, ob du ein Wichser bist, Heimo. Wichst du? Sag's mir. Irgendetwas musst du ja gegen diesen Stau unternehmen. Offenbar staut es sich ja schon bis in dein Gehirn.
— Was soll das heißen?
Triumphierend lächelte sie ihn aus. Das Ablenkungsmanöver hatte perfekt funktioniert.
— Ich will damit sagen, dass du langsam durchdrehst.

Aber du kannst nichts dafür. Das sind die Gene. Das ist vererbbar. Epigenetik. Lies mal rein, Heimo.
— Ich habe eher das Gefühl, dein Sohn dreht durch.
Gerda hatte zu diesem Zeitpunkt noch nichts von Rebekka gewusst. Und Heimo hatte überlegt, ob er es ihr sagen oder die Dinge wie immer allein lösen sollte.
— Liebe ist keine Krankheit, Heimo. Er ist halt verliebt. Dass dir das politisch nicht passt, spornt ihn nur zusätzlich an.
Gerda meinte Charlotte. Sie hatte in mehrfacher Hinsicht keine Ahnung. Denn erstens handelte es sich bei der plötzlich auftretenden Obsession bezüglich Rebekka sehr wohl um eine Krankheit. Zweitens war Charlotte alles andere als politisch. Ja, sie war so apolitisch, dass man ihre apolitische Natur beinahe als radikal politisch bezeichnen konnte. Und drittens drehte Heimo nicht durch, sondern war der Einzige, der die Dinge kommen sah.
Denn eines stimmte schon. Dass Joschi die gleiche apokalyptische Natur in sich trug wie alle Zeschs. Er hatte es schon als Kind geliebt, mit dem Feuer zu spielen. Hatte seinen Onkel Adrian stets am meisten für seine Unfallverletzungen bewundert. Und suchte sich auch bei den Frauen immer die ausweglöseste Liebe aus. Rebekka übertraf dahin gehend Charlotte um ein Vielfaches. Spielte in einer ganz anderen Liga, wenn es um das große Herzenstheater ging. Rebekka war Joschis Tor zur Welt. Und vermutlich hatte er Charlotte nur mitgenommen, weil er dafür ein Publikum brauchte. Eine Zeugin.
Die alte Zesch war völlig durchgedreht, als Heimo sie ins Warme geschoben hatte. Ein Flammenmeer würde über sie alle kommen. Das hatte sie gebrüllt. Heimo hatte gedacht, dass es bald mit ihr vorbei sein würde. Bis jetzt hatten noch alle Zeschs von großen Flammenmeeren sinniert,

wenn sie kurz vorm Abkratzen waren. Bei den Zeschs war keiner klein gestorben.
Als sie dann gemeinsam auf das brennende Hotel starrten, vermutete Heimo in seiner Mutter eine Art Hexe. Es war ein unbestrittenes Talent der Familie, Katastrophen kommen zu sehen. Er hatte im ersten Moment gar nicht an Joschi gedacht. Vermutlich, weil ihn der einhellige Familienmoment ergriffen hatte. Wann waren Gerda, die Alte und er das letzte Mal so einträchtig nebeneinandergestanden? Das Feuer wärmte nicht nur ihre Gesichter, sondern auch ihre Seelen. Erst als ihm auffiel, dass Joschi fehlte, keimte der erste Verdacht in ihm auf. Die Alte hatte ihn seltsam verhöhnend angesehen, als er ihn endlich aussprach. Er war hinuntergelaufen und tatsächlich: Alle Benzinkanister waren entwendet worden.
Sein Blick fiel auf den Karlsstein. Ob sich die drei im Inneren des Berges versteckten? Ihm die Vorräte im Kraken wegfraßen? Nein. Er schloss die Augen und sah sie auf einem endlos geraden Highway in die Nacht rasen. Sein Sohn zwischen den beiden Frauen. Der Fahrerin die Augen zuhaltend, während er die andere küsste. Aufgekratzte Blicke. Hysterisches Lachen. Bedenkenlose Freiheit. Ein müder Neid gähnte in ihm hoch. Er wusste, dass es keinen Sinn hatte, sie zu verfolgen.

Othmar und Selma hatten ebenfalls das Feuer betrachtet. Sie hatten in die Flammen gestarrt wie andere in einen Kamin. Selma hatte an eine Feuerbestattung gedacht und Othmar hatte sich vorgestellt, wie es wohl aussähe, wenn alle leer stehenden Häuser gleichzeitig in Flammen aufgingen. Ein loderndes Inferno ohne Konsequenzen. Keiner würde trauern. Es würde die Umstände nur für jedermann sichtbar machen. Die Vorstellung hatte ihm gefallen. Ein Lebenszeichen. Als ob die Häuser zum Abschied winkten.

Als der obere Stock des Grand Hotels völlig ausgebrannt war und nur noch vereinzelter Rauch hochstieg, gingen sie hinein, setzten sich vor den Fernseher und starrten dort hinein. Es machte keinen großen Unterschied. Weder für Othmar noch für Selma, schon gar nicht für Alpha. Wenn man sie alle drei von vorne betrachtete, hätte man nicht sagen können, wer bei Bewusstsein war und wer nicht.

Zwei Tage lang sprachen sie kein Wort. Und ergaben sich ganz dem Trost dieses passiven Daseins. Inzwischen hatte Othmar das Gefühl, es würde für immer so weitergehen. Ja, dass in diesem Starren der Schlüssel zum ewigen Leben lag. Als Selma die Stille unterbrach, liefen im Hintergrund Nachrichten über eine Sturmkatastrophe in Asien.

— Du kannst mich nicht retten. Keiner kann mich retten.

Vermutlich würde bald ganz Asien vor der Tür stehen. Aber das war Othmar egal. So wie ihm die Sturmkatastrophe egal war. Ja, die gesamte Klimakatastrophe ging ihm am Arsch vorbei. Nicht weil er sie verleugnete oder verdrängte, sondern weil es ihm tatsächlich egal war, was passierte. Er hasste die Natur. Er hasste aber auch den Gedanken, dass irgendetwas für die Ewigkeit gedacht wurde. Eigentlich war es ihm nicht recht, dass Charlotte die kaputten Dinge repariert hatte. Othmar fand es auf gewisse Art schön, dass sie nutzlos mit ihm weiterexistierten und er sie trotzdem nicht wegwarf. Er griff in seine Tasche und tastete nach dem kaputten Telefon. Alles noch da.

Othmar starrte weiter auf die Naturkatastrophe in Asien. Bäume, Dächer, Autos. Alles flog durch die Gegend.

— Im Dasein bin ich ganz gut. Das ist eigentlich das Einzige, was ich kann. Da sein.

Er versuchte, das in einem möglichst lässigen Tonfall zu

sagen. Er stellte sich selbst als defekten Haushaltsgegenstand vor, der sich weigerte, die Wohnung zu verlassen.
— Im Nichtweggehen meinst du, erwiderte Selma und lächelte ihn an.
Sie liebte ihn wirklich. Auch für das, was er nicht war. Das begriff er in diesem Moment. Und zwar nicht weil sie starb, sondern obwohl sie starb. Sie wollte ihn vor dem Leid bewahren. Sie war zu allem und jedem eine Mutter. Das war ihr Zustand zur Welt. Der Zustand, in den sie immer wieder zurückkehrte.
Jetzt, da Charlotte weg war, konnte sie ihre Liebe nicht mehr zurückhalten. Sie musste sie jemandem geben. Sie konnte nicht anders. Selma war ein von Grund auf freundliches Wesen. Obwohl sie ihre Eltern nie geliebt hatte. Ihr Blick fiel auf Alpha. Sie sah ihn an, als wäre er ihr gemeinsames Kind.
— Ich will noch etwas erleben, Othmar. Bevor der Wolf kommt.
Dann nahm sie seine Hand und schloss die Augen. In Othmar stieg ein beklemmendes Gefühl hoch. Es wurde aber rechtzeitig vom Kehlkopf gestoppt und hielt dort widerwillig inne. Im Weinen war Othmar ganz schlecht. Noch schlechter als im Weggehen.

Selma schob den glitzernden Alpha über die Port-Cochère des Schlosses. Sie hatte ihm das Sakko mit den silbernen Fransen angezogen. Othmar dachte: Glitzer verunmöglicht Faschismus. Er hatte keine Ahnung, woher dieser Gedanke kam. Aber er gefiel ihm.
— Alpha kommt mit zu Wegenstein. Er stört ja keinen. Und wenn ich nicht mehr bin, kümmert sich ohnehin keiner um ihm.
Othmar hatte beleidigt die Augen zusammengekniffen.

Was sollte das heißen? Alpha und er waren auch ohne sie gut zurechtgekommen. Dann nickte er gleichmütig. Er glaubte ohnehin nicht daran, dass die Entführung stattfinden würde. Er hatte zwar mit keinem darüber geredet, weil er die Tage mit Selma verbracht hatte, aber er ging noch immer davon aus, dass, nüchtern betrachtet, die Lust auf ein kollektives Verbrechen verblasst sein würde.

Wegenstein hatte brennende Fackeln aufgestellt. Sie säumten den Weg in den Hof. Es roch nach gegrilltem Fleisch. Leise Klaviermusik drang durch das Rauschen der Bäume. Wozu sich der Graf das alles antat, wenn ohnehin keiner kam, dachte Othmar, als Selma den Rollstuhl durch den Torbogen schob. Teilnahmslos wackelte der Oberkörper von Alpha. Es musste Monate her sein, dass er an der frischen Luft gewesen war. Ein überraschtes Seufzen von Othmar. Es wurde ihm nicht nur ein Glas Sekt von einer freundlichen Dame gereicht, sondern er wurde auch auf das Büfett im Zelt hingewiesen, wo sich schon ein Haufen Leute tummelte. Othmar zählte durch. Außer den Zeschs fehlte niemand.

Selma nahm seine Hand.

— Dein Vorhaben sieht ja ganz nach einem Erfolg aus. Gratuliere.

Othmar knurrte. Sein Blick fiel auf Alpha, aus dessen Mund sich Speichel löste. Selma wischte ihn mit ihrem Taschentuch beiläufig weg und bewegte den Rollstuhl in Richtung Zelt.

— Sie werden ihn doch nicht zum Büfett mitnehmen.

Wegenstein raste wie eine Dampflok auf sie zu.

— Wieso? Gibt es etwa eine Rassentrennung?, rotzte Othmar. Er spuckte verächtlich auf den Boden, was Wegenstein geflissentlich überging.

— Es gehört schon ein Patzen Intelligenz dazu, sich so

deppert zu stellen, sagte der Graf und sah Selma Hilfe suchend an. Othmar war irritiert, quasi den gleichen Satz innerhalb von wenigen Tagen von Grün und Wegenstein zu hören.
— Wir haben ohnehin keinen Hunger, entschärfte Selma die Situation. Erleichtert winkte Wegenstein Personal herbei und bedeutete, einen Stehtisch zu bringen, was auch in Windeseile geschah. Bleiern blieben alle stehen und warteten, bis die Kellner Tischtuch und Blumenstrauß drapiert hatten. Alpha verschwand unter der Tischplatte, als hätte er ein Dach über dem Kopf. Zufrieden begutachtete Wegenstein das Ergebnis.
— In Kürze erscheint der Bürgermeister. Er hat versprochen, nicht nur ein paar Worte an die Gemeinde zu richten, sondern auch die Leitung der Operation zu übernehmen.
— Aha. Ich dachte, er will damit nichts zu tun haben, sagte Othmar.
— Offenbar hat er seine Meinung geändert.
Sie standen in dreißig Meter Entfernung. Man konnte nur Gemurmel aus dem Büfettzelt vernehmen. Doch am Tonfall erkannte man, dass die Leute über das Feuer sprachen. Vermutlich wurde Chen dafür verantwortlich gemacht.
— Man munkelt, dass es Ihre alte Liebschaft war. C'est une femme fatale.
— Warum sollte sie?, antwortete Othmar. Obwohl er genau wusste, dass der Graf recht hatte. Er hatte nicht das Bedürfnis, Rebekka in Schutz zu nehmen. Ihm ging es eher um Charlotte. Und damit um Selma. Sie hatte kaum ein Wort über das Verschwinden ihrer Tochter verloren.
— Sie ist jung. Sie muss ausbrechen. Sie hat lange durchgehalten. Ich muss nicht auf sie warten. Wir haben uns alles gesagt.
Trotzdem drückte Selma seine Hand. Nicht aus Schwä-

che, sondern weil sie Othmars hehre Absicht erkannte. Der Kellner servierte ihnen ein Amuse-Bouche und löste routiniert die Agraffe von der Sektflasche. Geräuschlos zog er den Korken und goss ihnen ein. Wegenstein hob feierlich sein Glas und lief geschäftig zum Büfett.
— Er genießt es. Vermutlich, weil er schon lange nichts mehr zu tun hatte, sagte Selma.
— Was machen wir jetzt?
— Wir sehen mal, was passiert.
Sie hatte die Hand nicht aus der seinen gelöst. Othmar nahm mit der anderen das Glas Sekt und trank es in einem Zug aus. Der Kellner goss unaufgefordert nach. Othmar konnte sich nicht erinnern, wann er das letzte Mal an einem Stehtisch gestanden hatte. Er hatte sich dabei nie wohlgefühlt. Kam nie dahinter, wie sich an einem solchen lässig stehen ließ. Vermutlich war es eine Standesfrage. So einer wie Wegenstein lernte das Stehtischgehabe von der Pike auf. Einer wie Othmar hingegen hatte an einem Stehtisch nichts verloren. Es gab keine punkige Art, an einem Stehtisch zu stehen.
Im Augenblick benutzte ihn Othmar als Trennwand zwischen sich und den anderen. Er diente ihm als Schutzmauer, um in Deckung zu gehen, falls einer schoss. Wobei nach einer verbrecherischen Aktion sah es hier nicht aus. Eher nach einer trägen Abendgesellschaft, die sich nach dem ersten Pausenläuten sehnte.
Othmars Blick schweifte über die essenden Leute. Keiner hatte ihn bemerkt. Die Grüns stritten sich. Moschinger stand mit Kajetan und Fink zusammen. Angewidert kommentierte er das Essen auf seinem Teller. Olga, die Masseurin, gesellte sich dazu. Mit ihr hatte Othmar nicht gerechnet. Vermutlich hatte sie sich geweigert, allein im Hotel Waldhaus zu bleiben. Sie trug ihren blauen Trai-

ningsanzug und fixierte Fink, als ob sie ihn mit einem Schlag umbringen wollte. Tschermak saß mit Karin an einem Tisch und schlang schweigend in sich hinein. Die anderen nahm Othmar nur als gesichtslose Gruppe wahr. Mit ihnen hatte er nichts zu schaffen.

Wegenstein ging durch die Menge und gab jedem Einzelnen die Hand. Er benahm sich wie der Besitzer eines feinen Restaurants. Über jeden wusste er genug, um für ein paar Momente zu parlieren. Im Abseits auch der kleine Max, der Othmar mit einem hypnotischen Blick fixierte.

— Ich finde, er ist zu jung für eine Entführung.

Othmar und Selma drehten sich um. Pater Helge gesellte sich zu ihnen. Er wusste genau, wie man sich an einem Stehtisch verhielt. Er nahm das Glas von Othmar wie eine Monstranz, untersuchte es nach unsauberen Partikeln und trank es in einem Zug aus. Dann stellte er es wieder hin, strich über das Tischtuch und legte beide Hände bedächtig auf die Oberfläche. Einer wie Helge war ohne Stehtisch gar nicht denkbar.

— Bist du jetzt stolz?, fragte der Pater ohne zynischen Unterton.

Othmar schüttelte den Kopf.

— Es wird keine Entführung geben. Das ist absurd.

— Ich habe nicht den Eindruck, dass jemand zweifelt.

Othmar drehte sich zu Selma.

— Wie soll das gehen? Es sind zu viele. Oder sollen wir einen Konvoi bilden?

Othmar sah sich nervös nach Schleining um. Aber offenbar war es gelungen, das Ganze an ihm vorbeizuspielen.

— Der Bürgermeister hat auf Gemeindekosten einen Reisebus gemietet.

— Wie bitte?

— Ich finde das gerechtfertigt. Schließlich geht es um eine Sache, die uns alle angeht.
— Ich meinte auch nicht die Kosten. Was ist mit Schleining? Der wird doch merken, dass alle weg sind.
— Die Leute wurden angehalten, die Lichter eingeschaltet zu lassen. Ich glaube nicht, dass er etwas merkt.
Othmar schüttelte ratlos den Kopf. Ratlos, weil er nicht glauben konnte, dass er der Einzige war, der an die Vernunft appellierte. Und dass sich die Unvernunft so ruhig anfühlte. Es herrschte eine gespenstische Gelassenheit.
— Ohne mich, sagte er störrisch.
— Willst du jetzt den Judas spielen? Es hat alles seine Richtigkeit, glaube mir.
— Richtigkeit? Judas? Drehen jetzt alle durch?
— Ich werde dafür sorgen, dass es zu einem guten Ende kommt. Deshalb bin ich hier.
Pater Helge sah Othmar so an, wie er sich vorstellte, dass Jesus ihn angesehen hätte, was bei Othmar eher wie der Blick eines Sedierten ankam.
— Ich werde Alpha zu Schwester Berta bringen.
Othmar sah Selma verwirrt an.
— Du gehst nirgendwohin.
— Wie stellst du dir das sonst vor? Wir können ihn ja schlecht mitnehmen.
— Sie hat recht. Bei Berta ist er in guten Händen. So wie ich. Ich war bei ihr auch in guten Händen, sagte Helge.
Er griff sich an die fast verheilte Blessur. Seine Pupillen verschwammen und nahmen jenen randlos dämmernden Ausdruck an, den man nur von Narkotisierten, Liebenden und Gehirngewaschenen kannte.
Othmar ging das alles zu schnell.
— Ich mach das.
— Nein. Du erweckst nur Verdacht. Außerdem hasst sie

dich, setzte Selma ihren beruhigenden Tonfall auf, dem sich Othmar nur selten widersetzen konnte.
— Und ohne dich macht es keinen Sinn. Schließlich war es deine Idee, setzte Helge nach.
— Ohne Selma fahre ich nicht.
— Keine Angst. Ich beeile mich.
Ohne auf seine Antwort zu warten, drehte sie den Rollstuhl um 180 Grad und schob ihn davon. Der Kies unter den Rädern klang wie das Knistern von Feuer. Perfektes Play-back. Auch das unbehagliche Gefühl, das in Othmar hochstieg, kam ihm bekannt vor. Es gehörte zu einer anderen Situation. Nur zu welcher? Es war lange her. Sein Blick fiel auf den Karlsstein. Genau. Die Nacht, als Alpha und er bekifft dort oben herumgewankt waren. Nur dass es heute windstill war.
— Ich darf Sie alle im Namen von Bürgermeister Zesch herzlich begrüßen. Es freut mich persönlich sehr, dass wir eine vollzählige Beteiligung verkünden dürfen. Eine Beteiligung, von der man bei Wahlen nur träumen kann. Da fragt man sich aus meiner Sicht, ob die Demokratie wirklich das beste System ist, das wir haben. Oder ob es nicht mehr von solchen sinnstiftenden Aktionen bräuchte. Seules les actions communes soudent les gens ensemble. Verzeihung. Die meisten sprechen ja kein Französisch.
— Schon gut!
Wegenstein wurde wirsch von Zesch unterbrochen. Othmar hatte ihn gar nicht kommen sehen. Heimo trat ins Licht. Er hatte einen schwarzen Rollkragenpullover angezogen. Dieser verlieh ihm Schutz und gleichzeitig strahlte er etwas Klandestines aus. Gerda, die neben ihm stand, trug eine schwarze Reitergarnitur. Das war das Sportlichste, das sie in ihrer Garderobe gefunden hatte.
— Darf ich das Wort übernehmen?

Beleidigt wich der Graf dem demokratisch legitimierten Bürgermeister. Er stellte sich paffend an den Rand und versuchte stumm, seine rhetorische Überlegenheit auszustrahlen.
— Ich will keine Grundsatzreden schwingen. Wir wissen alle, warum wir hier sind. Ich muss nicht sagen, wie stolz es mich macht, euch alle hier zu sehen. Jeder Einzelne von euch ist bereit, Verantwortung zu übernehmen und Widerstand zu leisten. Wir sind der harte Kern. Das wahre Bad Regina, das sich nicht von ausländischen Kräften zersetzen lässt. Ihr seid stark. Die Weichen haben sich kaufen lassen. Ihr aber seid bereit, für eure Heimat zu kämpfen. Und ihr werdet den Sieg davontragen.
Der Tag naht, an dem Bad Regina wieder ganz uns gehören wird. Und jene, die sich feig aus dem Staub gemacht haben, werden reuig zu Kreuze kriechen. Ihr aber werdet noch in Jahrzehnten euren Enkeln von dieser Nacht erzählen, die vielleicht als chinesische Nacht in die Geschichte unserer Heimat eingehen wird.
Auch wenn ihr jetzt schon Helden seid, dürfen wir uns die Sache nicht schönreden. Es ist eine Nacht mit ungewissem Ausgang. Wir wissen nicht, was passieren wird. Außer dass die andere Seite zu spüren bekommt, mit was für einer starken Einheit sie es zu tun hat. Wir lassen uns nicht auseinanderdividieren. Entweder alle oder keiner. Wir können uns aufeinander verlassen. Gehen gemeinsam, sei es in den Untergang oder in einen triumphalen Sieg, der uns als Gemeinschaft für immer verändern wird.
Zesch setzte eine Kunstpause, um dem zu erwartenden Applaus Raum zu verschaffen. Er blieb aber aus. Stattdessen sahen ihn die Leute mit dem gleichen Schleierblick an, den sie auch beim Begräbnis von Petzi aufgesetzt hatten. Sie wirkten nicht wie Kämpfer, die bereit waren, ihr

Leben aufs Spiel zu setzen, sondern wie Lemminge, die heute Abend nichts Besseres vorhatten. Viele von ihnen realisierten vermutlich erst jetzt, dass die Sache ernst gemeint war. Es traute sich aber keiner, einen Zweifel auszusprechen. Noch nicht. Und weil Zesch spürte, dass die Zeit der Feigheit in die Hände spielte, machte er keine Umschweife und kam zum Organisatorischen.
— Draußen im ersten Hof wartet ein Reisebus der Firma Marschik auf uns. Er war zwar schon länger nicht in Betrieb, aber ich möchte Raimund auf diesem Wege herzlich danken, dass er es für uns trotzdem möglich gemacht hat. Er wird das Fahrzeug auch lenken. Danke, Raimund.
Leiser, beinahe geräuschloser Applaus setzte ein. Marschik, ein untersetzter vierschrötiger Mann Mitte fünfzig, bei dem sich Othmar immer gefragt hatte, wie es möglich war, dass ein so kleiner Mann einen so großen Bus lenkte, verbeugte sich steif und versuchte, etwas möglichst Routiniertes auszustrahlen. Er hatte bestimmt seit fünfzehn Jahren nicht mehr hinter dem Steuer gesessen. Früher hatte er die Touristen in Massen zu den Skipisten chauffiert. Heute beschäftigte er sich mehr mit der Pflege seines Gartens, den er als Zeichen des Widerstands deutete. Er hatte sich stets geweigert zu verkaufen. Auch wenn ihn seine Frau, die in der Hauptstadt als Putzkraft arbeitete und mehr schlecht als recht für den Unterhalt der Familie sorgte, seit Jahren dazu drängte, Chen endlich nachzugeben. Sie stand steinern neben ihm. Man sah ihr die Müdigkeit der jahrelangen Strapazen an. Sie war kurz vor der verdienten Pensionierung und böse Zungen behaupteten, dass es dem alten Marschik alles andere als unrecht war, dass die Umstände so waren, wie sie waren. Schließlich hatte er dadurch viel Zeit für sich und seine Satellitenschüssel, die ihm jeden noch so unbedeutenden

Sportevent direkt ins Wohnzimmer lieferte. Raimund Marschiks Sportwissen war enorm. Er konnte sogar die Curlingnationalmannschaft von Kasachstan per Namen auswendig aufsagen.

— Ich würde euch jetzt alle bitten, leise einzusteigen. Alle weiteren Informationen bezüglich Logistik werdet ihr im Bus erhalten. Unser allseits geschätzter, aber leider diesbezüglich unzuverlässiger Freund und Polizist Schleining wird in Kürze seine nächtliche Patrouille absolvieren. Ich bitte daher um zügiges Vorgehen.

— Komm, sagte Helge zu Othmar, der nervös mit den Augen zuckte. Er durfte keinesfalls ohne Selma fahren. Schließlich stand er wegen ihr hier. Sie wollte noch etwas erleben. Die Fahrt machte ohne sie keinen Sinn. Abgesehen davon würde sie es ihm nie verzeihen, wenn er nicht auf sie wartete. Nein. Vermutlich würde sie es ihm nie verzeihen, wenn er jetzt nicht einstieg. Othmar wusste nicht, was zu tun war. Er sah Helge hilflos an.

— Aber Selma.

— Benutze sie nicht als Ausrede.

— Ohne sie kann ich nicht fahren.

— Wir werden sehr bald zurück sein. Das Ganze wird schnell über die Bühne gehen.

Und da war es wieder. Das unbehagliche Gefühl. Trotzdem folgte Othmar den anderen, die langsam und ohne Widerstand zum Bus schlenderten. Vermutlich, weil es sich weniger wie eine Entscheidung anfühlte als zu bleiben.

6

Heimo hatte verdächtig oft nach Selma gefragt. Nachdem er durchgezählt und zufrieden festgestellt hatte, dass außer seiner Mutter, Schleining, Schwester Berta und Othmars Vater alle erschienen waren, hatte er sich mehrmals versichert, ob Selma noch käme.
— Es ist wichtig, dass wir vollzählig sind. Alle oder keiner, Othmar.
— Sie bringt Alpha zum Hospiz. Man kann ihn ja schlecht allein lassen.
— Dann warten wir.
— Das werden wir nicht. Schleining beginnt gleich seine Patrouille. Ich habe keine Lust auf Probleme, mischte sich Wegenstein ein.
— Wir warten. Ich habe das Kommando. Ich trage die Verantwortung, herrschte ihn Zesch an.
Heimo nahm eine sehr aufrechte, beinahe militärische Haltung ein. Othmar fragte sich, was für ein Film in ihm ablief. Vermutlich eine Mischung aus Kriegsheldenepos und Kostümdegenschinken.
Trotzig stieg Wegenstein in den Bus. Drinnen hatten sich wie bei einem Schulskikurs kleine Gruppen gebildet. Tschermak, Karin, Gerda, Moschinger und Fink saßen in der letzten Reihe und steckten die Köpfe zusammen. Othmar zog an seiner Zigarette. Hoffentlich würde es Selma rechtzeitig schaffen.
— Wo bleibt sie?
Othmar antwortete mit einem leisen Knurren. Man konnte die Straße bis zum Hospiz uneingeschränkt sehen. Keine Bewegung.

Marschik stieg hinter dem Lenkrad hervor und stellte sich dazu.
— Die Leute werden unruhig. Wir sollten fahren.
Heimos Fuß wippte nervös auf und ab. Sein Blick changierte zwischen dem schummrigen Licht des Hospizes und der Wartenden im Bus.
— Wir geben ihr noch fünf Minuten.
— Bis wir sie sehen? Oder bis sie da ist?, fragte Marschik.
— Bis wir sie sehen, sagte Othmar. Er sah Heimo an, der zustimmend nickte.
Schweigend standen die drei vor dem Bus und warteten. Wo zum Teufel steckte sie? Hatte sie ausgerechnet jetzt begonnen, mit Schwester Berta zu streiten? Hatte sie es sich anders überlegt? Ging es ihr schlecht? Vielleicht war sie in Ohnmacht gefallen. Oder hatte eine Panikattacke.
— Okay, wir fahren. Heimo warf die dritte Zigarette in Folge in den Schnee.
— Nein. Sie kommt gleich. Sicher, stammelte Othmar.
— Wir müssen. Komm.
Zesch versuchte, möglichst entschlossen zu wirken. Bloß keine Schwächen zeigen. Bloß keinen Zweifel aufkommen lassen.
— Aber Schleining ist noch nicht …
— Es hilft nichts. Komm.
Zesch seufzte wie ein General, der gerade eine ganze Einheit ins Verderben schicken musste. Er stellte sich neben Marschik, der wieder hinter dem Lenkrad saß. Othmar humpelte demonstrativ langsam durch den Mittelgang und ließ sich in der vorletzten Reihe nieder. Die anderen sahen ihn an, wie man jemanden ansah, wegen dem der ganze Flieger warten musste.
Widerwillig ließ sich Othmar neben Pater Helge nieder. Dieser strich ihm tröstend über die Schulter. Die Schul-

ter war für Othmar keine tröstliche Zone. Wenn man ihn trösten wollte, musste man über seinen Bauch streichen. Aus diesem Grund ließ sich Othmar ausschließlich von Frauen trösten.

Der halb volle Bus setzte sich in Bewegung. Ab diesem Moment stellte sich bei Othmar wieder dieses Play-back-Gefühl ein. Als ob es eine Situation hinter der Situation gäbe. Als ob er nur den Teil ohne Musik hören konnte. Und zwar jenen, wo angedeutet und mit halber Stimme gesungen wurde.

— Ich darf euch jetzt den genauen Plan darlegen. In etwa dreißig Minuten werden wir das Haus von Chen erreichen. Lasst euch nicht blenden. Das Haus ist eine Tarnung. Der Mann ist reich. Auch wenn es nicht danach aussieht. Er wird sich bestimmt seltsam verhalten. Wird sich unter Umständen kooperativ geben. Aber Achtung. Der Mann ist hochgradig manipulativ und gefährlich. Es ist wichtig, dass keiner mit ihm spricht. Jeder Atemzug ist kalkuliert. Jedes Wort könnte ansteckend sein. Höchste Disziplin ist gefragt. Alles hört auf mein Kommando. Schließlich wollen wir heil aus der Sache rauskommen. Wenn wir alle an einem Strang ziehen, werden wir den Chinesen schon knacken.

Othmar stellte sich vor, wie man Chen sprichwörtlich knackte, und es entstanden keine schönen Bilder im Kopf.
— Und nun zur Vorgangsweise.

Othmar hörte nur noch halb hin. So wie er bei den Sicherheitsanweisungen im Flugzeug immer nur halb hinhörte. Oder wenn andere zu essen bestellten. Oder Selma monologisierte. Er hörte selbst dann nur halb hin, wenn er selbst redete. Genoss es, wenn die eigenen Gedanken wie fettige Wolken an ihm vorüberzogen. Das war für ihn Zufriedenheit pur. Sein eigenes, desinteressiertes Publikum zu sein.

— Auf jeden Fall habe ich den Kraken über Jahre einsatzbereit gehalten. Die Vorräte sollten für mehrere Wochen, wenn nicht Monate reichen. Keine Sorge. Morgen um diese Zeit sind wir vermutlich wieder zu Hause. Ich will damit nur demonstrieren, dass ich auf euch schaue. Dass ich auch für den absoluten Notfall vorgesorgt habe und dass im Kraken für jeden von euch Platz ist. Im Augenblick befinden sich dort sechzig Betten. Bis vor Kurzem hättet ihr mich für verrückt erklärt. Ich aber habe gewusst, dass der Tag kommen würde, an dem wir den Kraken noch brauchen werden. Ja, Othmar?
Beim Wort Krake war Othmar dann doch hellhörig geworden. Er hatte nur eine Frage im Kopf. Diese blinkte unentwegt auf.
— What the fuck?
Da man diese aber nicht stellen konnte, zumindest nicht, wenn man eine sinnvolle Antwort erwartete, begann er erst, als ihn Heimo drannahm, zu überlegen, wie eine beantwortbare Frage lauten könnte. Um dieser Suche möglichst viel Zeit einzuräumen, stammelte Othmar möglichst viele unterschiedliche Satzanfänge.
— Also wenn ... gegebenenfalls ... ist es möglich, dass ... anders ... inwiefern ... nein ... wohin ...
— Komm zum Punkt, Othmar.
— Warum hast du einen Schlüssel?
In Othmars Blick lagen Wut, Irritation, Ratlosigkeit, Eifersucht, Sentimentalität, Argwohn und Ohnmacht zugleich. In Heimos Blick konnte man nur Verlegenheit lesen.
— Wie meinst du das?
— So wie ich es gefragt habe.
— Wiederhole die Frage, bitte.
— Warum hast du einen Schlüssel? Der Krake gehört doch Chen.

Heimo lächelte. So wie Politiker lächeln, wenn sie unangenehme Fakten weglächeln wollen.
— Ich hatte immer einen.
— Wie bitte?
— Ich hatte immer einen, Othmar.
— Was soll das heißen?
— Dass wir uns heimlich welche nachmachen ließen.
— Wir?
Heimo deutete auf die anderen Sisters im Bus.
— Ja, wir. Damit wir immer reinkönnen. Wenn geschlossen ist.
— Um was zu machen?, stammelte Othmar.
Heimo sah Gerda an.
— Das war vor deiner Zeit.
Gerda begann zu rechnen. Musste sich aber eingestehen, dass sie ihm das Gegenteil knapp nicht nachweisen konnte. Der Krake schloss Ende 1998 und sie waren erst im Frühjahr 1999 zusammengekommen. Sie hatten Joschi ziemlich genau zur Jahrtausendwende gezeugt. Heimo hatte da immer viel hineinprojiziert. Für ihn war Joschi eine Art Auserwählter. Mit den Jahren hatte sich dieser Eindruck aber relativiert.
Verlegen hielten Moschinger und Tschermak ihre nachgemachten Schlüssel hoch. Vor zwanzig Jahren wäre Othmar mit seinen Stiefeln in ihre betretenen Blicke gestiegen. Heute spürte er kalten Schweiß. Was setzte ihm zu? Dass er nicht alles unter Kontrolle hatte? Dass man vermutlich Hektoliter Alkohol aus seinen Beständen hatte verschwinden lassen? Dass man ihn hintergangen hatte? Dass sie ihm jahrelang etwas vorgespielt hatten? Dass man ihn ausgeschlossen hatte, weil er auf der anderen Seite der Theke gestanden hatte? Dass es einen Kern der Sisters ohne ihn gab? Dass er begriff, dass sie nicht wirklich Freunde waren?

Othmar fühlte sich, als wäre er der einzige Polizist im Ort. Wie es Schleining wohl erging, wenn er merkte, dass alle weg waren? Othmar durchdrang eine warme Empathie mit dem einsamen, hintergangenen Polizisten. Vermutlich, weil er sich selbst gerade einsam und hintergangen fühlte.
— Tut mir leid, Othmar. Ist aber lange her.
— Was ist lange her?
— Das mit dem Schlüssel. Und dem Kraken.
— Ich dachte, wir verstecken dort den Chinesen.
— Tun wir auch.
— Dann ist es aber nicht lange her. Weil dann ist es ja gerade.
— Das andere ist lange her. Jetzt bist du ja dabei.
Othmar wischte mit seinem Handrücken über die angelaufene Scheibe. Durch den Streifen sah er auf die Welt. Sie war menschenleer, eisig, steinern und dunkel. Er hatte nicht das Gefühl, dass die Welt zurückblickte.
— Gut. Wenn es keine weiteren persönlichen Befindlichkeiten gibt, würde ich fortfahren, sagte Zesch. Er deutete dem Lenker Marschik, jetzt die Freisprechanlage einzuschalten. Heimo drückte einen Knopf auf seinem Handy. Wenige Sekunden später ertönte ein Freizeichen. Die Sache lief so rund wie eine Kochsendung.
— Ich habe da etwas vorbereitet ...
Am anderen Ende ertönte eine Frauenstimme, so trocken wie jene, die man von Navigationssystemen kannte.
— Ja?
— Ist Herr Chen zu Hause?
— Wer spricht?
— Es geht um etwas Persönliches.
— Einen Moment.
Warten. Stille im Bus. Alle schauten dem Koch gebannt beim Kochen zu. Selbst Kajetan rührte sich nicht.

— Chen.
— Guten Abend. Ich muss Ihnen etwas Wichtiges mitteilen.
— Bitte.
— Nicht am Telefon. Treffen Sie mich in zehn Minuten am Ende Ihrer Siedlung.
— Kennen wir uns?
— Nein. Aber es ist wichtig.
Dann hing Zesch auf. Die schweigenden Blicke der Passagiere applaudierten ob der makellosen Abwicklung. Alles lief wie am Schnürchen. Kein Satz zu viel. Alles auf Punkt. Kein Überschreiten der Sendezeit nötig.
Dabei hatte es Othmar schon als Kind geliebt, wenn die langen Hauptabendshows überzogen. Je exzessiver, desto besser. Es war gar nicht so sehr das Unvorhersehbare, das Othmar mochte, denn es gab nichts Vorhersehbareres als jenes Überziehen. Es wurde zu einer Art Ritual erhoben, das unbewusst zeigen wollte, dass man sich jederzeit die Zeit nehmen konnte. Dass man insgeheim frei war. Dass die Dinge nicht unumstößlich waren. Dass nie alles nach Plan lief. Alles stets in Bewegung blieb. Alles Improvisation. Alles menschlich. Die Moderatoren waren wie Götter. Wenn sie eine Überziehung verkündeten, setzten sie sich über alles hinweg. Waren stärker als die Sendeleitung und das Programmschema. Und machten dabei die Zuseher zu ihren Verbündeten. Eine stille Revolution. Oder besser: eine Art Beruhigung, die einem vermittelte: Es liegt alles in unserer Hand. Wenn wir wollen, überziehen wir einfach. Und keiner dreht die Sendung ab.
Die Zeitüberziehung der samstäglichen Hauptabendshow war das Randalieren des Spießbürgers. Vermutlich hatte Othmar deshalb Kochshows immer verachtet. Weil sie nie überzogen. Weil dort immer alles nach Plan lief.

Exakt zehn Minuten, nachdem Zesch aufgelegt hatte, hielt der Bus an. Das Ganze hatte weniger den Charakter einer Entführung. Eher wirkte es, als würde man den letzten Gast einsammeln. Das Zischen der Druckluft des pneumatischen Türantriebs. Zesch stieg aus. Stille im Bus. Von draußen pfiff der Wind herein. Die Sache schien ohne Worte abzugehen. Offenbar leitete Zesch die Entführung nur über ein paar stumme Gesten ein. Denn wenige Augenblicke später betrat Chen den Bus. Seine Augen waren mit einer Schlafmaske verbunden. Die Hände rücklings gefesselt. Atemstockende Blicke, die jede Bewegung verfolgten.

Lakonisch drückte Zesch den willfährigen Körper seiner Geisel auf die Sitzbank in der ersten Reihe. Chen sagte kein Wort. Ja, er schien alle Sinne auf Stand-by geschaltet zu haben. Nur die Ohren hielt er spitz. Um zu erahnen, wie viele im Bus waren? Othmar bewunderte die Ruhe, mit der dieser Chinese alles über sich ergehen ließ. Als ob er in jedem Augenblick seines Lebens den Tod antizipierte. Aber nicht nur mental fühlte sich Othmar sofort unterlegen. Auch Chens Äußeres strahlte absolute Souveränität aus. Faltenfreie Hose. Glänzende Schuhe. Einwandfreie Frisur. Steifes Hemd. Perfekter Krawattenknoten. So einer wie Chen sah immer nach Tagesbeginn aus.

Niemand sprach während der Fahrt. Selbst das Atmen wurde auf das Minimum reduziert. Viele hatten Angst, Chen würde sie später am Geruch erkennen. Als der Bus am Parkplatz des Karlssteins anhielt, rührte sich keiner. Marschik öffnete die Tür. Zesch griff Chen unter die linke Achsel und zog ihn grob hoch.

— Passen Sie auf, was Sie tun. Es kommt alles auf die Liste, sagte Chen seelenruhig.

Heimo ließ sich aber nicht in die Falle locken und sagte kein Wort.

— Glauben Sie, ich weiß nicht, wer Sie sind?
Stumm schubste er Chen aus dem Bus, fasste ihn am Oberarm und führte ihn über den leeren Parkplatz. Spätestens jetzt hatten alle verinnerlicht, dass es sich nicht um eine Gastabholung handelte. Zögerlich stiegen die Ersten aus und folgten Zesch. Othmar hatte es nicht eilig. Er blieb sitzen und ließ Moschinger, Tschermak und den Rest der letzten Reihe an sich vorbeigehen. Gerdas Lippen umspielte ein hochmütiges Lächeln. War sie stolz auf ihren Mann? Oder genoss sie nur das ruchlose Abenteuer?
— Los. Raus mit dir.
Marschik hatte den Busfahrertonfall noch nicht verlernt. Widerwillig stieg Othmar in die Kälte und atmete tief durch. Als ob sich in der Luft noch Partikel der alten Zeiten befänden.
Wenn er Charlotte auf sein defektes Handy aufmerksam gemacht hätte, dann hätte sie es repariert und er könnte Selma seine Koordinaten durchgeben. Wobei: Im Kraken war kein Empfang. Was damals jedem egal war, würde heute vermutlich zu Panikzuständen führen. Eigentlich ziemlich raffiniert von Heimo. Dort unten würde man sie auch nicht orten können. War man erst einmal vom Kraken verschluckt, wurde man so schnell nicht wieder ausgespuckt.
Vor dem Eingang warteten sie und taxierten den humpelnden Othmar. Als ob sie ihre Namen nicht auf der Gästeliste gefunden hatten.
— Was?!
Genervt verdrehte Zesch die Augen und bedeutete ihm, still zu sein. Das Ganze musste noch immer stumm vonstattengehen. Chen spitzte hellhörig die Ohren. Zesch nahm den Schlüssel und ließ ihn in die Stahltür fallen. Er

drehte ihn. Unter widerwilligem, rostigem Gepolter setzte sich der Lastenaufzug in Bewegung.
— Eine Fabrik?, fragte Chen.
Zesch schlug ihm grob auf die Schulter, um ihm zu verdeutlichen, dass diese Schnitzeljagd nicht stattfinden würde.
Othmar fragte sich, warum der Strom noch lief. Er fragte es sich selbst, weil er es nicht aussprechen durfte. Bekam aber keine Antwort und beschloss, die Frage später Heimo zu stellen, der jetzt aus dem Aufzug trat und Chen in die alte Vorratskammer stieß. Dort wurde damals alles gelagert, was unten auf der Welt verboten war. Othmar war schon ergriffen, bevor die Lichter angingen. Als der Krake zum Leben erwachte, rann ihm eine Träne über das Gesicht. Nein. Die Tränen kamen von oben. Als wollten die Eiszapfen die Ankommenden begrüßen. Wie lange Messer hingen sie von der Decke.
— Das ist das Licht. Die Wärme bringt sie zum Schmelzen, sagte Heimo, der sich die Jacke enger über den Kragen zog.
— Die Heizung geht noch nicht.
— Woher kommt der Strom?
Heimo sah ihn mit geneigtem Kopf an und musterte ihn.
— Meinst du das allgemein oder speziell?
— Ich meine speziell diesen Strom hier im Kraken.
— Hörst du was, Sherlock?
Außer einem leisen Brummen vernahm Othmar nur das ungeduldige Atmen der anderen, die auf Anweisungen warteten.
— Das ist ein Aggregat. Ich habe für alles gesorgt. Rave wird sich keines ausgehen. Aber für uns wird es reichen. Und ab jetzt spar dir bitte dein Misstrauen. Wir ziehen alle am gleichen Strang.
— Echt, trotzte Moschinger, der sich ebenfalls umsah.

Alles noch da. Vermutlich, weil es kaum etwas gab. Der Großteil bestand auch bei Betrieb aus schwarzer Luft, die von Nebel und Licht belebt wurde. Das Interieur sah bei Arbeitslicht dementsprechend karg aus. Selbst die plüschigen Sitzecken und die kalifornischen Steintische hatten etwas Billiges. Die in den Boden gegossene Glasbox, wo man tanzend auf andere Tanzende hinuntersehen konnte, wirkte wie ein zerkratztes Terrarium. Die Schlieren an den Cocktailgläsern. Die lange Bar unter dem sonst violett leuchtenden Krakenkopf, der seine Riesententakel bis zur Decke räkelte. Schal und leblos. Damals hatte er diabolisch die Massen umschlungen und sie im zuckenden Strobe-Haze verführt. Heute waren seine gelben Augen erloschen und das Ding so banal wie ein Lunapark im Winter.
Moschinger seufzte sentimental und erkannte sich selbst auf der Tanzfläche. Jung, groß und schlank. Blond gelockte Haare. Beine, die in jede Röhrenjeans passten. Augen, so tiefblau, dass man ihnen einen Mord vergeben hätte. Ein Hüne, dem das Leben nichts anhaben konnte. Da tanzte er, den beschwörenden Blick nach oben gerichtet – zu jenen Wagemutigen, die auf den fliegenden Teppichen in berauschender Höhe surften. Alles blinkte. Alles drehte sich. Das orgastische Schreien der Mädchen, wenn sich ein elektrischer Teppich zehn Meter fallen ließ und von einem zischenden Luftdruckpolster in letzter Sekunde über den tanzenden Köpfen abgebremst wurde.
Heute hingen die drei *Aladins* eingerostet zwischen den Eiszapfen an der Decke.
Und natürlich die warm ausgeleuchtete Lounge in zwanzig Meter Höhe, in der sich die Turntables befanden. Ausgestattet von Verner Panton. Nein. Im Stile Verner Pantons. Orangefarbene Polsterlandschaft, purpurnes Kunstfell und Lavalampenkamin. Der alte Schandor hatte es Vaginal-

architektur genannt. Kein glücksbegabter Mensch würde da je wieder rauswollen. Der DJ und seine Entourage, die durch ein Bullauge auf die ekstatische Masse herabschauten. *Ground Control to Major Tom.*
— Echt, antwortete Zesch.
— Echt was?
— Echt ziehen wir an einem Strang.
Moschinger kehrte langsam wieder zur Erde zurück. Es roch nach Schimmel und Alkohol. Er verschränkte seine Arme und verzog den Mund. Nicht weil ihm kalt war, sondern weil es die irdischste Geste war, die ihm gerade einfiel. Er tat es den anderen gleich.
— Wie geht's weiter?, forderte er den Anführer heraus.
— Das sag ich dir. Du kümmerst dich um die Vorräte und richtest mit deinem Koch ein Essen her. Gerda, Edit und Karin machen sauber, damit sich keiner eine Krankheit holt. Tschermak, du hältst einfach die Füße still. Olga bewacht den Eingang.
— Ich melde mich freiwillig.
Der kleine Max trat militärisch hervor. Zesch runzelte die Stirn.
— Du bewachst mit Olga die Tür. Die Grüns kümmern sich um die Technik. Wir brauchen mehr Licht und jemand muss die Heizung anwerfen, sonst krepieren wir hier. Die anderen bringen die Schlafbereiche auf Vordermann. Männer und Frauen getrennt. Wir sind ja kein Tollhaus. Dass hier bloß keine Partystimmung aufkommt.
— Ich möchte ein eigenes Zimmer, monierte Wegenstein.
— Alle sind gleich. Und niemand ist gleicher, entgegnete Zesch.
— Socialiste merdique!
— Und ich?, fragte Fink.
Zesch sah ihn verächtlich an.

— Sie gehören zu den anderen.
Fink nahm das beleidigt zur Kenntnis. Fügte sich aber, weil er spürte, dass es im Augenblick nichts zu holen gab. Überhaupt kam wenig Begeisterung auf. Die meisten hatten das Gefühl, an einer Gruppenreise teilzunehmen, die nichts mit den Verheißungen des Prospekts gemein hatte.
— Und du, Heimo?, begehrte Moschinger noch einmal auf.
— Ich kümmere mich um den Chinesen. Und beginne mit dem Verhör.
Moschinger taxierte ihn misstrauisch.
— Allein? Ohne Zeugen?
— Warum nicht?
— Othmar wird dir helfen. Schließlich war es seine Idee. Außerdem sind wir in seinem Klub zu Gast.
Othmar überging Moschingers doppelbödige Schmeichelei. Im Gegensatz zu den anderen hatte er nicht das Gefühl, dass er die interessanteste Aufgabe ausgefasst hatte. Er fand, er wäre in der Küche besser aufgehoben. Nicht nur, weil er dort ungestört in Erinnerungen schwelgen könnte, sondern auch, weil Kajetan immer etwas zu trinken dabeihatte. Andererseits bot sich ihm die Gelegenheit, dem Chinesen gehörig die Meinung sagen. Darauf hatte er seit Jahren gewartet. Er hatte sich das nur anders vorgestellt. Eher im warmen Luziwuzi, wo man sich mit jedem Schnaps einer freundschaftlichen Einigung näherte. Jetzt lief das anders. Jetzt müsste Olga schon mit ein paar Massagegriffen nachhelfen, wenn Chen nicht spurte. Othmar dachte an Selma. Wie sie allein auf dem Parkplatz des Schlosses stand und begriff, dass der Zug, noch einmal etwas zu erleben, endgültig abgefahren war.
Heimo schnaufte. Er musste Moschingers Ansage akzeptieren. Auch wenn er noch einiges allein mit Chen zu be-

sprechen hätte. Aber es fiel ihm kein Gegenargument ein. Sie hatten sich kein Safeword ausgemacht. Es lag also in Heimos Ermessen, wann Schluss war. Er beobachtete, wie sich alle im Kraken verteilten. Notfalls hielten die Vorräte für drei Monate. Othmar sah ihn an wie ein Kind, das nur mit dem langweiligsten Karussell fahren durfte. Wenigstens würde ihm dieser Idiot nicht gefährlich werden. Er schnaufte noch mal. Wie ein Schauspieler, der sich nach einem langen Abend für den letzten Akt motivierte.
Dann trat Pater Helge hinzu.
— Da man mich noch nicht eingeteilt hat, würde ich dem Verhör beiwohnen. Ich denke, dass ich am meisten darin geübt bin, mit Beichtsituationen umzugehen.
Heimo nickte. Weil er nicht wusste, wie man einem Priester widersprechen sollte.

7

— Sind Sie katholisch?
Der gefesselte Chen, der noch immer eine Schlafmaske trug, streckte sein rechtes Ohr nach vorne, um den Pater besser zu verstehen.
— Wie bitte?
Othmars Blick wanderte über die Regale. Die Vorratskammer war gefüllt mit Lebensmittelkonserven, Getränken, Klopapier und Kosmetikartikeln. Kein Bier. Othmar fragte sich, wer dafür bezahlt hatte. Und wer im Kraken Unterschlupf gefunden hätte, wenn es zu einem Katastrophenfall gekommen wäre. Gleichzeitig hatte er das Gefühl, sich in einem solchen zu befinden.
— Sind Sie katholisch?, wiederholte Helge seine Frage.
Man konnte mit Augenbinde nur bedingt überrascht dreinsehen. Aber Chen versuchte, das über seine geschürzten Lippen zum Ausdruck zu bringen.
— Warum fragen Sie das?
— Können Sie diese Frage nicht einfach beantworten?
Heimo hielt sich im Hintergrund und klopfte nervös mit den Fingern auf den Oberarm.
— Ist das wichtig?, intervenierte er.
Chen schien erleichtert, Heimos Stimme zu hören.
— Ohne Bekenntnis. Warum?
— Weil Sie für das, was Sie getan haben, bestimmt in die Hölle kommen.
— Sind Sie von der Inquisition?
— Ich versuche, Sie nur vor dem Schlimmsten zu bewahren.
— Ist das der Grund, warum Sie mich entführt haben? Um mich zu bekehren?

— Wir haben Sie nicht entführt, knurrte Othmar.
Sowohl Heimo als auch Helge sahen ihn verdutzt an. Othmar öffnete seine Lederjacke und streckte den Spitzbauch heraus. Er hatte das Gefühl, es könnte eine lange Nacht werden.
— Und wie würden Sie das sonst nennen?, lehnte sich Chen erstaunlich gelassen zurück.
Der Chinese hatte Nerven. Das hatte vermutlich mit Konfuzius, Buddhismus oder Martial Arts zu tun. Othmar durfte sich jetzt bloß nicht aus der Fassung bringen lassen.
— Wir wollen einfach nur mit Ihnen reden, sagte er so seelenruhig, dass man gar keine Seele mehr raushörte. Er überlegte sich, ob er kurz rausgehen sollte, um sich ein Bier zu holen.
— Ich rede nur mit Leuten, denen ich ins Gesicht sehen kann. Sind Sie der Rädelsführer? War das Ihre Idee?
Othmar kniff die Augen zusammen und ließ einen schmerzverzerrten Seufzer vom Stapel, den Chen nicht zuordnen konnte. Helge schritt ein und übernahm wieder die Gesprächsführung.
— Ich versuche, Ihnen zu helfen. Sie werden der Strafe Gottes nicht entgehen. Auch wenn Sie nicht an ihn glauben. Sie müssen auch nicht an den Exekutor glauben, er kommt trotzdem. Und auch nicht an den Wetterbericht. Dem Gewitter ist das egal, wenn Sie verstehen, was ich meine.
Heimo räusperte sich genervt. Er ortete aber noch keine Gefahr für Chen. Die beiden Pfeifen waren genau die Richtigen, um ein wenig Zeit zu gewinnen.
— Hören Sie, Ihre Ausführungen sind mir egal. Lassen Sie mich gehen, sonst werden Sie der irdischen Strafe nicht entgehen, sagte Chen.
Othmar hatte das Gefühl, dass der Chinese trotz Maske

alles sehen konnte. Vermutlich eine Frage der Konzentration.
— Ich glaube, Sie verstehen mich nicht. Die Hand Gottes ist auch etwas Irdisches. Es gibt viele Agenten, die seinen Willen durchsetzen.
— Sie drohen mir, sagte Chen trocken, was im Gegensatz zu Helge bedrohlich klang.
— Gott muss nicht drohen. Sein Wille ist wie die Gravitation. Die Dinge fallen zu Boden. Es ist einfach so. Kommen Sie zur Vernunft. Konvertieren Sie. Ich kann Ihnen für hier nicht mehr helfen. Aber für später. Dann haben Sie vor Gottes Gericht bessere Karten.
Beklemmende Stille. Irgendwie wollte das Verhör keine Fahrt aufnehmen. Othmar fiel auf, wie klein Chen eigentlich war. Er hatte sich immer gefragt, ob der Knickstrohhalm für kleine Menschen erfunden wurde. Plötzlich musste er lachen, weil er sich den Chinesen mit baumelnden Füßen an einem zu hohen Tisch sitzend vorstellte, in der Hand einen großen Knickstrohhalm, der bis zu ihm hinunterreichte. Die beiden anderen sahen Othmar befremdet an. Chens linker Mundwinkel zuckte. Humor dürfte ihn irritieren. Gut zu wissen, dachte Othmar. Es fiel ihm nur gerade keine witzige Frage ein.
— Warum machen Sie das?
— Was meinen Sie damit?
— Warum vernichten Sie Bad Regina?
— Ich vernichte nicht. Ich kaufe. Das ist ein Unterschied.
— Für mich nicht.
— Ist das ein Prozess?
— Nein. Ein Gespräch.
— Dann will ich es nicht führen.
— Gut, machen wir es kurz. Nur eine Frage: Warum?
Stille.

Othmars Spitzbauch zappelte wissbegierig. Pater Helge zog sich in ein gemurmeltes *Gegrüßet seist du, Maria* zurück. Und Heimo beschlich die Angst, Chen könnte ihn da mitreinziehen.

Dabei hatten sie eine klare Abmachung getroffen. Zumindest hatte es Heimo so verstanden. Als er den Chinesen kontaktierte, um ihn vor der Entführung zu warnen, hatte er sich zumindest ein Dankeschön erwartet. Als es nicht kam, stellte sich bei ihm sofort wieder das Antilopengefühl ein.
Vermutlich hatte es sich bereits mit der Kontaktaufnahme eingestellt. Fünfmal hatte er bei ihm angerufen. Was Chen aber nicht davon abgehalten hatte, trotzdem nicht abzuheben. Eine einzige Demütigung. Gut, er konnte nicht wissen, um was es ging. Und der Chinese hatte es gern schriftlich. Heimo erledigte die Dinge an sich auch lieber per SMS. Zum Beispiel, wenn er Chen wissen ließ, wer die nächste humpelnde Antilope im Ort sei. Und natürlich wurmte es ihn, dass sich Chen nie so weit aus dem Fenster lehnte wie er. Stets kamen nur lakonische Antworten wie *Danke* oder *Zur Kenntnis genommen* zurück.

Sehr geehrter Chen,
darf ich Sie um einen Rückruf bitten. Es geht um eine wichtige Sache. Mir ist aus verlässlicher Quelle bekannt, dass ein Anschlag auf Sie geplant ist. Und zwar in Form einer Entführung. So wie es aussieht, ist ganz Bad Regina darin verstrickt. Wie sollen wir damit umgehen?
H.Z.

Nach einer solchen Nachricht meldete man sich doch umgehend. Nicht aber Chen. Drei Tage vergingen, ehe er et-

was von ihm hörte. Immer wieder schaute Heimo auf sein Handy. Aber er konnte nicht mal feststellen, ob Chen die Nachricht überhaupt gelesen hatte. Und dann ein anonymer Anruf. Als ob er nicht ohnehin seine Nummer hätte. Alles kleine Stiche. Demütigungen. Aber Heimo dachte ans Geld. Dachte daran, dass er Teil einer großen Sache war. Ja, dass er am Ende auf der Gewinnerseite stehen würde.
— Chen hier. Ich habe Ihre Nachricht gelesen.
Er sagte dies, als wäre sie ihm eben erst aufgefallen. Wieder eine Demütigung. Aber Heimo hatte aufgehört zu zählen.
— Sie hatten vermutlich viel zu tun.
— Gar nicht.
— Ich hoffe, Sie unterschätzen die Situation nicht.
— Keineswegs.
Pause. Aber das war Heimo bereits gewohnt. Chen ließ dem anderen immer den Vortritt. Von dem Asiaten konnte man einiges lernen. Zum Beispiel: Reduktion heißt Macht. Oder so ähnlich.
— Und was machen wir jetzt?
— Wir?
— Na ja, es gefährdet unser Unternehmen.
— Unser Unternehmen?
— Wir hängen da beide mit drin.
— Wollen Sie mich auch entführen?
— Nein. Natürlich nicht. Aber meine Leute.
Wieder eine Pause. Chen unterlag nie der Versuchung, als Erster das Wort zu ergreifen. Heimo fragte sich, ob er seine Anbahnungsgespräche auch so anlegte. Oder ob er sich sozusagen individuell auf den Gesprächspartner einstellte. Konnte jemand wie Chen die Achillesferse seines Gegenübers identifizieren? War er mit einem zusätzlichen Sinn ausgestattet? Oder fehlte ihm etwas? Handelte es

sich womöglich um ein Manko? Ein soziales Handicap? Eine Schwäche, die er zur Stärke umwandelte.
— Also, was soll ich machen?, hielt es Heimo nicht länger aus.
— Warum sollten Sie etwas machen?, antwortete Chen trocken.
Langsam hatte Heimo das Gefühl, mit einem Algorithmus zu sprechen.
— Also gedenken Sie nichts zu tun?
— Doch.
— Personenschutz?
— Nein.
— Es ist aber Vorsicht geboten.
— Keineswegs.
— Keineswegs?
— Leiten Sie die Entführung ein.
— Wie bitte?
— Und werden Sie Ihrer Führungsrolle gerecht.
Er hatte Führungsrolle gesagt. Heimo konnte nicht umhin, sich geschmeichelt zu fühlen. Andererseits: Was zum Teufel meinte er?
— Das müssen Sie mir jetzt erklären.
— Ich weiß.
Wieder eine Pause. Dieses Mal hielt Heimo aber der Versuchung stand, die Stille zu unterbrechen. Nicht weil es ihn nicht drängte. Er wusste einfach nicht, was er darauf sagen sollte.
— Hören Sie gut zu. Ich will, dass Sie die Operation leiten. Alle sollen daran teilnehmen. Und zwar alle. Ich werde keinen Widerstand leisten. Sie garantieren für meine Sicherheit. Und denken Sie bloß nicht daran, mir mein Mobiltelefon abzunehmen. Vertrauen ist gut. Aber Handlungsfähigkeit ist besser.

— Das verstehe ich nicht.
— Soll ich meinen Text wiederholen?
— Nein. Ich verstehe nicht, warum.
— Das lassen Sie meine Sorge sein.
Pause. Nicht weil Heimo nicht gewusst hätte, was darauf zu sagen gewesen wäre. Eher fasste er den Mut, es auszusprechen.
— Nein.
— Wie bitte?
— Nein.
Pause. Heimo konzentrierte sich darauf, den Atem von Chen zu hören. Aber da war nichts.
— Ich organisiere doch nicht eine Entführung, wenn ich nicht weiß, was mir blüht. Außerdem war es Othmars Idee.
Pause. Jetzt konnte er Chens Atem deutlich hören. Er war sich nur nicht sicher, ob er ein Lachen unterdrückte. Sogar der Atem des Chinesen demütigte Heimo.
— Gut.
— Was gut?
— Ich sage Ihnen, was ich vorhabe. Aber das bleibt unter uns. Wehe, Sie reden mit irgendjemandem darüber.
Jetzt war Heimo drin. Jetzt war er Teil der Gang. Ein geteiltes Geheimnis. Sie würden einander ausgeliefert sein. Man würde sich auf Augenhöhe begegnen.
— Mir kommt diese Entführung nicht ungelegen. Man kann mehrere Fliegen mit einer Klappe erschlagen. Wenn Sie verstehen, was ich meine.
Pause. Heimo musste auf Augenhöhe bleiben. Natürlich verstand er. Auch wenn er nicht verstand. Einer wie er beherrschte die Codes der Mächtigen.
— Brillant, sagte er.
Pause. Chen war leider für Komplimente nicht empfänglich.

— Sie meinen eine Art Tupperwareparty, sagte Heimo im Tonfall der Mächtigen.
Pause. Ein leises, kaum wahrnehmbares Seufzen am anderen Ende der Leitung.
— Was ist Tupperware?
Pause. Jetzt hatte Heimo Oberwasser. Er genoss den Wissensvorsprung. Und hatte natürlich längst kapiert, um was es Chen ging. Ein kollektives Anbahnungsgespräch. Er würde die ganze Aktion dazu nützen, um ihnen als Gruppe ein Angebot zu unterbreiten. Heimo zählte geistig schon das Ausmaß der Provision zusammen. Auch für ihn wären das ziemlich viele Fliegen auf einen Schlag. Er musste nur dafür sorgen, dass alle erschienen.
— Sind Sie noch dran?
Heimo ließ ihn zappeln. Jetzt bloß keinen Fehler machen.
— Ich hoffe, wir sind uns am Ende einig, dass diese Aktion auf meinem Mist gewachsen ist, sagte er schließlich.
— Ich dachte, es war die Idee von diesem Othmar.
— Also, wenn ich die Operation übernehme, dann sollte ich dafür die dementsprechende Anerkennung bekommen, wenn Sie verstehen, was ich meine.
Pause. Wieder dieses kurzatmige Geräusch am anderen Ende der Leitung, das sich auch als unterdrücktes Kichern lesen ließe. Bloß nicht paranoid werden.
— Keine Sorge. Das werden Sie, sagte Chen.
Auf ambivalente Weise klang das bedrohlich. Heimo wusste, dass sich das Gespräch dem Ende zuneigte. Und dass er nicht mehr dazu kommen würde, wesentliche Fragen zu klären.
— Was, wenn sie ablehnen?
— Was ablehnen?
— Ihren Vorschlag. Wie endet die Geschichte?
— Sie werden für meine Sicherheit sorgen.

— Das meine ich nicht.
— Wir haben gute Karten. Für so eine Entführung sitzt man jahrelang im Gefängnis.
— Eben. So weit darf es nicht kommen.
Wobei es Heimo durchaus reizen würde, diese Pappenheimer hinter Gittern zu sehen. Vor allem Moschinger und seine Frau. Glaubte Gerda ernsthaft, dass er nicht längst begriffen hatte, woher dieser Sitzriese alles über ihn und Chen wusste? Dass er die verschworenen Blicke, die sie austauschten, nicht bemerkte? Wahrscheinlich wussten alle davon. Alle außer Heimo. Er konnte ihre Stimmen förmlich hören.
— Der Zesch, dieser Depp.
— Mit dem Zesch kann man es machen.
— Der Zesch ist ihr nicht gewachsen.
— Der Zesch hat sich schon immer von den Weibern über den Tisch ziehen lassen.
Nein. Er hätte nichts dagegen, wenn sie alle im Gefängnis landeten.
— Und was ist mit mir?
— Mit Ihnen?
— Schließlich bin ich Teil der Entführung.
— Sie gehören zu mir.
— Und wie soll ich sichergehen, dass Sie das vor der Polizei nicht vergessen?
— Das vergesse ich nicht.
— Außerdem würden alle anderen gegen mich aussagen.
Pause. Dieses Mal wartete Heimo. Chen war am Zug. Keine Ahnung, was in einem solchen Fall Sicherheit bedeutete. Er konnte Chen förmlich denken hören. Nur dass er nichts hörte. Aber es war keine stammelnde Pause. Es war eine konstruktive Pause. Wie Faxgeräusche stellte sich Heimo die Gedanken des Chinesen vor. Alles auf eine Karte. Alles hing von der einen Antwort ab.

— Sie müssen mir vertrauen.
— Wie bitte?
— So wie ich Ihnen vertraue.
— Sie mir?
— Ich überweise Ihnen noch heute die gesamte Provision. Machen wir eine Pauschale. Zwei Millionen. Und sollte es nicht klappen, dann vertraue ich darauf, dass Sie es mir zurückgeben.
Pause. Sehr lange Pause.
— Gut, sagte der Chinese.
Und Heimo nickte.

Zwei Tage später hatten sie tatsächlich auf seinem Konto gelegen. Zwei Millionen. Er hatte die Nullziffern mehrmals abgezählt. Kein Zweifel. Ab dann lief alles nach Plan. Nur dass sie sich kein Safeword ausgemacht hatten. Wie sollte Heimo wissen, ab wann es Chen zu viel wurde? Schließlich war er für seine Sicherheit zuständig. Andererseits hatte er Angst, dass die Sache aufflog. Dass er am Ende als Einziger ins Gefängnis ging.
— Ich werde Ihnen die Frage nach dem Warum gerne beantworten, wenn Sie mir die Binde abnehmen. Ich kann dieses Gespräch nur führen, wenn ich Ihnen dabei in die Augen sehe.
— Genau! Für wie blöd halten Sie uns eigentlich?, lachte Othmar spitz auf. Eine Tonart zu hoch. Weshalb das Lachen in einem Hustenkonzert endete. Chen wartete geduldig, bis die Darbietung ihr Ende fand.
— Ich weiß, wer Sie sind, Othmar.
Der Spitzbauch fuhr aus wie eine Rakete, die für den Start in Position gebracht wurde.
— Und auch Sie, Pater Helge. Also ersparen wir uns die Farce. Sie können auch den anderen sagen, dass sie rein-

kommen sollen. Glauben Sie, ich weiß nicht, dass da draußen ganz Bad Regina wartet?
Othmar wollte den Chinesen korrigieren und darauf hinweisen, dass Selma nicht dabei war. Nicht auszudenken, wenn sie die letzten Monate ihres Lebens im Gefängnis verbringen müsste.
Pater Helge und Othmar sahen sich an. Beide hatten vom anderen gehofft, einen Blick der Zuversicht zu ernten. Aber beiden war ins Gesicht geschrieben, dass die Sache eine ganz üble Wendung nahm.
— Ich muss dich kurz sprechen. Unter vier Augen, sagte Helge.
Othmar sah Heimo fragend an. Dieser nickte nur knapp. Sie verließen den Raum. Heimo atmete auf.
— Das war ziemlich brillant. Aber auch gefährlich. Jetzt wissen sie vermutlich, dass irgendetwas im Busch ist.
— Wollen Sie lieber auf der anderen Seite stehen, Sie Idiot?
Heimo schüttelte den Kopf. Auch wenn es Chen nicht sehen konnte und auch wenn er merkte, dass ihm die Zuneigung seiner Mitbürger fehlen würde. Am Ende würde er mit der Alten allein übrig bleiben. Aber stolz würde sie sein. Auf die zwei Millionen. Und wer weiß? Vielleicht würde der erste Bürgermeister des neuen Bad Regina ebenfalls Heimo Zesch heißen.
— Passen Sie auf, Sie Idiot. Wir haben nicht lange Zeit. Sie haben einen völlig vertrottelten Fehler begangen.
Demütigung.
— Sie haben uns an einen Ort gebracht, wo kein Empfang ist. Fällt Ihnen das überhaupt auf?
Demütigung.
— Man kann mich nicht orten. Das heißt, ich bin Ihnen ausgeliefert.
— Vertrauen Sie mir nicht?

— Weder Ihrem Charakter noch Ihren Fähigkeiten noch Ihrem Intellekt.
Demütigung. Demütigung. Demütigung.
— Sie gehen jetzt nach oben, ins Freie, und wählen folgende Nummer: +1 416 344 00 55. Merken Sie sich das?
— +1 416 344 00 35
— +1 416 344 00 55, Sie Idiot.
Demütigung.
— Wer ist das?
— Ein Vertrauensmann. Dem sagen Sie, wo ich bin. Mehr nicht.
— Und der ruft dann die Polizei!
— Natürlich nicht.
— Ich weiß nicht, ob ich Ihnen vertrauen kann.
— Das müssen Sie auch nicht. Wenn Sie nicht spuren, liefere ich Sie Ihren Leuten aus. Dieser Priester ist gemeingefährlich. Der hat eine ganz eigene Agenda.

— Was machen wir jetzt?
Othmar war Pater Helge hinterhergeschwänzelt wie eine hungrige Ente. Nur dass die Ente nicht auf der Suche nach Körnern war, sondern nach Bier. Sie liefen direkt in die Küche, wo Kajetan auf einer Campingherdplatte begonnen hatte, einen Eintopf aus diversen Konserven zu brauen.
— Was läuft dadrin?, wollte Moschinger wissen.
— Alles im grünen Bereich. Habt ihr Bier?
— Und Wein, sagte Helge.
— Was wird das dadrin? Eine Privatparty?
— Nur für die Nerven. Wir sind kurz davor, die Nuss zu knacken.
— Wo ist Zesch?
— Noch drin.
Kajetan sah die beiden verschlagen an.

— Ich habe das Rezept eines südamerikanischen Serums, da hat noch jeder die Wahrheit gesagt. Ich kann es aus den vorhandenen Zutaten zubereiten.

Seine Hand schweifte diabolisch über die Konservendosen.

— Ich komme mit, sagte Moschinger.

— Nein, wir haben gerade Vertrauen zu ihm aufgebaut, murrte Othmar.

— Ihr?

— Er meint umgekehrt, sagte Helge und berührte Moschingers Armrücken, um ihn zu beruhigen. Dieser schreckte zurück. Er war das letzte Mal als Kind von einem Priester berührt worden. Und hatte sich damals geschworen, dass er jeden Pfaffen sofort verprügeln würde, sollte dies noch einmal vorkommen.

— Aufpassen, sagte er und sah Helge bedrohlich in die Augen.

— Schon gut. Wir halten Sie alle am Laufenden.

Sie verließen die Küche und gingen zurück.

— Also, was machen wir?

— Wir stellen eine Bedingung.

— Und die wäre?, fragte Othmar.

— Hör zu. Ich bin zu allem bereit. Ich habe nichts zu verlieren. Ich stelle mich zur Verfügung. Verstehst du?

— Nein.

— Mit Reden kommen wir nicht weit. Je länger wir reden, desto eher wird er uns einkochen. Und zwar alle. Man muss es aus ihm rauskitzeln, sagte Helge.

— Was rauskitzeln?

— Glaube mir, ich habe viele Ganoven gesehen. Und ich weiß, wann einer in der ersten Reihe steht und wann in der zweiten. Und dieser Chen ist keiner der ersten Reihe.

— Du meinst, es gibt jemanden dahinter.

— So sicher wie das Amen im Gebet, mein Freund. Und ich bin dazu auserwählt, es aus diesem Kretin herauszuschälen.
— Herausschälen? Was soll das heißen? Willst du ihn foltern?
— Ich habe meine Methoden. Vergiss nicht, dass ich lange im Gefängnis war. Du musst mir vertrauen.
— Solange ich nicht dabei zusehen muss.
Othmar nahm einen kräftigen Schluck von seinem Bier. Vielleicht würde er doch zusehen. Aber bestimmt nicht nüchtern.
— Es geht aber nur unter einer Bedingung.
— Und die wäre?
— Er muss Katholik werden. Ich kann das nur im Namen Gottes vollstrecken.
— Das verstehe ich nicht.
— Glaubst du an die Hölle, Othmar?
— An nichts anderes.
— Es gibt ein paar Agenten, die die Lizenz haben, den Zeitpunkt der Hölle vorzuverlegen. Verstehst du? Nein. Wie auch? Du hast ja nicht Theologie studiert. Egal. Er muss als vollwertiger Christ vor den Herrn treten.
— Du willst ihn umbringen?
— Der Herr ist überall. Nicht nur im Diesseits.
— Du bist verrückt.
— Er muss alle Sakramente ablegen. Und zwar jetzt.
— Du meinst Taufe?
— Ich meine Taufe, Erstkommunion, Firmung, am besten auch gleich die Letzte Ölung.
— Aber heiraten muss er nicht, scherzte Othmar.
— Es ist keine Zeit für blöde Witze. Bist du dabei oder nicht?
— Ich bin dabei.

Es war nicht Othmar, der das sagte, sondern Fink. Er trat hinzu und streckte seine Brust pathetisch heraus.
— Ich bin zu allem bereit, sagte er.
— Gut zu wissen. Ich glaube, Kajetan braucht noch Hilfe in der Küche, sagte Othmar.
Fink drehte sich beleidigt zu Helge und sah ihm tief in die Augen.
— Hören Sie zu. Ich habe einen Entschluss gefasst. Ich werde den Freitod wählen. Und zwar nächsten Dienstag. Versuchen Sie mich nicht umzustimmen. Es hat keinen Sinn. Ich habe meine Gründe.
Pause. Niemand versuchte ihn umzustimmen. Beide sahen ihn verdutzt an.
— Ich habe daher nichts zu verlieren und bin für jede noch so gefährliche Mission einsetzbar. Ich wollte nur, dass Sie das wissen. Sie können auf mich zählen. Kommen Sie auf mich zu.
— Machen wir. Sie wissen, dass Selbstmord eine Sünde ist. Aber darüber sprechen wir später. Wir haben ja noch Zeit.
Dann wandte sich Helge ab und ging schnurstracks auf die Eisentür zu, hinter der Chen gefesselt wartete.
— Wir sind einverstanden. Es gibt nur eine Bedingung.
Othmar und Helge stolzierten herein. Othmar hielt eine Flasche Bier und Helge ein Glas Wein in Händen.
— Sie empfangen jetzt die heiligen Sakramente.
— Wie bitte?, sagte Chen und suchte den Raum blind nach den beiden ab.
— Ihr entschuldigt mich kurz. Ich muss auf die Toilette, flüsterte Heimo. Helge nickte nur beiläufig. Und Zesch lief hinaus.
— Was soll das heißen?
— Dass wir Ihnen die Augenbinde abnehmen, wenn Sie alle heiligen Sakramente empfangen.

— Wo ist der Dritte?, fragte Chen unruhig.
— Welcher Dritte?, stammelte Othmar.
— Wissen Sie nicht, wer das ist?, wunderte sich Helge.
— Woher sollte ich?
— Und warum wissen Sie dann, wer wir sind?
— Er ist auf dem Klo, murmelte Othmar.
— Gut, sagte Chen.
— Und warum ist das gut?
— Wie lange dauert das?
— Was?
— Das mit den Sakramenten?
— Im Schnellverfahren zehn Minuten.
— Sie können sich ruhig Zeit lassen.

Heimo stand auf dem Plateau des Karlssteins. Der Wind blies ihm durch sein nach hinten gegeltes Haar. Er hatte Olga und den kleinen Max nach unten beordert. Er hatte ganz vergessen, dass sie noch immer Wache schoben. Hatte ihnen in jovialem Kameradenton befohlen, sich jetzt auch mal ins Warme zu begeben. Er würde so lange ihre Schicht übernehmen. Dankbar hatten sie das großherzige Angebot ihres Kommandanten angenommen. Und schwärmten unten vermutlich von den Führungsqualitäten eines Heimo Zesch.

Sein Blick fiel auf sein Bad Regina. Warmes Licht schimmerte durch vereinzelte Fenster. Hinter den angelaufenen Scheiben lebten sie ihr friedliches Leben. Ostern, Weihnachten, Geburtstage, Familienfeste. Bei Tisch sprachen sie darüber, wie froh man sein könne, dass einer wie Zesch ihre Geschicke lenke. Und dass es an keinem Ort der Welt idyllischer wäre. Nicht umsonst habe man Bad Regina zur lebenswertesten Kleinstadt der Welt erkoren.

Heimo seufzte. Allmählich kehrte die Realität in seine Gedanken zurück. Sie hatten sich alle daran gehalten und die Lichter angelassen. Vermutlich patrouillierte Schleining gerade durch den Ort und freute sich über eine ereignislose Nacht. Oder er stieg in das Haus des Transvestiten, um seiner Trauer freien Lauf zu lassen. Armer Schleining. Die Alte saß bestimmt mit grimmigem Blick auf der Terrasse und wunderte sich, wo ihr nichtsnutziger Sohn blieb. Er hatte ihr einen Brief geschrieben, in dem er ihr mitteilte, dass jetzt eine Zeit lang Schwester Berta nach ihr sehen würde, weil er auf die Suche nach Joschi gehe. Gerda würde ihn begleiten. Aber sie würden bald zurück sein. Keine Sorge.

Eine Träne lief über Heimos Gesicht. Lief sie für Gerda? Für Joschi? Für sein beschissenes Leben im Allgemeinen? Oder weil er drauf und dran war, sein Bad Regina zu verraten? Irgendetwas in ihm taute auf. Die Träne hatte sich gelöst wie ein Eiszapfen, der schon lange an der Decke hing und sich jetzt resignativ fallen ließ. Er nahm das Handy aus seiner Tasche, hielt es in die Luft und suchte nach Empfang. Er unterdrückte seine Rufnummer.

+1 416 344 00 55.

Er hielt es an sein Ohr. Ein Freizeichen aus Übersee. Plötzlich eine männliche Stimme.

— Was machst du da?

Heimo drehte sich um. Moschinger sah selbst angezogen wie ein nackter Wilder aus. Johnson.

— Nichts. Ich wollte nur Luft schnappen.

— Luft schnappen? Wen rufst du an?

— Niemanden. Ich höre nur die Mobilbox ab.

— Du kommst jetzt sofort wieder rein. Keiner schnappt hier ungefragt Luft.

— Wie redest du mit mir?

— Ich weiß genau, dass du mit diesem Chinesen unter einer Decke steckst.

— Und ich weiß, mit wem du unter einer Decke steckst. Nämlich mit meiner Frau.
— Rede keinen Scheiß. Komm jetzt. Außer dir sind schon alle drin.
— Wo drin?
— Na, bei Chen. Er will uns etwas sagen.

8

Sie hatten Chen die Binde abgenommen und er hatte tatsächlich alle Sakramente über sich ergehen lassen. Nur bei der Letzten Ölung hatte er gesagt:
— Stopp!
Bis dahin war alles glatt gelaufen. Helge hatte sogar das Gefühl, der Chinese beginne sich mit seinem neuen Glauben auseinanderzusetzen. Als er ihm erklärt hatte, dass die Hostie kein Symbol für den Leib Christi sei, sondern der wirkliche Leib und dass es nicht umsonst Verwandlung heiße, hatte ihn der Chinese unverwandt angesehen.
— Und was passiert mit dem Leib, wenn er im Magen ist? Oder besser: Wenn ich ihn verdaut habe und morgen …
Helge hatte ihm den Zeigefinger auf die Lippen gelegt. Chen hatte den Kopf gehoben und ihn wie ein Lamm angesehen. Vermutlich hatte er da begriffen, dass er es mit einem sehr gefährlichen Mann zu tun hatte.
Die Firmung war dann schnell vonstattengegangen.
— Und jetzt die Hochzeit, hatte Othmar im Hintergrund gemurmelt und sich sein zweites Bier geöffnet.
— Ruhe.
— Irgendetwas stimmt in Ihrer Reihenfolge nicht.
— Wir haben eine individuelle Reihenfolge festgelegt. Die Beichte kommt als Letztes.
Helges Augen waren so sanftmütig gewesen, dass es sogar Othmar mit der Angst zu tun kriegte.
Als der Pater zur Letzten Ölung schreiten wollte, unterbrach ihn der Chinese schließlich.
— Stopp!
— Was?

Der Pater und Chen sahen sich tief in die Augen.
— Wo ist der Dritte?
— Noch immer auf dem Klo, murmelte Othmar.
— Dann holen Sie ihn. Nein. Holen Sie alle. Ich habe etwas zu sagen.
Othmar nahm einen Schluck. Ihn beschlich allmählich das Gefühl, dass die Angelegenheit länger dauern könnte, weil sich keiner ein Ende überlegt hatte.
— Erst nach der Beichte, sagte Helge.
— Das ist albern. Was erwarten Sie sich davon?
— Dass Sie mir die Wahrheit sagen.
— Die können ruhig alle hören. Ich will die Beichte vor allen ablegen.
Helge spannte die Lippen. Sein rechtes Ohr neigte sich leicht nach oben, als ob er mit jemandem sprechen würde. Dann nickte er.
— Gut. Aber es ändert nichts.

Kurze Zeit später standen alle vor Chen. Man hatte ihm wieder die Schlafmaske aufgesetzt. Othmar foppte ihn mit angedeuteten Schlägen, wobei er einmal unabsichtlich seine Wange streifte.
— Sind Sie wahnsinnig?
— Na, wenn Ihnen das schon wehtut, dann wird das eine harte Nacht für Sie, grummelte Othmar und setzte sich wieder hin. Moschinger und Zesch betraten den Raum.
— Sie können mir die Binde ruhig abnehmen. Ich weiß ja ohnehin, dass alle da sind.
— Nicht alle, grummelte Othmar erneut.
Ein Raunen ging durch die Menge. Moschinger stellte sich breitbeinig in die erste Reihe. Er war kurz davor, selbst einzuschreiten. Gerda, Karin, Tschermak, Wegenstein, Fink, Kajetan, Olga, Marschik und die Grüns standen hin-

ter ihm. Heimo hatte sich ins Abseits zu Othmar gestellt. Und mied den Blickkontakt zu seiner Frau.
— Nehmen Sie mir die Binde ab und Sie werden die Wahrheit hören, sagte Chen.
Raffiniert, dachte Heimo. Wenn er alle identifizieren konnte, waren sie dran. Andererseits war es dann schwer, ihn gehen zu lassen. Es war vermutlich sicherer für ihn, wenn er die Binde aufbehielt.
— Ihre Augen sind ganz auf Gott gerichtet. Beichten Sie, sagte Pater Helge.
Chen seufzte einsichtig. Er neigte seinen Kopf, als müsste er überlegen, wie er beginnen sollte.
— Ich weiß, Sie halten mich für den Teufel.
— Überschätzen Sie sich nicht, unterbrach ihn Helge.
— Ist es normal, dass man bei einer Beichte ständig unterbrochen wird?
— Sprechen Sie.
— Danke. Sie halten mich für den Teufel, weil Sie mich für den Niedergang Ihrer Heimat verantwortlich machen. Ich nehme an, deshalb haben Sie mich entführt.
— Wir haben Sie nicht entführt, grummelte Othmar.
— Ruhe, sagte Moschinger und verschränkte die Arme.
Chen sprach weiter:
— Ich habe aber niemanden gezwungen, meine Angebote anzunehmen. Sie sind auf fruchtbaren Boden gefallen, weil sie für alle eine Verbesserung darstellten. Eine Möglichkeit, woanders ein neues Leben zu beginnen.
— Wir wollen aber nicht weg, wir wollen hierbleiben, rief Heimo dazwischen. Einerseits, um Chen zu versichern, dass er da war. Andererseits, um den Anwesenden zu demonstrieren, dass er auf ihrer Seite stand. Chen nahm das nickend zur Kenntnis.
— Das sei Ihnen auch unbenommen. Niemand zwingt

Sie zu gehen. Ich will die Gelegenheit aber nutzen, Ihnen als Gruppe ein letztes Angebot zu unterbreiten. Danach werde ich Sie nicht mehr behelligen. Sie können sich beraten, ob Sie es annehmen oder nicht. Sind Sie einverstanden?

Ein hallendes Flüstern ging durch die Menge. Das Echo zischte durch den Raum wie Vögel, die aufgescheucht durch den Raum flatterten. Pater Helge ergriff das Wort.

— Das Wesen einer Beichte ist, dass man seine Sünden gesteht. Es handelt sich nicht um ein Anbahnungsgespräch.

— Einverstanden, überging ihn Moschinger. Hören wir es uns an. Wenn Sie versprechen, dass es das letzte Mal ist.

Stille formierte sich hinter dem Riesen Moschinger. Was Zesch ärgerte. Schließlich war er durch keinen Wählerwillen legitimiert.

— Das verspreche ich Ihnen. Auch wenn es mir schwerfällt, Sie dabei nicht anzusehen. Also. Das Angebot.

Es war still. Leise hörte man den Wind draußen pfeifen. Wie unsichtbare Helikopter, die den Karlsstein umschwirrten. Wurden sie bereits gesucht?, fragte sich Heimo. Hatte jemand Anzeige erstattet? Chens Frau wusste Bescheid. Sie würde erst tätig werden, falls ihr Mann nach ein paar Tagen nicht zurückkehrte. Warum hatte er nicht ihre Nummer angegeben? War sie überhaupt seine Frau? Und wer steckte hinter der Überseenummer? War Chen Anführer einer internationalen Bande? Hatten sie es mit einer globalen Armee zu tun? Chen saß mit verbundenen Augen in der Mitte des Raumes. Es war still. Aber man konnte die Blicke rasseln hören. Nein. Sie ratterten. Wie Filmprojektoren. Und Chen war die Leinwand.

— Ich verstehe Sie. Ich kann mich in Ihre Sorgen und Ängste hineinversetzen. Ich weiß, was Ihnen Ihre Heimat bedeutet. Jeder von Ihnen hat viel wegstecken müssen.

Niemand ist hier, um zu kapitulieren. Und keiner von Ihnen will seine Heimat verlassen. Aber es gibt eine Lösung, die beide Seiten befriedet.
Ich werde nicht nur das Doppelte von dem zahlen, was Ihre Liegenschaft wert ist. Ich weiß, es geht hier nicht ums Geld. Sondern ich baue Ihnen ein zweites Bad Regina. Und damit meine ich nicht einen Ort gleicher Qualität. Ich meine exakt diesen Ort. In all seiner Pracht und Schönheit. Eins zu eins. Das Grand Hotel, das Bad, das Casino, das Sanatorium und natürlich Ihre Liegenschaft. Alles gleich. Nur alles neu. Nichts wird verfallen sein. Ein großes Revitalisierungsprogramm. Ein Projekt, das es so noch nie gegeben hat. Ich bin zuversichtlich, dass sogar die alten Bewohner zurückkehren werden. Einen geeigneten Platz dafür gäbe es auch. Es wäre alles geregelt. In einem Jahr könnten Sie einziehen. Ein solches Angebot werden Sie kein zweites Mal im Leben erhalten. Denken Sie darüber nach.
Stille. Keiner sagte etwas. Nur perplexes Schweigen.
Othmar schloss die Augen und stellte sich ein neues Bad Regina vor. Die kalifornische Sonne durchflutete golden die blitzblanken Fenster der neu gebauten Häuser. Die Farben der Wände so satt wie bei einem frisch restaurierten Gemälde. Die Passanten warfen lange Schatten auf die endlos geraden Boulevards. Sie winkten sich aus der Ferne zu. Der junge, schlanke Othmar, der in schwarzer Lederhose und zerrissenem Shirt an dem Casino vorbeiflanierte, aus dem gerade der braun gebrannte Zesch mit einer blonden Gerda trat. Leise hörte man den Swing aus dem Grand Hotel, auf dessen Dach in roten Buchstaben EUROPA stand. In alle vier Himmelsrichtungen. Als ob Europa kein Kontinent wäre, sondern eine umfassende Sehnsucht.

Die Luziwuzi-Bar mit dem strahlenden Emblem, das den lachenden Tschermak nachbildete. Durch die frisch geputzten Scheiben ein Ebenbild von Hoppers *Nighthawks at the Diner*. Und da lief auch Angelo, der Kater. Er hatte neue Freunde gefunden. Boomer, Lassie, Rin Tin Tin. Und natürlich auch Katzen. Ausgelassen liefen sie den Boulevard hinunter.

Othmar atmete erleichtert durch. Es war befreiend, dass Bad Regina nicht mehr in einer engen Schlucht angesiedelt war. Sondern in der Weite der kalifornischen Wüste, gleich neben Palm Springs. Die Joshua Trees winkten ihm zurück. Und Joschi fuhr in einem roten Cadillac Cabriolet vorbei.

Selbst Moschinger hatte ein Lächeln für seine Gäste übrig. Er sagte, es habe das Exil gebraucht, um aus ihnen fröhliche Geisteskranke zu machen. Der Auslandsösterreicher sei ein durch und durch pervertierter Österreicher. Einer, der in der Fremde den Österreicher nur spiele. Und damit sei er ein authentischer Österreicher, weil die Verstellung quasi der Urzustand des Österreichers sei. Endlich sei man im Themenpark angekommen. In einem Themenpark, wo man selbst sein Publikum sei. Die Flachheit der Landschaft, wo man das Gefühl habe, es mit einer aufgeklappten, zweidimensionalen Version von Bad Regina zu tun zu haben, öffne auch die ganze Primitivität der Herzen, nur mit dem Unterschied, dass kein noch so dunkles Gemüt von der kalifornischen Sonne verschont bleibe. Österreich sei eben nie ein Land gewesen, sondern immer eine Geisteskrankheit. Aber jetzt habe diese Geisteskrankheit endlich den richtigen Ort gefunden.

Was ihm der gerade passierende Polizist Schleining bestätigte. Keine Verbrechen. Kein einziges Strafmandat habe er heute geschrieben. Othmar klopfte ihm lachend auf die

Schulter, weil Schleining hier den Polizisten viel glaubhafter mimte als im alten Bad Regina. Ja, alle spielten sich selbst besser als zuvor.
Und als Othmar das große Plakat mit Selmas Gesicht erblickte, rührte es ihn, wie ihn amerikanische Werbetafeln von jeher rührten. Ihr Gesicht war klar und makellos, weil es hier nie regnete und das Bild nicht verwitterte. Irgendwann würde das Licht Selma aufgelöst haben, aber dafür würde selbst die kalifornische Sonne Jahrhunderte brauchen. Als Othmar auf der anderen Straßenseite den alten Schandor sah, fiel ihm auf, dass die Gebäude alle ein wenig kleiner waren als im Original. Othmar lächelte und winkte ihm zu. Aber sein Lächeln fror sofort wieder ein, als hätte er eine große Kugel Zitroneneis verschluckt. Rebekka, die auf ihn zuging. Nicht auf Othmar, sondern auf Schandor. Seltsamerweise spürte Othmar keine Eifersucht. Alles hatte seine Richtigkeit. Egal, wohin er sah. Das perfekte Play-back. Und plötzlich war es ihm egal, woher die Musik kam. Er gab sich ihr hin. Auf dem Berg saß ein alter Indianer, der das Geschehen beobachtete und …
— Ist das Ihr Ernst?
Othmar wurde aus seinem Tagtraum gerissen. Es war die Stimme von Moschinger, die die Stille zerriss. Es war eine gute Stille gewesen. Eine, die noch alles offenhielt. Die noch Platz für Möglichkeiten ließ. Mit der Frage von Moschinger zerplatzten die Seifenblasen in Othmars Kopf.
BUH
BUH
BUH
Othmar saß wieder in der kalten Höhle des Kraken. Und alle Augen starrten auf den Chinesen, der noch immer nicht zurückstarren durfte.
— Durchaus mein Ernst.

— Das ist verrückt.
— Ich weiß.
— Ich meine nicht verrückt im guten Sinn. Sie wollen uns einen Themenpark bauen. Eine Nachahmung unserer selbst. Für was halten Sie sich eigentlich? Ist das Ihre Form von Kolonialismus? So hatte ich das nicht gemeint! Sie pervertieren meine Idee!
— Ich schlage vor, dass Sie es einmal setzen lassen, und wir sprechen später darüber, sagte Chen in ruhiger Stimmlage, die seine gesamte Verhandlungserfahrung insinuierte.
Was nicht nur Moschinger, sondern auch Zesch provozierte. Was bildete sich dieser arrogante Chinese überhaupt ein? Sie ließen sich doch nicht von ihm deportieren. Egal, wie schön das Lager war, in das er sie schicken wollte. Zesch lief innerlich zu den anderen über. Und vergaß in der Sekunde den Dreck, den er am Kerbholz hatte. Jetzt hieß es zusammenhalten. Und gemeinsam gegen den Chinesen vorgehen.
— Lasst euch ja nicht einkochen, entkam es dem Bürgermeister, worauf Chen mit einem überraschten Kopfzucken reagierte. Heimo erntete einen komplizenhaften Blick von Moschinger. Er warf ihn lässig zurück. Volley. Moschinger formte seine Hände zu einem Trichter und verkündete:
— Wir wollen nicht gehen. Wir wollen, dass Sie gehen!
Applaus der Menge. Zuerst zögerlich. Dann tosend. Der Hall brachte die Eiszapfen an der Decke zum Vibrieren. Zumindest in Heimos Vorstellung. Applaus war das Wärmste, was er empfangen konnte. Dort, wo es Applaus regnete, war seine Heimat.
— Das liegt nicht in meinem Ermessen, schüttelte Chen den Kopf und merkte nicht gleich, dass er damit einen Riesenfauxpas begangen hatte.
Aber Helge merkte es.

— Ruhe! Ruhe!
Alle verstummten. Der Pater ging auf Chen zu. Wie immer, wenn der Priester auf jemanden zuging, bildeten die anderen ein Spalier. Keiner hatte eine Ahnung, was jetzt passierte. Selbst Moschinger und Zesch warfen sich fragende Blicke zu.
— Wusste ich es doch, sagte Helge.
— Was wussten Sie?, fragte Chen verunsichert.
— Wusste ich es doch, dass Gott Ihnen am Ende doch noch die Beichte abnehmen würde.
Chen schnitt eine seltsame Grimasse. Er zog seine Lippen hoch, wie man es tat, wenn man grinste. Nur ließ er dabei seinen Mund geschlossen. Es wirkte wie ein Krampf. Als ob sich die bis dahin souveränen Gedanken kollektiv in den Arsch bissen. Die Menge wurde Zeuge eines innerlichen Kasteiungsprozesses. Denn Chen war intelligent. Und wusste natürlich, worauf dieser Priester anspielte.
— Sie sagten, es liegt nicht in Ihrem Ermessen.
— Na und?, antwortete Chen mit leicht zittriger Stimme. Ein Tropfen, der sich von der Decke löste, landete auf seiner Wange.
— Nicht weinen, scherzte Helge und blieb vor ihm stehen: Das Spiel ist aus. Und Sie wissen es. Wenn es nicht in Ihrem Ermessen liegt, in wessen Ermessen liegt es dann?
— In Gottes Ermessen, antwortete Chen eloquent. Nur der Tonfall suggerierte, dass er log. Und alle merkten es.
Plötzlich zog Helge dem Chinesen die Schlafmaske vom Gesicht. Ein empörter Aufschrei. Jetzt waren sie wach. Was zum Teufel machte der Pfaffe? Aufgeschreckt blickte Chen in die Gesichter, die ihn anglotzten. Allerdings nicht wie einer, der bei einer Gegenüberstellung die Täter identifizierte. Sondern wie ein Reh kurz vor dem Abschuss. Nein. Wie ein Mörder, der soeben gestellt wurde.

Sie starrten ihn an. Erstaunt. Aber nicht meuchelnd. Und trotzdem stand in Chens Gegenblick blankes Entsetzen. Perfektes Play-back. Aber für was? Für die Wahrheit, die nur Chen kannte. Und die sich durch diesen Blick endlich den Weg nach draußen bahnte.
— Ich will Ihre Augen sehen, wenn Sie lügen, sagte Pater Helge.
Vielleicht war er doch ein Agent Gottes, dachte Othmar, der die leere Dose Bier in der Hand zerdrückte. Es kam ihm dramaturgisch gerade richtig vor.
— Was wollen Sie von mir?
— Ich will jetzt wissen, in wessen Ermessen es liegt. Wir wissen alle, dass es jemanden gibt, der Ihnen die Befehle erteilt. Auf wen hören Sie? Wessen Strohmann sind Sie?
Chen schluckte. Er spürte, wie sich die glotzende Menge in eine meuchelnde Menge verwandelte. Die spitzen Eiszapfen über ihm waren jetzt Zähne. Und der Raum das Maul eines riesigen Drachen, der Chen gleich verschlingen würde. Das Gebiss kam näher. Kein Zweifel. Die Zähne würden ihn zermalmen. Und nichts von ihm übrig lassen. Genussvoll würde ihn die Menge zerkauen. Ihn verdauen.
— Was passiert mit Gott, wenn ich ihn verdaue?, stammelte Chen.
Helge folgte seinem Blick nach oben. Auch er sah Hunderte von spitzen Zähnen. Auch er konnte das Monster erkennen.
— Gott ist unverdaulich, sagte Helge und lächelte.
— Ich werde mir Ihre Gesichter merken! Ich bringe Sie alle ins Gefängnis!
— Ich kann das erledigen, sagte Olga.
Alle starrten sie an. Auch Max, der sich um seine Chance betrogen fühlte.
— Ich kann jeden mit nur einem Griff töten.

Niemals hätte Chen gedacht, dass der Tod einen blauen Trainingsanzug tragen würde.
— Ich kann Ihnen sagen, mit wem ich kooperiere.
Sein Blick fiel auf Heimo, der sofort aus seinem Meucheltraum erwachte.
— Schluss jetzt, rief er. Schluss!
Heimo wedelte mit den Händen. Als wollte er alle verscheuchen. Ihre Blicke hatten sich gegen ihn formiert. Sie spürten seine Schuld. Wenn der Chinese noch einen Satz sagte …
— Schluss, bevor wir eine Dummheit begehen. Wir gehen jetzt alle hinaus und beruhigen uns wieder. Und besprechen das. Draußen.
Zeschs Hände wedelten nicht mehr, sondern kalmierten. Selbst Pater Helge war enttäuscht von der kühlenden Vernunft, die sich über die Menge stülpte. Die Eiszapfen ließen kalte Tropfen auf die Gesichter fallen. Es war verdammt heiß in dem Raum geworden. Zesch hatte recht. Gemurmel. Nickende Köpfe. Sie ließen Chen mit dem Drachen allein.

9

Draußen bildeten sich schnell kleine Gruppen, die miteinander diskutierten.
Manche riefen Skandal. Manche verdächtigten Zesch. Manche meinten, dass es ohnehin keinen Sinn habe. Manche, dass man zumindest darüber nachdenken sollte. Manche sagten gar nichts und schwiegen nur betreten. Zesch sagte, dass es sich ganz sicher um eine Falle handle. Moschinger, dass man morgen vermutlich bei null anfangen müsse. Helge, dass man zuversichtlich bleiben solle. Und Tschermak, dass es immer mehr Luft nach oben als nach unten gebe. Er meinte damit die Conditio Terrae per se.
Der Koch Kajetan sagte, dass ein Scheißhaufen in der Küche immer stärker rieche als die Suppe, die man koche. Keiner wusste, was er damit meinte. Am wenigsten er selbst, dachte Othmar, den eine wachsende Bierlaune überkam.
— Wir sollten ihn köpfen, sagte Olga.
Worauf Karin sagte, dass nur jene köpfen, denen das Gehirn im Weg steht. Sie meinte damit eigentlich die Muslime, die in ihren Augen ihren Sohn festhielten.
— Wir sollten ihn auf jeden Fall töten. Er hat uns alle gesehen. Und erkennt jeden Einzelnen wieder. Das verhält sich anders als umgekehrt. Für uns sind die Chinesen alle gleich. So wie die Hunde. Die sind auch alle gleich. Weil der Chinese keine Rasse ist. Sondern eine Gattung, sagte Fink und meinte eigentlich seine Übersetzerin.
— C'est énorme merde, wenn ich mir dieses Aperçu erlauben darf, sagte Wegenstein, der die erloschene Pfeife

in Händen hielt: Wir sollten sein Angebot annehmen und ihn danach töten.
— Und was soll das bringen?, sagte Edit: Wir müssen auf alle Fälle herausfinden, wer hinter ihm steckt. Sonst hört das nie auf.
— Und wie?
— Wir rufen alle Kontakte in seinem Handy durch. So wie man bei einem Nummernschloss alle Nummern durchprobiert, schlug sie vor.
— Haben Sie den Pincode?, fragte Wegenstein und zündete sich die Pfeife an.
— Müssen Sie rauchen?
— Oui.
— Abstechen, rief der kleine Max, worauf Wegenstein ihm einen erstaunten Blick zuwarf.
— Den Chinesen, korrigierte ihn Fink.
— Sagen Sie nicht dauernd Chinese. Der Mann ist aus Hallstatt, korrigierte ihn wiederum Wegenstein.
— Aus Hallstatt in Luoyangzhen, entgegnete dieser.
— Wie bitte?
— Wissen Sie denn nicht, dass die Chinesen Hallstatt eins zu eins nachgebaut haben?
Fink sah Wegenstein an wie jemand, der einem die Hand reichte, um ins Rettungsboot zu steigen.
— Was soll das heißen?
— Weiß jemand, wo dieses neue Bad Regina eigentlich liegen soll?, fragte Grün vorsichtig.
— Na, dreimal dürfen Sie raten, sagte Fink.
— China?
— Wer sonst würde es schaffen, eine ganze Stadt innerhalb eines Jahres aufzubauen?
— Ich gehe da bestimmt nicht hin, stauchte Edit ihren Mann nieder.

— Irgendetwas müssen wir tun! Oder willst du für immer hier leben?, sagte dieser.
— Hast du einen Plan?, provozierte ihn Moschinger.
— Gemeinsamer Mord und gemeinsame Flucht? Da mache ich nicht mit, sagte Gerda.
— Wie bei diesem Agatha-Christie-Roman, wo jeder im Zug einmal zusticht, sagte Karin.
— Kusch, sagte Tschermak, der nur wollte, dass es endlich still war.
Pater Helge nickte wissend und hob seine Hände.
— Eine angelehnte Tür ist keine Aufforderung, geöffnet zu werden. So wie ein Buch nicht darauf wartet, gelesen zu werden. Und ein Sessel nicht will, dass man auf ihm sitzt. Man muss nicht alles nehmen, was sich einem bietet. So wie der Apfel nicht darauf aus war, von Adam gegessen zu werden.
Fink sagte zu dem kleinen Max, das erinnere ihn an ein Paradoxon, das er einmal verfasst habe.
— Der betrunkene Osterhase sitzt an der Bar und sagt: Es gibt keinen Osterhasen.
Max sagte, dass es sich hierbei um kein Paradoxon handelte. Was Fink beleidigt zur Kenntnis nahm.
— Wein, Bier und Wodka, rief Othmar.
Alle sahen ihn an. Ihm fiel auf, dass *paradox* das Wort war, das er in den letzten Tagen mehrmals gesucht hatte.
— Das ist, was es gibt.
Er hielt von allem jeweils eine Vorführflasche in Händen. Schnell wurde man sich einig, eine Nacht über die Sache schlafen zu wollen. Zu viel stehe auf dem Spiel. Und bevor man eine falsche Entscheidung treffe, sei es besser, sich zu vertagen.
Man versorgte Chen mit einem Eintopf, den ihm Kajetan servierte. Dann schloss man hinter dem Chinesen den Riegel und überließ ihn den Drachenzähnen.

Othmar aktivierte die Anlage. Im Regal standen noch ein paar verstaubte Hitkompilations aus den Neunzigerjahren. Das Licht fuhr hoch. Soweit es das strauchelnde Aggregat zuließ. Die müden Tentakel des Kraken blinkten mit halber Kraft und bewegten sich eingerostet. Nur die fliegenden Teppiche rührten sich nicht. Die Eiszapfen zielten mit ihren Spitzen auf die Tanzfläche. Je lauter der Bass dröhnte, desto mehr begannen die Zähne zu vibrieren. Im bewegten roten Licht sah es aus, als würden sie bluten.
— Der Wal hat uns gefressen. Und es kann wochenlang dauern, bis er uns wieder ausspuckt, brüllte Helge in Othmars Ohr. Nach dem achten Bier machte ihm das keine Angst mehr. Im Gegenteil. Er wünschte sich, dass diese Party niemals endete.
Alle tranken. Alle tanzten. Alle kamen sich näher. Als ob man jahrelang hinter den Gardinen auf diesen Abend gewartet hätte. Sogar bei Marschik entluden sich die Energien wie Blitze. Er tanzte den Techno schneller, als es der Rhythmus vorgab. Und sah dabei aus wie ein Spitzensportler, der sich zu Tode aufwärmen wollte. Othmar nahm diesen Gedanken in seine Sammlung der unwahrscheinlichsten Selbstmordarten auf.
Othmar ging es mit dem Tanzen ähnlich wie mit Stehtischen. Er fand keine Haltung, in der es lässig aussah. Also wippte er nur, was trotzdem rasch zu Seitenstechen führte. Betrunken hinkte Othmar zu den Tischen, wo sich unterschiedliche Neigungsgruppen gebildet hatten. Am ersten diskutierten Zesch, Wegenstein und ein paar andere über Politik. Othmar blieb davor stehen wie ein Kellner, der soeben vergessen hatte, dass er Kellner war, sich aber trotzdem nicht fragte, wer er war, sondern es einfach hinnahm und in gebückter Stellung verharrte. Niemand beachtete ihn. Unzusammenhängende Wortfetzen prasselten auf ihn ein.

— Langeweile verträgt sich nicht mit Demokratie.
— Sie können die ewig gleichen Geschichten nicht mehr hören. Geschichte muss gemacht werden.
— Wir sind von mehr Menschen umgeben, die uns erschrecken, als von solchen, die uns zum Lachen bringen.
— Wenn Sie nichts zu verbergen haben, warum laufen Sie dann nicht nackt über die Straßen oder lassen Ihre Klotür beim Scheißen offen?
— Der Kommunismus war staatlicher Kapitalismus.
— Der Kapitalismus ist ein Organ, das sich nicht regenerieren kann.
— Das Gefühl ist in Verruf geraten, dabei hat das Barbarische überhaupt kein Gespür.
— Das Problem ist doch nicht die Multikultivierung, sondern die Dekultivierung!
— Ist ein Faschist mit Manieren noch ein Faschist oder schon ein Aristokrat?, fragte Wegenstein, der so begeistert rauchte, dass die Schwaden im Rhythmus der Musik tänzelten.
Othmar konnte dem Gespräch nicht folgen. Da war dieses schwarze Loch, in das er hineinstarrte. Er hatte Angst hineinzufallen. Also ging er weiter. Edit zerfleischte sich selbst auf der Tanzfläche. Gerda sagte, dass sie eine Geschäftsidee habe. Man könne den Kraken in eine Sondermülldeponie umfunktionieren. Damit ließe sich viel Geld machen. Wo war eigentlich Max? Othmar war ständig auf der Hut vor diesem Bengel. Er blieb schließlich vor einem Tisch stehen, wo sich Fink, Kajetan, Olga und Grün unterhielten.
— Und, haben Sie sich schon entschieden, wie Sie den Selbstmord anlegen werden?, fragte Grün, der sich selbst ohne Zweifel vor einen Zug werfen würde.
— Ich habe mich für einen umständlichen Weg entschie-

den. Ich werde einen Mord begehen, um auf dem elektrischen Stuhl zu landen, antwortete Fink.
Beklemmende Stille. Soweit Stille inmitten dieses Lärmpegels überhaupt ihren Platz fand. Die Beklemmung fand ihn schon.
— Das war nur ein Scherz, rief Fink lachend aus. Was die Beklemmung keineswegs löste.
— Ich würde mich selbst mit dem Todesgriff umbringen, sagte Olga.
— Ich würde mich vergiften, sagte Kajetan und lächelte seltsam.
— Ich würde mich erhängen, sagte Grün überraschend.
— Erhängen?, lallte Othmar. Wobei er so betrunken war, dass er das Fragezeichen nicht mehr betonen konnte. Es hätte eine Feststellung, eine Frage oder eine Aufforderung sein können. Er war sich aber nicht sicher, ob ihn überhaupt jemand wahrgenommen hatte.
— Ich habe mich bei meiner Geburt zweimal mit der Nabelschnur umwickelt, erklärte Grün: Man musste mich per Kaiserschnitt rausholen. Es wäre also nur konsequent, wenn ich ...
— Aber Sie können das ja selbst entscheiden. Sie müssen nicht ...
Othmar dachte nach, wie er sich umbringen würde. Vermutlich bräuchte er gar nichts zu tun. Sein augenblicklicher Lebenswandel war ohnehin nichts anderes als eine ausgedehnte Form des Suizids. Sonst würde er vielleicht vom Karlsstein springen. Aber er hatte Höhenangst. So gesehen kam das nicht infrage. Am liebsten wäre es ihm, wenn Selma die Angelegenheit übernähme. Die Wahl der Methode, den Zeitpunkt und überhaupt.
Othmar war keiner, der sich umbringen wollte. Er träumte eher von einem Sanatorium der Ausgeschiedenen. Eine

Art Zauberberg für Gesunde, die reich an Zeit waren und bereit, diese zu vergeuden. Niemand brächte sich dort um. Es fehlte der Anlass. Die Dringlichkeit. Vielmehr lag über allem diese Müdigkeit.

— Es gibt doch nur Stille, weil wir Ohren haben, sagte der kleine Max im Vorbeigehen. Hielt er da ein Bier in der Hand?

— Also Paare, die betonen, dass sie viel miteinander lachen, haben keinen Sex, sagte Gerda zu Frau Marschik. Ihr Lippenstift war vom Tanzen verwischt und ihre Haare zerrauft. Sie setzten sich zu Moschinger, der gerade über Musik dozierte.

— Bei Musik, da geht es auch um die Unzulänglichkeit. Um den Dreck. Um das Unberechenbare. Wenn man eine künstliche Intelligenz auf Jimi Hendrix programmiert, würde der Teil mit dem Gitarrenverbrennen nicht funktionieren. Edit stolperte vorbei und riss Max das Glas Bier aus der Hand.

— Spinnst du! Gib das sofort her!

Sie trank es in einem Zug aus. Irgendwie war es schön, dass alle zusammen waren, dachte Othmar. Man hätte das mit der Entführung schon vor Jahren angehen sollen. Es hätte einiges verändert. Wie sehr er seinen Kraken vermisst hatte. Er wankte weiter.

Karin stand an der Bar und schenkte aus. Vor ihr saß der ehemalige Schulwart. Er zeigte ihr ein Foto auf seinem Handy.

— Schauen Sie. Das war unser letzter Urlaub. Vor zwölf Jahren. Dubai. Wenn Sie das sehen, auf wen sind Sie wütender? Auf den deutschen Touristen mit der kurzen Hose oder auf die Frau mit der Burka?

— Für mich ist das alles das gleiche Gesindel.

Sie dachte kurz an ihren Sohn und bekreuzigte sich. Ihr

Blick fiel zu Tschermak, der am anderen Ende der Theke mit Pater Helge saß. Es sah aus, als würde er ihm die Beichte abnehmen. Marschik trat hinzu, um sich Nachschub zu holen. Er erzählte von einer spanischen Basketballmannschaft, die bei den Special Olympics angetreten war und vorgetäuscht hatte, geistig behindert zu sein.
— Natürlich gewannen sie! Ein Riesenspaß!
Der Krake blinkte müde.
Tschermak hielt seinen Blick vom Pater abgewandt und monologisierte traurig vor sich hin.
— Erst als mich meine Mutter nicht mehr erkannte, besuchte ich sie öfter ...
Othmar drehte sich im Kreis. Zesch dachte an den verlorenen Joschi. Moschinger an den verlorenen Achmed. Grün an verlorene Züge. Gerda an verlorene Möglichkeiten. Wegenstein an seine verlorene Frau. Edit an den verlorenen Schüler. Fink an die verlorene Japanerin, die sich in Wahrheit in den Vulkan gestürzt hatte. Und Kajetan an Olga, weil er sie in dem Gemenge verloren hatte. Alle verschwammen vor Othmars Augen, als säßen sie gemeinsam auf einem Karussell. Er hörte nur noch Laute. Verzerrte, unverständliche Laute. Plötzlich hielt er inne und lallte:
— Die Frage lautet doch: Fleischreis oder Reisfleisch.
Dann fiel er um.

Als er wieder zu sich kam, war es still. Er fand sich auf einem Feldbett wieder. Es bog sich durch und war so schmal, dass er sich nicht rühren konnte. Othmar lag auf dem Rücken. Als hätte man ihn aufgebahrt. Er fragte sich, wie viele Männer nötig gewesen waren, um ihn hierher zu tragen. Sein Kopf schmerzte. Nein. Pochte. Kein Kater. Gehirnerschütterung. Vermutlich war er auf den Kopf

gefallen. Wohin sonst? Einer wie er fiel immer auf den Kopf. Er hörte Schnarchen. Sie hatten Männer und Frauen getrennt. Wie bei einem Jungscharlager. Sie schnarchten im Gleichklang. Dazwischen ein Murmeln.
— Ich erfinde nie etwas. Nie. Und genau deshalb muss ich dafür sorgen, dass etwas passiert. Da muss man ein wenig nachhelfen. Das ist wie Kochen. Ein Jammer, dass ich über diese Geschichte nie schreiben kann. Kann man für ein Buch ins Gefängnis kommen?
Kajetan dämmerte weg. Das Schnarchen. Wie eine Herde Seehunde.
— Schreiben ähnelt tatsächlich dem Kochen. Die Zutaten müssen erkennbar bleiben, aber es muss zu einer Mahlzeit verschmelzen.
Wenn Fink doch bloß aufhören könnte.
— Welcher Tag ist heute, murmelte Othmar im Halbschlaf.
— Samstag, freute sich Fink, der in Othmar einen neuen Gesprächspartner wähnte. Kajetan war eingeschlafen, was er erst jetzt bemerkte.
— Warum?, fragte Fink, um Othmar wach zu halten.
— Noch vier Tage.
— Bis was?
— Bis Sie sich umbringen.
Dann schlief er weiter. Und träumte von einem weltweiten Virus. Encephalitis lethargica.
— Vermutlich wird die Krankheit über Gähnen verbreitet.
— Weltweit brechen die Märkte zusammen. Diese Müdigkeit bringt uns um.
— Breitet sich der Schlaf aus wie ein Virus? Oder breitet sich das Virus aus wie Schlaf?
— Die Intervalle werden länger. Im Endstadium ist man nur noch alle paar Wochen für ein paar Sekunden wach.

— Ich habe Sie genau gähnen gesehen.
— Nein, das ist nur ein Tick. Wirklich. Ich bin wach. Ich schwöre es Ihnen.
— Er hat sich absichtlich angesteckt. Ich weiß es genau.
— Die Menschheit stirbt aus, indem sie sich einschläfert.
— Passen wir jetzt bloß auf, dass wir die Verträumten nicht aufwecken, sagte eine sanfte Frauenstimme. Selma?
— Aufwachen! Aufwachen, schrie jemand.
Aber niemand rührte sich. Das ganze Lazarett im Koma.
— Aufwachen!
Es war der kleine Max, der Alarm schlug. Einer nach dem anderen griff sich an den Kopf. Es werden doch nicht alle umgefallen sein, dachte sich Othmar. Verkatertes Geraune.
— Aufwachen! Der Chinese ist tot.

Othmar wankte zur Vorratskammer, wo sich bereits eine Menschentraube gebildet hatte. Moschinger, Tschermak und Zesch standen mitten im Raum. Der tote Chen lag auf dem Boden. Sein weißes Hemd war blutgetränkt. Ein großes, nasses Loch mitten im Solarplexus. Seine Arme ausgebreitet. Handflächen nach oben. Die Schlafmaske aufgesetzt. Fink trat hinzu. Dann Marschik. Schließlich Helge. Den Frauen sagte man, sie sollten draußen bleiben.
— Stercore, fluchte der Pater: Dic mihi, quid!
Sein Blick fiel nach oben.
— Wo ist die Tatwaffe?, fragte Othmar, dessen Schädel um die Wette mit seinem Fuß pochte.
— Spielst du jetzt den Sherlock Holmes?, fauchte Zesch und deutete auf die riesige Wasserlache rund um die Leiche. Moschinger sah ebenfalls nach oben. Dem Drachen waren über Nacht mindestens die Hälfte der Zähne ausgefallen. Es war ziemlich heiß in dem Raum.

— Kann jemand die verdammte Heizung ausschalten, rief Moschinger nach draußen. Als ob es noch etwas ändern würde.

— Die Eiszapfen haben sich von der Decke gelöst. Wenn dich so ein Riesending durchbohrt, dann bist du in der Sekunde weg, sagte Zesch.

— Schwachsinn. Das war Mord, sagte Fink: Das sieht doch ein Blinder. Das Ding ist ihm ja nicht auf den Kopf gefallen. Oder wollen Sie behaupten, es hätte seine Brust durchbohrt?

— Solarplexus, murmelte Othmar und griff sich an den Kopf.

— Das kann sich allein vom Winkel her nicht ausgehen. Jemand hat ihn mit einem Eiszapfen erstochen. Die perfekte Mordwaffe. Hinterlässt keine Fingerabdrücke. Und zerstört sich von selbst.

— Das glauben Sie doch selbst nicht, murmelte Marschik.

— Jemand hat seine Fessel gelöst, sagte Othmar.

— Oder er hat sich befreit, entgegnete Zesch.

— Harakiri, konstatierte Tschermak. Er hat Harakiri gemacht, damit er seinen Herrn nicht verrät.

— Er ist ja kein Japaner, dozierte Fink.

— War kein Japaner, korrigierte ihn Tschermak.

Wegenstein kam dazu. Er paffte an seiner Pfeife. Sein Quadratschädel schwenkte von der Leiche in die Runde. Bedeutungsschwanger nickte er und blies jedem eine Rauchschwade ins Gesicht.

— Es könnte jeder gewesen sein. Le tueur est parmi nous.

— Was wollen Sie damit sagen?, mokierte sich Zesch.

— Der Mörder ist unter uns, übersetzte Fink.

Moschinger musterte Zesch.

Zesch musterte Tschermak.

Tschermak musterte Helge.

Helge musterte Fink, dem auffiel, dass Kajetan fehlte. Keiner musterte Marschik.

— Wenn Sie sich so aufspielen, machen Sie sich nur selbst verdächtig, sagte Zesch und sah den Grafen unverwandt an.

Wegenstein nickte und paffte.

— Ich habe mich selbst nicht ausgenommen. Auch wenn ich weiß, dass ich es nicht war.

— Wir rufen die Polizei, murmelte Tschermak.

— Auf keinen Fall, schüttelte Moschinger den Kopf: Wir müssen das selbst in die Hand nehmen. Oder wollt ihr alle ins Gefängnis? Wir finden den Mörder und ziehen ihn zur Rechenschaft. Der Schuldige muss büßen. Und nicht wir alle.

— Und was machen wir mit der Leiche, wenn wir ihn gefunden haben?

— Die lassen wir hier. Hier findet sie niemand, sagte Moschinger.

— Ein großes Mausoleum, sagte Wegenstein.

— Seine Frau wird ihn suchen, sagte Zesch.

— Einer muss die Verantwortung übernehmen.

— Und wenn er sich selbst umgebracht hat?

— Wir gehen erst, wenn wir einen Schuldigen gefunden haben, bestätigte Pater Helge.

— Einen?

— Den Schuldigen, korrigierte er sich. Er beugte sich über den Leichnam und gab Chen sein letztes Sakrament.

VIERTER TEIL

Hör auf zu reden wie ein Mensch, der träumt.

– Georges Perec, Ein Mann, der schläft

1

Wenn Schleining ein Einbrecher gewesen wäre, dann wären für ihn die angeschalteten Lichter sichere Zeichen gewesen, dass keiner zu Hause war. Für wie blöd hielten sie ihn eigentlich? Er war ausgebildeter Polizist. Trotzdem hatte er sich immer als Teil der Gemeinschaft gesehen. Und natürlich war er im ersten Moment gekränkt gewesen.
Zugegeben, er hatte es nicht gleich bemerkt. War noch zu sehr in Gedanken bei Petra gewesen. Und dementsprechend dankbar, auf Patrouille niemandem begegnet zu sein. Aber als die Lichter auch untertags brannten, war es ihm blitzartig klar geworden. Sie waren einfach gegangen. Ohne sich zu verabschieden. Oder sollte das Anlassen der Lichter eine eigenwillige Form des Abschieds sein? Eher eine Beleidigung seiner Intelligenz.
Nein. Sie hatten ihn alleingelassen. Sie hatten eine Abmachung getroffen, ohne ihm Bescheid zu geben. Sie hatten ihn bewusst ausgeschlossen. Hatten es vor ihm geheim gehalten. Sie wollten ihn, Schleining, nicht dabeihaben. Weil sie ihn verachteten? Nein. Weil er Polizist war. Also musste es sich naturgemäß um ein Verbrechen handeln. Aber was für ein Verbrechen sollte das sein? Die meisten hatten nicht mal eine Verkehrsübertretung aufzuweisen.
— Chen!
Sie hatten alle an den Chinesen verkauft. Und jetzt genierten sie sich. Weil sie sich vor ihm, dem Polizisten, immer genierten. Obrigkeitshörig waren sie. Und immer auf der Suche nach einem Hirten. Das hatte nichts mit

seiner Person zu tun. Ausschließlich mit seiner Funktion. Insofern wunderte es ihn. Denn irgendjemand hätte sich doch verplappert. Nein, nicht denunziert. Eher so wie man es als Kind nicht aushielt, den Eltern nicht alles zu erzählen.
Sie führten etwas im Schilde. Das war schon beim Leichenschmaus spürbar gewesen.
— Othmar.
Wer sonst? Andererseits war Othmar nicht mal in der Lage, seine Wohnung aufzuräumen. Sollte Schleining tätig werden? Gab es polizeilichen Handlungsbedarf? Es würde sich schon von allein aufklären. Sie würden zurückkommen. Schließlich hatten sie die Lichter angelassen.

Immerhin Schwester Berta hielt noch die Stellung. Sie hatte Schleining angerufen, nachdem sie Othmar nicht erreicht hatte.
— Was soll ich denn jetzt mit der Leiche machen? Es fühlt sich ja keiner mehr zuständig.
Schleining sagte, dass er das übernehmen würde. Schließlich habe er diesbezüglich gerade Erfahrung gesammelt. Er würde erneut die Bestattung in Gastein damit befassen. So hatte er es gesagt. Und sie solle Othmars Vater in der Zwischenzeit kühl halten. Wer weiß, wie lange es daure, bis sich jemand der Sache annehme.
— Na, wenigstens ist er nicht allein gestorben, sagte Berta.
— Stimmt. Er hatte ja Sie, antwortete Schleining.
— Nein, das meine ich nicht. Ich bin nur im Dienst. Aber die Glatzköpfige war da und ist bis zum Ende bei ihm geblieben.
Da wurde Schleining dann doch wieder stutzig.
— Das müssen Sie mir genauer erklären.
— Sie kam in großer Eile mit Alpha, also mit Mister Ni-

chols, den sie ja gemeinsam pflegen. Ich weiß nicht, ob Sie es wissen, aber Othmar und diese Glatzköpfige sind ...
Schleining tat so, als wüsste er alles. Tatsächlich hatte er von nichts gewusst. Aber es hatte ihn auch nicht überrascht. Nichts überraschte ihn. Eher wunderte es ihn, dass jemand mit Othmar geschlechtlich verkehren wollte.
— Sie hat gefragt, ob sie Alpha bei mir lassen könnte. Sie müssten für ein paar Tage verreisen. Sie wissen ja, dass es mir nie recht war, dass er in so unprofessionellen Händen ...
— Und dann?
Schleinings Ton wurde ungeduldig. Vielleicht zu ungeduldig.
Schließlich gab es nichts anderes zu tun.
— Und dann hat sich Herr Boltzmann bemerkbar gemacht.
— Bemerkbar?
— Offenbar hat Othmars Vater in diesem Moment beschlossen zu sterben. In meinen Augen hat er die Situation ausgenutzt, dass jemand da war. Schließlich hat er lang genug auf seinen Sohn gewartet. Ich weiß gar nicht, wann der das letzte Mal zu Besuch war.
— Na, wenigstens ist seine Schwiegertochter geblieben. Das hat ihn bestimmt gefreut.
— Das mit der Schwiegertochter wusste er ja nicht. Oder glauben Sie, die haben ihm irgendetwas erzählt? Othmar hat seinen Vater immer nur blöd angeschaut und dann ist er wieder gegangen.
— Offenbar war es ihr aber wichtig, dass ...
— Er hat ihre Hand festgehalten. Sie hatte gar keine andere Wahl.
— Seien Sie nicht ungerecht, Schwester Berta.
— Nur weil eine Person für ein paar Stunden vorbeischaut, sollte man nicht vergessen, wer ihn die ganze Zeit gepflegt hat.

— Wo ist Selma jetzt?
— Woher soll ich das wissen? Sie ist gegangen und hat mir den nächsten Patienten dagelassen. Vermutlich, damit mir nicht langweilig wird. Aber Sie können sich nicht vorstellen, was im Augenblick los ist. Die Mutter von unserem Bürgermeister! Hat man mir auch überlassen. Allein sie vom Sterben abzuhalten, kostet mich die halbe Arbeitszeit. Wie soll ich für so eine Person die Verantwortung übernehmen? Jedes Mal, wenn ich ihr zu essen bringe, schreit sie mich an. Ich kann auch nicht ständig kontrollieren, wie lange sie auf der Terrasse sitzt. Da müsste ich jede Stunde vorbeischauen. Aber ich sage Ihnen ganz ehrlich: Dort habe ich Angst um mein Leben. Diese Frau ist gemeingefährlich. Und fällt eigentlich in Ihren Zuständigkeitsbereich. Einsperren müsste man sie. Um sie vor sich selbst zu schützen.
— Sie leisten wirklich Großartiges.
— Ja, ja, schon gut. Ich brauche kein Lob.
— Ich komme demnächst einmal auf einen Kaffee vorbei und dann reden wir.
— Aber geh. Über was sollen wir groß reden? Wir machen beide unsere Arbeit. Und damit basta.
Dann hatte sie aufgelegt.
Schleining war daraufhin zu Othmars Haus gegangen. Weil dort Licht gebrannt hatte. Bei Selma war es dunkel gewesen. Nicht dass er damit gerechnet hätte, dass jemand zu Hause gewesen wäre. Aber schließlich war es seine Pflicht als Polizist, nach dem Rechten zu sehen. Er war ja kein Einbrecher. Auch wenn es bestimmt welche gab, die das Gegenteil behauptet hätten. Die alte Zesch war seine Zeugin gewesen. Er war stets nur in die verlassenen Häuser eingestiegen. Er hatte nie kriminelle Absichten. Im Gegenteil. Die Alte hatte ihn auch dieses Mal beobach-

tet. Das hatte er gespürt. Die Tür war nicht abgeschlossen gewesen. Wozu auch? Bei Othmar gab es ohnehin nichts zu holen. Zumindest nichts, was einen Einbrecher interessierte. Einen Einbrecher im gängigen Sinn.
— Selma?
Keine Antwort. Schleining war hineingegangen. Warum auch nicht? Er war Polizist.
— Ich bin kein Einbrecher, Euer Ehren.
— Wie würden Sie sich sonst bezeichnen?
— Als Chronist.
— In meinen Augen sind Sie ein Perverser.
— Ich bin hineingegangen, weil ich befugt dazu war.
— Und was genau hat Sie befugt? Wie lautet der Tatbestand?
— Es waren alle im Ort plötzlich verschwunden, Euer Ehren.
— Und Sie glauben, dieser Othmar hat alle verschwinden lassen.
— Gewissermaßen. Nur freiwillig.
— Und wen haben Sie vorgefunden?
— Niemanden.
— Niemanden?
— Niemanden.
— Gut, lassen Sie es mich anders formulieren: Was haben Sie vorgefunden?
— Einspruch, Euer Ehren! Eine Aufzählung alles Vorzufindenden würde zu weit führen und wäre nicht relevant.
— Stattgegeben. Anders. Ist Ihnen etwas aufgefallen, was mit dem Tatbestand zu tun haben könnte?
— Ja.
— Und was? Bitte, kommen Sie zum Punkt oder muss man Ihnen alles aus der Nase ziehen?
— Auf dem Tisch lag ein Zettel. Eine Art Abschiedsbrief.

— Von Selma?
— Davon gehe ich aus. Ja.
— Und was stand auf dem Zettel?
— Bin den Wolf jagen in Weikersdorf.
— Sonst nichts?
— Sonst nichts.
— Was haben Sie daraus geschlossen?
— Einspruch. Diese Frage ist unzulässig.
— Ist sie nicht.
— Gut. Aber suggestiv.
— Abgelehnt. Sie sind doch Polizist, Herr Schleining. Ist Ihnen diese Nachricht nicht verdächtig vorgekommen? Als würde es sich um eine chiffrierte Botschaft handeln.
— Allerdings, Euer Ehren.
— Und? Sind Sie daraufhin tätig geworden?
— Was meinen Sie mit tätig?
— Haben Sie den Wolf in Weikersdorf gesucht?
— Nein, Euer Ehren. Es erschien mir sinnvoller, die Stellung zu halten.
— Einspruch, Euer Ehren. Das liegt im Ermessen eines ermittelnden Beamten.
— Das mag sein. Nur haben Sie nicht wie sonst auch diverse Gegenstände aus der Wohnung entwendet?
— Nein, hat er nicht.
— Lassen Sie den Angeklagten antworten.
— Angeklagter? Mein Mandant ist als Zeuge geladen.
— Wir haben umdisponiert.
— Darf ich darauf hinweisen, dass es unüblich ist, dass Richter und Ankläger die gleiche Person sind?
— Sparmaßnahmen. Bei uns ist es nicht anders als überall. Deshalb haben wir auch ganz unbürokratisch Ihren Mandanten zum Hauptverdächtigen erklärt.
— Und wie lautet die Anklage?

— Einbruch und Entwendung persönlicher Gegenstände. Was sagen Sie dazu? Haben Sie etwas zu Ihrer Verteidigung vorzubringen? Ich meine den Mandanten. Nicht Sie.
— Ja, Euer Ehren. Habe ich. Denn erstens habe ich aus Othmars Haus nichts entwendet ...
— Noch nicht. Aber Sie werden.
— Möglich. Aber es gibt einen genauen Zeitpunkt, ab wann das in meinen Augen rechtens ist. Hierfür gibt es klar festgelegte Kriterien, die für jeden nachvollziehbar sind.
— Und die wären?
— Dafür muss ich kurz ausholen. Die Frage, die sich hierbei stellt, lautet: Ab wann kann man ein Haus als verlassen bezeichnen? Ist es der Moment, wenn die Bewohner ausziehen? Das erscheint mir zu früh. Ist es der Moment, wenn wir uns gewiss sein dürfen, dass sie nicht mehr zurückkehren werden? Schon eher. Doch erscheint mir das als Maßstab eher schwammig, weil Menschen ihre Meinung ändern können. Muss man also warten, bis alle Habseligkeiten entfernt worden sind? Das erschiene mir ebenfalls unzulässig, weil es ja in allen Fällen so war, dass die ehemaligen Bewohner ihr gesamtes Mobiliar zurückließen. So gesehen muss man andere Kriterien anwenden. Kriterien, die all dies berücksichtigen.
— Und zu welchem Schluss sind Sie gekommen?
— Ich habe eine Methode entwickelt, die sich an vergleichbaren Sachverhalten orientiert, um eine höchstmögliche Objektivierung zu erreichen.
— Und was wäre ein solcher?
— Wenn Menschen als vermisst gemeldet werden, zum Beispiel. Bei uns wird jemand für tot erklärt, wenn er sieben Jahre lang verschwunden bleibt. Das schien mir eine angemessene Schablone zu sein, die ich ...

— Aber Sie haben keine sieben Jahre gewartet. In keinem Fall.
— Nein. Ich meinte auch nur die Methode. Sieben Jahre zu warten wäre für mein Vorhaben widersinnig. Verzeihen Sie den Ausdruck. Aber schließlich geht es in meinem Fall nicht um Bereicherung, sondern um etwas Höheres. Das wissen Sie.
— Trotzdem gehörten die Verlassenschaften genau genommen Chen.
— Euer Ehren, eine Frage. Ab wann darf man etwas als Müll bezeichnen? Wenn es zum Wegwerfen gedacht ist?
— Warum?
— Weil Müll niemandem mehr gehört.
— Auch das ist nicht richtig. Aber egal. Erläutern Sie jetzt Ihre Methode.
— Gern. Für mich war es zulässig, dann persönliche Dinge zu entfernen, wenn es im Haus nicht mehr nach den Bewohnern roch. Wenn sich gewissermaßen das Persönliche verabschiedet hatte. Dann erschien es mir legitim, diese Gegenstände einer potenziellen Öffentlichkeit zugänglich zu machen. Dann gehören sie gewissermaßen uns allen. Finden Sie das unzulässig?
— Keineswegs. Das erscheint mir sogar einigermaßen schlüssig.
— Aber?
— Ich kann mir nicht vorstellen, dass sich nach so kurzer Zeit die Gerüche verabschieden. Es gab Fälle, da haben Sie schon nach wenigen Wochen Dinge entfernt.
— Erstens möchte ich darauf hinweisen, dass es durchaus angebracht ist nachzuhelfen. Wenn man beispielsweise die Fenster öffnet oder ...
— ... oder die Kleidung wäscht ...
— Nein, das fände ich unzulässig.

— Einspruch. Das fällt ins Ermessen des vollziehenden Beamten ...
— Schon gut. Weiter.
— Wichtiger erscheint mir auch der zweite Punkt. Um das Museum möglichst repräsentativ zu gestalten, muss man sichergehen, dass nur jene Gegenstände beschlagnahmt werden, die einen ehemaligen Haushalt möglichst umfassend darstellen. Die Personen gleichsam nachempfindbar machen. Darum geht es schließlich. Und da man unter solchen Umständen damit rechnen muss, dass sich Plünderer bereichern, die auf solche Sachverhalte keine Rücksicht nehmen, muss man mit der Sicherstellung ...
— Danke, ich verstehe schon.
— Außerdem möchte ich dezidiert darauf hinweisen, dass ich vorhatte, früher oder später mit diesem Museumsprojekt an die Öffentlichkeit zu gehen.
— Und wann?
— Spätestens, wenn von Bad Regina nichts mehr übrig gewesen wäre.
— Sie meinen, wenn alle Bewohner weggezogen wären. Die Gebäude werden ja nicht verschwinden. Oder?
— Auch das kann man nicht mit Sicherheit sagen. Niemand von uns weiß, was Herr Chen vorhat. Es wäre ja auch möglich, dass alles abgerissen wird. Dann wäre mein Museum das letzte Überbleibsel eines vergessenen Ortes.
— Warum haben Sie Ihre Wohnung dafür ausgesucht? Es wirft doch ein schiefes Licht auf die Sache. Wer sagt, dass Sie nicht zu Hause einfach Beute horten?
— Erstens habe ich stets das Motto hochgehalten: Solidarität heißt, in den anderen sich selbst zu erkennen. Zweitens bin ich der Einzige, den ich aufgrund des Vorhabens als ungefährdet einschätze zu verkaufen. Deshalb schien mir das die sicherste Lösung zu sein, Euer Ehren.

— Ich glaube, mein Mandant hat hiermit alles entkräftet. Ich nehme an, man kann ihn unbürokratisch wieder in den Status eines Zeugen ...
— Eine Frage hätte ich noch.
— Bitte.
— Ab wann, denken Sie, wäre es möglich, Othmars Wohnung dahin gehend freizugeben?
— Nun, ich muss sagen, dass es sich hierbei um einen Sonderfall handelt. Der angesprochene Wohnort ist von einem äußerst hartnäckigen Odeur infiltriert ...
— Wäre es da nicht die Überlegung wert, zwischenzeitlich der Sache mit dem Wolf nachzugehen?
— Absolut.

Der Anruf von Schwester Berta war vor vier Tagen gewesen.
Das war zwei Tage, nachdem alle verschwunden waren.
Seit sechs Tagen brannten die Lichter.
Was für eine Stromverschwendung.
Und alles nur, um ihn sprichwörtlich hinters Licht zu führen.
Schleining stand in der Wohnung von Othmar.
Und nahm den Zettel an sich.
Er hatte die Sache die ganze Nacht lang abgewogen.
Aber: Es handelte sich mehr um Beweismaterial als um einen Gegenstand für das Museum. Auch wenn er nicht ausschließen konnte, dass der Zettel mittelfristig nicht auch dort landen würde. Allein, um das Leben von Othmar und Selma für Besucher begreifbar zu machen, ja, um Empathie mit ihnen zu ermöglichen. Im Nachhinein tat es ihm leid, dass er Petra nie sein Lebenswerk gezeigt hatte. Er hatte ihr stets den Einlass verwehrt. Aber selbst bei ihr konnte er nicht sicher sein, ob es nicht doch zu Missver-

ständnissen geführt hätte. Nein. In Wahrheit wollte er mit seinen Babys allein sein. Genoss es, die Gegenstände vor sich zu drapieren und in Erinnerungen an die ehemaligen Bewohner zu schwelgen. Manchmal zog er ihre Kleidung an. Trank aus ihren Kaffeetassen. Schlief in ihren Bettüberzügen. Las in ihren Büchern. Er spielte ihre Leben nach. Es sollte kein toter Ort werden. Sein Museum. Aber er wollte erst damit raus, wenn die Zeit reif dafür wäre. Bald. Sehr bald.

Vorher musste er diesen Fall klären. Wohin waren sie alle? Und was war passiert? Er musste als Polizist, aber auch als Museumsdirektor dieser Sache auf den Grund gehen. Musste dafür Sorge tragen, dass der Geschichte ein Ende innewohnte. Sonst wäre es am Ende keine Geschichte gewesen.

Er stieg in den Wagen und stellte in seinem Navigationssystem *Weikersdorf* ein. Dann ließ er Bad Regina hinter sich.

Als ob jemand darauf gewartet hätte, fuhr kurze Zeit später eine Limousine mit verdunkelten Scheiben am Ortsschild vorbei und blieb vor dem Kongresszentrum stehen.

2

Unter allem lag Stille. Das war noch nie so bemerkbar gewesen. Auch wenn der Wasserfall rauschte, die Zugvögel die Schneeschmelze verkündeten und eine schwarze Limousine ihren Motor abstellte, um das Erreichen eines Ziels zu signalisieren. Stille, weil niemand da war, um darauf zu reagieren. Sei es mit Applaus oder Verachtung.
Die Limousine blieb stehen. Als würde jemand den Auftritt hinauszögern. Nicht um ein Publikum auf die Folter zu spannen. Sondern weil er so lange auf diesen Augenblick gewartet hatte. Insofern spielten dramaturgische Überlegungen eine Rolle. Aber sie bezogen sich ausschließlich auf ihn selbst. Er war längst sein eigenes Publikum geworden.
Nach 89 Jahren war auch niemand mehr da, der diesem Auftritt Applaus oder Verachtung hätte schenken können. Wobei das nicht stimmte. Sein Publikum saß in der Loge. Hatte alles im Blick. Und ohne es zu ahnen, hatte es 76 Jahre lang ausgeharrt, um diesem Moment beizuwohnen. Es hatte gefroren. Es hatte verzichtet. Und hatte Gott beschuldigt, es vergessen zu haben. Aber es war geblieben. Und jetzt sollte es auf seine Rechnung kommen.
Als Gideon Bromberg aus der Limousine stieg, schloss er hinter sich geräuschlos die Tür. So als ob er niemanden aufwecken wollte. Nein. Als ob er eine Kirche betreten würde. Als ob man jetzt Gott bloß nicht aufschrecken dürfte. So wie man schlafende Hunde nicht aus dem Schlaf riss. Aus Angst, sie würden einen anfallen.
Sein Gang war erstaunlich fest für sein Alter. Der Schritt im Gleichklang mit seinem Atem, der nur beim Aussto-

ßen ein Geräusch fabrizierte. Er musste sich nicht umsehen. Das Wesentliche war gleich geblieben. Auch heute würden sie ihm keinen Einlass gewähren, wenn er an ihre Türen klopfte.
In seinem Schritt lagen weder Zweifel noch Genugtuung. Es war alles so gekommen, wie er es sich vorgestellt hatte. Und vielleicht erzeugte deshalb sein Ausatmen ein Geräusch. Und das Einatmen nicht. Vielleicht war er deshalb so lange am Leben geblieben, um sich selbst dabei zuzusehen, wie er durch das leer gefegte Bad Regina ging. Von diesem Bild hatte er seit 1942 geträumt. Und er fragte sich, ob es an seinem Alter lag, dass er es in seiner Vorstellung stärker empfunden hatte als jetzt, da es wirklich passierte. Wobei, was passierte eigentlich? Nichts passierte. Alles war davor passiert. Jetzt war es, als ob etwas in den Urzustand zurückgekehrt wäre.
Er ging über die nasse Straße. Das Wasser lief über seine Schuhe. Er horchte in sich hinein. War da Hoffnung? Oder wollte er die Geschichte nur fertig erzählen? War er überhaupt schon bereit, ins Rampenlicht zu treten? Man hatte ihn überrumpelt. Ihn auf die Bühne gestoßen. Bis vor sechs Tagen hatte er die Fäden noch fest in Händen gehalten. Alles war nach Plan gelaufen. Aber dann verschwand Chen. War plötzlich nicht mehr erreichbar gewesen. Dann dieser Anruf. Anonyme Nummer. Keine Antwort. Einfach aufgelegt. Für keinen außer Chen war er direkt erreichbar gewesen. Warum hatte er ihm nichts von der Entführung erzählt? Vermutlich wollte er ihn überraschen. Wollte sich die Show nicht verderben lassen.
— Herr Bromberg, alles auf einen Schlag erledigt. Alle im Gefängnis. Wir brauchen keinen Cent für ihre Häuser zu bezahlen.
Chens Frau hatte Bescheid gewusst. Und hatte ihm alles

am Telefon erzählt. Auch von dem abgekarteten Spiel mit dem Bürgermeister.
— Mein Mann ist tot, hatte sie gesagt.
Dem schlechten Gefühl einer Ehefrau sollte man nicht widersprechen. Also hängte er auf. Und war sofort zum Flughafen in Montreal gefahren.
In den 76 Jahren seit seiner Vertreibung hatte Gideon Bromberg den Boden dieses Landes nur einmal betreten. Nicht aus Rache. Oder Angst. Eher aus Verachtung. Und Respekt vor sich selbst.
Chen hatte ihn natürlich auf dem Laufenden gehalten. Guter alter Chen. War stets bescheiden geblieben. Hatte nie etwas für sich selbst gewollt. Er war schon als junger Mann zu ihm gekommen. Zuerst nach Kanada. Dann zu ihm. Ob er sein Auslandsjahr in Montreal später bereut hatte? Es wäre ihm vieles erspart geblieben. Er hatte wirklich ganze Arbeit geleistet. Ohne dabei je unsachlich zu werden. Er nahm es als Auftrag. Und natürlich war da auch Dankbarkeit im Spiel. Schließlich hatte er ihm sein Studium finanziert. Nicht ohne Hintergedanken. Was Chen immer wusste. Deshalb hatte er den Teil mit der Dankbarkeit bestimmt abgewogen. Seine eigene Kosten-Nutzen-Rechnung angestellt. Davor hatte er Respekt. Er schätzte Männer, die abwägen konnten. Nicht nur deshalb hatte er ihm demnächst das Europageschäft übergeben wollen. Er hatte Chen wie einen Sohn behandelt. Auch wenn er mit solchen Gedanken nie etwas anfangen konnte. Nichts wäre ihm ferner gelegen, als zu heiraten oder eine Familie zu gründen. Er hatte die Firma auch nie als Ersatz gesehen. War immer eine Art Bauer gewesen, der säte und erntete. Dieses Prinzip hatte ihn am Leben gehalten. Umso trauriger, wenn Chen seine Ernte nicht einfahren könnte.

— Haben Sie wegen der alten Geschichte beschlossen, reich zu werden?

So etwas konnte nur ein Jungspund fragen. Chen glaubte tatsächlich, dass man den Erfolg in den Genen trug. Dass man es sich aussuchen konnte. Wobei er vermutlich nicht unrecht hatte. Reich werden, das musste man wollen, nicht nur können. Und natürlich hatte er sich gefragt, ob er sein Imperium ohne die Vertreibung jemals aufgebaut hätte. Oder anders: Was wäre es ihm wert gewesen? Wenn er das Vermögen nicht für das Ende seiner Geschichte eingesetzt hätte?

— Und was, wenn Sie das Ende nicht mehr erleben, Herr Bromberg? Was dann?

Dass dieser Fall nicht eintreten würde, das wusste er schon, als er mit seinen Eltern das Land verließ. Auf dem Schiff in die USA hatte er sich alles ausgemalt. Tausende Male war er seither in Gedanken durch das leere Bad Regina gegangen. Hatte es sich wie einen Aderlass vorgestellt. Wie einen Menschen, der zunehmend blasser wurde. Wegdämmerte. Bis ihn alle Geister verließen.

Nur das Rauschen des Wasserfalls. Das konnte er nicht abstellen. Das Blut lief weiter. Ja, es quoll förmlich. War es Gott, der da zu ihm sprach? Er hatte ihn immer in seiner eigenen Kosten-Nutzen-Rechnung berücksichtigt. Rechnete stets mit dem Schlimmsten. Nämlich, dass es ihn gab. Trotzdem hatte er ihn abgeschrieben. Gott war eben auch nur ein Posten. Und fiel längst in kein Gewicht mehr.

— Aber was würden Sie ihm sagen?

Chen verstand Gott als eine Art Aufsichtsratsvorsitzenden. Ein solcher half einem aber nicht dabei, eine Firma aufzubauen. Das hatte Gideon Bromberg schon ganz allein erledigt. Die Kontrollorgane kamen erst am Ende dazu. Wenn es etwas zu holen gab. Die Anfangsjahre, wenn man in New York und später in Montreal von der Hand in den Mund lebte, interessierten einen Aufsichtsratsvorsitzenden nicht. Ein solcher hatte dem jungen Gideon Bromberg nicht unter die Arme gegriffen, um das erste Zinshaus zu sanieren oder den ersten Autozubehörladen zu eröffnen. Das waren andere. Jene, die noch heute ihre Familien davon ernährten. Denn es brauchte stets solche und solche. Solche, die von einer bestimmten Sache etwas verstanden. Und solche, die von der Sache an sich etwas verstanden. Aber bitte. Was würde er dem großen Aufsichtsratsvorsitzenden sagen? Würde er ihn fragen, wo er eigentlich war, als es darum ging, die Bilanz der Nazis zu überprüfen? Nein. Er wusste, dass man einem solchen nicht mit Vorwürfen zu kommen brauchte. Schließlich benötigte man ihn, um eine Bilanz durchzubringen.

Die Sache war doch einfach. Bald würde es keinen einzigen Überlebenden mehr geben. Kaum einer hatte abgerechnet. Die meisten waren Opfer geblieben. Hatten allerhöchstens Wiedergutmachung gefordert. Aber das konnte man schlecht eine positive Bilanz nennen. Das müsste gerade einer vom Aufsichtsrat verstehen. Es ging stets um das Gesamte. Nie um ihn selbst. Er hatte ein Denkmal gebaut. Eine Geisterstadt. Ein besseres Wahrzeichen könnte es nicht geben.

— Aber das ist nicht die Wahrheit, Herr Bromberg. Das wissen Sie.

Das wusste er. Aber die Wahrheit war auch nichts für Aufsichtsratsvorsitzende.

Vor dem Sanatorium blieb er stehen und nahm die Zigarettenpackung aus der Hosentasche. Er hatte nie aufgehört zu rauchen. Nein. Er hatte erst nach dem Tod seiner Mutter damit angefangen. Es machte seinen Atem sichtbar. Nein. Es gab ihm das Gefühl, er könnte den alten

Schandor wegrauchen. Warum hatte er den Raben in die falsche Richtung sehen lassen? Weil er nicht wie der Alte sein wollte? Oder weil er wusste, dass sie aus dem gleichen Holz geschnitzt waren?

Er zündete sich die Raven an. Und blies den Rauch in die Luft. Der weiße Rauch, der aus den Schloten der Gaskammern stieg.

— Nichts produzieren sie. Absolut nichts.

Das hatte sein Vater immer wieder gesagt. Als ob er die Nazis mit den eigenen Waffen schlagen könnte. Erstaunlich, dass er dafür nie die Sprache der Medizin gebraucht hatte. Schließlich war er Nervenarzt gewesen. Gerade für ihn musste der ganze Nationalsozialismus doch eine einzige Krankheitsform gewesen sein. Aber vermutlich wollte er sein Metier nicht beschmutzen. Wollte es nicht zulassen, dass seine Patienten mit diesen Schweinen in einen Topf geworfen wurden. Sein Vater war ein Menschenfreund gewesen. Deshalb hatte er nicht an den gesunden Geist geglaubt. Er wäre ihm suspekt gewesen. So wie es ihm suspekt war, wenn sich einer selbst zu sehr über den Weg traute.

Solomon Bromberg hatte daran geglaubt, dass alle gleichermaßen an der Ausweglosigkeit des Lebens litten. Er war jemand, der das Leid minimieren wollte. Das war seine Kosten-Nutzen-Rechnung. Nein. Er war kein Rechner. Er empfand eine warmherzige Zuneigung zum Makel. Weil er an das Perfekte nicht glaubte. Weil er wusste, dass es ein Hirngespinst war. Dass alles, was man sich ausrechnen konnte, letztendlich nicht existierte. Ja, dass Perfektion nur das Ergebnis beschränkter menschlicher Vorstellungskraft war.

— In der Kargheit liegt die Dankbarkeit. Im Ziergarten der Hochmut.

Nein. Das hätte er nie gesagt. Er war ja kein Katholik gewesen. Ein Jude sagte so etwas nicht. Aber er war ein hoffnungsbegabter Realist gewesen, der stets das zu lieben versuchte, was er vorfand. Und selten das begehrte, was er nicht haben konnte. Vielleicht hatte ihm Gideons Mutter deshalb nie die Wahrheit erzählt. Nicht weil sie ihren Mann schonen wollte. Oder weil er es nicht verkraftet hätte. Sondern weil sie diesen warmen Blick auf sich nicht missen wollte. Sie konnte ohne die ungebrochene Liebe dieses Mannes nicht leben. Nicht überleben.

Der Anblick des Sanatoriums hatte dann doch einen schlafenden Hund in Bromberg geweckt. Der kleine Gideon, der durch die Gänge lief. Die Mutter, die in der Großküche stets eine Süßigkeit für ihn parat hielt. Der Vater, der die Patienten, wie sein Chef, immer nur Gäste nannte.

— Wir bewirten sie. In allen Belangen. Es ist ein Schiff, Gideon. Eine Kreuzfahrt. Es gibt nur jene am Festland und jene auf offener See.

Vielleicht hatte ihm Mutter auch nie die Wahrheit gesagt, weil sie wusste, wie sehr ihr Mann Solomon seinen Chef Schandor bewunderte. Nicht nur als Psychiater und Arbeitgeber. Natürlich konnte er nichts für das Verhalten seines Sohnes. Er war seiner Frau trotz ihrer Depressionen ein Leben lang treu geblieben. Keinen einzigen Fauxpas hatte er sich geleistet. Und weil die Mutter wusste, dass ihr Mann diesem Ideal nacheiferte, wollte sie keinen Schatten über sein Dasein werfen.

Solomon Bromberg war ein stolzer Mann gewesen. Stolz auf seine Frau. Stolz auf seine Familie. Stolz auf seine Karriere, die im noblen Privatsanatorium Oberdöbling begonnen hatte. Die Anstalt für die obere Klasse hatte schon Berühmtheiten wie Lenau beherbergt. Louise Coburg wurde

nach ihrem Ehebruch dorthin überwiesen. Und Semmelweis von den Pflegern erschlagen.
Der alte Gideon schritt durch das verfallene Sanatorium Kleeberg. Das Licht schoss durch die Decke, als hätte es die Löcher selbst gebrannt. Bromberg schreckte kurz auf. Ein riesiges Tuch flatterte wie ein Segel unter dem Dach des Speisesaals. Es war einmal weiß gewesen. Er seufzte. So oft wurde der Wind mit Leben verwechselt. In der Mitte des Saales noch die Esstische mit den Stühlen. Nicht hinsetzen. Nicht mit dem Staub in Berührung kommen. Jedes Staubkorn, so seine Mutter, sei einmal ein lebendiger Mensch gewesen. Sonst war sie nicht abergläubisch gewesen. Aber diesen Tick konnte sie nicht ablegen. Und Gideon auch nicht. Vielleicht hatte es sich auch um eine versteckte Erziehungsmaßnahme gehandelt, um die Kleidung vor Schmutz zu bewahren.
Als Kind hatte er das Gefühl, seine Mutter könnte die Welt gesund kochen. Beim Essen machte es keinen Unterschied, ob jemand drinnen oder draußen war. Auf dem Festland oder auf offener See war. In den Nächten, wenn der Vater Dienst hatte, brachte sie ihm eine Extraportion.
— Wenn du nicht da bist, koche ich immer eine Portion zu viel.
Das war die schönste Liebeserklärung, die er je gehört hatte. Und er hörte sie aus dem Mund seiner Mutter.
Gideon hatte früh gewusst, was Liebe ist. Und hatte deshalb früh begonnen, nach einer solchen zu suchen.
— Es geht nie um die Liebe auf den ersten Blick. Sondern immer um die Liebe auf den letzten Blick.
Das hatte er sich gemerkt. Nein. Er hatte es beherzigt.
Als er Traude zum ersten Mal sah, wusste er, dass sie es war.
— Es hätte jede sein können.
Ja. Aber Traude sah er als Erste. Nein. Er sah sie. Das war

der Unterschied. Er sah, dass sie am Festland lebte, aber eigentlich auf die offene See gehörte.
— Aber sie wollte nicht angesehen werden.
Nein. Sie suchte jemanden, der zum richtigen Zeitpunkt wegsah. Aber Gideon sah hin. Er konnte gar nicht anders.
— Du warst zwölf.
Er hatte ihre Hand gehalten. Er hatte sie vor die Wahl gestellt. Kuss oder Hand. Sie hatte gesagt, sie lasse sich nicht erpressen. Und dann hatte sie ihm die Hand gereicht. Die Hand, die sie vor jedem zurückzog. Die sie nie wieder jemandem so hinhalten würde. Das wusste Gideon. Dann hatte er sie angesehen. Ohne die Hand von seiner zu lösen. Hatte ihr ganz tief in die Augen geschaut. Wie durch ein angelaufenes Fenster hatte er die echte Traude gesehen. Und noch bevor er den Blick freiwischen konnte, waren sie unterbrochen worden. Ihr Vater hatte ihr den Umgang mit dem dreckigen Judenkind verboten.
Damals hatte er sich noch nicht als Jude gefühlt. Das kam später. Nicht, als sie vertrieben wurden und ihm niemand Unterschlupf gewährte. Auch nicht, als der Vater kurz nach der Ankunft in New York gestorben war. Man konnte keine Todesursache feststellen. Er war einfach gestorben. Weil er Jude war. Erst später. Als er bereits reich gewesen war. Und an das Totenbett seiner Mutter gerufen wurde. Und sie ihm die Wahrheit erzählte. Auf Deutsch. Was sie seit Jahren nicht gesprochen hatten. Aber die Wahrheit hörte sich auf Deutsch anders an. Wie ein Todesurteil. Nein. Wie etwas Endgültiges. Vielleicht. Auf jeden Fall passte Deutsch zum Sterben besser als Englisch.
— Hör zu, Junge. Ich muss dir etwas sagen. Unterbrich mich nicht. Mir geht die Luft aus. Ich mache es kurz. Dein Vater war nicht dein Vater, aber er war dein Vater.
Dann schloss sie die Augen. Und seufzte.

Stille.
— Moment, hatte er gesagt: Das ist zu kurz.
Sie öffnete die Augen und erzählte ihm recht blumig von dem Verhältnis, das sie mit dem jungen Schandor hatte. Sie verstünde es bis heute nicht. Er habe sie mit seinem Charme überwältigt. Obwohl sie doch ihren Mann über alles geliebt hatte.
— Ja, überwältigt. Nicht vergewaltigt. Aber überwältigt, stammelte sie.
Es folgte ein langer Monolog der Rechtfertigungen. Mit dem Ergebnis, dass sein Vater nicht sein Vater sei, aber eben doch sein Vater, weil im Judentum derjenige der Vater sei, der das Kind großziehe. Das gelte auch für sie als Schickse, die ihrem Mann bis in die Diaspora gefolgt sei. Abgesehen davon habe sie Jesus nur so lange geschätzt, bis er zum Katholizismus konvertiert sei. Dann hatte sie krächzend gelacht. Und gesagt, dass jemand, der so einen Humor habe wie sie, auf jeden Fall jüdisches Blut in sich trage. Dass man aber von Glück sprechen könne, dass die Nazischweine nichts gefunden haben.
Aber selbst da war er noch kein Jude gewesen. Erst als sie sagte, dass, wenn Schandor ihn als Sohn angenommen hätte, er von den Nazis nicht verfolgt worden wäre, weil er dann ja kein Jude gewesen wäre – das war der Moment gewesen, wo er sich das erste Mal als Jude gefühlt hatte.
— Du musst jetzt großzügig sein, Junge. So wie ich großzügig war. Es hat alles seine Richtigkeit gehabt. Und du musst ihn auch verstehen. Er wollte eine Frau mit Stand. Und keine Köchin, die mit einem angestellten Arzt seines Vaters verheiratet war. Er wollte keine Umstände. Und ich wollte sie auch nicht. Weil ich ja gewusst habe, wen ich liebe. Ich habe Schandor verziehen. Also tu es auch. Und ich bin sicher, dass es dein Vater gewusst hat. Sonst hätte

er dir nicht gar so einen jüdischen Namen gegeben. Wo er doch überhaupt nicht gläubig war. Denk an das Jobeljahr. Dann war sie gestorben.

Über das Jobeljahr hatte Gideon seit damals viel nachgedacht. Was hatte sie damit gemeint? Dass sie dem alten Schandor in Wahrheit nie verziehen, sondern ihn nur entschuldet hatte? Hatte auch sie ihre Kosten-Nutzen-Rechnung angestellt? Gewiss. Oder hatte sie geahnt, was er vorhaben würde? Aber diese Situation war mit dem Jobeljahr nicht vergleichbar. Es machte durchaus Sinn, seine Gläubiger nach spätestens 49 Jahren zu entschulden. Er hatte die Divergenz zwischen einem wütenden, argwöhnischen Gott und einem altruistischen, gnädigen Gott zwar nie ganz verstanden. Aber auch er war kein Unmensch gewesen. War stets von allen respektiert worden, weil er eben nie einen Weggefährten aus den Augen gelassen hatte. Hatte immer um deren Sorgen und Geldnöte gewusst. Er war deshalb so weit gekommen, weil es ihm nie an Großzügigkeit gefehlt hatte. Das war der Vater in ihm. Das war der Respekt vor dem Makel. Anders konnte er es nicht empfinden.

Aber jetzt, da er wusste, wessen Gene er in sich trug, offenbarte sich auch die andere Seite. Da spürte er den alten Schandor in sich. Eine Seite, die ihm bis dahin nicht nachvollziehbar gewesen war. Die er jetzt begriff. Also schien es angemessen, diese Sache so handzuhaben, wie sie der alte Schandor gehandhabt hätte. Insofern war es auch nicht verwunderlich gewesen, dass ausgerechnet er ihn von Anfang an verstanden hatte. Ja, dass er ihm sogar Respekt dafür gezollt hatte. Aus irgendeinem Grund war ihm das wichtig gewesen. Und vielleicht hatte das mehr mit dem verkehrten Raben auf der Packung zu tun, als es ihm damals bewusst war.

Als die Mutter beerdigt worden war, hatte er den Entschluss, den er eigentlich schon auf dem Schiff nach New York gefasst hatte, tatsächlich gefasst. Nein. Zu Ende gefasst. Nein. Er hatte ihn erneuert. Nein. Er hatte sich erinnert. Gewissermaßen. Niemand wusste besser als er, dass zwischen einer Idee und ihrer Ausführung eine lange Wegstrecke lag. Was vergessen wurde, wurde zu Recht vergessen. Aber was nach vierzig Jahren noch da war, würde auch nicht mehr gehen. Insofern war es nie bloß Rache gewesen. Vielmehr musste er zu Ende führen, was seine Bestimmung war.

— Wusste Schandor, dass er Ihr Vater war?

Es fiel Bromberg schwer, mit Chen über solche Dinge zu reden. Einer, der immer alles richtig machte, verstand sehr wenig von den Irrwegen des Lebens. Ein solcher hörte sich diese Geschichten nur an, um sicherzugehen, dass sie ihn nicht betrafen. Dass er dagegen gefeit war.

— Chen. Ein souveräner Mensch hält immer den gleichen Abstand zum Geschehen.

Bromberg gab viel lieber den alten Weisen, der auf alles eine treffende Antwort lieferte. Aber ja, Schandor wusste es. Nicht weil die Mutter irgendwelche Forderungen gestellt hätte. Sie hatte ihn nie in die Pflicht genommen. Hatte es ihm auch erst nach zwölf Jahren gesagt. Nicht um Alimente zu fordern. Schon gar nicht, um ihn zu erpressen. Nein. Sie war zu ihm gegangen, um das Leben ihres Sohnes zu retten.

— Ich flehe dich an. Sie werden ihn umbringen. Obwohl er kein Jude ist. Da kannst du doch nicht zusehen.

— Ich bin frisch verheiratet. Wie stellst du dir das vor? Willst du mein Leben ruinieren?

— Ich rede ja nicht davon, dass du die Vaterschaft annimmst. Aber du könntest ihn verstecken. Wir wissen

nicht, ob wir noch rauskommen. Bei dir wäre er in Sicherheit.
— Das würde zu viele Fragen aufwerfen. Ich kann nichts für euch tun. Mir sind die Hände gebunden. Die Nazis hassen uns noch mehr als euch. Das kannst du mir glauben. Sie wollen aus dem Sanatorium meines Vaters ein Irrenhaus machen.
— Er ist dein Sohn.
— Beweise es.
— Sieh ihn dir an.
— Du musst nicht gehen. Bleib hier.
— Ohne meinen Mann?
— Dein Sohn ist nur Halbjude.
— Niemand ist halb. Es gibt nur solche und solche.
Dann war sie gegangen und hatte nie wieder zurückgesehen.
Der kleine Gideon zeigte wenig Einsicht. Warum sollte er plötzlich seine Heimat verlassen? Und was sollte er in Amerika? Es sei ihm doch egal, ob er Jude sei oder nicht.
— Aber den anderen ist es nicht egal.
— Und was ist mit Traude?
— Du wirst eine neue Traude finden. Du bist zwölf.
— Sie liebt mich.
— Sie kann dich gar nicht lieben. Das würde ihr Vater niemals erlauben.

56 Jahre später betrat Gideon Bromberg das erste Mal wieder den Boden von Bad Regina. Das war vor zwanzig Jahren gewesen. Er hatte gewusst, wo er Schandor finden würde. Der gute Chen hatte alles vorbereitet.
— Sagen Sie ihm, Gideon Bromberg wartet unten an der Bar. Und sorgen Sie dafür, dass wir Ruhe haben.
Er ließ einen Hundert-Dollar-Schein über die Theke wan-

dern und setzte sich an Schandors Stammplatz. Hinter der Bar hing das Bild des Kaisers. Und es dauerte nicht lange, bis auch der Luziwuzi auftauchte. Schandors Sohn Sascha stellte sich präpotent vor ihm auf.
— Mein Vater hat keine Zeit für Sie.
Mit seinem affigen Anzug und den randlosen Sonnenbrillen ließ er keine Fragezeichen offen. Schwul. Verlebt. Erfolglos. Und vom Vater übersehen. Nein. Nicht übersehen. Er sah einfach weg. So wie Bromberg wegsah und sagte:
— Sag deinem Vater, wenn er nicht augenblicklich seinen alten Arsch herunterbewegt, dann wird es ungemütlich.
Nein. Das sagte er nicht.
— Dein Vater hat Sinn für Humor. Aber ich spreche nicht mit der zweiten Reihe.
Auch das sagte er nicht.
— Sagen Sie ihm, dass meine Mutter vor Kurzem gestorben ist und dass ich etwas von ihr für ihn habe.
— Ein Geschenk?
Dieser Idiot hatte überhaupt kein Gespür für Dramaturgie.
— Sagen Sie ihm einfach das, was ich Ihnen gerade gesagt habe, okay?
Zehn Minuten später saß der alte Schandor neben ihm. Er trug zwar einen Smoking. Und eine goldene Uhr, die bis an die Decke blitzte. Aber sein altes Fleisch schien aus dem Kleidungsstück heraus zu stauben. Und das Gewicht der Uhr zog an ihm, als hätte sie das Gewicht dieses Ortes. Er nickte dem Barkeeper zu, der ihm wortlos einen Whiskey hinstellte. Bromberg nickte ebenfalls. Und bekam ebenfalls wortlos einen Wodka hingestellt. Schandor lächelte überrascht. Vermutlich wusste er in diesem Moment, was ihn erwartete.
— Sie haben sich ja das Wichtigste schon untertänig gemacht.

Er lächelte. Und nahm seine Zigaretten aus der Tasche. Er hielt Bromberg die Packung Raven vor das Gesicht.
— Wollen Sie eine? Eigenanbau.
— Danke.
Er nahm sie und steckte sie in den Mund.
— Haben Sie auch etwas in Eigenanbau?
Schandor gab ihm Feuer und sah ihn an, als würde er das Drehbuch dieses Films bereits kennen.
— Ich spezialisiere mich mehr auf Dinge, die es schon gibt, sagte Bromberg.
— Verstehe. Sind Sie deshalb hier?
Bromberg zog an der Zigarette. Und nickte anerkennend.
— Habe schon lange nichts Besseres geraucht.
— Sie meinen wohl eher, noch nie.
Schandor hielt das Glas hoch.
— Cheers, erwiderte Bromberg.
— Haben Sie Kinder?
— Nein.
— Ich schon. Zwei. Wilma ist mein ganzer Stolz. Auch Eigenanbau, wenn Sie verstehen. Wenn ich sie ansehe, dann weiß ich, warum ich am Leben bin. Sie ist jetzt vierzehn. Ich werde nie erfahren, was aus ihr geworden sein wird. Das ist schmerzhaft. Aber das verstehen Sie vermutlich nicht.
Bromberg zog an der Zigarette und blies den weißen Rauch in die Luft.
— Nun, Sie könnten erfahren, was aus mir geworden ist.
— Sollte mich das interessieren?
— Ich denke schon. Es hat sehr viel mit dem zu tun, was aus Ihrer Tochter werden wird.
Schandor spürte, dass der Ton rauer wurde. Er nickte dem Barkeeper zu, der blitzartig einen neuen Whiskey hinstellte.

— Sie haben gesagt, Sie hätten etwas von Ihrer Mutter für mich.
Bromberg lächelte. Er deutete auf sein Glas und der Barmann schenkte ihm ebenfalls nach.
— Es sitzt vor Ihnen. Ich bin das Geschenk.
Pause.
— Verstehe. Ich habe Sie früher erwartet.
— Meine Mutter ist sehr alt geworden. Hatten Sie gehofft, Sie würde ihr Geheimnis ins Grab mitnehmen?
— Nein. Es war aber auch nicht so, dass Sie mir im Leben gefehlt hätten.
— Hat Ihnen irgendetwas gefehlt?
— Ich habe mir zumindest genommen, was da war.
— Ihr Leben ist noch nicht vorbei. Zumindest hoffe ich, dass Sie noch lange leben.
Schandor lachte spitz auf.
— Das denke ich mir. Aber Sie kommen zu spät. Sie können mir nichts mehr antun.
— Sechzig Millionen. Für alles. Und weder Sie noch Ihre Kinder betreten jemals wieder Bad Regina.
— Ich lasse mich nicht kaufen. Schade, dass Sie unsere Unterhaltung so schnell beendet haben. Ich hatte sie gerade begonnen zu genießen. Sie sind ein unterhaltsamer Kerl. Aber man sollte den Witz erzählen, bevor man zur Pointe gelangt.
Er trank den Whiskey in einem Zug aus. Dann schob er die Packung Raven über die Theke.
— Schenke ich Ihnen.
Er stand auf und streifte mit seinen alten Händen über den Smoking.
— Und denken Sie daran, einen Kater kann man nur durch Weitersaufen verhindern.
Er zwinkerte ihm zu. Was auf Bromberg wirkte, als würde

jemand aus einem alten Ölbild fallen. Dann drehte sich der alte Schandor um und setzte an zu gehen. Es fiel ihm schon schwer, sich der Gravitation zu widersetzen.
— Nichts ermächtigt den Menschen mehr als sein aufrechter Gang. Nichts macht ihn gleichzeitig angreifbarer, scherzte der Alte. Leben Sie wohl, setzte er fort.
Bromberg kam nicht umhin, den alten Herrn zu bewundern. Hatte er sich ein solches Ende verdient? Nicht dass er zu zweifeln begann. Er wusste, er würde seine Sache durchziehen. Aber einer wie Schandor war es gewohnt, sich seine eigene Dramaturgie zu schaffen. Für ihn war die Sache mit diesem Schlusssatz erledigt. Abspannmusik setzte ein. Bromberg musste sich überwinden, das vorgegebene Ende zu unterbrechen. Um ein neues Fass aufzumachen. Von dem alten Hasen ließe sich noch einiges lernen. Kein anderer außer Bromberg hätte es gewagt, diesem Ende ein anderes draufzusetzen.
— Sie sollten es sich überlegen. Wenn Sie auf mein Angebot nicht einsteigen, dann werde ich mein Erbe geltend machen. Ich bekomme mindestens ein Drittel Pflichtanteil. Meine Anwälte sagen aber, dass mehr drin wäre. Mit meinem Angebot hingegen hätten Ihre Kinder ausgesorgt. Armer Sascha. Wenn Sie mal tot sind, dann wird er es schwer haben. Und Ihre Tochter wird vermutlich gar kein Geld mehr sehen. Wenn ich noch ein bisschen warte, werde ich alles für ein Viertel bekommen.
Stille.
Schandor warf ihm einen Blick zu wie ein Schauspieler, der aus der Rolle ins Private wechselte. Plötzlich war alles banal. Und ohne Zauber. Die Musik hielt inne. Der Geruch im Raum war modrig. Und das Geklimper des Barkeepers nervte.
— Setzen Sie sich.

Schandor seufzte wie jemand, der auf die Maskenbildnerin wartete, um endlich das Studio verlassen zu können. Er nickte ohne Zustimmung. Und ohne ein Zugeständnis zu machen. Er nickte einfach leer und müde.
— Respekt, sagte er: Ich kann mir den Vaterschaftstest wohl sparen.
Er nahm die Whiskeyflasche und schenkte sich selbst ein. Sein innerer Blick war bereits nach Grönland gerichtet. Vielleicht, weil er nicht wusste, wo er sonst hinsollte. Er sah vermutlich auch Sascha, der seinen Anteil innerhalb weniger Jahre in Rom durchbrachte, um festzustellen, dass er noch schneller von seinen vermeintlichen Freunden fallen gelassen wurde. Und er sah auch Wilma, die in New York Rechtsanwältin wurde. Man hörte, dass sie sich für illegale Migranten einsetzte. Sie hatte zu Bromberg nie Kontakt aufgenommen.
Schandor zog an seiner Zigarette und sah das alles vor Augen. Auch wenn ein blickdichter Schleier davorhing. Nur eines sah er nicht. Und zwar, wie er jetzt noch das letzte Wort haben sollte. Bromberg bot ihm eine Raven an. Schandor seufzte resignativ und nahm sie. Nach dem vierten Zug fiel ihm etwas ein.
— Wissen Sie. Meine Mutter war trotz ihrer Krankheit keine Anhängerin der Psychoanalyse gewesen. Immer, wenn die Probleme kamen, ging sie schwimmen. Ins Bassin des Sanatoriums. Sie erinnern sich vielleicht. Die Probleme hatten ihren Rücken geformt. Er war muskulös wie der einer Athletin. Und am Ende, da ist sie ertrunken.
Als Bromberg darauf nichts sagte, nickte der Alte und ging.

Nachdem Schandor unterschrieben hatte, saßen Chen und Bromberg in dessen ehemaligem Büro des Grand Hotel Europa. Unten im Ort wurde allerhand gemunkelt. Und

niemand wusste, wer hinter der Sache steckte. Von einem Tag auf den anderen schlossen die Skilifte, das Helenenbad, mehrere Hotels und das Casino. Bromberg hatte sich für diesen Anlass seine erste eigene Packung Raven herstellen lassen. American Blend. Kein Eigenanbau. Genüsslich rauchte er sie, während ihm Chen die weitere Vorgangsweise erläuterte.
Das war das letzte Mal gewesen, dass Gideon Bromberg den Ort betreten hatte. Und erst im Flieger zurück hatte er bemerkt, dass er die Packung Zigaretten hatte liegen lassen. Zwanzig Jahre später sollte sie der Sohn des Bürgermeisters finden. Und ohne sich dabei viel zu denken, würde er sie einstecken.

Bromberg warf die Zigarette in den Wasserfall und schaute ihr nach, wie sie in Sekundenschnelle weggerissen wurde. Die heilige Regina starrte ihn lädiert an. Der Anblick der fehlenden Nase und des abgebrochenen Auges brachte ihn zum Lachen. Was war das für ein Gott, der seine Heiligen so der Lächerlichkeit preisgab? Ein fröhlicher Gott vermutlich, sagte er sich. Und ging weiter.
Die alte Zesch hatte ihn schon von Weitem kommen sehen. Nicht dass sie gleich gewusst hätte, um wen es sich handelte. Aber ein Gefühl hatte sie, dass er das Ende der Geschichte bringen würde. Eine fremde Silhouette war das. Niemand wusste das besser als sie. Und die Art, wie er ging. Als würde er sich direkt auf sie zubewegen. Hatte der Herrgott einen Agenten geschickt? War der Tod womöglich eine banale Erscheinung wie dieser alte Mann in grauem Mantel und runtergezogenem Hut? Sie hatte sich diesen Moment immer anders vorgestellt. Nicht so, dass sie womöglich mit jemandem reden musste. Zu sich holen sollte er sie! Und keinen Schwätzer schicken, der

ihr womöglich die allgemeinen Geschäftsbedingungen erklärte.
Bromberg hatte sie ebenfalls von Weitem auf der Terrasse sitzen sehen. Er genoss jeden Schritt, solange sie im Ungewissen bleiben würde. Die Geschichte hatte für ihn keinen vorgefertigten Ausgang. Er erwartete sich nichts. Es ging nur darum, die Sache abzuschließen. Er griff in seine Manteltasche. Und lächelte, weil er das Knistern des Papiers spürte. Er hatte ihn dabei. Er hatte den Brief immer dabei. Seit fast achtzig Jahren.
— Wenn wir allein auf der Welt wären …
Natürlich hatte sie das geschrieben, um ihn zu trösten. Hatte vermutlich geglaubt, sie würde es nicht so meinen. Aber er hatte ihr in die Augen gesehen. Hatte die echte Traude durch die angeschlagenen Fenster gesehen. Und er wusste, egal, was sie glaubte, zu meinen. Sie meinte es so. Es war eine chiffrierte Botschaft. An dem Vater vorbeigeschmuggelt. So schrieb jemand, der zensiert wurde. Der sein wahres Ich nie jemandem zeigen durfte. Nein. Sie hatte keinem je wieder so die Hand gereicht. So viel war sicher. Ihre Blicke trafen sich aus der Ferne. Das konnte selbst das Rauschen nicht verhindern. Die Mäuse kamen aus ihren Löchern und konnten sich endlich so zeigen, wie sie waren. Keine Gefahr. Niemand musste bangen. Endlich frei.
Die alte Zesch fixierte den Mann, der sich als ihr Tod verkleidet hatte. Sie ließ nicht ab, weil sie Angst hatte, wenn sie den Blick nur einmal abwandte, dass er seine Meinung ändern könnte und einfach abbiegen würde. Sie fixierte ihn, um ihn auf Kurs zu halten. Und erst kurz bevor er zu stehen kam, erkannte sie ihn. Nein. Erkannte sie, dass es ein Mensch war. Und dann dauerte es noch einige Sekunden, bevor sie wusste, wer da vor ihr stand. Nicht weil sie

sein Gesicht erkannte. Sondern weil sie begriff, dass es gar kein anderer sein konnte, der durch das leere Bad Regina auf sie zugehen würde. Es fiel ihr niemand anderer ein als Gideon Bromberg. Und als er seinen rechten Arm hob, um ihr zu winken, stand sie auf, schnaufte enttäuscht und ging hinein ins Warme.

Bromberg senkte den Arm. Und starrte auf die verschlossene Tür. Kein Licht ging an. Keine einladende Geste, um zumindest ein paar Worte zu wechseln. Es blieb dunkel. Als hätten das Haus alle Geister verlassen.

Die alte Zesch stand hinter den angelaufenen Scheiben und beobachtete den alten Gideon. Nein. Sie wartete, bis er ging. Sie wollte nichts davon wissen. Auch wenn sie in diesem Moment begriff. Alles begriff. Niemand hatte sie je so geliebt, dass er für sie einen ganzen Ort vernichtet hätte. Nicht dass ihr das unangemessen erschien. Oder dass sie es nicht zu schätzen gewusst hätte. Aber es war einfach zu spät, um ein neues Ende zu beginnen.

Bromberg stand unten und bewegte sich nicht. Er griff in seine Manteltasche und zog den Brief hervor. Er brauchte ihn nicht noch mal zu lesen. Nur das Knistern des Papiers hören. Er würde ihn gleich in den Wasserfall werfen. Nicht aus Ärger oder Wut. Auch er hatte begriffen. Sie mussten nicht reden. Er zerknitterte ihn, weil für ihn das Ende immer ein Zerknittern war. Damit war es vollbracht. Er hatte das letzte Wort.

— Sind Sie Gast?
— Wie bitte?

Vor ihm stand ein verwirrter Syrer, der aussah, als wäre er gerade aufgewacht.

— Wo sind alle?
— Wie bitte?
— Wo alle sind? Plötzlich alle weg.

Bromberg sah ihn an. Er hörte nur noch das Rauschen des Wasserfalls. Ihm war kalt. Und er hielt Ausschau nach seinem Fahrer. Kopfschüttelnd stand er vor dem Mann, der ihm seine Dramaturgie zunichtegemacht hatte. Der Fremde fixierte ihn mit einem Blick der Erwartung. Aber Bromberg wäre nicht Bromberg gewesen, wenn er nicht ein zweites Ende im Talon gehabt hätte. Das unterschied ihn von Schandor. Er hatte nicht umsonst darauf bestanden, dass sie alles zurückließen. Er würde das letzte Wort behalten. Auch wenn eine Biene auf seiner Schulter landete. Und er erneut aus dem Moment gerissen wurde.

3

Es war Mittwoch und Fink hatte sich noch immer nicht umgebracht. Es war Mittwoch der vierten Woche im Kraken und keiner glaubte daran, dass Fink sich überhaupt noch umbringen würde. Stattdessen versuchte er über eine grobe Verrenkung seinen Kopf im eigenen Hintern verschwinden zu lassen. Othmar sah ihm dabei zu und fragte sich, ob man auf diese Weise tatsächlich in sich selbst verschwinden könnte. Und ob diese schmerzhafte Übung Teil seiner Buße war. Fink war von seinen Selbstmordplänen abgerückt, nachdem ihm Helge die Beichte abgenommen hatte. Das war Montag vor vier Wochen gewesen. Seitdem hatte Othmar den Pater kaum noch zu Gesicht bekommen.
— Ich werde die Ermittlungen selbst übernehmen, hatte er gesagt.
— Sind Sie etwa Kommissar?, hatte Zesch gekontert.
— Nein. Aber das, was einem Kommissar am nächsten kommt. Die Beichte ist seit Jahrhunderten die effektivste Form des Verhörs. So gut wie niemand lügt in der Anwesenheit Gottes. Außerdem ist Mord eine Todsünde und fällt damit klar in unseren Zuständigkeitsbereich.
Dass er selbst ein verurteilter Mörder war, ließ Helge geflissentlich aus. Es hätten vermutlich nicht alle als Zeichen der Kompetenz gewertet.
— Wir werden erst gehen, wenn wir den Schuldigen gefunden haben!
Niemand traute sich, einem Priester zu widersprechen. Selbst die größten Atheisten wie Moschinger nicht. Populisten wie Zesch sowieso nicht. Aus Angst, sich unbeliebt

zu machen. Man legte Chen in den langen Getränkekühlschrank unter der Bar. Einerseits, um ihn frisch zu halten. Andererseits, weil seine Form einem Sarg am nächsten kam. Dann begann Pater Helge seinen Beichtmarathon. Wobei jedes Verhör mehrere Stunden in Anspruch nahm. Er ging akribisch vor. Und hatte es offenbar nicht eilig.
Helge hatte die ehemalige DJ-Lounge dafür umfunktioniert. Diese habe am ehesten etwas mit Gott gemein. Alle starrten auf die ovale Kapsel und fragten sich, was dort oben vor sich ging. Aber der Pater hatte sie alle auf das Beichtgeheimnis eingeschworen. Was im Beichtstuhl passierte, blieb im Beichtstuhl.
Als Helge alle Verdächtigen einmal verhört hatte, atmeten sie kollektiv auf. Doch er sagte, dass er noch nicht so weit sei, und fuhr in Zweierkombinationen fort. Othmar hatte er seltsamerweise ausgelassen. Was diesem recht war. Er wusste ohnehin nicht, was er seinem Freund noch beichten sollte. Was aber zu kurzem Unmut führte. Andererseits traute ihm ohnehin keiner einen Mord zu. Nur Wegenstein argwöhnte, dass Othmar damit vermutlich zum Hauptverdächtigen avanciere. Dieser zuckte nur mit den Achseln und stellte sich wieder schlafend.
Er träumte ständig davon, dass alle schliefen. Wenn man aus einem Traum erwachte, in dem alle schliefen, und rundherum tatsächlich alle schliefen, hatte man nie das Gefühl, wirklich aufzuwachen. Sie kamen ihm wie Schlafwandler vor. Selbst, wenn er wattig ihren Diskussionen lauschte. Ob das alles je zu einem Ergebnis führe? Oder ob man nur die Neugier des Priesters befriedige? Was würde mit Bad Regina passieren? Und wer steckte hinter Chen? Othmar hatte beschlossen, die Umstände einfach wegzuschlafen. Wobei er die meiste Zeit nur vor sich hindämmerte. Wie ein Tier im Winterschlaf. Es gab zwar Vor-

kommnisse. Aber an die meisten erinnerte er sich genauso bruchstückhaft wie an seine Träume.

Zesch hatte Moschinger und Gerda mehrmals im Suff beschuldigt, ein Verhältnis miteinander zu haben. Bis man sich auf eine Art Waffenstillstand geeinigt hatte, indem man beschloss, den Rest der Quarantäne nüchtern zu bleiben. Wegenstein und Fink waren sich in die Haare gekommen ob der richtigen Aussprache dieses Wortes. Wegenstein bevorzugte die französische Variante (»K«), Fink hingegen die venezianische (»Qu«). Max hatte Othmar fast zu Tode erschreckt, als er spontan Olgas Todesgriff an ihm ausprobierte, um ihn daran zu erinnern, dass er ihm ein Kind schuldete. Was Othmar mit einer Ohrfeige quittierte. Was wiederum eine Ohrfeige von Edit nach sich zog. Othmar war kurz davor gewesen, sich an der Frau von Grün zu vergreifen. Nahm dann aber auf Verlangen von Karin Vernunft an und verkroch sich zu Kajetan in die Küche, dessen zunehmender Alkoholkonsum zu zunehmender Experimentierfreudigkeit beim Zusammenmischen der Konserven führte. Was nicht nur in zunehmenden Reklamationen mündete, sondern auch darin, dass Kajetan schon bei kleinsten Beanstandungen mit Schlägen drohte. Moschinger stand seinem Angestellten loyal zur Seite und drohte bald auch ohne Beanstandungen mit Schlägen. Irgendwann traute sich kaum noch jemand in die Küche. Was in allgemeinen Hungerattacken resultierte, die wiederum zu neuen Androhungen untereinander führten.

Nur Tschermak schien es egal zu sein, wo er sein Bier trank. Er saß den ganzen Tag allein an der Theke und sprach mit niemandem. Als ob er Totenwache hielte. Er brauchte keine Struktur. Und auch kein Sonnenlicht. Er war Othmar am nächsten.

In seinen Träumen erschien ihm auch seine Großmutter. Sie beschwor ihn, an den Eiszapfen an der Decke zu schlecken.
— Sie sind aus Heilwasser, Junge.
Tatsächlich war Othmars Gicht aufgrund der übermäßigen Radonstrahlung im Kraken plötzlich verschwunden. Woraufhin er von einem Lungensanatorium träumte, das sein Vater leitete. Dieser intubierte ihn mit einem heißen Föhn, was zu schmerzvollen Verbrennungen in seinem Inneren führte. Othmar quälten danach tagelange Wallungen. Es fiel ihm schwer, zwischen Traum und Wirklichkeit zu unterscheiden. Vermutlich, weil er sich in einem ständigen Zwischenzustand befand.
In den kurzen Wachphasen fragte sich Othmar, ob so ein Bunker jemals Heimat sein könnte. Und wenn nein, ob das nicht der Beweis dafür wäre, dass nicht der Mensch, sondern doch die Umgebung eine solche ausmachte. Es würde hier nie nach ihnen riechen. Immer nur kalt und modrig sein. Egal, ob draußen ein Nuklearkrieg, ein Virus oder eine Umweltkatastrophe herrschten.
Aber Gedanken konnte man sich machen. Sie waren dem Halbschlaf am nächsten. Wohin inkarnierten die Seelen nach einem nuklearen Overkill? Wer erfand die Namen von Geheimdienstoperationen? Konnte man auf Sexroboter geil werden, wenn sie nichts Menschliches an sich hatten? Und wenn ja, wie nannte man eine solche Neigung? Wäre es möglich, seine Tage so spektakulär zu gestalten, dass man sich am Ende an jeden einzelnen erinnern könnte? War es ein Zufall, dass ausgerechnet jetzt Othmars Weisheitszähne zu schmerzen begannen? Das Pochen mischte sich dumpf in den Halbschlaf. Der Schmerz fühlte sich fern an. Als hätte er Wasser in den Ohren. Nein. Als fände das Leben im Nachbarzim-

mer statt. Nein. Als wäre der Schmerz nie weg gewesen und hätte sich bloß einen Ersatz für die Gicht gefunden.

Ob Selma auch Schmerzen hatte? War sie noch am Leben? Jetzt erinnerte er sich daran, dass er einmal versucht hatte zu fliehen.

— Ich muss zu Selma, hatte er immerzu gemurmelt. Aber sie hatten ihn gewaltsam zurückgehalten. Ja, Olga hatte es regelrecht genossen, in seinen Spitzbauch zu schlagen. Der klirrende Schmerz hatte ihn kurz wach gekriegt. Er hatte ihn sofort mit Wodka sediert. Und sich daraufhin tagelang wieder schlafend gestellt. Während sich die anderen nur wach stellten.

Er hatte von einer kollektiven Flucht geträumt. Von Marschik am Lenkrad des Buses, der sie durch die entlegensten Winkel der Welt fuhr. Wälder, Gebirge, Savannen, Wüsten, Arktis. Wie er Bestellungen entgegennahm, weil sie bei keiner Tankstelle aussteigen durften. Von Marschiks Sekundenschlaf. Keiner konnte ihn ablösen. Keiner hatte den Führerschein. Der Bus, der jahrelang nicht stehen blieb. Bis sie sich schließlich erschöpft stellten.

Er hatte auch von Sedrick geträumt. Dass er die nackte Selma und andere Glatzköpfige in einem Sexbunker gefangen hielt. Er sah dem Kraken zum Täuschen ähnlich.

— Sie brauchen das Kleid der Monogamie nur, um noch etwas ausziehen zu können!

Dann hatte Sedrick Operationen an gesundem Fleisch vorgenommen, um sie von der Angst vor Krankheiten zu befreien. Auf einer Tafel stand geschrieben:

Akzeptieren, was man sein muss
Definieren, was man sein will
Genießen, was man geworden ist

Spätestens da war Othmar im Traum aggressiv aufge-

schreckt. Selma hatte ihm über die Wangen gestreichelt und ihren borstigen Kopf an ihm gerieben.
— Du musst dich waschen, Othmar.
Er nickte. Und sah sie voll Mitleid an. Sie lächelte sanft. Weil sie seine Gedanken immer gleich sehen konnte.
— Weißt du, für mich haben die Probleme erst begonnen, als ich mich wieder angezogen habe.
Vielleicht wäre sie besser dran gewesen, wenn sie in der Kommune geblieben wäre. Wie ein Tier im Zoo, das sich in freier Wildbahn nicht mehr zurechtfand. Er suchte nach seiner Sehnsucht. Fand aber nur den Wunsch zu schlafen, um ihr in den Träumen zu begegnen. Es war seltsam, im Traum aus einem Traum zu erwachen. Gleichzeitig hoffte er, dass der Tod nichts anderes war. Wo würde Selma erwachen?
— Hören Sie zu, Fettwanst. Wörter, die es geben sollte! Schwartenstolz bei Schriftstellern. Veränderungsaufschneider in der Politik. So wie Wutnachgeber und Rücktrittsfetischismus. Und, Achtung, Gefühlsverwahrlosung. Das gilt für alle! Was meinen Sie?
Der Einzige, der ihn wirklich wach bekam, war Fink. Ein Wunder, dass ihn noch keiner umgebracht hatte. Othmar fragte sich, wie man ihn endlich im eigenen Hintern verschwinden lassen könnte. Und warum er nur ihn mit seinem geistigen Unrat behelligte. Vermutlich, weil er der Einzige war, der ihm keine Schläge androhte.
— Fink, warum gehen Sie nicht in die Küche und erzählen das Kajetan? Er hat bestimmt ein offenes Ohr.
— Der Mann ist wahnsinnig. Das wissen Sie. Wenn Sie mich fragen, dann steckt er hinter dem Mord.
Die Beichte von Fink hatte mit Abstand am kürzesten gedauert. Offenbar ging er sogar Gott auf die Nerven.
— Das Klopapier ist aus, rief Gerda.

— Arrêtez maintenant. Ich scheiße bestimmt nicht ohne, deklamierte Wegenstein. Ihm war längst der Tabak ausgegangen. Seinem Gemüt konnte man täglich bei der ungebrochenen Talfahrt zusehen.
— Es reicht. Wir stellen uns einfach! Sie können uns ja nicht alle ins Gefängnis stecken. Und wenn, dann ist es mir auch egal, murrte Moschinger.
— Wir können nicht zurück, fauchte Zesch: Wir können vermutlich nie wieder zurück. Wir sind für immer zusammengeschweißt. Nichts wird uns je wieder trennen. Und warum? Weil wir ein gemeinsames Verbrechen begangen haben. Nein. Weil sich der Schuldige nicht stellt. Wer immer es ist, er spreche jetzt! Wir werden schon eine Lösung finden.
Aber die Gruppe sah ihn nur ratlos an.
— Siehst du, sagte Moschinger.
— Was sehe ich?
— Wird schon einen Grund haben, dass keiner etwas sagt.
— Was meinst du damit?
— Na, vielleicht solltest du dich endlich stellen.
Gerda hatte es inzwischen aufgegeben, die beiden Streithähne zu trennen. Sie hatte in den letzten Wochen auch ihre körperliche Zuneigung zu Moschinger revidiert. Vielmehr hatte sie beschlossen, wenn das alles vorbei war, die Scheidung einzureichen. Auch das hatte sie Pater Helge gebeichtet. Es war ihr ein richtiger Stein vom Herzen gefallen.

— Ich rufe Marschik und Gerda!
Pater Helge erschien über ihnen. Er stand mit ausgebreiteten Armen in der Tür der DJ-Kanzel. Marschik und Gerda? Was hatten die miteinander zu tun? Man hörte nur verständnisloses Geraune. Was Pater Helge mit einem

bedeutungsschwangeren Nicken kommentierte. Lange würde sich dieser Zustand nicht mehr aufrechterhalten lassen. Das wusste er. Aber es handelte sich tatsächlich um die letzte Formation, die ihm noch eingefallen war. Alle anderen hatte er schon durch.
Und er hatte ganz erstaunliche Dinge erfahren.
Zesch hatte ihm nicht nur seine Machenschaften mit Chen gebeichtet. Sondern ihm auch sein müdes Herz ausgeschüttet. Er hatte höllische Angst vor dem Gefängnis, weil er sich nur geringe Chancen auf Popularität ausrechnete. Solche wie er seien dort Antilopen, hatte er gesagt.
Helge hatte ihm mit einem Gleichnis weitergeholfen.
— Es geht um jemanden, der sein Leben lang davon besessen war, von allen geliebt zu werden. Aber die Menschen misstrauten ihm. Weil sie genau das spürten. Er meinte es nicht ehrlich mit ihnen. Also beschloss er, ihnen ab nun die Wahrheit zu sagen. Plötzlich wurde er von allen geliebt. Nur bedeutete es ihm nichts mehr.
Zesch hatte ihn darauf angesehen wie ein Löwe, der plötzlich in einer vegetarischen Welt aufwachte.
— Wollen Sie hören, was meine Mutter dazu sagen würde? Heimo. Lügen, Gaunereien, Niedertracht, Vielweiberei – all das würde man dir verzeihen, wenn du nicht so ein Arschloch wärst. Sagen Sie mir eins, Herr Pfaffe. Warum ist mein Bruder bei keinem Unfall gestorben?
Helge hatte nur genickt und gesagt:
— Weil er den letzten Unfall noch nicht hatte.
— Ich war es nicht. Das schwöre ich bei Gott, hatte Zesch gesagt.
— Ich war es, hatte Fink entgegnet.
— Sind Sie beichten gekommen, um Gott anzulügen?
— Na, ob es den gibt, werden wir noch sehen.
— Haben Sie noch immer den Plan, sich umzubringen?

— Sie werden mich nicht davon abbringen.
— Das habe ich auch nicht vor. Aber ich erzähle Ihnen eine Geschichte. Ein Mann war unheilbar an Krebs erkrankt. Er glaubte, dass er ein schlechter Mensch gewesen war und dass er mit guten Taten eine Spontanheilung bewirken könne. Aber Gottes Ohr blieb taub. Die Krankheit schritt voran. Also beschloss er, Gott herauszufordern, indem er den Spieß umdrehte. Eine innere Stimme hatte ihm nahegelegt, dass, wenn er sich wie Krebs verhalte, er Heilung erlangen würde. Er wurde gehässig und gemein. Und fühlte sich frei und unangreifbar. Und tatsächlich. Der Krebs wurde geheilt. Der Mann nahm es als Zeichen, dass es Gott gab. Woraufhin er sich umbrachte, weil damit für ihn jeder Zweifel beseitigt war.
Fink hatte ihn verwirrt angesehen.
— Sie glauben selbst nicht an Gott, oder?
Helge hatte nichts darauf gesagt. Nicht weil er darauf keine Antwort gewusst hätte. Oder weil er Angst gehabt hätte, Fink in seinem Entschluss zu bestärken. Sondern weil er einfach nicht mit ihm sprechen wollte.
Für jeden hatte er ein offenes Ohr gehabt. Fast jedem hatte er ein persönliches Gleichnis mit auf den Weg gegeben. Geduldig hatte er allen Denunziationen gelauscht. Kajetan hatte Fink beschuldigt, dass ihm ein Mord sehr gelegen käme für sein Buch. Wegenstein hatte Tschermak im Visier, weil er sich verdächtig ruhig verhalte. Tschermak sagte nichts, weil er die Aussage verweigerte. Er meinte nur, er habe nichts zu beichten, weil er den ganzen Tag im Wirtshaus sitze. Karin bestätigte dies und nahm es auch für sich in Anspruch. Man solle sich aber die Frau des Bürgermeisters ansehen, weil die habe es faustdick hinter den Ohren. Gerda wiederum meinte, dass sich der Hintermann von Chen unter ihnen befinde. Und dass er mit

Sicherheit den Chinesen auf dem Gewissen habe. Marschik beichtete, dass er untertags oft nicht Sport, sondern Pornos schaue. Und es ihm deshalb recht sei, wenn seine Frau auswärts arbeite. Er versicherte dem Pater, sonst eine weiße Weste zu haben.

Moschinger war sich naturgemäß sicher, dass Zesch der Mörder sei. Dass dies aber nie ans Licht kommen würde, weil der Österreicher an sich ein Verdunkelungsmeister sei. Er sagte, dass in Österreich die Aufklärung nie stattgefunden habe. Vorschriftshörigkeit, Denunziation, Mauscheln und Feigheit seien in seiner DNA verankert. Die Schrumpfung Österreichs, die dazu geführt habe, dass ausschließlich die Beamten übrig geblieben waren, habe zur Herausbildung eines neuen Menschen geführt. Beamte vermehrten sich so lange mit Beamten, bis der von Geburt an unterwürfige Österreicher eine genetische Tatsache geworden sei.

Wie jede unaufgeklärte Gesellschaft sei auch die österreichische eine einzige Glaubensgemeinschaft. Wenn es darum gehe, an etwas oder jemanden zu glauben, sei der Österreicher stets als Erster zur Stelle. Nicht zuletzt deshalb sei der Österreicher der herausragendste Nationalsozialist, der herausragendste Katholik, der herausragendste Monarchist, aber auch der herausragendste Sozialist gewesen. Solange es einen Heiland gebe, vor dem sich der Österreicher in den Staub werfen könne, sei er ein durch und durch glaubensbesessener Mensch und damit durch und durch unaufgeklärt.

Helge entgegnete, der Österreicher sei eben begeisterungsfähig. Worauf Moschinger ausspuckte und murrte, das klinge, als ob jemand Fieber habe. Er habe ihn durchschaut, deutete er auf den Priester. Er brauche sich hier nicht als Heiland aufspielen. Auch er, der Pfaffe, würde

den Mörder nicht finden. Bevor man in Österreich einen Mörder verurteile, würden sich eher Schweine in Igel verwandeln.
Nach vier Wochen im Beichtstuhl fühlte sich Helge erschöpft und ausgelaugt. Er hatte seine Schuldigkeit getan. Es war nun Zeit, zu einem Ende zu kommen.
— Gut. Ich rufe Othmar!
Dieser döste vor sich hin. Er hatte nicht den Eindruck, dass er damit gemeint sein könnte.
— Othmar!
— C'est maintenant ton heure, flüsterte Wegenstein.

Othmar nahm vor dem Pater Platz. Sein schwerer Körper sank in die Polster von Verner Panton. Es roch nach Alkohol und Staub. Aber vor allem roch es nach Helge. Kein Wunder. Schließlich hatte er wochenlang in diesem Raumschiff verbracht. Würde er die Maschinen starten? Würden sie jetzt gemeinsam in den Himmel auffahren? Nichts Minderes hätte er erwartet.
— Mein alter Freund. Ich weiß jetzt alles. Es ist Zeit, dass ich dir den Schuldigen präsentiere.
Othmar sah ihn an. Er musste sich nicht wach stellen.
— Aber vorher musst du dir alle zwölf Geschichten anhören. Du weißt schon. Von den ehrenwerten Männern, die mir seinerzeit ihr Ehrenwort gaben.

4

Es hatte über sechs Stunden gedauert, bis Pater Helge alle zwölf Geschichten fertig erzählt hatte. Bei Othmar waren nur Bruchstücke hängen geblieben. Er versuchte sich still zu verhalten, weil ihn nur der Name des Mörders interessierte. Also trank er. Damit die Zeit schneller verging.
Erst im Nachhinein hatte Othmar begriffen, dass jede der zwölf Geschichten auch Teil der Lösung war. Jetzt, da sie alle im Aufzug standen und sich anschwiegen. Nein. Sich darauf geeinigt hatten, mit keinem je ein Wort über die Vorkommnisse zu verlieren. Der Aufzug, der sich scheppernd nach oben quälte. Als würde er noch ein paar missverstandene Seelen ins Freie bringen, bevor sich die Tür zur Hölle endgültig schloss.
Othmar hatte die Geschichten wie fettige Wolken an sich vorüberziehen lassen. In allen zwölf ging es darum, was die Insassen mit ihrer geschenkten Zeit angestellt hatten. Der Bankräuber, der von seinem Vater angezeigt worden war und ihm nach Jahren einen Besuch abstattete. Ein pädophiler Sexualstraftäter, der sein inzwischen erwachsenes Opfer aufsuchte. Ein Frauenmörder, der sich in die Schwester seines Opfers verliebte. Ein korrupter Banker, der draußen erfuhr, dass seine Frau mit seinem besten Freund zusammenlebte und dass selbst seine Kinder nichts mehr von ihm wissen wollten. Der Ausbrecherkönig, der zwei Tage lang damit aufschnitt, auf raffinierte Weise aus dem Gefängnis ausgebrochen zu sein, und zum Erstaunen aller nach zwei Tagen freiwillig zurückkehrte. Ein Taschenspieler, der Passanten Diverses aus der Tasche zog, um es gleich wieder zu retournieren, vermutlich, um zu beweisen, dass er

sein Handwerk noch beherrschte. Der Mörder, der seine Tochter heimsuchte, die ihn bis dahin tot geglaubt hatte. Der Drogendealer, der seinen Zwillingsbruder überreden wollte, den Rest der Haftstrafe abzusitzen.
Und so weiter und so weiter.
Bei vielen fragte sich Othmar, warum sie zurückgekehrt waren. Hatte ein Ehrenwort solches Gewicht? Oder überwog die Angst, erwischt zu werden? War ihnen die Freiheit zu viel gewesen? Kamen sie nicht zurecht damit? Oder fühlte man sich erst frei, wenn man die Haftstrafe abgesessen hatte? Wenn man seine Rechnung bezahlt hatte. So gesehen hätte Freiheit nichts mit Befreiung zu tun. So gesehen könnte man sie nur empfinden, wenn man frei von Sünden wäre.
— Ich werde dir jetzt den Schuldigen nennen.
Othmar schüttelte den Kopf, um wieder nüchtern zu werden. Gleichzeitig fragte er sich, ob er selbst infrage käme. War es möglich, dass er der Mörder war und es einfach nur vergessen hatte? Er traute sich das zu. War inzwischen ein viel zu schläfriges Publikum seiner selbst geworden. Könnte man ihn auf Ehrenwort entlassen? Würde er zurückkehren? Vermutlich würde er erst gar nicht die Zelle verlassen.
— Der Schuldige bin ich.
Othmar war sich nicht sicher, aus wessen Mund der Satz gefallen war. Betrunken sah er in das gutmütige Lächeln von Pater Helge. Es war ein verzeihendes Lächeln. Nein. Ein wissendes. Nein. Ein befreites. Nein. Ein freies Lächeln.
— Ich habe Chen getötet. Ich musste es tun. Gott hat es mir befohlen.
— Wie bitte?
— Die Bedingung war, dass er als Katholik vor seinen Herrn tritt.

— Aber warum?
— Um meine Rechnung zu begleichen. Wie gesagt, für einen Mord bin ich nicht gesessen. Das werde ich jetzt ändern.
— Für zwei Morde. Deine Rechnung stimmt nicht.
— Man kann aber nur für einen Mord belangt werden.
— Und deshalb hast du einen zweiten begangen? Das ist unlogisch. Ich glaube dir nicht.
— Warum sollte ich lügen?
— Du deckst den Mörder.
— Chen hat verdient zu sterben. Ich stelle nur Gerechtigkeit her.
— Du opferst dich. Um deine Sünden abzubüßen. Aber damit kommst du nicht durch.
— Beweise mir das Gegenteil.
— Du weißt, wer es war. Der Mörder hat es dir gebeichtet. Gilt so ein Beichtgeheimnis auch vor der Polizei?
— Gerade vor der Polizei.
— Das heißt, die Beichte ist ein Verbrecherkodex?
— Du bist betrunken, Othmar. Gott wird dir verzeihen.
— Wer war's?
— Ich war es.
— Das war von Anfang an dein Plan.
— Und woher hätte ich wissen sollen, dass Chen ermordet wird?
— Na, vielleicht hat dir das dein Gott geflüstert.
— Gott flüstert nicht.
— Jemand ist dir zuvorgekommen. Ich weiß es genau.
— Alles hat seine Ordnung. Glaube mir. Der Schuldige ist gefunden. Er wird seiner gerechten Strafe zugeführt.
— Der Schuldige, schüttelte Othmar den Kopf. Aber nicht der Mörder.
— Komm, ich zeige dir etwas.

Helge stand auf und verließ die DJ-Kanzel. Aufrecht schritt er die Stufen hinunter, als würde er über Wasser gehen. Alle Augen waren auf ihn gerichtet. Sie bildeten ein geistiges Spalier. Der betrunkene Othmar torkelte ihm hinterher. Was war dort oben passiert? Vor dem Getränkekühlschrank unter der Bar blieb der Pater stehen und bat darum, die Leiche von Chen herauszuheben. Marschik und Tschermak folgten der Anweisung. Sie hielten den steifen Chinesen in die Höhe und fragten Helge, wohin sie ihn legen sollten.
— Auf die Bar.
Alle rechneten mit einer Art Ritual. Edit hielt dem kleinen Max die Augen zu. Wobei der Anblick der gefrorenen Leiche nichts Furchterregendes hatte. Vielmehr dachte Othmar an die Eisskulpturen der Eskimofrau. Und an Schandor. Und an Science-Fiction-Filme, in denen sich Menschen einfrieren ließen, um die Reise in eine andere Galaxie zu überleben. Er fragte sich, ob es Sinn machen würde, Selma einzufrieren. Vielleicht würde es in hundert Jahren ein Mittel gegen Krebs geben. Auch wenn sie in einer fremden Welt erwachen würde. Auch wenn keiner mehr da sein würde. Nicht einmal Charlotte. Schon gar nicht Othmar. Der sich unter gar keinen Umständen einfrieren lassen würde. Der Gedanke, in einer Science-Fiction-Zukunft aufzuwachen, war ihm ein Gräuel. Er war ein Mann des zwanzigsten Jahrhunderts. Das ihm erst etwas wert geworden war, als das einundzwanzigste schon in vollem Gange war.
Marschik und Tschermak legten den steifen Chen auf die Bar wie auf einen Gabentisch. Karin flüsterte ihrem Mann noch zu:
— Händewaschen nicht vergessen.
Dann war der Schuss gefallen. Helge hielt den rauchenden

Lauf gegen die Brust des Chinesen. Er hatte aus nächster Nähe abgefeuert. Ein schwarzer Rand umkreiste den bereits vorhandenen Krater. Helge flüsterte etwas in Latein. Kleine Rauchschaden umspielten Chens Wunde. Wie Weihrauch, dachte Othmar. Wegenstein suchte nach seiner Pfeife. Die anderen hatten den Geistlichen angestarrt, als hätte er den Chinesen eben erst getötet.

Der Aufzug kam rumpelnd zu stehen. Seit dem Schuss hatte keiner mehr etwas gesagt. Alle hatten die Entscheidung von Helge dankbar angenommen. Keiner hatte versucht, ihn umzustimmen.
Othmar sah sich um. Einer Person musste die Erleichterung besonders ins Gesicht geschrieben stehen. Einer Person musste man die Begnadigung doch ansehen. Den Straferlass. Die Entlassung auf Ehrenwort. Einer von ihnen war der Mörder. Othmar ging fix von einem Mann aus. Er konnte sich eine Frau mit einem Eiszapfen in der Hand einfach nicht vorstellen. Aber er spürte, dass man auch ihn taxierte. Dass sich jemand fragte, ob es nicht Othmar gewesen sei. Als er die Augen von Max auf sich gerichtet sah, senkte er verlegen den Blick. Was dieser als klares Schuldgeständnis wertete.
Zesch schob die Stahltür des Lastenaufzugs zur Seite. Warmer Wind blies ihnen ins Gesicht. Das Rauschen der Blätter. Das Summen von Insekten. Pollen, die wie Gespenster durch die Luft tanzten. Es war Frühling geworden. Alle liefen ins Sonnenlicht. Aus Angst, der Teufel könnte es sich noch anders überlegen.
Zesch stieß einen lauten Befreiungsschrei aus. Er umarmte Gerda, die sich steinern halten ließ. Aber nichts erwiderte. Tschermak stand mit geschlossenen Augen in der Mitte des Parkplatzes. Als würde er warten, dass

ihn die Außerirdischen holten. Othmar nahm dies misstrauisch in die Akten auf. Karin verkündete, dass man das feiern müsse. Es hatte aber keiner Lust, schon wieder in einem dunklen Raum zu sitzen. Kajetan und Olga umarmten sich ebenfalls. Was aus der Ferne wie ein Judogriff aussah. Die Grüns standen im Abseits und versuchten möglichst großen Abstand zu den anderen und zueinander zu halten.
— Ich liebe diesen Priester, entkam es plötzlich Moschinger: Er ist Jesus Christus. Er hat sich für uns alle geopfert. Und wie ein Urchrist ist er in der Höhle geblieben. Er wird wiederauferstehen. Vielleicht sogar in den Himmel auffahren. Ich habe nie einen besseren Menschen kennengelernt.
Othmar fixierte ihn mit seinem Überführungsblick.
— Aber er hat gesagt, dass er der Täter ist. Sans aucun doute, sagte Wegenstein, während er an seiner tabaklosen Pfeife zog.
— Es ist doch egal, ob er es war oder nicht, sagte Moschinger: Hauptsache, wir sind frei.
— Ob er sich umbringen wird?, fragte Fink.
— Warum sollte er?
— Nein, sagte Othmar.
— Dann glaubt er nicht an Gott, konstatierte Fink und sah Richtung Bus, dessen seufzende Pneumatik von Marschik angeworfen wurde.
— Wissen Sie, es ist alles meine Schuld. Aber darüber werde ich schreiben. Ich werde hart mit mir ins Gericht gehen. Ohne mein Zutun wäre das alles nicht passiert. Nichts werde ich auslassen. Damit die Nachwelt über mich richten kann.
Zesch trat hinzu und fasste Fink am kragenlosen Hemd.
— Einen Teufel werden Sie tun. Wenn Sie auch nur ein

Wort schreiben, bringe ich Sie um. Dann werde ich persönlich das letzte Kapitel schreiben. Und zwar im Sinne der Chinesen, wenn Sie verstehen, was ich meine.
Othmar verstand es nicht. Meinte er die chinesische Übersetzerin, von der Fink jedem erzählt hatte? Oder dass er ihn des Mordes überführen würde? Othmar gähnte. Vermutlich die Frühjahrsmüdigkeit. Er beschloss, die Ermittlungen einzustellen.
— Stopp!
Vom anderen Ende des Parkplatzes kam ihnen Schleining entgegen. Er wedelte mit seinen Händen, um alle zum Innehalten aufzufordern. Zesch und Moschinger wechselten einen verunsicherten Blick. Sollte Othmar die Ermittlungen wieder aufnehmen? Wozu? Die Sache fiel eindeutig in Schleinings Zuständigkeit.
Außer Atem blieb der Polizist vor der Gruppe stehen. Schweigend sahen ihn alle an.
— Keiner rührt sich.
Er schwenkte seinen Zeigefinger im Kreis, als wäre er eine Pistole, mit der er sie in Schach hielt.
— Alle bleiben, wo sie sind.
Tschermak hob beide Hände, um sich zu ergeben. Zesch trat nach vorne.
— Was wird das? Willst du uns alle verhaften?
— Der Mörder sitzt unten. Den kannst du festnehmen, verkündete Moschinger.
— Welcher Mörder? Welcher Mord?
Schleinings aufgerissener Blick kreiste noch schneller als sein Finger.
— Woher wusstest du überhaupt, wo wir sind?, fragte Zesch.
— Der Bus, sagte Schleining: Ich behalte den Bus seit Wochen im Auge. Wer aus dem Bus aussteigt, steigt auch

irgendwann wieder ein. Ich sage es gleich. Es sind alle tot. Nur damit sich dann keiner schreckt.
— Was soll das heißen?
Sie hatten Schleining eingekreist. Erschöpft senkte er den Zeigefinger.
— Wer ist tot?, fragte Heimo.
— Deine Mutter. Sie starb ganz plötzlich.
— Mit über neunzig stirbt man nicht plötzlich. Da ist man schon über lange Zeit gestorben, antwortete Heimo.
Gerda sah ihn erschüttert an. Nicht weil sie die Alte vermisste. Sondern weil sie ihren Mann mit derselben Herzlosigkeit über ihren eigenen Tod sprechen hörte.
— Wer noch? Seine Mutter ist nicht alle, sagte Moschinger.
— Selma.
Othmar spürte, wie ihn die Müdigkeit übermannte. Sie kam über die Füße, wanderte die Waden hinauf bis in die Brust und breitete sich über die Blutbahn aus. Jetzt hatte sie ihn eingeholt und würde sich nicht mehr verscheuchen lassen.
— Und dein Vater, Othmar. Aber Selma war bei ihm, als es passierte. In der Nacht, als ihr abgehauen seid.
— Wir sind nicht abgehauen, protestierte Zesch: Wir hatten etwas zu erledigen.
— Und was?
— Darüber können wir nicht sprechen.
Heimo sah Fink warnend an. Dieser tat so, als wäre sein Gesicht sein Hintern, in dem er verschwinden konnte.
— Aber wenn du jemanden verhaften willst. Der Pfaffe hat den Chinesen ermordet.
Moschingers Beharren machte ihn in Othmars Augen besonders verdächtig. Aber er hatte den Fall abgegeben. Er war so müde, dass er sich neben Selma legen wollte. Wie wenig er über sie wusste. Aber der Schmerz war dump-

fer und pochender als der in seinem Bein oder der seiner
Zähne. Sie würde für immer als dieser Schmerz weiterleben.
— Wo ist sie?, fragte er.
— Sie liegt in Weikersdorf begraben. Sie hat mir das für
dich gegeben.
Schleining reichte ihm ein Kuvert. Selma hatte ein freundliches Faultier statt einer Empfängeradresse gezeichnet.
Othmar steckte es ein und nickte dem Polizisten zu.
— Wo ist Alpha?
— Das ist eine längere Geschichte, sagte Schleining.
— Und Joschi?, fragte Gerda vorsichtig.
Schleining seufzte.
— Wo ist Joschi, Karl? Sag es.
— Ist er tot?, fragte Heimo.
Schleining presste die Lippen zusammen und fasste sich
an den Arm, der zu schmerzen begann.
— Sie hatten einen Unfall.
— Er ist tot, sagte Zesch.
— Verschreie es nicht, fauchte Gerda.
— Er lebt, sagte Schleining.
— Gott sei Dank!
— Aber Rebekka ist tot. Sie ist gefahren. Joschi sagt, sie ist
ganz plötzlich von der Fahrbahn abgekommen. Er ist sich
nicht sicher, ob es nicht Absicht war.
— Wo ist er?, fragte Heimo.
— Bei Charlotte.
— Und wo ist die?
— In Weikersdorf. Bei ihrem Vater.
Dann fiel Othmar einfach um. Nein. Er blieb stehen. Aber
er fiel in sich zusammen. Nicht wie ein Kartenhaus. Wie
ein Turm aus Papier, den man eingeweicht hatte.

Schleining ging vor der Gruppe her wie ein Reiseführer. Nein. Wie ein Einheimischer, der Fremden stolz seine Heimat zeigte. Inzwischen überwog die Wiedersehensfreude. Er hatte sich noch versichert, dass Helge nicht aus dem Kraken entkommen konnte. Zesch hatte ihn dahin gehend beruhigt, dass der Pater gar kein Interesse daran habe. Abgesehen davon habe er keinen Schlüssel. Und Othmar fragte sich, warum der Bürgermeister eigentlich so genau über die Befindlichkeiten seines Freundes Bescheid wusste.

— Es war so ruhig, sagte Schleining, der sich während des Gehens immer wieder zu den anderen umdrehte, als wolle er sich vergewissern, ob sie noch da seien. Sogar die Rehe sind aus dem Wald gekommen. Einmal habe ich einen Hirsch gesehen. Man hat sich richtig vorstellen können, wie es wäre, wenn die Menschen ausgestorben wären. Außer mir, Achmed und Berta war ja keiner da. Und Achmed hat die Bestände im Luziwuzi ausgetrunken. Aber wer soll es ihm verübeln?

Tschermak verübelte es ihm. Wurde aber von Karin zurechtgewiesen.

— Das ist doch jetzt egal.

— Und Alpha?, fragte Othmar abwesend.

— Alpha war auch da. Aber er hatte keinen Einfluss auf die Tiere. Die wären auch geblieben, wenn er mitten unter ihnen gesessen wäre.

Alle sahen Schleining verwundert an. Er hatte die Eindringlinge wie ein Naturgesetz angenommen.

— Ich warne euch gleich. Sie sind sehr lebhaft. Und sie sind viele. Sehr viele.

— Und mit was sind sie gekommen, fragte Grün.

— Die meisten mit dem Zug. Vor zwei Wochen. So überfüllt habe ich den Bahnhof noch nie gesehen. Aber es war

ja keiner da, der sie in Empfang genommen hätte. Einer besetzt deine Kajüte, Helmut. Und trägt deine Uniform. Aber keine Angst. Er ist ganz harmlos.
— Und wo wohnen sie?
— In den verlassenen Häusern. Gideon Bromberg hat sie ihnen kostenlos überlassen. Man kann nichts dagegen machen. Sie gehören ja alle ihm. Es ist alles legal.
— Das werden wir noch sehen, zischte Zesch.
— Eine Woche, nachdem ihr verschwunden wart, sind sie aufgetaucht. Als hätte sich ein ganzer Kontinent auf den Weg gemacht. Es ist nicht mehr das Bad Regina, das ihr kennt. Obwohl alles noch so aussieht, wie ihr es gewohnt seid.

Sie mussten Bad Regina nicht betreten, um eine Ahnung davon zu bekommen, was Schleining mit *lebhaft* meinte. Bereits aus der Ferne war das Getöse vernehmbar. Noch vor dem Ortsschild wurden sie willkommen geheißen. Die jungen Männer hatten ein Spalier gebildet. Sie sangen ein Lied, das sie alle kannten. Das aber keiner von ihnen mitsang.

I don't wanna dance.
Dance with you, Baby, no more.
I'll never do something to hurt you, though.
Oh, but the feeling is bad.
The feeling is bad.

Sie klatschten. Sie lachten. Sie tanzten. Sie feuerten die Ankommenden an.
Ein Chor von Hunderten Afrikanern, die an beiden Seiten

der Hauptstraße standen. Schleining nickte ihnen freundlich zu. Gerda umfasste die Hand von Heimo.
— Sie verhöhnen uns, sagte er.
— Mach was, sagte Gerda.
— Und was? Du stehst doch auf solche.
— Halt den Mund, Heimo. Halt einfach den Mund.
Othmar ertappte sich dabei, dass seine Hüften automatisch wippten. Wegenstein stieß ihn an.
— Ob diese Neger damit den Kolonialismus meinen?
Othmar zuckte mit den Achseln.
— Sie müssen wissen, ich habe afrikanische Verwandtschaft, sagte der Graf: Am besten, ich rede mit ihnen.
An die Wand des Helenenbads hatte jemand einen Geist gemalt. Er schlang sich fröhlich um die eigene Achse. Fink betrachtete neidisch die Pose.
— Das ist eine Revolution, sagte Zesch wütend.
— Wussten Sie, dass das Wort Revolution aus der Astronomie stammt? Es beschreibt etwas, das einen Kreis zieht und wieder an seinen Ausgangspunkt zurückkehrt. Es geht um Wiederherstellung, sagte Fink.
— Halten Sie die Schnauze.
Fink begann daraufhin, wie wild zu tanzen. Er biederte sich den Afrikanern an, die seine Tanzschritte nachahmten. Mehrere junge Frauen umkreisten ihn, ohne dabei die Dinge, die sie auf ihren Köpfen balancierten, mit ihren Händen zu berühren.
— Die trägt unser Geschirr auf dem Schädel, deutete Karin auf eine Frau, die besonders aufreizend tanzte. Wehe, sie lässt es fallen, wandte sie sich ihrem Gatten zu, der sich aber mehr auf die schwingenden Hüften als auf das Geschirr konzentrierte.
Finks Ekstase steigerte sich, als ob er zu vermitteln versuchte, jederzeit für eine orgiastische Voodoomesse zur

Verfügung zu stehen. Grün tapste wie ferngesteuert an ihm vorbei und hielt nach seiner Uniform Ausschau. Stattdessen wurde er von einem Mann angerempelt, der einen silbernen Motorradhelm trug. Auf seinem T-Shirt stand *Afronaut*. Edit hielt dem kleinen Max die Augen zu, damit er nicht auf die Idee verfiel, bei dem Mann würde es sich um seinen Astronautenvater handeln. In einer Ecke kauerte Achmed und klammerte sich zitternd an eine Schnapsflasche.

Othmar sah sich um. Die Ruinen waren Ruinen geblieben. Der Wildwuchs wucherte. Nein. Er blühte. Die Häuserwände waren in grellen Farben gestrichen. An den Ästen hingen Lampions und farbenprächtige Bänder, die im Wind flatterten. Obwohl sie die Häuser weiter verfallen ließen, waren es wieder Häuser geworden. Als ob Bad Regina nur eine Theaterkulisse wäre.

Seine Gedanken wirbelten im Kreis. Wie Fische, die aufgeschreckt den Schwarm auflösten.

— Dinge, die sich bewegen, fangen nicht zu schimmeln an.
— Solange sich die Waschmaschine dreht, beginnt die Wäsche nicht zu stinken.
— Solange im Kochtopf umgerührt wird, brennt nichts an.
— Solange ein Herz schlägt, verwest das Fleisch nicht.

Vor dem Wasserfall blieb Othmar stehen. Noch nie zuvor hatte er das Verlangen verspürt, hineinzuspringen und sich vom Rauschen durchfluten zu lassen. Perfektes Play-back.

— Sie tragen unsere Kleider.

Unter Gerdas Stimme klang der Wasserfall wie aufflackernde Wut. Sie zeigte auf eine Frau, die ein schwarzes Dirndl trug.

— Das ist meines! Was schaust du so geil?, stieß sie ihren Mann an.

— Eine Negerin im Dirndl ist pervers, rief sie zu Moschin-

ger, dessen wollüstiger Blick sich längst mit dem einer anderen tanzenden Frau verwickelt hatte. Diese trug ein Kleid von Selma, und Othmar spürte Partikel von Eifersucht, obwohl die Frau nichts mit Selma gemein hatte. Ein dunkelhäutiger Arm mit weißen abgerissenen Hemdsärmeln reichte ihm ein Bier. Bevor sich Othmar bedanken konnte, zeigte ihm der junge Mann den Rücken. Auf dem Arbeitsmantel des Zahnarztes war ein regenbogenfarbenes Gebiss abgebildet. Als Tschermak eines seiner hässlichen Poloshirts ausmachte, lief er zu dem Mann, um ihn zu stellen. Dieser lachte, zog es aus und überreichte es dem Wirt.
— Das ist Diebstahl! Ich lasse mich nicht plündern!
Schleining lief zerrissen hin und her. Sein Museum wurde von den Afrikanern in alle Richtungen getragen. Auch Petzis Schrank hatten sie auseinandergenommen. Ihre Splitter flogen davon. Wie nach einer Explosion. Nein. Wie Teile, die durchs Weltall schwebten und sich in der Unendlichkeit verloren. Etwas zerbrach in Schleining. Stumm zerbarst es. Er spürte, wie sich sein Arm veränderte. Ein Leben lang hatte er sich wie der eines anderen angefühlt. Aber plötzlich gehörte er zu ihm. Plötzlich spürte er ihn nicht mehr.
— Wo ist mein Porsche?, überkam es Heimo.
Ein junger Mann deutete auf die Hauptstraße. Ein gelbes Geschoss raste auf sie zu. Auf der Kühlerhaube ein gespraytes Porträt von Alpha. Im Mund einen qualmenden Joint. Die Augen leuchteten elektrisch und sonderten grüne Laserstrahlen ab.
— Schleining, rief er im Ton eines Bürgermeisters.
Aber der Polizist war längst in der Obhut einer Gruppe, die sich über seine Uniform hermachte. Er winkte mit nacktem Oberkörper zurück.

— Das gehört uns, schrie Heimo verzweifelt: Das ist unsere Heimat.
Er meinte in diesem Moment seinen Porsche und sah Othmar wütend an, weil ihm dessen Satz einfiel.
— Das Lied über den Porsche ist mehr wert als der Porsche.
Er war kurz davor, auf Othmar loszugehen. Wurde aber von zwei Kerlen in schwarzem Leder aufgehalten. Sie drückten ihm eine Flasche Bier in die Hand, die Heimo zögernd annahm.
— Moschi, schau, sie tragen deine Lederhosen. Die haben dir das letzte Mal vor zwanzig Jahren gepasst, rief Gerda, die sich zum Ärgernis von Heimo zu amüsieren begann. Moschinger deutete, dass es ihm egal sei. Nahm sich ebenfalls ein Bier. Als eine dunkelhäutige Hand nach Othmars Lederjacke griff, schüttelte dieser den Kopf.
— Nicht die Jacke.
Er sagte es nicht weil er es als Diebstahl empfand. Sondern weil er das Gefühl nicht loswurde, dass sie die Kleidung von Toten trugen. Er hielt Ausschau, ob er Teile seines Vaters ausmachte. Ob es irgendwo auf der Welt noch jemanden gab, der die Kleider seiner Mutter anhatte? Könnte er je das Hemd eines Toten tragen? Oder dessen Hose? Am ehesten dessen Jacke. Er fragte sich, wann sie begonnen hatten, ihr Hab und Gut mit sich selbst zu verwechseln. Nein. Das dachte er nicht. Er dachte an das kaputte Telefon in seiner Tasche. Und fragte sich, warum seine Hand das tote Ding umklammerte.
Fink kam neben ihm zu stehen. Er deutete auf die Wand des Grand Hotels, wo groß PROLES stand. Daneben eine hochgestreckte Faust.
— Wussten Sie, dass Proles Nachkommen heißt? Es kommt daher, dass das Proletariat nichts als Nachkommen besaß.

Bevor ihm Othmar verdeutlichen konnte, dass er auf seine Klugscheißerei keinen Wert legte, wurde Fink schon wieder weggezogen.
— Morgen lasse ich sie alle abschieben, sagte Zesch und zog an seinem Bier.
Ein hagerer Mann stellte sich neben Othmar.
— Sind Sie der Häuptling?
Zesch wollte gerade das Wort erheben. Aber Othmar nickte. Er wusste selbst nicht, warum.

Othmar wurde von dem hageren Mann zum Haus des Zahnarztes geführt. Dort warteten mehrere Leute und unterhielten sich lautstark. An der Tür hatte man ein handschriftliches Schild angebracht.

DOKTOR SCHANDOR
*HELPS IN LOST LOVE, INFERTILITY,
MARRIAGE, POLITICS, RELIGIONS
AND LOST ITEMS*

— The Doctor is waiting for you.
— Ich bin nicht krank.
Der Mann lachte und murmelte so etwas wie *Muwele* und *Kubeba*. Alle nickten. Einer deutete auf Othmars Augen.
— Kijicho.
Dann musterten sie seine Pupillen, als hätten sie einen Tumor entdeckt.

Othmar betrat das leere Wartezimmer der Ordination. An der Wand hing nicht mehr das Schwarz-Weiß-Porträt von Schandor, sondern das Ölbild von Johann Wolfgang Afer, das Othmar zum ersten Mal sah. Er wusste nicht, dass es aus Wegensteins Schloss stammte. Er suchte nach einer

Sitzgelegenheit. Fand aber keine. Sie hatten alles ausgeräumt. Also blieb er in der Mitte des Raumes stehen. Er trat auf der Stelle. Kam sich zu groß für das kleine Zimmer vor. Hatte noch nie eine lässige Haltung für das Warten im Stehen gefunden. Linkisch lehnte er sich gegen die Wand und betrachtete das Bild von Orma. Gleichzeitig fragte er sich, ob der Doktor ein dunkelhäutiges Ebenbild des Zahnarztes sein würde.

Es mussten mindestens zehn Minuten vergangen sein. Othmar hatte jedes Detail des Bildes studiert. Der schwarze Reisemantel, der graue Zylinder, das hochmütige Gesicht, das ihn über mehrere Jahrhunderte hinweg spöttisch ansah. Der schwarze Mann stand da, als hätte er nicht lange darüber nachdenken müssen, wie man mitten in der Savanne lässig zu stehen habe.

Othmar stellte sich vor, wie er selbst für ein Porträt posieren würde. In der Savanne gab es weit und breit keine Wand, gegen die man sich lehnen könnte. Othmar stand, wie andere lagen. Auf einem Kanapee auf dem Rücken liegend vielleicht. Mit dem Blick in den Himmel gerichtet.

Othmar hatte das Gefühl, Orma schon lange zu kennen, obwohl er nichts über ihn wusste. Würde er sich an sein Gesicht in zehn Jahren noch erinnern können?

Plötzlich stand ein Löwe vor ihm. Er stierte ihn an. Er schüttelte sich. Er brüllte. Und tanzte wild um ihn herum. Othmar rührte sich nicht. Blieb gegen die Wand gelehnt stehen. Er hatte keine Angst, gefressen zu werden. Empfand die Performance des Medizinmannes auch nicht als heilsam. Vermutlich wurden Häuptlinge auf diese Weise begrüßt. Er versuchte, sich nichts anmerken zu lassen. Sich wie ein Mann von Welt zu geben, für den es nichts Besonderes war, dass ein Wilder als Löwe verkleidet in einem Wartezimmer tanzte und schrie. Er versuchte, das hoch-

mütige Gesicht von Johann Wolfgang Afer nachzuahmen. Sah dabei aber aus wie jemand, der in der Savanne seinen Kompass verloren hatte.
Lachend warf der Löwe sein Fell und seinen Kopf ab. Es erschien ein eleganter älterer Herr in senfgelbem Anzug. Er trug einen Hut in gleichem Ton, eine blau-weiß gestreifte Krawatte und handgefertigte Lederhosenträger, die an den Hosenbund geknöpft waren. Der Anzug war aus feinem Tuch. Das erkannte Othmar sofort. Und die Pfeife, die in seinem Gesicht steckte, gehörte Wegenstein.
Schelmisch funkelten ihn zwei dunkle Augen an. Das Gesicht des Mannes war faltig. Aber nicht müde. Eher gemahnten die Falten an Muskeln, die sein Gesicht zusammenhielten. Er lachte schallend auf. Sein weißes Gebiss strotzte vor Gesundheit. Und sein Körper war klein und wendig. Er machte auf Othmar den Eindruck, als wäre er zu Fuß aus Afrika gekommen. Als hätte ihn der weite Weg keine Anstrengung gekostet.
— Sie verzeihen meinen kleinen Scherz!
Er kriegte sich kaum ein vor Lachen.
— Aber es bereitet mir höllisches Vergnügen, das Gesicht eines weißen Mannes zu sehen, der glaubt, er hätte es mit Wilden zu tun.
Er reichte Othmar seine manikürte Hand.
— Es freut mich, Ihre Bekanntschaft zu machen. Kommen Sie herein.

Othmar löste sich von der Wand und betrat zögerlich den Raum. Seine Zähne begannen wie auf Kommando zu schmerzen. So ein Medizinmann hatte bestimmt etwas Besseres als Lidocain zu bieten. Er spürte die alte Müdigkeit aufkeimen. Der Wunsch, narkotisiert im OP-Stuhl

des Zahnarztes wegzudämmern, während der Doktor seine Weisheitszähne freistemmte.
Aber das Zimmer war leer.
Nur ein alter Schaukelstuhl stand in der Mitte.
Sie hatten frisch gestrichen. Die Wände waren weißer als die Zähne des Afrikaners. Lächelnd beobachtete er Othmar, wohin er sich stellen würde. Dieser stierte auf die Sitzgelegenheit. Wartete darauf, dass man ihm den Stuhl anbot. Was aber nicht passierte. Also blieb er stehen. Behielt ihn im Auge. Fixierte ihn. Nur dieser Stuhl konnte ihn von seiner Erschöpfung erlösen. Alles drehte sich nur noch um das Verlangen zu sitzen. Die Glieder einfach fallen zu lassen.
— Leider kann ich Ihnen diesen Stuhl nicht anbieten. Er gehört mir, sagte der Doktor: Sie müssen wissen, ich nehme ihn überallhin mit. Wenn ich zu jemandem nach Hause eingeladen bin. Wenn ich verreise. Wenn ich umziehe. Ich will nicht sagen, er ist Teil von mir selbst. Er ist mein Freund. Er hat einen eigenen Geist. Ich bin mit ihm verheiratet. Ich kann ihn nicht teilen. Mein Bruder ist mit einem Baum verheiratet. Der arme Kerl, werden Sie denken. Er ist an einen Ort gebunden. Aber er trägt den Baum in sich. Wir führen unsere Geister immer mit uns. Sie sind unsere Heimat. Das werden Sie nicht verstehen. Sie haben aufgehört, an Geister zu glauben. Haben aber trotzdem Angst vor ihnen. Paradox, finden Sie nicht? Ihrer Großmutter geht es übrigens gut. Sie lebt noch immer in ihrem Haus.
Othmar sah ihn an wie jemand, der von sich selbst nicht sicher war, ob er nicht lieber ein Baum gewesen wäre. Er merkte, dass er das kaputte Telefon in seiner Tasche noch immer festhielt. Peinlich berührt ließ er es los und nahm seine Hand heraus. Er ließ sie hängen, weil er nicht wusste,

was er mit ihr anstellen sollte. Der Doktor schien das amüsiert zur Kenntnis zu nehmen.

— Es tut mir sehr leid, dass Sie als Häuptling so wenig Stamm haben.

— Stamm?

Othmar musste an die Birke im Treibhaus denken. Er hob seine hängenden Arme und verschränkte sie.

— Es muss Sie kränken, so schwach zu sein.

Othmar versuchte, möglichst ungekränkt dreinzusehen.

— Wir wissen doch beide, das Wesentliche jedes Lebewesens ist seine Stärke. Seine Fähigkeit zu überleben, zu wachsen und sich zu vermehren. Die Kraft eines Mannes steckt in seinen Gliedern, seinem Gehirn und seinem scharfen Auge, wenn er das Wild sieht und mit dem Pfeil darauf zielt.

— Bei uns geht es eher darum, dass die Menschen gut schlafen, murmelte Othmar.

— Es wird jemand kommen, der sie aufweckt.

Der Doktor lächelte, als hätte er den Messias schon gesehen.

— Woher stammen Sie?, fragte Othmar.

Der Afrikaner steckte die Pfeife weg, weil er keine passende Pose dazu gefunden hatte. Er amüsierte sich über Othmars Formulierung.

— Woanders hat man sich gewundert, dass wir plötzlich verschwanden. Hier wundert man sich, dass wir plötzlich auftauchen. Sie haben gutes Wasser. Und Ihre Häuser sind für mehrere Generationen gebaut. Das wissen wir zu schätzen.

— Aber es ist unser Land, sagte Othmar und ließ die Arme wieder hängen.

— In der Bibel steht: Das Land war niemandes Eigentum. Es war dem Menschen nur geliehen. Und zwar zu gleichen

Teilen. Das sagt sogar Kant. Ihr seid zu wenige, um das Land für euch allein zu beanspruchen.
Plötzlich schloss er die Augen und rezitierte.
— Ich sah die heilige Stadt, das neue Jerusalem, von Gott her aus dem Himmel herabkommen; sie war bereit wie eine Braut, die sich für ihren Mann geschmückt hat.
Er öffnete die Augen und sah Othmar schelmisch an.
— Offenbarung. Johannes.
— Ich glaube nicht an Gott.
— Man ist schneller ein Mzungu, als man denkt.
— Mzungu?
Der Doktor lachte.
— Nur ein Scherz. Wir wollen Ihnen nichts Böses. Wir sind alle nur Gäste.
Er sah die Angst in Othmars Augen und fragte sich, was ihm mehr Angst machte. Dass sie anders oder dass sie nicht anders waren.
— Glauben Sie an Drachen?
Othmar dachte an die Eiszapfenzähne. An Chen. An Helge im Kraken. Und ob ihn der Drache inzwischen gefressen hatte.
— Ich weiß nicht. Warum?, antwortete er.
— Wenn wir einen Drachen gemeinsam erlegen, dann könnten wir ein gemeinsames Fest feiern. Wir sollten uns auf einen Drachen einigen.
— Sie meinen von Häuptling zu Häuptling.
Othmar streckte seinen Spitzbauch patriarchisch nach vorne. Der Doktor runzelte die Stirn.
— Wie kommen Sie darauf, dass ich der Häuptling bin?
Wie auf Stichwort öffnete sich die Tür und der hagere Mann schob Alpha herein. Sein Rollstuhl war mit bunten Glühbirnen geschmückt. Er trug das Glitzersakko und leuchtende Sonnenbrillen. Othmar fragte sich, wie sie

technisch funktionierten. Vermutlich ein billiges Gimmick aus dem Internet. Er konnte Alphas Augen nicht sehen. Wusste nicht, wie es seinem Freund ging.
— Er ist unser Häuptling.
— Aber wie kann das sein? Er kann ja nichts machen.
— Genau deshalb, sagte der Doktor.

Zu Hause schloss Othmar die Tür hinter sich. Von draußen drangen Gesänge herein. Alles schien sich auf den Straßen abzuspielen. Die anderen hatten sich in die Menge gestürzt, um den Ballast der letzten Wochen abzuwerfen. Aber Othmar war nicht nach Feiern zumute. Auf dem Plattenteller lag noch immer Joy Division. Er platzierte die Nadel vorsichtig über der drehenden Rille. Dieser Moment, wenn sie landete. Das Knistern. Der Moment vor dem Urknall. Ian Curtis würde die Drachen vertreiben.
Er ging zum Kühlschrank, der noch immer funktionierte. Der Doktor hatte ihm gesagt, dass Alpha sein Orakel sei. Dass er den Geist hinter der leeren Fassade sehe. Und dass er gelächelt habe, als seine Brüder und Schwestern ankamen. Schwachsinn. Was für ein Doktor war dieser Afrikaner überhaupt? Und warum verwendete er nicht seinen wirklichen Namen? Wäre er in der Lage, Othmars Leben zu reparieren? Zumindest die Weisheitszähne, die nicht zu schmerzen aufhörten.

Er nahm das Kuvert von Selma. Roch daran. Und öffnete es. Dort stand nur ein Wort. Es war ihre Schrift. Minutenlang starrte er es an.

SELMA

Dann schlief er ein.

Er träumte nichts.

Als er aufwachte, war es still.

Er ging hinaus.

Niemand.

Science-Fiction.

Othmar, der Übriggebliebene.

Othmar, der Zurückgelassene.

Othmar, der Vergessene.

War es der letzte Traum, aus dem er erwachen sollte?

Oder folgte noch einer?

Er hatte Wegenstein nicht kommen gehört.
Erst als er hinter ihm stand, vernahm er dessen Stimme.
Der Graf deutete auf das Kongresszentrum.
— Sie halten eine Konferenz.
Dann drehte er ratlos seine Pfeife nach allen Seiten. Und zuckte mit den Achseln.
— Kaputt.
— Eine Konferenz, murmelte Othmar.
— Eine Konferenz, nickte Wegenstein.
— Über uns?
— Probablement.

Der Wasserfall rauschte, so wie er immer rauschte.

»Schwere Knochen« ist die Geschichte von Ferdinand Krutzler, der insgesamt elf Mal wegen tödlicher Notwehr freigesprochen wurde. Er hatte mehr Feinde als Freunde. Aber eine Geliebte. Diese küsste er nur einmal. Viele sagten, das sei sein Untergang gewesen. Ein fulminantes Epos über die schillernde Wiener Unterwelt der Nachkriegszeit.

»David Schalko sieht unbestritten aus wie ein Genie. Es spricht aber auch einiges dafür, dass er eins ist.« *Josef Hader*

Leseproben und mehr unter www.kiwi-verlag.de

Eine bitterböse Parabel über den gesellschaftlichen Rechtsruck

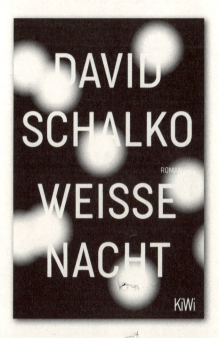

»Dieser Roman ist ein hochriskantes Projekt. Der Versuch, sich empathisch anzuschmiegen an den Gemütszustand eines Faschisten, der zu dumm ist, ein Faschist zu sein, und eben deshalb einer ist, wird zur Parabel für einen gesellschaftlichen Rechtsruck, der stattfindet, aber nicht wahrgenommen wird.« *Robert Menasse*

Leseproben und mehr unter www.kiwi-verlag.de